Kyss by rowohlt POLARIS

LYSSA KAY ADAMS

THE SECRET BOOK CLUB

Ein fast perfekter Liebesroman

Aus dem Englischen von Angela Koonen

Kyss

Die Originalausgabe erschien 2019 unter dem Titel «The Bromance Book Club» als Jove Book bei Berkley / Penguin Publishing Group / Penguin Random House, LLC, New York.

3. Auflage August 2020
Deutsche Erstausgabe
Veröffentlicht im Rowohlt Taschenbuch Verlag, Hamburg, Mai 2020

Covergestaltung ZERO Werbeagentur, München
Coverabbildung Shutterstock
Satz aus der DTL Albertina ST
bei Pinkuin Satz und Datentechnik, Berlin
Druck und Bindung CPI books GmbH, Leck, Germany
ISBN 978-3-499-00264-9

Die Rowohlt Verlage haben sich zu einer nachhaltigen Buchproduktion verpflichtet. Gemeinsam mit unseren Partnern und Lieferanten setzen wir uns für eine klimaneutrale Buchproduktion ein, die den Erwerb von Klimazertifikaten zur Kompensation des CO_2-Ausstoßes einschließt.
www.klimaneutralerverlag.de

FSC www.fsc.org MIX Papier aus verantwortungsvollen Quellen FSC® C083411

Für Grandma

Jetzt sehe ich definitiv selber wie ein Wurm mit Glöckchen aus, oder?

KAPITEL 1

Gavin Scott trank selten, und das aus gutem Grund.

Er war schlecht darin. Richtig schlecht.

Wie zum Beispiel jetzt: Er war mit dem Gesicht auf dem Boden gelandet, als er das letzte Mal nach der Flasche gegriffen hatte. Und er konnte nicht mehr geradeaus gucken. Besser er blieb gleich liegen.

Deshalb stand er auch nicht auf, als Del, sein bester Freund, energisch an die Tür seines deprimierend beigen Hotelzimmers klopfte, das ihn jeden Augenblick daran erinnerte, dass er sein Leben verbockt hatte.

«Is offen», nuschelte Gavin.

Die Tür ging auf. Del schaltete das grelle Deckenlicht ein und fluchte. «Scheiße. Mann am Boden. Hilf mir mal.»

Del und ein riesiger Kerl trampelten auf ihn zu, dann packten ihn vier kräftige Hände unter den Schultern. Im Nu lehnte er mit dem Oberkörper an der hässlichen Couch. Die Zimmerdecke drehte sich, und sein Kopf fiel nach hinten gegen die Polster.

«Komm schon.» Del klatschte ihm auf die Wangen. «Tu wenigstens so, als wärst du nicht tot.»

Gavin holte Luft und schaffte es, den Kopf zu heben. Er blinzelte zweimal, dann drückte er sich die Handballen auf die Augen. «Ich bin besoffen.»

«Ach, sag bloß. Was hast du getrunken?», fragte Del.

Gavin zeigte zum Sofatisch, auf dem eine Flasche Bourbon stand, ein Geschenk von einer örtlichen Brennerei. Jeder in der Mannschaft hatte zum Ende der Baseballsaison eine bekommen. Del fluchte wieder. «Scheiße, Mann. Warum kippst du nicht einfach direkt Ethanol rein?»

«Hatte keinen.»

«Ich bring ihm ein Wasser», sagte der andere Typ – dessen verschwommenes Gesicht ihn an Braden Mack erinnerte, Besitzer von ein paar Nachtclubs in Nashville. Aber das war Unsinn. Warum sollte der hier sein? Sie waren sich nur ein Mal beim Wohltätigkeitsgolfen begegnet. Seit wann war er mit Del befreundet?

Ein dritter Mann kam ins Zimmer, und den kannte Gavin genau. Es war Yan Feliciano aus seiner Mannschaft. «Como es el?»

Wie geht es ihm? Das hatte Gavin verstanden. Heilige Scheiße, er konnte Spanisch, wenn er besoffen war.

Del schüttelte den Kopf. «Noch ein Schluck, und er hätte zu Ed-Sheeran-Balladen geheult.»

Gavin hickste. «No me gusta Ed Sheeran.»

«Klappe», sagte Del.

«Ich stottere nich', wenn ich spanisch bin.» Gavin hickste wieder. Etwas Saures kam diesmal mit hoch. «Wenn ich b'soffen bin.»

Yan fluchte. «Que paso?»

«Thea will die Scheidung», sagte Del.

Yan brummte ungläubig. «Meine Frau meinte, es gibt ein Gerücht, die beiden hätten Probleme, aber ich konnte es nicht glauben.»

«Ganstu klauben», stöhnte Gavin und ließ den Kopf auf die Couch fallen. *Scheidung.* Seine Frau, die Mutter seiner Zwillingstöchter, die Frau, durch die er vor drei Jahren erkannt hatte, dass es die Liebe auf den ersten Blick tatsächlich gab, war mit ihm fertig. Und das war seine eigene verdammte Schuld.

«Trink das.» Del gab ihm eine Flasche Wasser. «Er wohnt hier seit zwei Wochen», sagte er zu Yan.

«Sie hat mich rausg'woffen.» Gavin ließ die ungeöffnete Wasserflasche fallen.

«Weil du dich verhalten hast wie ein Blödmann.»

«Ich weiß.»

Del schüttelte den Kopf. «Ich habe dich gewarnt, Mann.»

«Ich weiß.»

«Ich hab dir gesagt, dass sie dir einen Arschtritt verpasst, wenn du dich nicht zusammenreißt.»

«Ich weiß», stöhnte Gavin genervt und hob den Kopf. Zu schnell. Viel zu schnell. Aufwallende Übelkeit warnte ihn, dass der Bourbon wieder ans Tageslicht wollte. Gavin schluckte und holte tief Luft, aber, oh Scheiße … ihm brach der Schweiß aus.

«Oh verdammt, er wird grün», rief Vielleicht-Braden-Mack.

Kräftige Hände packten ihn und hievten ihn hoch. Seine Füße berührten kaum den Boden, als Del und Ziemlich-sicher-Braden-Mack ihn ins Bad wuchteten. Gavin stolperte zur Toilette, gerade als etwas in der Farbe mieser Entscheidungen aus seinem Mund geschossen kam. Mack fluchte, würgte und rannte hinaus. Del blieb, sogar als Gavin ächzte wie ein Tennisspieler beim Rückhandschlag und sich mehrmals übergab.

«Du hast das harte Zeug noch nie vertragen», sagte Del.

«Ich sterbe», stöhnte Gavin, während er auf ein Knie sank.

«Du stirbst nicht.»

«Dann erlösch mich aus mei'm Elend.»

«Glaub mir, ich bin schwer in Versuchung.»

Gavin ließ sich auf den Hintern plumpsen und lehnte sich an die beige Badezimmerwand. Dabei stieß er mit dem Knie gegen die beige Duschwanne, die hinter dem beigen Duschvorhang verborgen war. Er verdiente fünfzehn Millionen Dollar im Jahr und schlief in einem Hotel, das schäbiger war als die Unterkünfte in seiner Minor-League-Zeit. Er hätte sich ein viel besseres leisten können, aber das war seine Strafe. Die selbst auferlegte. Durch seinen Stolz hatte er das Beste, was ihm je passiert war, ruiniert.

Del spülte, klappte den Deckel herunter und ging raus. Einen Moment darauf kam er mit dem Wasser zurück. «Trink. Und diesmal meine ich es ernst.»

Gavin öffnete die Flasche und trank sie halb aus. Nach ein paar Minuten drehte sich der Raum nicht mehr. «Was machen die hier?»

«Das erfährst du noch.» Del setzte sich auf den Toilettendeckel und stützte die Ellbogen auf die Knie. «Geht's?»

«Nein.» Gavins Halsmuskeln krampften. Scheiße. Er würde Del vor die Füße kotzen. Er kniff die Augen zu und presste den Daumen zwischen die Brauen.

«Wein ruhig, Mann.» Del stieß Gavin mit der Schuhspitze am Fuß an. «Das ist keine Schande.»

Gavin lehnte den Kopf an die Wand, als ihm zwei Tränen über die Wangen liefen. «Ich kann nicht fassen, dass ich sie verloren habe.»

«Du hast sie nicht verloren.»

«Sie w-w-will die Scheidung, Arschloch.»

Del reagierte nicht auf sein Stottern. Das tat von der Mannschaft keiner mehr, vor allem weil Gavin aufgehört hatte, in ihrem Beisein dagegen anzukämpfen. Auch so eine Sache, die er Thea zu verdanken hatte. Bevor er sie kennenlernte, war er unsicher gewesen. Es war ihm schwergefallen, vor anderen zu sprechen, sogar vor Leuten, die er gut kannte. Aber Thea war beim ersten Mal, als er vor ihr stotterte, total ungerührt geblieben. Sie versuchte nicht, seine Sätze zu beenden, schaute nicht verlegen weg. Sondern wartete einfach ab, bis er seinen Satz zu Ende gebracht hatte. Niemand sonst, von seiner Familie einmal abgesehen, hatte ihm je das Gefühl gegeben, dass er mehr war als ein peinlicher stotternder Muskelprotz.

Deshalb fühlte er sich umso mehr betrogen, als er vor einem Monat entdeckte, dass sie ihn belogen hatte. Genau das war es nämlich gewesen, eine Lüge.

Seine Frau hatte ihm ihre verdammten Orgasmen vorgetäuscht. Seit der Hochzeit. Drei Jahre lang.

«Hat sie das genau so gesagt?», wollte Del wissen. «Oder hat sie gesagt, sie denkt an Scheidung?»

«Wo ist der Unterschied?»

«Das eine heißt, sie ist endgültig mit dir fertig. Das andere heißt, du hast vielleicht noch eine Chance.»

Gavin drehte den angelehnten Kopf kraftlos hin und her. «Es gibt keine Chance. Du hast ihren Ton nicht gehört. Sie hat mit mir geredet wie mit einem Fremden.»

Del erhob sich und blickte auf ihn hinab. «Willst du um deine Ehe kämpfen?»

«Ja.» Gott, ja. Mehr als alles andere. Und Scheiße, ihm wurde schon wieder die Kehle eng.

«Und wie weit bist du bereit, dafür zu gehen?»

«So weit wie nötig.»

«Meinst du das ernst?»

«W-w-was soll das? Fuck, natürlich meine ich es ernst.»

«Gut.» Del hielt ihm die Hand hin. «Dann komm hoch.»

Gavin ließ sich von ihm auf die Füße ziehen und folgte ihm ins Zimmer. Er fühlte sich tonnenschwer, als er auf die Couch zuwankte und sich auf die Kissen sinken ließ.

«Nettes Zimmer, Scott», sagte Mack, der gerade aus der winzigen Küche kam. Er rieb sich einen grünen Apfel an der Schulter sauber und biss herzhaft hinein.

«Das ist meiner», brummte Gavin.

«Du hast ihn nicht gegessen.»

«Hatte ich noch vor.»

«Sicher. Zum Dessert nach der Flasche Bourbon.»

Gavin zeigte ihm den Stinkefinger.

«Lass das», sagte Del zu Mack. «An dem Punkt sind wir alle schon gewesen.»

Moment. Was? Was sollte das denn heißen?

Yan beanspruchte das andere Ende der Couch für sich

und legte die Füße auf den Tisch. Mack lehnte sich gegen die Wand.

Del sah die beiden an. «Was meint ihr?»

Mack biss in den Apfel und redete mit vollem Mund. «Ich weiß nicht. Meinst du wirklich, er kriegt das hin?»

Gavin fuhr sich übers Gesicht. Er kam sich vor wie in einem Film. Einem miesen Film. «Kann mir bitte jemand erklären, w-was hier läuft?»

Del verschränkte die Arme. «Wir werden deine Ehe retten.»

Gavin schnaubte, aber die drei Männer wirkten vollkommen ernst. Er stöhnte. «Ich bin geliefert.»

«Du hast gesagt, du bist zu allem bereit, um Thea zurückzugewinnen», sagte Del.

«Ja», murmelte Gavin.

«Okay, dann musst du jetzt ehrlich sein.»

Gavin spannte sich unwillkürlich an. Del setzte sich ihm gegenüber auf den Sofatisch, der unter seiner Einsfünfundneunzig-Statur ächzte.

«Erzähl uns, was passiert ist.»

«Hab ich doch schon. Sie hat gesagt …»

«Ich meine nicht heute Abend. Was ist passiert?»

Gavin sah alle drei an. Selbst wenn Yan und Apfelklauer-Mack nicht dabei stünden, würde er nicht darüber reden. Es war zu demütigend. Es wäre schlimm genug zuzugeben, dass er seine Frau im Bett nicht befriedigen konnte. Aber auch noch zuzugeben, dass er komplett bescheuert war? Dass er ausgeflippt und ins Gästezimmer gezogen war, seine Frau mit Schweigen bestraft und sich geweigert hatte, mit ihr zu reden, weil sein Ego nicht damit klarkam, dass sie ihre Orgasmen vorgetäuscht hatte? Tja, kam nicht in Frage. Nein danke, das würde er für sich behalten.

«Kann ich dir nicht sagen», brummte er schließlich.

«Warum nicht?»

«Ist zu persönlich.»

«Wir sprechen von deiner Ehe. Natürlich ist das persönlich», erwiderte Del.

«Aber das ist zu …»

Mack schnitt ihm frustriert schnaubend das Wort ab. «Er will wissen, ob du sie betrogen hast, Hohlbirne.»

Gavin blickte Del wütend an. «Das glaubst du? Du glaubst tatsächlich, ich wäre fremdgegangen?» Allein bei dem Gedanken wollte er sich über die Toilette beugen und den Rest seines flüssigen Abendessens von sich geben.

«Nein», sagte Del. «Aber wir müssen das fragen. Das gehört zu den Regeln. Wir helfen Fremdgehern nicht.»

«Wer zum Teufel ist *wir*? Was ist hier eigentlich los?»

«Du hast gesagt, sie hätte mit dir gesprochen, als wärst du ein Fremder», erklärte Del. «Ist dir schon mal der Gedanke gekommen, ihr könntet euch tatsächlich fremd geworden sein?»

Was zum …? Gavin schoss ihm einen irritierten Blick zu.

«Alle Eheleute werden sich irgendwann fremd», sagte Del. «Menschen entwickeln sich, und wir entwickeln uns nicht alle im selben Tempo. Wer weiß, wie viele Leute geschieden wurden, nur weil sie nicht erkannt haben, dass ihre scheinbar unüberwindlichen Probleme eigentlich nur vorübergehende Phasen waren?» Del breitete die

Arme aus. «Aber verdammt, ihr beide? Es ist ein Wunder, dass ihr euch überhaupt kennengelernt habt.»

«Soll ich mich jetzt etwa b-b-besser fühlen?»

«Ihr seid – wie lange, vier Monate? – miteinander ausgegangen, bevor sie schwanger wurde.»

«Drei.»

Mack hustete in die Hand. Es klang wie «Shotgun».

«Okay», fuhr Del fort. «Noch bevor ihr so recht wusstet, was geschah, habt ihr geheiratet, und noch bevor die Zwillinge auf der Welt waren, wurdest du in die Major League berufen. Meine Güte, Gavin, du warst die meiste Zeit deiner Ehe im Trainingslager oder bei Auswärtsspielen, und sie hat die Mädchen praktisch allein erzogen, noch dazu in einer fremden Stadt. Und da denkst du, sie ist noch derselbe Mensch wie zu Beginn eurer Ehe?»

Nein, das tat er nicht. Aber verdammt, das Problem zwischen ihm und Thea lag woanders. Sicher, sie hatte sich verändert. Er auch. Aber sie waren gute Eltern, und sie waren glücklich. Zumindest hatte er das geglaubt.

Del zuckte mit den Achseln und setzte sich aufrechter hin. «Damit will ich nur sagen, dass unser Berufsleben schon für Paare belastend ist, die sich jahrelang kennen und vor der Heirat genau wissen, was auf sie zukommt. Aber ihr beide seid gleich ins tiefe Ende des Pools gesprungen, ohne vorher schwimmen gelernt zu haben. Das überlebt keine Ehe, nicht mal unter den besten Bedingungen. Nicht ohne ein bisschen Hilfe.»

«Für eine Ehetherapie ist es zu spät.»

«Unsinn. Aber darum geht es hier sowieso nicht.»

«Worum denn dann, verdammt?»

Anstatt zu antworten, blickte Del wieder zu Yan und Mack. «Also?»

«Ich sage ‹Ja›», antwortete Yan. «Er wird nächste Saison komplett nutzlos sein, wenn wir die beiden nicht wieder zusammenkriegen.»

Mack zuckte die Schultern. «Bin dabei, wenn auch nur, um ihn hier rauszukriegen. Ich meine, Scheiße, Mann.» Er machte eine weitschweifige Geste, die den ganzen Raum umfasste.

Gavin ließ sich zur Seite auf die Polster sinken. «Was heißt auf Spanisch ‹Verpisst euch›?»

Mack biss das letzte große Stück von dem Apfel ab und warf das Kerngehäuse über die Schulter. Es landete genau in der Spüle. Gavin hasste ihn mehr als jeden anderen auf der Welt. «Meine Töchter haben mir den Apfel geschenkt.»

«Ups.»

«Hör zu», sagte Del. «Werd erst mal wieder nüchtern, und morgen Abend kommst du zum ersten offiziellen Treffen.»

«Das erste offizielle Treffen von *was*?»

«Von der Lösung für deine Probleme.»

Die drei sahen ihn an, als wäre damit alles klar.

«Aha. Klar. War's das?»

«Nur eins noch», sagte Del. «Auf gar keinen Fall darfst du mit deiner Frau reden.»

KAPITEL 2

Nichts und niemand ist stärker als eine wirklich angepisste Frau.

Von all den Alltagsweisheiten, die ihre Gran Gran im Lauf der Jahre verkündet hatte, war diese hoffentlich wahr. Denn, verflixte Hacke, der Vorschlaghammer wog eine Tonne. Vier Versuche, mit dem Ding zuzuhauen, und Thea Scott hatte nichts vorzuweisen außer einer kleinen Delle in der Wand und einer großen Muskelzerrung im Rücken. Aber verdammt, sie würde nicht aufgeben. Drei Jahre lebte sie jetzt in diesem Haus, und genauso lange überlegte sie schon, diese Wand einzureißen.

Nachdem gestern schon ihre Ehe offiziell in die Brüche gegangen war, kam heute die Wand an die Reihe. Das war nur passend.

Außerdem musste Thea wirklich dringend auf etwas einschlagen.

Noch einmal schwang sie ächzend den Vorschlaghammer. Endlich traf er mit einem befriedigenden *Donk* auf die Wand und riss ein klaffendes Loch. Unter Siegesgeheul zog sie den Hammerkopf aus dem Loch und lugte hindurch. Auf der anderen Seite war die Wand noch intakt, aber sie konnte schon beinahe fühlen, wie das Licht hindurchströmte. Wer kam bloß auf die Idee, da eine Wand hinzusetzen? Welcher Architekt mit zwei funktionierenden Gehirnzellen würde das Wohnzimmer derart vom Esszimmer abtrennen und das wunderbare Tageslicht daran hindern, das Erdgeschoss zu fluten?

Thea schlug erneut zu, und ein zweites Loch erschien. Ein Trümmerstück fiel ihr vor die Füße, eine Staubwolke stieg auf, und Gipspartikel rieselten auf ihre Arme. Oh Mann, was für ein gutes Gefühl.

Keuchend legte Thea den Hammer auf die Plastikplane, die sie zum Schutz des Holzbodens ausgebreitet hatte. Während sie sich mit einer Hand die Schulter massierte, drehte sie sich um und ließ ihren Blick durchs Wohnzimmer schweifen. Ja. Genau da. Gleich neben der Terrassentür. Das war genau die richtige Stelle für eine Staffelei. Eines Tages, wenn sie ihren Abschluss gemacht hatte, würde sie sich vielleicht ein eigenes Atelier einrichten. Aber fürs Erste wäre sie damit zufrieden, einfach nur wieder zu malen. Sie hatte keine Leinwand mehr unter den Fingern gehabt, seit die Mädchen zur Welt gekommen waren. Ihre größte künstlerische Leistung bestand dieser Tage darin, ihre weißen T-Shirts so zu färben, dass die Flecken wie Absicht aussahen.

Sie hatte versucht, der Wand einen Sinn zu geben. Hatte Familienfotos aufgehängt und Handabdrücke und andere Bilder der Mädchen gerahmt. Auch Gavins Lieblingsbaseballschläger von der Highschool hatte sie dort ausgestellt. Alles mit dem Gedanken, es eines Tages richtig zu machen, indem sie die Wand in einer lebhafteren Farbe strich oder vielleicht ein Einbauregal davorsetzte. Oder das blöde Ding einfach einriss und den Platz neu gestaltete.

Eines Tages war heute. Das war ihr klar gewesen, sowie sie aufwachte; mit geschwollenen Augen, weil sie in der Nacht einen schwachen Moment gehabt und im Badezimmer geweint hatte, die Hand auf den Mund gepresst, um keinen Laut von sich zu geben.

Tränen waren sinnlos. Reue würde ihr bei ihrem Neuanfang nicht helfen. Es gab nur ein Mittel, um weiterzumachen: Sie musste Stärke zeigen.

Buchstäblich.

Daher hatte sie die Mädchen nach dem Frühstück mit ihrer Schwester Liv, die bei ihr wohnte, seit Gavin gegangen war, zum Tanzunterricht geschickt. Und dann hatte sie ihren alten Maloverall hervorgewühlt, war zum Baumarkt gefahren und hatte den Vorschlaghammer gekauft.

«Sie wissen, wie man den benutzt?», fragte der Mann an der Kasse. Seine hochgezogenen Brauen schrien praktisch Mansplaining. Ein Herrklärer.

Thea krümmte die Lippen zu einem Pseudolächeln. «Jep.»

«Achten Sie darauf, das Stielende mit der kräftigeren Hand zu packen.»

«Jep. Kapiert.» Sie steckte das Wechselgeld ein.

Der Mann zog an seinen Hosenträgern. «Was wollen Sie einreißen?»

«Patriarchalische Machtstrukturen.»

Er sah sie verständnislos an.

«Eine Wand.»

«Prüfen Sie vorher, ob es eine tragende ist.»

Das Bedürfnis, auf etwas einzuschlagen, wallte wieder auf. Thea hievte den Vorschlaghammer auf die Schulter, aber als sie zum Schwung ansetzte, flog die Haustür auf. Die Mädchen stürmten herein in ihren rosa Strumpfhosen und wippenden Tutus. Butter Ball, ihr Golden Retriever, folgte ihnen geduldig wie ein Kindermädchen auf vier Pfoten. Liv, die ihn an der Leine führte, bildete das Schlusslicht.

«Mommy, was machst du?» Amelia blieb abrupt stehen, halb ehrfürchtig, halb beklommen. Thea konnte es ihr nicht verdenken. Mommy sah vermutlich nicht wie Mommy aus.

«Ich reiße die Wand ein», antwortete sie möglichst unbekümmert.

«Oh ja.» Liv rieb sich die Hände. «Da will ich mitmachen.» Sie ließ die Hundeleine fallen und griff nach dem Vorschlaghammer. «Darf ich so tun, als wäre es sein Gesicht?»

«Liv», mahnte Thea leise. Ihre Schwester würde vor den Mädchen nicht absichtlich schlecht über Gavin reden. Liv und Thea hatten am eigenen Leib erfahren, dass nur die Kinder litten, wenn ein Elternteil den anderen runtermachte. Aber Livs Mundwerk führte manchmal ein Eigenleben. Wie jetzt.

«Wessen Gesicht, Tante Livvie?», wollte Amelia wissen.

Thea schoss ihrer Schwester einen vielsagenden Blick zu.

«Das von meinem Chef», schwindelte Liv rasch. Sie

arbeitete für einen tyrannischen Promikoch in einem berühmten Restaurant in Nashville und beschwerte sich so oft über ihn, dass die Mädchen ihr sofort glaubten.

«Dürfen wir auch mal?», fragte Amelia.

«Das ist gefährliche Erwachsenenarbeit», erklärte Thea. «Aber ihr dürft zusehen.»

Liv schlug mit einem Tarzanschrei zu, und ein weiteres Trümmerstück fiel auf den Boden. Die Mädchen jubelten und hüpften. Ava verband eine Art Karatetritt mit ihrem Freudenschrei, und Amelia versuchte, ein Rad zu schlagen. Damit ging im Wohnzimmer offiziell die Post ab.

«Verdammt, tut das gut!» Liv gab Thea den Hammer zurück. «Wir brauchen Musik dazu.»

Als Thea das Werkzeug wieder an sich nahm, holte Liv ihr Handy hervor, wischte ein paarmal übers Display, und im nächsten Moment schallte aus den Bluetooth-Lautsprechern im ganzen Haus Aretha Franklin, die RESPECT forderte.

Liv nahm Gavins Baseballschläger vom Boden, hielt ihn wie ein Mikrophon und sang lauthals mit. Sie streckte Thea die Hand hin, worauf die um ihrer Töchter willen mit einfiel. Die Mädchen lachten, als wäre das Spontankonzert das Lustigste, was sie je gesehen hatten.

Und plötzlich waren Thea und Liv wieder Teenager, die in dem altmodischen Zimmer, das sie sich in Gran Grans Haus geteilt hatten, lauthals zur Musik mitgrölten. Dort hatten sie – während ihre Mutter, benebelt von Wut und dem großzügigen Unterhalt, versuchte, sich selbst zu finden, und ihr Vater damit beschäftigt war, Ehefrau Nummer zwei zu betrügen – P!nk-Songs auswendig gelernt und sich fest vorgenommen, nie einem Mann zu trauen und nie so schwach wie ihre Mutter, nie so egoistisch wie ihr Vater und immer füreinander da zu sein.

Sie beide würden zusammenhalten gegen den Rest der Welt. Immer.

Und jetzt auch. Nur musste Thea diesmal nicht nur für ihre kleine Schwester da sein, sondern vor allem für ihre Töchter. Und das würde sie. Unter allen Umständen. Sie würde dafür sorgen, dass die beiden nie erfuhren, wie es war, in aggressiver Atmosphäre aufzuwachsen oder für die gemeinen Schachzüge ihrer Eltern herzuhalten.

Plötzlich brannten Tränen in ihren Augen, und ein schweres Gewicht drückte auf ihre Brust. Die Worte blieben ihr im Hals stecken, als ihre Kehle eng wurde. Hastig drehte sie sich von den Mädchen weg, um sich über die Wangen zu wischen.

Liv überspielte die Situation geschickt. «Hey, Mädels, lauft schon mal nach oben und zieht euch um, okay? Wer als Erste auf der Treppe ist, darf den Film für heute Abend aussuchen.»

Die Chance, sich miteinander zu messen, verlieh den Mädchen Flügel. Sekunden später war Arethas Song zu Ende.

«Alles okay?»

Thea konnte mit dem schmerzhaften Kloß im Hals kaum reden. «Was, wenn ich ihnen damit schade?»

«Das tust du nicht», widersprach Liv scharf. «Du bist die beste Mutter, die ich kenne.»

«Alles, was ich will – alles, was ich je wollte –, ist, ihnen die Kindheit zu geben, die wir nie hatten. Sie sollen sicher und behütet aufwachsen und …»

Liv nahm sie bei den Schultern und drehte sie zu sich herum. «Er ist derjenige, der ausgezogen ist.»

«Ja, weil ich ihn rausgeworfen habe.» Wochenlang hatte er ihr die kalte Schulter gezeigt, sich geweigert, mit ihr zu reden, und lieber im Gästezimmer geschmollt. Schließlich konnte sie es keine Minute länger aushalten. Zwei Kleinkinder im Haus waren ihr Limit.

«Und er konnte gar nicht schnell genug von dir wegkommen.»

Das stimmte. Trotzdem nagte das schlechte Gewissen an ihr. Es gab Dinge, von denen Liv nichts wusste. Gavin hatte kein Recht, so zu reagieren, als ihm aufging, dass sie ihm im Bett etwas vorgespielt hatte. Aber sie hätte ihn das nicht auf diese Weise merken lassen dürfen. «Um eine Beziehung zu ruinieren, braucht es immer zwei.»

Liv nickte. «Klar. Aber ich bin deine Schwester, da bin ich schon biologisch dazu veranlagt, auf deiner Seite zu stehen.»

Sie blickten einander an und dankten wieder einmal dem Himmel, weil sie wenigstens einen Menschen hatten, auf den sie immer zählen konnten.

Thea hatte einmal geglaubt, Gavin wäre auch so ein Mensch.

Zur Hölle mit ihm! Sie hob den Vorschlaghammer auf. Es war Zeit, auf eigenen Beinen zu stehen. Da weiterzumachen, wo sie aufgehört hatte, als sie für ihn und seine Karriere alles aufgab. Zeit, endlich wahrzumachen, was sie sich zusammen mit Liv damals geschworen hatte.

Thea holte aus, und der Schlag riss ein weiteres Loch in die Wand.

Liv lachte. «Ich bin nicht die Einzige, die sich sein Gesicht vorstellt, oder?»

«Nein», knurrte Thea und holte erneut aus.

«Gut. Lass es raus. Du bist eine knallharte Bitch, die keinen Mann braucht.»

Aus den Lautsprechern tönte ein zorniger Taylor-Swift-Song über das Verbrennen von Fotos.

Liv nahm sich Gavins Schläger. «Mach mal Platz. Ich will auch.»

«Nein, warte! Das ist sein Lieblingsschläger!»

«Dann hätte er ihn mitnehmen sollen», erwiderte Liv.

Thea duckte sich, als Liv ihn schwang. Es gab einen lauten Knall beim Aufprall auf der Gipswand.

Thea ließ den Hammer los und riss Liv den Schläger aus der Hand. «Wir dürfen ihn nicht kaputt machen.»

«Das ist nur ein Baseballschläger.»

«Er hat damit die Highschool-Meisterschaft gewonnen.»

Liv rollte die Augen. «Männer und ihr Spielzeug.»

«Er ist ihm wichtig», sagte Thea.

«Ist das nicht genau das Problem?», schnauzte Liv. «Baseball war ihm immer wichtiger als du.»

«Nein, war es nicht.» Gavins tiefe Stimme ließ sie beide herumfahren.

Da stand er, nur ein paar Meter entfernt, als hätten sie ihn mit ihren Worten aus dem Nichts beschworen. Butter bellte und lief schwanzwedelnd zu ihm. Verräter.

Ein Zittern durchlief Thea, als sie zusah, wie Gavin

Butter seine Hand hinhielt und ihn abgelenkt am Ohr kraulte. Er trug eine ausgebleichte Jeans und ein schlichtes graues T-Shirt. Seine feuchten Haare standen wild vom Kopf ab, als hätte er gerade geduscht und sie nur mit dem Handtuch trocken gerubbelt. Seine Augen waren gerötet, dunkle Ringe zeichneten sich darunter ab, und gemessen an den Bartstoppeln hatte er sich mindestens zwei Tage nicht rasiert.

Und trotzdem schaffte er es unfairerweise, unwiderstehlich sexy auszusehen.

Liv drehte die Musik leiser und verschränkte die Arme. «Was willst du hier, Arschloch?»

«Liv», mahnte Thea wieder. «Du wohnst hier nicht mehr», sagte sie dann zu Gavin. «Du kannst nicht einfach reinspazieren.»

Er deutete hinter sich zur Tür. «Ich habe angeklopft.» Sein Blick schnellte zwischen der löchrigen Wand und dem Vorschlaghammer auf dem Boden hin und her. «Was … was tust du da?»

«Ich reiße die Wand ein.»

«Das sehe ich», sagte er langsam. «Aber warum?»

«Weil ich sie nicht leiden kann.»

Gavin zog die Brauen zusammen. «Ist das da mein Schläger?»

Etwas Heißes, Gemeines brannte sich einen Weg durch ihre Vernunft. «Jep. Es geht prima damit.» Sie wandte sich ab und rammte den Schläger in die Wand.

Gavin duckte sich instinktiv.

«Ich will meine Staffelei hier aufstellen.» Sie schlug erneut zu. «Diese dämliche Wand blockiert das ganze Licht.»

«Vielleicht hätten wir darüber reden sollen, bevor du …» Gavin zuckte zusammen, als Thea zum dritten Mal zuschlug.

«Vielleicht hätten wir über vieles reden sollen», erwiderte sie gereizt und trat von der Wand weg. Sie wischte sich den Schweiß von der Stirn.

Plötzlich ertönte ein Quietschen auf der Treppe. «Daddy!» Amelia sprang von der untersten Stufe und rannte zu ihm. Sie schlang die Arme um seine Beine. «Mommy macht die Wand kaputt!» Sie lachte und streckte die Hände aus, damit er sie hochhob.

Gavin nahm sie auf die Arme, während er Thea argwöhnisch anblickte. Amelia musterte sein Gesicht. «Bist du krank, Daddy?»

«Äh, nein, Liebling. Ich habe nur nicht gut geschlafen.» Er küsste sie auf die Wange. «Du riechst nach Sirup. Hat Mommy euch Pfannkuchen zum Frühstück gemacht?»

«Ja, sogar mit Schokostückchen!», rief sie. Allerdings hörte es sich mehr nach «'ogar mit Schoko'tückchen» an, weil sie das S verschluckte.

Gavin und Thea blickten sich an, und aus Gegnern wurden sofort wieder Eltern. Amelia fing seit mehreren Monaten immer mal wieder an zu lispeln, und Gavin hatte Angst, dass daraus ein dauerhafter Sprachfehler wie bei ihm wurde. Thea lächelte ihn sanft an. «Es ist nur ein Lispeln», sagte sie leise.

Gavin streckte die freie Hand nach Ava aus, die zögernd ihrer Schwester hinterhergekommen war. «Hey, Krümel.»

Ava ignorierte ihn und ging stattdessen zu ihrer Mutter. Ihre Kleine versuchte instinktiv, sie zu beschützen, und es brach Thea das Herz. Aber Ava setzte noch eins drauf, indem sie das Kinn hob und erklärte: «Mommy hat geweint.»

Oh nein. Seit Gavin ausgezogen war, kroch Ava jede Nacht zu ihr ins Bett. War sie etwa aufgewacht, als Thea ins Bad geschlichen war? Verdammt. Sie wollte nicht, dass ihre Mädchen sie je weinen hörten.

Gavin schluckte sichtlich. Er betrachtete ihr Gesicht, als sähe er sie zum ersten Mal, registrierte Sommersprossen und Rötungen, die sie nicht überschminkt hatte. Dann sah er ihr in die Augen. Ihr wurde heiß unter seinem ernsten Blick. Warum blickte er sie so an, verdammt?

«Können wir mit Butter spazieren gehen?», fragte Amelia. Das war ihr Vater-Töchter-Ding gewesen, nur zu dritt mit dem Hund durchs Viertel spazieren. Oder zumindest war es das, bis Gavin ausgezogen war.

«Ein andermal, Schätzchen», sagte er. «Ich muss mit Mommy reden.»

Amelia zog einen Schmollmund – eine neue, umwerfend wirksame Masche, die sie kürzlich für sich entdeckt hatte. Gavin schluckte schwer, und fast hatte Thea Mitleid mit ihm. «Ich komme am Montag zu eurem Musical. Vielleicht können wir danach mit Butter spazieren gehen?»

«Dann gehe ich eben mit ihnen raus.» Liv legte gerade genug Schärfe in ihren Ton, dass man das «du Scheißkerl» am Ende des Satzes deutlich hören konnte.

Butter tänzelte an der Tür, während Liv ihm die Leine anlegte und den Mädchen in die Fleecemäntel half. Gerade als sie draußen waren, steckte Liv noch mal den Kopf zur Tür herein. «Macht nicht so lange. Wir müssen noch dein Online-Dating-Profil erstellen, Schwesterherz.»

Die Tür schlug zu.

Gavin gab ein schwer zu deutendes Geräusch von sich.

Thea verkniff sich ein Lächeln.

«Du bist nicht ans Telefon gegangen», sagte Gavin, sowie die Mädchen außer Hörweite waren.

«Der Akku ist seit gestern Abend leer. Hatte keine Lust, ihn aufzuladen.»

Mit weicher, besorgter Miene trat er näher. «Bist du okay?»

Theas Herz hüpfte in ihrer Brust, aber sie ignorierte das. «Ich bin nicht derjenige, der riecht, als hätte er die Nacht mit einer Flasche Whiskey verbracht.»

«Ich habe mich gestern Abend betrunken.»

Thea wandte sich ab, um der Wand den nächsten Schlag verpassen. «Hast du deine Freiheit gefeiert?»

«Wenn du das wirklich glaubst, hab ich es schlimmer verbockt als gedacht.»

Diesmal war das knallende Geräusch des Aufpralls nicht mehr so befriedigend wie vorher. «Tja, das ist dein Problem, Gavin. Denn du hast es voll und ganz verbockt.»

Er widersprach nicht. «Willst du wirklich ein Dating-Profil erstellen?»

«Gott, nein.» Sie schnaubte und wischte sich über die Stirn. «Das ist das Letzte, was ich jetzt brauche.» Noch ein Mann in ihrem Leben? Noch mehr Versprechungen, auf die man sich nicht verlassen konnte? Nein danke.

Gavin nickte sichtlich erleichtert.

«Wenn du gekommen bist, um deine Sachen zu holen, dann beeil dich. Die Mädchen werden bald wieder da sein.»

«Deswegen bin ich nicht hier.»

«Weswegen dann?»

«Ich w-w-w…»

Ihr Herz machte schon wieder einen ärgerlichen kleinen Hüpfer, als sie zusah, wie seine Halsmuskeln arbeiten, und auf die Antwort wartete.

Schließlich stieß Gavin seinen Satz hervor. «Ich will reden.»

«Es gibt nichts mehr zu reden.»

«Bitte, Thea.»

Gottverdammtes hüpfendes Herz. «Na schön.» Sie drückte ihm seinen Schläger in die Hand und stampfte zur Küche. Mit dem Rücken zu ihm füllte sie ein Glas unter dem Wasserhahn und schäumte im Stillen, während er den Kalender an dem riesigen Whiteboard neben dem Kühlschrank studierte. Früher war sie gern impulsiv und spontan gewesen, aber inzwischen lebte und atmete sie nach diesem farbkodierten Kontrollzentrum, mit dem sie jede Minute des Familienlebens plante – Tanzstunden, Zahnarzttermine, Kindergartenelterntage und der in grellem Vergiss-das-nur-wenn-du-lebensmüde-bist-Rot notierte Hinweis, dass sie Avas Lieblingsstrumpfhosen für das Musical am Montag heraussuchen musste.

Bis vor kurzem war der Kalender auch mit gemeinnützigen und sonstigen Verpflichtungen gefüllt gewesen, die sie als Spielerfrau hatte. Als eine der Nashville Legends WAGs – *Wifes and Girlfriends* der Baseballmannschaft von Nashville. Aber seit das Gerücht ging, dass sie und Gavin Beziehungsprobleme hatten, waren die anderen auf Abstand gegangen. Sie hatten sie diesen Monat nicht mal mehr zu ihrer blöden Mittagsrunde eingeladen, und da hatte sie das Wort Scheidung noch nicht mal in den Mund genommen.

Na ja. Sie hatte sowieso nie das Gefühl gehabt, dazuzugehören, egal, wie sehr sie sich bemühte. In Gegenwart dieser Frauen wurde sie den Eindruck nicht los, dass sie über sie die Nase rümpften. Die meisten von ihnen gingen bestimmt davon aus, dass sie sich absichtlich hatte schwängern lassen, um einen reichen Profisportler an sich zu binden.

Das zeigte nur, dass niemand von denen sie kannte. Denn des Geldes wegen hätte Thea niemals geheiratet. Das war das Allerletzte. Sie hatte mit eigenen Augen gesehen, dass Geld alles und jeden verdarb.

Nein. Sie hatte Gavin aus Liebe geheiratet.

Wobei ... wenn sie jetzt sah, was daraus geworden war, hätte sie vielleicht doch wegen des Geldes heiraten sollen.

Sie hatte vorher nicht die geringste Ahnung gehabt, wie ihr Leben als Frau eines Profisportlers aussehen würde. Plötzlich berühmt-berüchtigt zu sein und eine gewisse Verantwortung zu tragen. An Wohltätigkeitsveranstaltungen und Promotion-Auftritten teilnehmen zu müssen. Mit den anderen WAGs. Es war so, als wäre sie unfreiwillig in einer Studentinnenverbindung gelandet. Sie hatte nichts gegen Verbindungen. Im College war sie sogar in einer Mitglied gewesen, wo sich vor allem Studentinnen von Fächern wie Theaterwissenschaft, Musik oder Gender Studies sammelten und gegen Mittelkürzungen des Frauenzentrums protestierten.

Aber bei den WAGs ging es anders zu. Diese Frauen

verlangten Konformität und Gehorsam – das Gegenteil von allem, wofür Thea früher eingetreten war. Und sie hatte mit allem allein zurechtkommen müssen, auch mit den Zwillingen, denn Gavin war selten zu Hause gewesen. Irgendwann im Laufe der letzten drei Jahre hatte sie sich selbst verloren, bis sie sich nicht einmal mehr selbst erkannte. Wieso kam sie auf einmal in der *Southern Lifestyle* vor, in einer Artikelserie über Tennessees Profisportler und ihre Familien? *Mustergültiges Pastell.* So der Titel. Und sie hatten recht. Ihr gesamter Kleiderschrank war eine Huldigung an Zuckerwatte. Früher hatte sie alte Depeche-Mode-T-Shirts und schwarze Chucks getragen, verdammt noch mal.

Der Zeitschriftenartikel war wie eine eisige Dusche. Ein Weckruf. Sie hatte fassungslos nach Luft geschnappt, weil sie ein Leben führte, das sie früher verachtet hätte. Und Gavin war entweder nicht aufgefallen, dass sie sich in eine glattgebügelte Pastellversion ihrer selbst verwandelt hatte, oder es war ihm egal gewesen.

Oder schlimmer noch, ihm war die Pastellversion lieber als die alte Thea.

Er räusperte sich, sodass sie sich zu ihm umdrehte. Die Schatten unter seinen Augen wirkten unter der Küchenlampe noch dunkler, wie zwei Blutergüsse. Er sah wirklich furchtbar aus. Gavin vertrug nichts Hartes. Weder harten Alkohol noch harte Wahrheiten.

Sie schob ihm das volle Wasserglas über die Kücheninsel zu. «Möchtest du ein Aspirin?»

«Hab schon eins genommen.»

«Hat nicht geholfen, was?»

«Nicht so richtig.» Schief grinsend griff er nach dem Glas und rieb mit dem Daumen das Kondenswasser weg. Sie konnte nicht verhindern, dass bei diesem Anblick Sehnsucht in ihr aufflammte, die gewisse Körperstellen schmerzen und andere kribbeln ließ. Gott, sie musste ein erstaunliches Maß an Jämmerlichkeit erreicht haben, wenn sein das Glas streichelnder Daumen so etwas in ihr auslösen konnte. Seit jener Nacht, der Nacht des großen Orgasmus-Fiaskos, hatte er sie nicht mehr berührt. Und obwohl er augenscheinlich das Gegenteil glaubte, hatte sie es immer geliebt, von ihm angefasst zu werden. Das war nie gespielt gewesen.

Zur Hölle mit ihm. «Ich will das Haus behalten.»

Gavin neigte den Kopf zur Seite, als hätte er sie nicht verstanden. «W-was?»

«Ich weiß, das ist viel verlangt, aber ich brauche nicht viel Unterhalt, falls du bereit bist, es an die Mädchen und mich abzutreten. Ich werde natürlich arbeiten, aber …»

Gavin schob das Glas weg. «Thea …»

«Für Liv und mich wäre es vermutlich leichter gewesen, wenn Dad das Haus nicht verkauft hätte, nachdem er Mom verlassen hatte. Und da das hier das einzige Zuhause ist, das die Mädchen kennen …» Ihre Stimme versagte. Sie räusperte sich, um das zu überspielen. «Wir sollten es ihnen gemeinsam sagen. Ich bin mir nur nicht sicher, wann der richtige Zeitpunkt dafür ist. Vor den Ferien? Nach den Ferien? Ich weiß es nicht. Ich weiß nicht mal, ob sie überhaupt verstehen, was das heißt. Sie denken immer noch, du bist nur weg, weil du Baseball spielen musst, aber bald werden sie …»

«Hör auf!»

Der Ton dieses Befehls war ebenso unangenehm wie untypisch. Thea fuhr erschrocken zusammen. «Womit?»

«Ich will das nicht.»

«Das Haus?»

«Nein! Verdammt!» Er fuhr sich durch die Haare. «Ich meine, ja. Ich will das Haus behalten. Ich w-w-will dich und die Mädchen mit dem Haus.»

«Ich verstehe nicht.»

«Ich will *dich*!»

Thea blieb vor Verblüffung der Mund offen stehen. Einen Moment lang hatte sie die Sprache verloren, dann setzte sich ihr Zynismus durch. «Lass das, Gavin. Dafür ist es zu spät.»

Gavin krallte die Finger so fest um den Rand der Arbeitsplatte, dass die Adern an seinen Unterarmen hervortraten.

«Nein.»

«Es ist besser, das jetzt zu tun, solange die Mädchen noch klein sind und bald vergessen, dass …» Sie konnte den Satz nicht zu Ende bringen, weil ihr Hals plötzlich schmerzte. Sie hatte jetzt keine Zeit für diesen emotionalen Mist.

Gavins Miene wurde hart. «Was vergessen? Dass ihre Eltern mal verheiratet waren?»

«Mir ist lieber, sie vergessen es schnell, als dass sie wegen unserer Trennung leiden.»

«Dann trennen wir uns eben nicht.»

«Zu spät. Wir sind seit der Minute getrennt, in der du uns verlassen hast.»

«Du hast gesagt, ich soll verschwinden, Thea!»

«Und du konntest gar nicht schnell genug aus dem Haus kommen.»

Er klappte den Mund auf und zu, während er nach Worten suchte. «Ich brauchte Zeit zum Nachdenken», stieß er dann hervor.

«Jetzt hast du alle Zeit, die du brauchst.»

Gavin ließ sich nach vorn sinken, stützte die Ellbogen auf die Platte und legte den Kopf in die Hände. «Das läuft anders, als ich w-wollte.»

Thea drehte sich wütend von der Kücheninsel weg. «Ach, wirklich? Wie hast du es dir denn vorgestellt? Dachtest du, du brauchst nur hier aufzukreuzen, und ich lächle dich an, als wäre alles in Ordnung. Das habe ich drei Jahre lang getan, Gavin. Damit ist jetzt Schluss.»

Sie ging zurück zur Gipswand. Sie musste auf irgendetwas einprügeln.

«W-was soll das heißen?» Er kam dicht hinter ihr her.

«Das heißt, Orgasmen waren das geringste unserer Probleme!» Genau das regte sie am meisten auf. Er war sauer auf sie, weil sie ihm im Bett etwas vorgespielt hatte, wusste aber allen Ernstes nicht, dass sie in ihrem gesamten Alltag etwas vorspielen musste?

Thea hob den Baseballschläger auf und schlug mit aller Kraft gegen die Wand. Ein weiteres Loch entstand.

«Thea, warte.» Gavin legte eine Hand um den Schläger und hielt sie so davon ab, noch mal auf die Wand einzuprügeln. «Bitte hör mir nur einen Moment zu.»

Sie fuhr zu ihm herum. «Über dieses Stadium sind wir hinaus, Gavin. Ich habe dich nach diesem grauenhaften

Abend tausendmal gebeten, mir zuzuhören, und du hast dich geweigert!»

«Nicht alles an dem Abend war grauenhaft, Thea.»

Angetrieben von aufgestauter Wut schubste sie ihn von sich weg. «Willst du mich verarschen? Du denkst, jetzt ist ein guter Moment, um mich an deinen glorreichen Grand Slam zu erinnern?»

Wäre es nicht so dermaßen bitter, hätte sie glatt gelacht. Es war ein Witz. Am Abend seines größten sportlichen Erfolgs – einem spielbeendenden Grand Slam im sechsten Spiel der American League Championship – legte er einen noch größeren Homerun zu Hause im Bett hin.

«Ich meine das, was wir nach dem Spiel getan haben.» Gavin trat dicht an sie heran und senkte die Stimme zu einem verführerischen Ton. «Das war nicht grauenhaft.»

«Warum bist du dann hinterher ins Gästezimmer gezogen?»

Gavin hob beschwichtigend die Hände. «Weil ich ein Blödmann bin. Ich habe überreagiert, okay? Ich weiß das. Und ich w-w…»

Sein Mund arbeitete, um die Worte hervorbringen, die seine Muskeln entschlossen zurückhalten wollten. Er strich sich übers Kinn und dann über den Nacken. Schließlich blickte er frustriert knurrend zu Boden und kniff die Lippen zusammen.

Zum zweiten Mal an diesem Vormittag flog die Haustür auf. Gavin fluchte leise, als Amelia und Butter hereingerannt kamen, hinter ihnen Ava und Liv in gemessenerem Tempo. Amelia blieb im Flur stehen und hielt einen Hundekuchen am ausgestreckten Arm in die Höhe. «Daddy, guck mal!»

Amelia befahl Butter zu springen. Der Hund brauchte lediglich den Kopf zu heben, um das Leckerli aus ihren Fingern zu klauben, aber Amelia quiekte, als hätte sie ihm das Sprechen beigebracht.

Gavin lächelte zärtlich. «Total cool, mein Schatz», sagte er, sein Ton war allerdings angespannt.

Auf dem Weg in die Küche fing Liv Theas Blick auf. Sekunden später plärrte «All the Single Ladies» aus den Lautsprechern.

«Sehr subtil», sagte Gavin leise.

«Niemand ist so loyal wie eine kleine Schwester.»

«Wir gehen im Garten Trampolin springen», sagte Liv, die die Anspannung zwischen den beiden offensichtlich wahrnahm. Sie drehte die Musik noch lauter auf, bevor sie mit den Mädchen rausging.

Gavin näherte sich behutsam. «Sag mir einfach, was n-n-nötig ist. Was muss ich tun?»

Sein flehender Gesichtsausdruck erinnerte sie unangenehm an ihren Vater, an das ebenso unterwürfige wie unehrliche «Oh, bitte, Schatz», mit dem er ihre Mutter dazu brachte, ihm eine zweite Chance zu geben. Oder eine dritte oder eine vierte. Wie oft hatte ihre Mutter seinen Versprechungen geglaubt und ihn wieder aufgenommen? Zu oft. Thea würde diesen Fehler nicht begehen.

«Dafür ist es zu spät, Gavin», wiederholte sie seufzend.

Gavin wurde blass. «Gib mir noch eine Chance.»

Sie schüttelte den Kopf.

Verzweifelt schloss er die Augen, und mit halb unterdrücktem Stöhnen drehte er sich weg und legte die Hände auf den Kopf. Sein T-Shirt spannte sich über festen Rückenmuskeln, während er mit sich rang. Ein Moment nervenaufreibender Anspannung verging, dann drehte er sich zu ihr um. Entschlossen ging er auf sie zu. «Ich werde alles tun, Thea. Bitte.»

«Warum, Gavin? Nach all dieser Zeit? Warum?»

Sein Blick glitt zu ihren Lippen, und oh Gott, wollte er etwa …

Gavin knurrte, legte eine Hand um ihren Hinterkopf und küsste sie. Thea taumelte und griff nach der Sofalehne, um nicht zu fallen, aber das war unnötig, denn Gavin schlang einen Arm um ihren Rücken. Einen starken, beschützenden, männlichen Arm, mit dem er sie an seinen harten Körper presste. Sein Mund spielte mit ihrem. Und als er mit der Zungenspitze zwischen ihre Lippen drang, konnte sie ihre Reaktion nicht verhindern. Sie krallte die Finger in sein Shirt und öffnete seufzend den Mund. Er schmeckte nach Zahnpasta und Whiskey und längst verloren geglaubten Träumen.

Verlorene Träume. Bei diesem Gedanken durchzuckten sie Verwirrung und Verrat. War sie wirklich so leicht rumzukriegen? Ein ungestümer Kuss und sie wurde buchstäblich schwach? Ein Kuss, und sie vergaß alles, was passiert war?

Thea riss sich von ihm los. «Was zur Hölle tust du da?»

«Du hast gefragt, warum», keuchte Gavin und sah sie mit dunklen Augen an. «*Darum.*»

KAPITEL 3

«Du hast was?»

Gavin sank auf dem Rücksitz von Dels Pick-up in sich zusammen. Der Geruch von Pizza und Chickenwings drohte seinem eigentlich wieder ruhigen Magen den Krieg zu erklären. Es war mehrere Stunden her, seit er sich zuletzt übergeben hatte, aber der würzige Duft der Buffalo-Soße warnte ihn, dass die Feuerpause schnell vorbei sein könnte. «Ich habe sie geküsst.»

Del fluchte. «Ich habe dir doch extra gesagt, dass du nicht zu ihr gehen sollst!»

«Ich weiß.»

«Und ich habe dir erst recht nicht erlaubt, sie zu küssen.»

«Ich wusste nicht, dass ich deine Erlaubnis brauche.»

«Doch, tust du. Aber was noch viel wichtiger ist: Du brauchst ihre. Scheiße.» Del schlug aufs Lenkrad. «Die Nummer hat dich vermutlich um Wochen zurückgeworfen.»

Gavin widersprach nicht, denn er hatte das dumme

Gefühl, dass Del recht haben könnte. Hätte eine Bratpfanne in Reichweite gestanden, Thea hätte sie ihm übergezogen. Nachdem sie ihn weggestoßen hatte, erklärte sie, dass er kein Recht hätte, sie so zu küssen. Und dann warf sie ihn raus.

Aber es hatte auch einen Moment gegeben, wo sie gegen ihn sank, sich ihm öffnete, seine Zunge mit ihrer streichelte und einen kleinen Seufzer von sich gab. Einen *echten* Seufzer. Seine Frau hatte seinen Kuss erwidert, wenn auch nur kurz. Also hatte er sie noch nicht komplett verloren.

Del nahm die nächste Auffahrt, setzte den Blinker und fädelte sich auf dem Highway ein. Das Innere des Wagens leuchtete gelb von den Scheinwerfern des Gegenverkehrs. Jede Menge Leute waren in die Innenstadt unterwegs, um durch die Bars zu ziehen. Sie fuhren in die entgegengesetzte Richtung. Nach fünfzehn Minuten nahm Del die Abfahrt nach Brentwood, ein Vorort, in dem viele Sportler und Countrystars wohnten.

Gavin zog Franklin vor. Dort lebten auch viele Prominente, aber die alten baumbestandenen Straßen erzeugten eine Kleinstadtatmosphäre. Ihr Haus stand in einer normalen Wohngegend, nicht in einem spießigen Villenviertel. Es lag fußläufig zum kleinen Ortskern, wo sie mit den Mädchen in der Bibliothek Bücher ausleihen und an der Eisdiele ein Eis kaufen konnten und wo sie in dem Diner mit den rissigen Kunstlederbänken Stammkunden geworden waren. Die einzigen Touristen waren die Bürgerkriegsenthusiasten, die zum Schauplatz einer Schlacht von damals pilgerten.

Gavin war zuerst skeptisch gewesen, als Thea vorschlug, dort hinzuziehen. Mit seinem Gehalt hätten sie sich etwas Luxuriöseres leisten können. Als sie jedoch die Anzeige für ein Ziegelhaus aus den dreißiger Jahren mit mehreren Giebeln auf dem Handy aufrief und er ihre Augen aufleuchten sah, wurde der Gedanke absurd, sie zu etwas anderem zu drängen. Und jetzt würde er ihr Kleinstadtleben für nichts aufgeben wollen.

Nur dass er das schon beinahe getan hatte.

Fünf Minuten später balancierte Gavin fünf Schachteln mit Pizza und vier Kartons mit Chickenwings durch einen penibel gepflegten Vorgarten. «Wem gehört das Haus?»

Doch er ahnte es schon. Angesichts der angeberischen Sportwagen in der Garage wahrscheinlich dem Arschloch, das seinen Apfel gegessen hatte.

Er hatte recht. Die Tür ging auf, und Mack empfing sie mit einem Schnauben. «Na sieh mal an, wer da endlich nüchtern ist.»

Gavin drückte ihm die Kartons in die Arme. «Na sieh mal an, wer da noch immer arschig ist.»

«Hört auf mit dem Quatsch», brummte Del und ging ins Haus.

Mack trat die Tür zu. «Alles nur Spaß, stimmt's, Mann?»

«Nein. Ich kann dich nicht leiden», antwortete Gavin.

Del drehte sich zu Mack um. «Sind alle da?»

«Jep. Im Keller. Ist er bereit für den Initiationsritus? Ich muss das Schaf bis Mitternacht zurückbringen.»

Gavin sah ihn böse an, lief aber hinter den beiden her durch das himmelhohe Foyer und an einer breiten geschwungenen Treppe vorbei. Dahinter betraten sie eine Küche, die doppelt so groß war wie seine und Theas. Der Klang von Stimmen wurde lauter, als sie auf die Kellertür zugingen.

Gavin folgte ihnen hinab.

«Essen ist da», verkündete Mack und verschwand am Fuß der Treppe um die Ecke. Einige Stimmen räusperten sich anerkennend, andere murmelten, es werde aber auch Zeit.

«Sind wir spät dran?», fragte Gavin leise in Dels Rücken.

«Nö. Die anderen sind nur früher gekommen, um schon mal den Plan auszuarbeiten.»

Gavin hielt ihn am Shirt fest. «Moment mal. Was für ein Plan?»

«Der Plan, wie du Thea dazu bringst, einen Blödmann wie dich zurückzunehmen», sagte Del und bog um dieselbe Ecke, hinter der Mack verschwunden war. «Was du dir heute deutlich schwerer gemacht hast.»

Gavin hielt auf der untersten Stufe inne und holte tief Luft. Schließlich raffte er seinen Mut zusammen, indem er sich sagte, dass es hier um die Rettung seiner Ehe ging, und folgte Del.

Zehn Mitglieder von Nashvilles Elite – Profisportler, Geschäftsleute und Politiker – standen an einer schicken Bar und schubsten einander beiseite, weil sie an die Pizza und Chickenwings heranwollten. Del kippte die Papiertüte, die er mitgebracht hatte, auf der Theke aus. Mehrere Packungen Chips fielen heraus. Ein grüner Apfel rollte herunter und fiel auf den Boden.

Mack hob ihn kopfschüttelnd auf und legte ihn auf die Bar. «Du bist ein kleinlicher Bastard.»

«Los, Leute, beeilt euch», rief Del. «Wir müssen anfangen. Unser Vollpfosten hat heute seine Frau geküsst.»

Ruckartig drehten sich alle zu Gavin um, einige sprangen so heftig auf, dass die Barhocker kippten. Ein Hockeyspieler in der Ecke fluchte auf Russisch.

«Was soll der Scheiß, Mann?», schnauzte Mack. «Wir haben doch gesagt, du sollst nicht zu ihr gehen!»

Ein Kerl, in dem er Malcolm James erkannte, Runningback bei der Football-Mannschaft von Nashville, verschluckte sich an seinem Bier. «Hast du wenigstens um Erlaubnis gefragt, oder war es ein Kuss der Sorte Überraschungsattacke?»

«Äh … Überraschungsattacke, denke ich.»

Yan schlug ihm mit der flachen Hand auf den Hinterkopf. Hart. «Das ist die große Geste, Mann! Die kannst du noch nicht bringen.»

«Die was?»

Die Jungs schossen ihm böse, sehr böse und so richtig böse Blicke zu, während sie sich ihre Teller holten und mit ihnen zu dem riesigen Spieltisch in der anderen Hälfte des Kellerraumes gingen.

Der Russe musterte als Letzter brummend, was noch an Essen übrig war, und entschied sich für eine Tüte Salzbrezeln. Die klemmte er sich unter den Arm, als könnte sie ihm jemand wegnehmen wollen. «Zu viel Pizza», sagte er, als er mit einem unzufriedenen Blick an Gavin vorbeiging. «Käse. Schießt mir direkt aus Arsch.»

Dieses Bild hätte Gavin echt nicht gebraucht.

«Komm schon, Gavin. Es wird Zeit anzufangen.»

Gavin nahm sich seinen Apfel von der Bar und schlurfte zu dem letzten freien Stuhl.

Del räusperte sich und stand auf. «Alle bereit?»

Die Männer nickten mit vollem Mund.

«Gut. Die erste Regel des Buchclubs?»

Sie schluckten herunter und antworteten im Chor. «Niemand verliert ein Wort über den Buchclub.»

Ach. Du. Scheiße.

Gavin drehte sich suchend nach versteckten Kameras um. Das musste ein Streich sein.

«Ein Buchclub? Das ist euer großer Plan zur Rettung meiner Ehe?»

Del nickte Mack zu, der den Hintern ein Stück anhob und ein Buch aus der Hosentasche zog. Das warf er Gavin zu – und traf ihn damit im Gesicht.

«Gute Reflexe. Als Shortstop bist du hoffentlich besser.»

Gavin fletschte die Zähne. «Ich spiele Second Baseman, Arschloch.»

Mack zuckte mit den Achseln. «Ist das nicht im Grunde dasselbe?»

Gavin ignorierte ihn und griff nach dem Buch, das vor ihm auf den Tisch gefallen war. Mit großen Augen starrte er auf das Cover. Eine Frau aus dem schätzungsweise 19. Jahrhundert saß auf einem Sofa, und hinter ihr stand ein Typ in altertümlichen Klamotten. Mit offenem Hemd.

«Die Verführung der Gräfin», las Gavin langsam. Mit zusammengebissenen Zähnen blickte er auf. «Soll das ein Witz sein?»

«Nein», sagte Del.

«Das ist ein Liebesroman.»

«Ja.»

Gavin sprang auf. «Was für Arschlöcher seid ihr denn? Mein Leben bricht auseinander, und ihr macht euch über mich lustig?»

«Dasselbe dachte ich auch, als Malcolm mich hierherbrachte», sagte Del. «Aber das ist kein Scherz. Setz dich und hör zu.»

Gavin drückte sich den Handballen an die Stirn und schloss die Augen. Als er sie wieder öffnete, starrten ihn alle an. Also träumte er nicht. «W-w-was soll das alles?»

«Wenn du mal für eine Sekunde die Klappe hältst, Blödmann, erklären wir es dir», sagte Mack.

Gavin setzte sich wieder hin. «Ihr lest Liebesromane?»

«Wir nennen die Handbücher», antwortete der Russe.

«Und wir lesen sie nicht bloß», sagte Malcolm.

Gavin erschauerte. «Wenn ihr mich in irgendeine perverse Swinger-Scheiße reinziehen wollt, bin ich draußen.»

Del beugte sich auf die Ellbogen gestützt zu ihm. «Ich verrate dir jetzt etwas, das ich dir bisher nicht anvertraut habe.»

«Bin mir nicht sicher, ob ich's wissen will.»

«Vor zwei Jahren hat Nessa die Scheidung eingereicht.»

Der Boden unter Gavin schien zu schwanken. «Was? Warum hast du mir das nicht erzählt?»

«Erstens kannte ich dich damals kaum. Und zweitens vermutlich aus demselben Grund, aus dem du nicht erzählen willst, was zwischen dir und Thea vorgefallen ist: Es ist persönlich.»

«Aber du und Nessa seid das perfekte Paar.»

«Nur trügt der äußere Schein allzu oft, nicht wahr?»

Ja, aber bei Gavin lag der Fall anders. Er war nämlich zu blöd, um in seiner eigenen Ehe diesen äußeren Schein zu hinterfragen. Er hatte nicht gemerkt, dass er im Bett scheiße war oder dass seine Frau anfing, ihn zu verabscheuen. Wie sie ihn heute angesehen hatte … Ihm wurde kalt. Das würde Del garantiert nicht verstehen.

«Fast jeder an diesem Tisch war schon kurz davor, seine Frau, Verlobte oder Freundin zu verlieren», erzählte Del weiter, und Gavin erinnerte sich an die kryptische Bemerkung von gestern Abend: *An dem Punkt sind wir alle schon gewesen.* «Und wir haben sie nicht nur zurückgewonnen, unsere Beziehungen laufen auch besser denn je.»

Gavin sah reihum in die Gesichter der Männer. Alle nickten und lächelten – und Mack zeigte ihm den Stinkefinger. Gavin erwiderte die Geste, dann schüttelte er den Kopf. «Ich kapiere nicht, was das alles soll und was das mit mir zu tun hat.»

«Hör mal.» Malcolm strich sich mit seinen Hulk-Händen über seinen Bart, der dicht genug war, um für den staatlichen Forstschutz in Betracht zu kommen. «Männer sind Idioten. Wir beschweren uns immer, dass Frauen so rätselhaft sind und wir nie wissen, was sie wollen. Wir verkacken unsere Beziehungen, weil wir uns einreden, dass man sie unmöglich verstehen kann. Aber das eigentliche Problem sind wir Männer. Wir denken, dass wir nicht fühlen, nicht weinen, nicht darüber reden dürfen, was in uns vorgeht. Wir erwarten, dass die Frauen die ganze emotionale Arbeit leisten, und dann sind wir ratlos, wenn sie mit uns Schluss machen.»

Gavin schnaubte nervös. Das war unangenehm dicht dran an der Wahrheit. *Dachtest du, du brauchst nur hier aufzukreuzen, und ich lächle dich an, als wäre alles in Ordnung. Das habe ich drei Jahre lang getan, Gavin. Damit ist jetzt Schluss.* «I-ich v-verstehe noch immer nicht», stammelte er.

«Liebesromane werden hauptsächlich von Frauen für Frauen geschrieben, und darin geht es vor allem anderen darum, wie sie behandelt werden wollen und was sie vom Leben und in einer Beziehung erwarten. Wir lesen und diskutieren sie, um zu üben, unsere Gedanken und Gefühle auszusprechen, und um die Dinge aus einem weiblichen Blickwinkel betrachten zu können.»

Gavin sah ihn groß an. «Ihr meint das tatsächlich ernst.»

«Todernst», bekräftigte Del.

Der Russe mit dem Käseproblem nickte. «Seit ich Liebesromane lese, ich weiß, dass Frau und ich Welt mit verschiedene Augen sehen. Und dass ich muss lernen, ihre Sprache zu sprechen.»

«Ihre Sprache?»

«Schon mal was zu Thea gesagt, das du für völlig unverfänglich gehalten hast, und trotzdem ist sie rausgestürmt und hat danach stundenlang behauptet, es ginge ihr gut?», fragte Malcolm.

«Ja.»

«Oder etwas, das du lustig fandst, und sie war total angepisst?»

«Ja klar, aber …»

Yan unterbrach ihn. «Oder hast du schon mal erzählt, dass du die Spülmaschine eingeräumt hast, und sie hat gereizt geantwortet, dass du keine Medaille erwarten sollst, nur weil du etwas getan hast, das für einen Erwachsenen im eigenen Haus selbstverständlich ist?»

Ihm lief es kalt den Rücken runter. «Habt ihr etwa mit ihr geredet?»

Yan schnaubte. «Ihr beide sprecht verschiedene Sprachen.» Er deutete auf das Buch. «Du kannst ihre lernen, indem du Liebesromane liest.»

«Aber Thea liest so ein Zeug nicht mal!»

Die anderen sahen sich an – und dann lachten sie schallend los. Del klopfte ihm auf die Schulter. «Red dir das nur ein.»

«Ich habe noch nie so ein Buch bei uns rumliegen sehen.»

Derek Wilson, ein Unternehmer, den er aus der Werbung im Fernsehen kannte, meldete sich zu Wort. «Hat sie keinen E-Reader?»

«Doch. Ich meine, keine Ahnung. Ich nehme es an.»

«Das Ding ist voll mit Liebesromanen. Glaub mir.»

Gavin blickte auf das Buch in seiner Hand. «Ihr meint also, ich m-muss t-tun, was der Kerl in diesem Buch tut?» Oh Mann, war er tatsächlich im Begriff, sich darauf einzulassen?

«Nicht eins zu eins, nein», antwortete Del. «Es kommt vielmehr darauf an, die Lektionen auf deine Ehe zu übertragen. Außerdem ist das eine Regency Romance und deshalb …»

«Was zum Teufel ist eine Regency Romance?»

«Ein historischer Liebesroman, der im frühen 19. Jahrhundert in England spielt.»

«Na toll. Das klingt total hilfreich.»

«Ist es tatsächlich», sagte Malcolm. «Die Autorinnen verwenden die patriarchalische Gesellschaft des alten britischen Adels, um die geschlechtsspezifischen Einschränkungen auszuloten, die den heutigen Frauen in Beruf und Privatleben auferlegt werden. Das Zeug ist so feministisch wie nur was.»

Mack zwinkerte. «Und die Sexszenen sind auch verdammt heiß.»

Gavin ließ das Buch fallen.

Mack und Wilson lachten und klatschten sich ab. «Die eine fand ich richtig gut», sagte Wilson. «Mindestens eine Vier auf der LL-Skala.»

«Will ich wissen, was eine LL-Skala ist?» Gavin schauderte.

«Damit bewerten wir, wie viel Sex drin vorkommt», erklärte Wilson.

«Und LL steht für?»

Der ganze Tisch antwortete unisono: «Leselatte.»

Gavin sprang zum zweiten Mal auf. «Das ist lächerlich. Meine F-f-frau wird mich nicht zurücknehmen, weil ich ein paar blöde Bücher lese.» Noch lächerlicher war allerdings, dass er das allmählich in Erwägung zog. Es war ja nicht so, als könnte er es noch schlimmer machen.

«Die Bücher sind nur ein Teil des Ganzen», sagte Del und nahm *Die nackte Gräfin* in die Hand oder wie immer der Quatsch hieß. «Wir haben das alle durchgemacht und sind am Ende bessere Menschen, bessere Ehemänner und bessere Liebhaber geworden.»

Gavin stutzte und blickte auf. «Wie meinst du das?»

«Ah, jetzt haben wir seine Aufmerksamkeit.» Mack

lachte kurz auf. «Da liegt das Problem, Kumpel? Ärger im Schlafzimmer?»

Gavin spürte, wie er vom am Hals aufwärts rot wurde. «Nein», knurrte er.

«Du weißt ja sicher, dass Probleme im Bett von Problemen außerhalb des Bettes kommen. Man kann das eine nicht ohne das andere lösen.»

Orgasmen waren das geringste unserer Probleme.

Gavin deutete mit dem Daumen zu Mack, sprach aber Del an. «Warum ist das Arschloch in eurem Club? Er ist nicht mal verheiratet.»

«Ich bin wegen der versauten Stellen dabei», sagte Mack und schob sich zwinkernd ein Stück Pizza bis zur Hälfte in den Mund.

Yan stand auf und kam zu Gavin. «Hör zu, ich dachte auch, dass sie mich verarschen wollen. Einen Monat lang habe ich das Buch, das sie mir gegeben haben, nicht mal angesehen. Aber ich sag dir – und das kann dir hier jeder bestätigen –, wir können dir helfen. Der Buchclub dreht sich nicht nur um Bücher.»

Malcolm nickte ernst. «Er ist eine Bruderschaft, Mann.»

«Ein Lebensstil», sagte einer der Politiker.

Mack legte einen Arm auf Wilsons Schulter. «Eine scheiß emotionale Reise, Mann.»

Gavin schüttelte den Kopf. «So was liegt mir nicht.»

«Vertrau uns einfach», sagte Del. «Wir überlegen uns Schritt für Schritt einen Plan, wie du deine Ehe retten kannst.»

«Verarscht ihr mich wirklich nicht?»

«Du bist einer meiner besten Freunde», sagte Del.

«Glaubst du wirklich, ich würde mich über deine kaputte Ehe lustig machen?»

«Nein.» Gavin seufzte. Aber das konnte doch nicht so einfach funktionieren. Ein paar Bücher lesen, und voilà, Thea würde ihn mit offenen Armen wieder willkommen heißen? War er wirklich so verzweifelt?

Er stellte sich ein Leben ohne Thea vor.

Ja, er war so verzweifelt.

Er musterte das Cover. «Warum gerade das hier?»

Mack grinste. «Weil es von einem Idioten handelt, der seine Ehe verbockt hat und seine Frau zurückgewinnen will. Kommt dir das bekannt vor?»

Gavin schluckte das wachsende Gefühl der Demütigung hinunter. «Was muss ich tun?»

«Ganz einfach», sagte Malcolm. «Auf uns hören und das Buch lesen.»

«Ganz genau.» Del schnaubte. «Und verdammte Scheiße, du küsst deine Frau erst wieder, wenn ich es dir sage, verstanden?»

DIE VERFÜHRUNG DER GRÄFIN

Der siebte Earl of Latford hatte mit seinen neunundzwanzig Jahren schon viele Frauen in den verschiedensten Stadien der Entkleidung gesehen, aber auf den atemberaubenden Anblick seiner Gemahlin in der Hochzeitsnacht war er nicht vorbereitet. In ihrem durchsichtigen Morgenrock sah sie aus wie ein Engel.

Vor allem weil ihre Augen recht deutlich ausdrückten, dass sie lieber ein Bad in einem Schweinetrog nähme, als seine Hände auf ihrer Haut zu spüren.

Was verflucht ungünstig war. Denn zum ersten Mal in seinem Leben war Benedict Charles Arthur Seymour wahrhaftig verliebt.

«Ich werde meine Pflicht erfüllen, Mylord», sagte seine junge Gemahlin ausdruckslos, während sie mit zitternden

Händen die Schleife an der Taille löste. Der Morgenrock glitt herab. In einer Lache weißer Seide stand sie vor ihm, nur mehr mit einem schlichten Hemd bekleidet, das ihm die Sprache verschlug und den Verstand raubte.

Benedict befahl seinen Füßen, die anscheinend im Boden Wurzeln geschlagen hatten, ihn von der Tür wegzutragen, die sein Schlafzimmer von ihrem trennte. Doch es brach ihm das Herz, als er sich ihr näherte und Zeichen des Unbehagens sah: wie sie ihre Fäuste an den Seiten ballte, wie angespannt sie atmete, wie trotzig sie seinem Blick standhielt.

Das hatte er zu verantworten. Das war seine Schuld.

«Sei beruhigt», brachte er mit rauer Stimme hervor und bückte sich, um den Morgenrock aufzuheben. Ihre nackten Füße waren plötzlich das Erregendste, das er je gesehen hatte. Als er sich aufgerichtet hatte, hielt er ihr den dünnen Hausmantel offen hin. «Deswegen bin ich nicht gekommen.»

Der Zorn in ihrem Blick wich für einen Moment der Verwirrung. Sie erlaubte ihm, den Mantel zu halten, während sie mit den Händen in die Ärmel fuhr. Ein blasses Rosa erschien auf ihren Wangen, als er an ihrer Taille den Gürtel zu einer Schleife band, eine Freiheit, die er sich nicht herausnehmen sollte, doch er konnte nicht widerstehen. Gütiger Himmel, ihr so nah zu sein, drohte alle Vernunft zunichtezumachen.

«Darf ich fragen, warum Sie dann mein Schlafzimmer betreten haben?», fragte sie und trat von ihm weg.

«Ich habe ein Geschenk für dich.» Benedict zog ein Päckchen aus der Tasche seines eigenen Hausmantels.

Ihr Blick glitt über das schlichte braune Papier. «Ein Hochzeitsgeschenk ist unnötig, Mylord.»

«Benedict.»

«Verzeihung?» Sie wölbte eine Braue, ein unerwartet zynischer Ausdruck für solch eine wohlerzogene junge Frau. Und genau die Art verborgener Überraschung, deretwegen er sich in sie verliebt hatte.

«Wir sind jetzt verheiratet. Ich möchte, dass du mich mit meinem Namen anredest.» Er hielt ihr das Päckchen hin. «Bitte.»

Ein schwerer Seufzer entkam ihren üppigen Lippen. «Warum wollen Sie mir etwas schenken?»

«Braucht ein Ehemann einen Grund, um seiner Frau ein Geschenk zu machen?»

«Ich dachte, ich hätte deutlich gemacht, dass wir nicht diese Art Ehe führen werden, Mylord.»

«Benedict. Und ich erinnere mich nicht, irgendwelchen Bedingungen zugestimmt zu haben, die die Art unserer Ehe festlegen.»

«Sie haben die Bedingungen unserer Ehe durch ihre Anschuldigung recht klar definiert.»

Reue brannte in seiner Brust und vertiefte die Wunde, die seit dem Moment in ihm blutete, da er seinen Irrtum erkannt hatte. Denn als er die Wahrheit erfuhr, war es zu spät gewesen. Er hatte ihr Vertrauen enttäuscht, gerade als es darauf ankam. «Ein Fehler, den ich ewig bereuen werde.»

«Und damit bitten Sie mich um Verzeihung?», fragte sie mit Blick auf das Geschenk.

«Ich bin nicht so töricht zu glauben, ich könnte mir deine Vergebung erkaufen, meine Liebste. Das Geschenk ist nur ein Zeichen meiner Zuneigung.»

Seinen Blick meidend, wickelte sie das Papier behutsam ab und öffnete die längliche Samtschachtel, die darunter zum

Vorschein kam. Als sie das rubin- und diamantbesetzte Halsband sah, das ihn ein kleines Vermögen gekostet hatte, riss sie die Augen auf. «Mylord ...», hauchte sie.

«Benedict», berichtigte er leise. «Gefällt es dir?»

«Es ist wunderschön. Aber viel zu edel für mich.»

«Unsinn. Du bist die Gräfin von Latford. Du solltest mit Juwelen überhäuft werden.»

«Ich danke Ihnen, Mylord.» Sie wandte sich ab, um die Schachtel auf ihren Frisiertisch zu legen. «Wenn das alles wäre ...»

Ihre Höflichkeit wirkte wie ein eisiger Lufthauch. Er wollte die Hitze zurück, die zwischen ihnen gebrannt hatte, bevor sein Stolz sie aufgrund eines einzigen verhängnisvollen Missverständnisses auslöschte. Noch einmal näherte er sich ihr. «Bitte, meine Liebste. Ich flehe dich an, gib mir eine Gelegenheit, es wiedergutmachen.»

Ihre Lider flatterten, ihre Pupillen weiteten sich. «Welchen Sinn hätte das, Benedict?»

«Ein langes, glückliches Leben miteinander.»

Ihr schlanker, elegant gebogener Hals verriet ihre Aufregung, denn er sah sie mehrmals schlucken. «Daran kann ich nicht mehr glauben.» Sie ging an ihm vorbei und stellte sich neben das Bett. «Ich sagte es bereits: Ich werde meine Pflicht erfüllen. Ich werde Ihnen so bald wie möglich einen Erben schenken. Und dann werde ich mit dem Kind auf dem Land leben, damit Sie von mir befreit sind.»

«Ich möchte nicht von dir befreit sein», erwiderte er knurrend.

«Es ist keine zwei Wochen her, dass Sie mich vor der bösartigsten Schlange der Londoner Gesellschaft bezichtigt haben, dass ich sie hereingelegt hätte. Dass ich es arrangiert hätte, in einer kompromittierenden Situation ertappt zu werden, um Sie zur Heirat zu zwingen. Weil ich auf den Titel aus wäre.»

«Seitdem habe ich die Wahrheit erkannt.»

«Gleichwohl ist der Schaden angerichtet.»

«Dann gestatte mir, es wiedergutzumachen.» Er ging von neuem auf sie zu, mit derselben Hast, die er in seine Worte legte. «Bitte, Irena.»

Ihre Lippen öffneten sich ein wenig. Vielleicht weil er ihren Vornamen gebrauchte. Oder vielleicht wegen seines eindringlichen Tons, in dem die Bitte um Vergebung mitschwang, die er nie aufhören würde zu wiederholen. Nicht ehe sie ihm Glauben schenkte.

«Ich kann nicht ändern, was ich getan habe, und kann die schrecklichen Worte nicht unausgesprochen machen. Ich kann nur versuchen zu beweisen, wie tief ich es bereue und wie tief ich für dich empfinde. Sofern du es mir gestattest.»

Da. Etwas anderes als Verachtung schimmerte in ihren Augen auf. Es verschwand sofort wieder, aber es war da gewesen, und das zählte.

«Irena ...»

«Zu spät», flüsterte sie.

«Es ist nie zu spät. Nicht für die Liebe.» Er hob ihre Hände an seine Lippen und küsste langsam jeden Knöchel, bevor er ihrem schockierten Blick begegnete. «Und ich liebe dich, Irena. Von ganzem Herzen.»

Das brachte ihm ein brüchiges Lächeln ein, und sie entzog ihm ihre Hände. «Liebe ist nicht genug, Mylord.»

«Benedict.» Mit der Fingerspitze zog er die zarte Linie ihres Kiefers nach. «Und du irrst dich. Liebe ist alles, was zählt.

Und ich werde tun, was auch immer nötig ist, um dir das zu beweisen.»

Ihre Braue wölbte sich erneut. «Und wie wollen Sie das anstellen?»

«Ich werde um dich werben.»

Irena prustete höchst undamenhaft. «Das ist absurd.»

Angesichts ihres Lachens straffte er die Schultern, und die Idee verfestigte sich in ihm. Sie war brillant, das wurde ihm mit jeder Sekunde klarer. «Meine Liebste», sagte er, «wir werden ganz von vorn beginnen.»

KAPITEL 4

«Ich bin sehr enttäuscht von dir.»

Thea erschrak, als sie plötzlich Livs Stimme hinter sich hörte. Ihr fiel das Kehrblech aus der Hand, und der Haufen Gipsbrocken und Staub landete wieder auf dem Boden. Böse schaute sie über die Schulter. «Warum das?»

«Ich lasse dich mit einer wirklich guten Flasche Wein allein, und du ignorierst sie, um zu putzen?»

Es war Sonntagabend, und Liv hatte angeboten, die Mädchen ins Bett zu bringen, offenbar damit Thea sinnlos vor sich hin starren konnte. Nur hatte sie keine Zeit für eine Nabelschau, also schüttelte sie sich und machte sich ans Putzen. Sie musste den Schutt von der Wand wegräumen, bevor die Mädchen und der Hund auf die Idee kamen, damit zu spielen. Also machte sie jetzt genau das. Thea fegte alles zusammen und warf den Dreck in den Mülleimer, während Liv die Flasche Riesling aus dem Kühlschrank nahm und öffnete. Sie goss zwei Gläser ein, reichte eines ihrer Schwester und ließ sich auf die Couch fallen. «Eine Scheidung ist der perfekte Vorwand, um sich zu betrinken. Welchen Spaß hätte man sonst dabei?»

«Ich habe bis jetzt noch überhaupt keinen Spaß.» Thea setzte sich in die andere Couchecke.

«Deshalb der Wein.» Liv streckte ihre Beine aus, sodass ihre Füße auf Theas Schoß lagen. Dass ihre Beine dafür lang genug waren, half auch nicht gerade dabei, Theas Stimmung zu heben. Wieso war Liv die Glückliche, die die große, schlanke Statur ihres Vaters geerbt hatte, während Thea sich mit dem Körperbau eines Schlumpfes begnügen musste? Immer wenn sie sich darüber beschwert hatte, wie klein sie geraten war, hatte Gavin erwidert, sie habe genau die richtige Größe, weil er das Kinn auf ihren Kopf legten konnte, wenn er sie in den Arm nahm.

«Du siehst aus, als würdest du deine Meinung doch noch ändern», sagte Liv.

«Werde ich nicht.»

Liv neigte den Kopf zur Seite und sah sie skeptisch an. «Du hast dich richtig entschieden.»

«Ich weiß.» Thea nippte an ihrem Glas, um ihr Schuldbewusstsein zu überspielen. Sie hatte Liv längst nicht alles erzählt. Und würde das auch nicht tun. Sie deutete auf die durchlöcherte Wand, um das Thema zu wechseln. «Da war ich vielleicht ein bisschen zu impulsiv.»

«Stimmt. Und genau das finde ich so gut daran. Die alte Thea hat sich brüllend wieder an die Oberfläche gekämpft.»

Thea zog die Brauen hoch. «Brüllend?»

«Ja. Laut und impulsiv wie die Thea, die früher manchmal nackt gemalt hat oder sich mit Handschellen an einen

Bulldozer fesselte, um auf dem Campus einen Baum zu retten. Diese Version von dir hat mir gefehlt.»

Thea betrachtete die Wand, bei der sie noch nicht weit gekommen war. «Mir auch.»

Wann war sie zuletzt impulsiv gewesen? Natürlich war impulsives Verhalten auch ein Grund, warum sie jetzt in dieser Lage war. Ein Scheiß-drauf-es-passiert-schon-nichts-Moment auf dem Rücksitz von Gavins Wagen, und schon trafen Spermium und Ei aufeinander. Und sie trat in die Fußstapfen ihrer Mutter: eine ungewollte Schwangerschaft, eine Vernunftheirat, ein Umzug in die Vorstadt, ein ständig abwesender Ehemann.

Apropos … «Hast du schon auf die Hochzeitseinladung reagiert?», fragte Thea. Ihr Vater würde im Dezember zum vierten Mal heiraten.

Liv schnaubte. «Wozu?»

Thea nickte. «Ich überlege, ‹vielleicht beim nächsten Mal› auf die Karte zu schreiben. Aber das kommt mir gemein vor.»

«Ha! Das wäre die perfekte Antwort.»

«Was ist bloß mit diesen Frauen los? Wie bringt er sie dazu, seine ganzen gescheiterten Ehen zu ignorieren?»

«Er zeigt ihnen sein Bankkonto.»

Das war leider wirklich die einzig plausible Erklärung. Keine Frau mit gesundem Menschenverstand würde sich einen chronisch untreuen Mann wie ihren Vater ansehen und denken: Oh ja, der wird ein guter Ehemann.

Liv trank ihr Glas leer. «Sie ist zweiunddreißig.»

«Wer?»

«Unsere künftige Stiefmutter.»

Thea fiel die Kinnlade herab. Nur sechs Jahre älter als sie. «Oh, Mom wird begeistert sein», sagte sie lachend.

«Da du gerade von ihr sprichst», sagte Liv, «sie hat heute zweimal bei mir angerufen.»

Thea richtete sich auf. Sie und Liv hatten monatelang keinen Kontakt zu ihr gehabt, jede aus ihren eigenen Gründen.

«Ich habe nicht zurückgerufen», fügte Liv hinzu.

«Meinst du, sie weiß von der Hochzeit?»

Liv zuckte mit den Achseln und trank einen Schluck Wasser. «Keine Ahnung. Aber von mir wird sie es ganz sicher nicht erfahren.»

Thea verzog das Gesicht. Oh Mann, das Gespräch würde nicht schön werden. Aber immer noch besser als die andere mögliche Erklärung. «Vielleicht hat sie das von Gavin und mir gehört.»

«Das bezweifle ich. Dann hätte sie etwas in der Nachricht auf der Mailbox gesagt.»

«Oder mich direkt angerufen.» Verdammt. Ihre Mutter wäre garantiert überglücklich, vom Scheitern ihrer Ehe zu erfahren.

All die Jahre hast du mich verurteilt, aber du wirst schon sehen. Jetzt denkst du noch, du liebst ihn und nichts kann schiefgehen. Aber eines Tages wird er dir das Herz brechen, und dann wirst du dich bei mir entschuldigen müssen.

Das hatte sie ihr am Tag der Hochzeit mit auf den Weg gegeben.

Thea lehnte den Kopf ans Polster. Sie wollte schnellstens über etwas anderes reden. «Wie kommt Alexis mit dem Café voran?» Liv half ihrer Freundin, die Speisekarte für das Katzencafé zu gestalten, mit dem sie sich selbständig machte.

Liv durchschaute das Manöver offensichtlich, spielte aber mit. «Gut. Irgendwann Ende Januar will sie eröffnen.»

«Hast du schon entschieden, ob du ihr Gran Grans Plätzchenrezept geben willst?»

«Noch nicht. Einerseits möchte ich es aufbewahren für …» Sie verschränkte die Arme. «Du weißt schon.»

Für ihr eigenes Restaurant. Das war immer ihr Traum gewesen.

Na ja, *immer* war übertrieben. Einige Jahre lang hatte Liv von nichts anderem geträumt, als täglich mit etwas Neuem zu rebellieren. Das war eine lustige Zeit voller übler Noten, üblem Benehmen, übler Jungs. Liv kostete in ihren Teenagerjahren wirklich alles aus. Rastlos wie ein Mann, der einen Wurm mit Glöckchen fangen will, pflegte Gran Gran zu sagen. Den Spruch hatte Thea nie ganz verstanden, aber geahnt, was Gran Gran damit sagen wollte: dass Liv etwas nachjagte, das es nicht gab.

Und dieses Gefühl kannte Thea wirklich gut. Keine von ihnen war unbeschadet aus ihrer kaputten Kindheit hervorgegangen. Sie hatten nur auf unterschiedliche Art ihre Wunden versteckt.

Egal, wie gern Liv ihren eigenen Laden aufmachen wollte, sie lehnte immer wieder Theas Angebot ab, ihr das Geld dafür zu leihen. Liv wollte die Dinge entweder aus eigener Kraft schaffen oder gar nicht. Selbst wenn das bedeutete, es weiterhin mit ihrem tyrannischen Boss aushalten zu müssen.

«Danke, dass du da bist», sagte Thea und drehte den Kopf auf dem Polster, um sie anzusehen.

«Du brauchst mir nicht zu danken. Du warst öfter für mich da, als ich zählen kann.»

«Das war meine Aufgabe als große Schwester.»

«Du warst damals auch noch ein Kind.»

Thea trank ihren Wein aus, dann stand sie seufzend auf. «Ich glaube, ich gehe jetzt schlafen.»

Liv drückte ihr sanft lächelnd die Hand.

Oben schlich Thea in das Zimmer der Mädchen, um nach ihnen zu sehen. Sie beugte sich über Amelia und strich ihr die Haare aus der Stirn, um ihr einen sanften Kuss zu geben. Dann ging sie zu Ava hinüber und tat das Gleiche, blieb aber einen Moment länger bei ihr. Selbst schlafend wirkte sie ernster als Amelia. Sie hielt ihr Lieblingsstofftier an sich gedrückt, und ihre kleinen rosa Lippen bildeten einen festen Strich. Als ob die Minute, die sie früher geboren worden war, sie tatsächlich zur großen Schwester machte mit all den dazugehörigen Pflichten.

Thea schlich wieder hinaus und zog die Tür hinter sich zu. Leise schnippend befahl sie Butter mitzukommen. Eilig warf sie sich ein Nachthemd über und ging ins Bad, um ihre allabendliche Gesicht-Zähne-Haare-Routine zu erledigen. Auf dem Rückweg zum Bett hielt sie bei Gavins Kommode inne. Ein schmerzhaftes Stechen brachte ihr Herz aus dem Takt. Er hatte fast alles dagelassen, das meiste an Kleidung und Schuhen, seine Sammlung Baseballkappen. Oben auf der Kommode stand eine Schale voll mit dem Kleinkram, den er abends aus den Taschen ausleerte – Münzen und Tankquittungen und ein Döschen orange Tic Tacs.

Sie strich mit dem Finger darüber. Es war fast, als könnte sie den Orangengeschmack auf der Zunge schmecken. Sein Atem hatte immer ein wenig danach gerochen, wenn er ihr einen flüchtigen Kuss gab, bevor er zum nächsten Auswärtsspiel aufbrach. Wie er sie heute geküsst hatte, war allerdings komplett untypisch für ihn.

Sie nahm die Tic Tacs und warf sie in den Papierkorb. Dann schaltete sie das Licht aus und schlüpfte ins Bett. Butter sprang zu ihr, drehte sich ein paarmal um sich selbst und ließ sich dann auf Gavins Seite nieder.

Nur dass es nicht mehr Gavins Seite war. Er war ausgezogen. Und egal, wie sehr er bettelte und sich entschuldigte, daran konnte er nichts mehr ändern. Wirklich, was glaubte er denn, wer er war? Er hatte kein Recht mehr, zur Tür reinzuspazieren und sie nach all dieser Zeit so zu küssen. Als ob sie dahinschmelzen und alles vergessen würde, was passiert war.

Na gut, für einen kurzen Moment *war* sie dahingeschmolzen. Es war einfach so lange her, seit er sie auf diese Art geküsst hatte – so wie früher, bevor sie schwanger wurde und als sie noch verrückt nacheinander waren. Damals hätte sie nicht geglaubt, dass der Mann, der es kaum einen Tag aushielt, ohne ihr die Kleider vom Leib zu reißen, sich mal in einen verwandeln würde, der vor dem Einschlafen nur noch zaghaft nach ihr griff. Und der das immer seltener tat. Der nicht auf ihre Bedürfnisse achtete und deshalb nicht merkte, dass sie hinterher jedes Mal frustriert war.

Bis zu jenem Abend. Dem Abend des großen Orgasmus-Fiaskos.

Thea warf einen Arm über die Augen und kniff sie zu, um die Erinnerungen auszublenden. Aber wie einen nervigen Ohrwurm, der einem nicht aus dem Kopf geht, wurde sie die Bilder nicht mehr los.

Zu dem Zeitpunkt hatten sie seit zwei Monaten keinen Sex gehabt und redeten kaum noch miteinander außer über das, was zur Organisation des Alltags mit den Kindern, dem Haushalt und seinem Spielplan nötig war. Sie wollte an dem Abend eigentlich nicht zu dem Spiel hingehen, aber so armselig war sie nicht mal in ihrem neu erwachten Was-zum-Teufel-ist-aus-mir-geworden-Zustand. Ein Play-off-Spiel durfte sie nicht auslassen. Jedenfalls keins, bei dem es um so viel ging. Also verhielt sie sich wie eine brave Spielerfrau und zog sein Trikot an, ließ sich fotografieren, begab sich auf die Tribüne zu den anderen und setzte ihr mustergültiges Pastelllächeln auf.

Und dann kam das neunte Inning. Alle Bases besetzt. Noch zwei Outs. Und Gavin stand an der Plate. Er brauchte nur einen Punkt zu erzielen, um ein Unentschieden herbeizuführen. Zwei Punkte würden den Sieg bedeuten. Das war der wichtigste Augenblick in seiner Karriere, und zum ersten Mal seit langer Zeit fieberte sie wirklich mit. Sie hatte keine Zeit, um über den Grund nachzudenken, denn sowie er den Ball traf, fing sie an zu schluchzen. Sie erkannte schon am Klang des Schlags, dass er es geschafft hatte. Er hatte einen Homerun erzielt. Und nicht irgendeinen, sondern einen Walk-Off-Grand-Slam. Vier Punkte. Das Spiel war vorbei.

Tränen liefen ihr übers Gesicht, während sie ihren Mann mit erhobenen Armen über die Bases laufen sah. Seine Mannschaft drängte sich jubelnd an der Homeplate, um ihn in Empfang zu nehmen. Die Zuschauer skandierten seinen Namen. Del durchnässte ihn mit Gatorade. Die Stadionsprecher nannten es einen hollywoodreifen Sieg. Das war ein Moment, von dem jeder Spieler während seiner Laufbahn träumt, den aber nur wenige erleben. Und Thea ließ sich mitreißen von all der Begeisterung. Sie trank den Champagner im Clubhaus, ließ sich von Gavin hochheben und küssen.

Als sie zu Hause ankamen, war es plötzlich wie früher. Sie waren verrückt nacheinander. Besessen. Sie schafften es kaum bis ins Schlafzimmer, ehe sie einander die Kleider vom Leib rissen. Und Gavin, oh Gavin … er verschlang sie wie früher.

Wie er sie anfasste, so leidenschaftlich, so drängend, das hatte sie viel zu lange nicht mehr erlebt. Seine Gier war aufregend, wunderbar. Und sie erwiderte jede verzweifelte Berührung. Sie war trunken von ihm, vom Champagner, von ihrer Begierde.

Der Orgasmus traf sie überraschend, eine Welle, bei der sie erbebte und aufschrie. Aber Gavin wurde plötzlich still.

«W-w-was war das?»

Sie lachte, vollkommen zufrieden und glücklich. «Es ist eine Weile her, seit wir es getan haben. Aber hast du vergessen, wie man das nennt?»

Gavin stützte sich auf die Hände und hob den Oberkörper an. «Was zur Hölle war das, Thea?»

Sein kalter Tonfall ließ sie erstarren. «Was meinst du?»

Er zog sich ohne ein weiteres Wort aus ihr zurück und stand auf. Die letzten Nachwehen ihres Höhepunkts versiegten abrupt, und die Lust in seinem Gesicht war einem starren Ausdruck gewichen, den sie noch nie bei ihm gesehen hatte. Trotzdem war ihr klar, was er bedeutete. Vor Angst wurde ihr flau im Magen. Er wusste es. Oh, Scheiße. Er wusste es.

«H-hattest du …» Er stockte, blinzelte heftig, schluckte. «Hattest du einen Orgasmus?»

Sie wollte lächeln, konnte es aber nicht.

«Oh mein Gott», hauchte er und wich vor ihr zurück. «Du hast mir was vorgespielt.» Eine Feststellung, keine Frage.

Thea schluckte mühsam. «Was? Nein, hab ich nicht.»

Er sah so verletzt und enttäuscht aus, dass sie die Hand nach ihm austreckte. Er wich ihr aus. «Lüg mich nicht an, Thea. Wie lange hast du es vorgetäuscht?»

«Gavin …»

«Wie lange schon, verdammt?», brüllte er mit einer Stimme, die so untypisch für ihn war, dass sie aufsprang. Sie klaubte ihr Shirt vom Boden und zog es sich über. Die Magie der vergangenen zwei Stunden zerbrach, entpuppte sich als die Illusion, die es von Anfang an gewesen war.

Als sie schwieg, griff Gavin sich an den Kopf. «Hast du es *von Anfang an* vorgetäuscht?»

Es hatte keinen Zweck zu lügen. Und sie war die Lügerei sowieso leid. Immerzu lächeln zu müssen, immerzu so tun, als wäre alles in Ordnung, diese ganze Falschheit, es machte sie krank. «Von Anfang an?», fauchte sie. «Nein. Nicht von Anfang an. Erst seit wir die Mädchen haben.»

«Das heißt, während unserer gesamten Ehe!»

«Ganz genau. Wieso zum Teufel hast du so lange gebraucht, es zu merken?»

Er sah sie entgeistert an, und dann stürmte er wortlos hinaus und ins Gästezimmer. Danach war er nicht mehr in ihr Ehebett zurückgekehrt.

Was hatte Gran Gran noch gleich gesagt? *Wenn ein Mann dich verlässt, wink ihm zum Abschied und verriegle dann die Tür. Du hast Besseres zu tun, als einem garantierten Misserfolg nachzujagen.*

Thea hatte in der Tat Besseres zu tun. Zum Beispiel ihren Abschluss nachzuholen. Sich die Karriere aufzubauen, die sie wegen Gavin aufgegeben hatte. Ihre Töchter zu starken, selbstbewussten Frauen zu erziehen. Und sie würde nie wieder so dumm sein, einem Mann ihr Herz zu schenken.

KAPITEL 5

Am Montagmorgen war Gavin sich sicher, dass es nicht noch schlimmer kommen konnte. Aber dann klopfte jemand um acht Uhr morgens an die Tür seines Hotelzimmers, und er musste erkennen, dass er falschlag.

Vor der Tür stand Leselatte Braden Mack.

«Was zum Teufel willst du hier?»

«Begrüßt man so einen Freund, der einem Kaffee bringt?»

«Du bist nicht mein Freund. Du bist ein nervtötender Sack.» Aber der Kaffee kam ihm gelegen, und so trat er zurück und ließ ihn rein. «Und du hast meine Frage nicht beantwortet.»

«Ich warte noch auf Del.»

«Warum?»

«Weil wir loslegen müssen.» Mack zog einen Pappbecher aus dem Getränketräger, den er mitgebracht hatte. «Ich habe für dich einen Pumpkin Spice Latte. Mit Zimt bestreut. Ich dachte, das passt zu dir.»

Gavin verzog angewidert das Gesicht und wandte sich mit einer obszönen Geste ab, aber das Verlangen nach Koffein war stärker als sein Stolz. Er klappte die Lasche an der Trinköffnung zurück und nahm einen Schluck. Eine Geschmacksexplosion ließ ihn stöhnend die Augen schließen. Oh Gott. Er war im Kaffeehimmel! Das Zeug war phantastisch. Schmeckte wie flüssiger Kürbiskuchen. Wieso hatte er das noch nie probiert? Kein Wunder, dass Frauen darauf abfuhren.

Mack grinste. «Wusst ich's doch. Ich steh auch drauf.»

Die Tür erzitterte wieder unter einem energischen Klopfen. Im nächsten Moment kam Del hereingedampft, und sein Gesichtsausdruck sagte deutlich, dass man sich im Moment lieber nicht mit ihm anlegen sollte. «Wehe, ihr habt keinen Kaffee für mich», blaffte er.

Mack zeigte auf den Becherträger. «Pumpkin Spice Latte, wie bestellt.»

Gavin klappte die Kinnlade herunter. «Du trinkst das auch?»

Del ließ sich auf einen Stuhl am Fenster sinken. «Ich liebe Pumpkin Spice Latte, aber es ist mir zu peinlich, ihn selbst zu bestellen.»

Mack warf sich auf die Couch und legte die Beine hoch. «Kein Grund, sich zu schämen. Die Abwertung des Pumpkin Spice Latte ist ein perfektes Beispiel dafür, wie toxische Männlichkeit unser Leben bis in die banalsten Alltagsdetails durchdringt. Wenn Frauen etwas mögen, macht sich unsere Gesellschaft automatisch darüber lustig. Wie über Liebesromane. Wenn Frauen die mögen, müssen sie albern sein, stimmt's?»

Gavin sah ihn groß an. «Du hörst dich an wie Malcolm.»

«Ich bin nicht nur ein hübsches Gesicht, Mann.» Mack stellte seinen Kaffee ab und stand auf. «Zeig mir deine Klamotten.»

Gavin spuckte fast seinen Kürbiskaffee aus. «Wozu?»

«Wir müssen entscheiden, was du heute Abend zur Schulaufführung anziehst.»

«Ihr seid hier, um mir Klamotten rauszulegen?»

«Unter anderem», sagte Del.

Mack marschierte zu dem zweitürigen Schrank gegenüber dem Bad und riss die Türen auf. «Das ist traurig, Alter.» Er schob die paar besetzten Bügel hin und her. «Ist das alles, was du hast?»

«Nein, Blödmann. Meine Sachen sind fast alle zu Hause.»

«Also, damit kann ich nicht arbeiten. Wir müssen shoppen gehen.»

«Ich werde nicht mit euch *shoppen* gehen.»

«Toxische Männlichkeit.» Mack schnalzte missbilligend mit der Zunge.

Del seufzte wie ein Schulbusfahrer, der noch drei Stunden Fahrt mit einem Wagen voller kreischender Kinder vor sich hat. «Ich könnte jetzt zu Hause sein und mit meiner Frau schlafen.»

Mack und Gavin drehten sich abrupt zu ihm um.

Del zuckte mit den Achseln. «Sie hatte Lust. Wollte mich zurück ins Bett locken und …»

Mack hielt sich die Ohren zu. «Nicht vor den Kindern!»

«Dann benehmt euch!», schnauzte Del und zeigte auf

Mack. «Hör auf, seine Klamotten zu dissen, und such was raus. Und du», er zeigte auf Gavin, «lass mal hören.»

Gavin sah sich um, als könnte Del mit jemand anderem gesprochen haben. «Was?»

«Ich will wissen, was du bisher gelernt hast.»

«Gelernt?»

«Aus dem Buch.» Del verschränkte die Arme. «Du hast doch angefangen zu lesen, oder?»

Gavin zuckte zusammen.

Del wurde einige Zentimeter größer. So schien es zumindest. «Nimmst du diese Sache überhaupt ernst?»

«Ja …»

«Denn wir sind ein Risiko eingegangen, als wir dich in den Buchclub eingeladen haben.»

«Ihr habt mir das blöde Buch erst am Samstag gegeben!»

«Oh, entschuldige», sagte Del. «Gibt es gerade ein dringenderes Problem in deinem Leben, um das du dich kümmern musst? Weil ich eigentlich dachte, die Rettung deiner Ehe hätte oberste Priorität.» Er strich sich über den Kopf und starrte für einen Moment ins Leere. Dann sah er Gavin an. «Wie viel hast du gelesen?»

«Das erste Kapitel.»

«Herrgott!», brummte Del.

«Hör mal, Del. Ehrlich gesagt weiß ich nicht, was ich aus dem Buch mitnehmen soll.»

«Weil du es nicht versuchst. Geh es holen.»

Gavin tappte zum Nachttisch. Er kam sich vor wie ein Schüler, der zum Rektor musste, weil er seine Hausaufgaben nicht gemacht hatte. Er nahm *Seine stinksaure Gräfin*, oder wie die Schwarte hieß, aus der Schublade. Del ließ es sich von ihm geben und hielt es hoch wie ein Prediger, der das heilige Evangelium verkünden wollte.

«Wir haben das Buch aus gutem Grund für dich ausgesucht.»

«Weil es um einen Mann geht, der seine Ehe vergeigt hat. Weiß ich.»

«Nicht nur das.» Del schlug es auf und blätterte, bis er eine bestimmte Stelle gefunden hatte. Er räusperte sich. *«Meine Liebste, wir werden ganz von vorn beginnen»*, las er laut.

«Und?», fragte Gavin.

«Genau das werdet ihr beide tun, du und Thea.»

«Ich kapier's nicht.»

«Du wirst deine Frau umwerben.» Del warf das Buch aufs Bett. «Und wir haben nur wenig Zeit, also steh auf.»

«Warum?»

«Weil wir an deiner Flirttechnik arbeiten müssen.»

Gavin verschluckte sich zum zweiten Mal an seinem Kaffee. «Müssen wir nicht.»

«Du hast euren Neustart viel schwieriger gemacht, indem du am Samstag zu ihr gegangen bist. Darum musst du dich heute Abend doppelt anstrengen. Du musst sie dazu bringen, dich wieder ein Stück näher an sich heranzulassen, damit du die nächsten Schritte unternehmen kannst. Komm her.»

Gavin wich zurück. «Auf keinen Fall. Thea kann Flirten nicht ausstehen.»

«Was?» Mack schnaubte und drehte den Kopf zu ihnen. «Das ist Quatsch. Wie hast du sie überhaupt dazu gekriegt, mit dir auszugehen?»

«Indem ich nicht geflirtet habe.» Sie hatte es ihm selbst

gesagt. In dem Café, wo sie damals arbeitete, fiel er ihr gerade deshalb auf, weil er ihr nie mit einem blöden Spruch kam oder sich sonst wie an sie ranwanzte. Er fragte sich, ob sie auch so von ihm angetan gewesen wäre, wenn sie gewusst hätte, dass er bloß panische Angst hatte, von ihr ausgelacht zu werden. Aber, hey, es hatte geklappt.

Del stieß einen Seufzer aus. «Gavin, alle Frauen lassen gern mit sich flirten. Aber jede steht auf etwas anderes. Manche mögen es, wenn's ein bisschen anstößig ist, andere bevorzugen galantes Benehmen. Wieder andere mögen stille, süße Gesten.»

«Woher soll ich wissen, was bei Thea das Richtige ist?»

Mack wandte sich vom Schrank ab und sah ihn ungläubig an. «Wie lange seid ihr verheiratet?»

Del ging sofort dazwischen. «Dazu musst du ihre Sprache lernen.»

«Das schaffe ich doch nicht bis heute Abend!» Herrgott noch mal, es war demütigend.

Del nickte Mack mit einer stummen Botschaft zu, der daraufhin «Wieso ich?» jammerte und das Zimmer verließ. Als er zurückkam, wirkte er wie verwandelt. Er lehnte sich gegen den Türrahmen, verschränkte die Arme und grinste schief. Dann zwinkerte er Gavin an.

Gavin sah irritiert hinter sich, aber da war niemand, bevor er sich zurück zu Mack drehte. «Was soll der Scheiß?»

«Du siehst hinreißend aus. Ich kann kaum glauben, dass ich mit dir ausgehen darf.»

«Äh …»

«Du solltest einen Mann allerdings vorwarnen, bevor du in solch einem Kleid rauskommst.» Dann taxierte

Mack ihn langsam von oben bis unten. Und dann – Gott sei Dank – war das Schauspiel vorbei. Achselzuckend löste Mack sich von der Tür und ging wieder zum Schrank. «Beim Flirten geht es allein um Selbstbewusstsein, Mann. Nur darauf kommt es an.»

«Meins ist gerade ziemlich im Keller.»

«Nicht *dein* Selbstbewusstsein, du Hohlbirne. Ihres. Du musst ihr das Gefühl geben, dass du nur Augen für sie hast. Du solltest ein Lächeln auf ihr Gesicht, Schwung in ihren Schritt, Farbe auf ihre Wangen bringen. Ihr Dinge sagen, an die sie später beim Einschlafen denkt.»

Gavin stöhnte fast bei dem Bild, das diese Worte heraufbeschworen. Thea im Bett. In einem ihrer kurzen Seidenhemden … allein. Oder schlimmer: mit einem anderen Kerl. Oh Gott, ihm wurde schlecht.

«Stell deinen Kaffee hin», befahl Del.

Gavin gehorchte. Del setzte ein sehr seltsames Lächeln auf und schlenderte auf ihn zu. Dabei sah er ihm direkt in die Augen, und, ach du heilige Scheiße, Gavin konnte tatsächlich nicht wegsehen. Und erst als er gegen die Wand stieß, merkte er, dass er gerade rückwärtsgegangen war. Del stützte die flachen Hände rechts und links von ihm an die Wand und lächelte ihn dabei an. «Hey.»

«Hey», antwortete Gavin automatisch.

«Ich muss immerzu an gestern Nacht denken.»

Gavin schluckte. «W-was war gestern Nacht?»

Del zwinkerte. «Soll ich deine Erinnerung auffrischen?»

Oh Mann. Gavin drückte sich fest gegen die Wand. «Ich fühle mich verpflichtet, dir zu sagen, dass ich möglicherweise gerade leicht erregt bin.»

«Du musst verzweifelt sein», sagte Del weiter in seiner Rolle. Er hob die Brauen an und blickte auf Gavins Mund. «Denn ich kann das hier noch sehr viel besser.»

Mack räusperte sich. «Tut mir leid, euren besonderen Moment zu stören, aber wir haben eine Krise.» Er hielt einen grauen Pullover hoch. «Das ist das einzig anständige Teil, das Captain Amöbenhirn in seinem jämmerlichen Schrank hat.»

Gavin schlug Dels Arme weg.

Der trat einen Schritt zurück. «Denk einfach daran, ihr in die Augen zu sehen. Blickkontakt ist wichtig.»

«Und zwinkern.» Mack warf den Pullover aufs Bett. «Frauen stehen darauf.»

«Und guck auf ihren Mund», fügte Del hinzu. «Sie soll denken, du malst dir aus, wie sie dich überall küsst.»

Dafür zumindest brauchte er sich nicht anzustrengen. Er stellte sich andauern Theas Lippen an seinem Körper vor.

Aber Moment mal … Gavin blickte zwischen den beiden hin und her. «Das ist schon alles? Ich soll ihr nur sagen, dass mir ihr Kleid gefällt, und ihr zu verstehen geben, dass ich ihre Lippen auf mir will? Das ist euer brillanter Plan?»

«Fürs Erste.»

Gavin ließ sich auf das Bett sinken. «Das ist doch hoffnungslos.»

«Es wäre einfacher, wenn du uns sagen würdest, was wirklich zwischen euch passiert ist.»

«Vergiss es.»

«Na gut», sagte Del mit einem langen Seufzer. «Dann erzähl uns wenigstens ein bisschen. Irgendwas. Was sie am Samstag gesagt hat, damit wir uns für heute Abend etwas ausdenken können.»

Gavin ließ sich auf den Rücken fallen und starrte an die Decke. Er wusste noch jedes Wort von ihrer Auseinandersetzung, aber davon konnte er kaum etwas wiedergeben, ohne zu viel zu verraten.

«Sie will das Haus behalten.»

Del horchte auf. «Das hat sie gesagt?»

Gavin nickte. «Es wäre leichter für die Mädchen, meinte sie, weil es das einzige Zuhause ist, das sie kennen, und sie hat gefragt, ob ich es ihnen überschreibe.»

Del und Mack blickten sich an. «Das könnte funktionieren», meinte Mack.

«Es wäre riskant», gab Del zu bedenken. «Wir leben nicht in der Regency-Zeit. Thea gehört von Gesetz wegen ohnehin die Hälfte.»

«Aber die Symbolkraft könnte viel bewirken», erwiderte Mack.

«Hey.» Gavin setzte sich auf und winkte mit beiden Händen. «Könnt ihr vielleicht mal Klartext reden?»

«Du wirst den Einsatz erhöhen.»

«Und was zum Teufel soll das heißen?»

Del und Mack wechselten einen Blick, bei dem er ahnte, dass ihm die Antwort nicht gefallen würde.

Er hatte richtig geahnt.

Del holte tief Luft und stieß sie aus. «Du wirst der Scheidung zustimmen.»

Fuck. Wie bitte?

«Ganz genau», sagte Mack. «Aber zuerst gehen wir shoppen.»

KAPITEL 6

«Nicht so fest, Mommy.»

Thea sah auf den Pinsel, den sie auf Avas Stirn drückte. Sie hatte angeboten, kurz vor der Aufführung bei den Requisiten und beim Schminken zu helfen, und obwohl sie das eigentlich ablenken sollte, schweiften ihre Gedanken ständig ab. Gavin würde gleich eintreffen.

Zum hundertsten Mal wünschte sie, Liv könnte hier sein und ihr den Rücken stärken, aber ihre Schwester musste heute in der Spätschicht arbeiten.

«Tut mir leid, Schatz», sagte Thea und ließ den Pinsel mit der bunten Kinderschminke sinken.

«Mommy, das sieht total schön aus!», schwärmte Amelia neben ihr. «Das hast du toll gemalen.»

«Toll gemalt», verbesserte Thea leise. «Und danke schön. Das ist lieb.»

Thea malte die letzte Blume auf Avas Rehgesicht fertig – ihre beiden Mädchen traten als Rehkitze auf – und packte die Sachen dann weg. Nur noch zehn Minuten bis zur Aufführung. Die Lehrerin klatschte in die Hände, um das aufgeregte Geschnatter zu übertönen, und rief laut, dass sich die Kinder aufstellen sollten. Das war Theas Stichwort, sich in den Zuschauerraum zu begeben. Sie wünschte, sie hätte Gavin belogen und gesagt, man würde sie während der Aufführung hinter der Bühne brauchen. Denn sie hatte nicht mehr die Kraft, über Belanglosigkeiten zu reden und sich zum Lächeln zu zwingen. Und genau das musste sie, wenn sie sich mit ihm in der Öffentlichkeit sehen ließ. Sie konnte nur hoffen, dass sie nicht den Erstbesten ohrfeigte, der Gavin auf seinen Grand Slam ansprach.

Mit einem mulmigen Gefühl ging sie die Stufen am Bühnenrand hinunter. Sie blieb auf halber Höhe stehen und schaute über das Gedränge der Menschen, die nach freien Plätzen suchten. Etliche Frauen sahen ganz schön sauer aus, wahrscheinlich weil ihre Männer sich verspätet hatten und sie nun für ihre Familie nicht mehr als zwei freie Sitze nebeneinander fanden. Wen sie nicht sah, war Gavin. Gott sei Dank. Wenn sie lange genug trödelte, würden sie vielleicht nicht zusammensitzen können.

Ihre Erleichterung währte nur kurz.

«Hey.»

Beim Klang seiner Stimme zuckte sie zusammen. Am Fuß der Treppe stand Gavin und lächelte sie an, in einem dünnen Pullover mit V-Ausschnitt, den sie noch nie an ihm gesehen hatte. Der Stoff schmiegte sich an seinen muskulösen Oberkörper, als könnte die Baumwolle ihm nicht widerstehen. Gut, dass Thea es konnte. Ihr gebrochenes Herz funktionierte wie eine Impfung, und jetzt war sie immun gegen den Anblick harter Bizepse, kräftiger Unterarme und ausgeprägter Brust- und Bauchmuskeln …

Bäh. Sie stieg die letzten Stufen hinunter. «Hast du schon Plätze gefunden?»

Er deutete den Gang hinunter. «Zehnte Reihe. Ich habe meine Jacke hingelegt, um sie freizuhalten.»

Gavin ließ sie vorgehen und legte ihr eine Hand auf den unteren Rücken, als wären sie ein Paar. Ein normales glückliches Elternpaar. Diskret bewegte sie sich aus seiner Reichweite weg, gerade als eine Stimme sich über das allgemeine Gemurmel erhob.

«Hey, Sie sind Gavin Scott, stimmt's?»

War ja klar. Thea drehte sich um, und eine Reihe unsinniger, spontan ausgedachter Schimpfwörter sausten ihr durch den Kopf. Ein Dad mit Igelfrisur und Jeans streckte Gavin die Hand hin. Der blieb höflich stehen, wie er es immer tat, wenn ein Fan ihn ansprach.

Thea setzte ein falsches Lächeln auf und gab dem Mann ebenfalls die Hand. «Thea Scott.»

Der Mann nahm nur schlaff ihre Finger. Wieso gab es noch immer Männer, die einer Frau nicht die Hand schütteln wollten? Er sah sie kaum an und wandte sich sogleich wieder an Gavin.

«Das war echt Pech im letzten Spiel», sagte der Mann. «Und diese letzte Entscheidung. Der Schiedsrichter muss blind gewesen sein.»

An Gavins Kiefer trat eine Ader hervor. Er konnte es nicht ausstehen, wenn Zuschauer die Schiedsrichter für Niederlagen verantwortlich machten. «Es war unser Fehler, dass wir durch eine schlechte Entscheidung verlieren konnten. Ich habe nicht so gut gespielt, wie ich es hätte tun sollen.»

«Nee, das lag an Del Hicks, Mann. Er hat den einen Pop-up-Ball verfehlt. Sein Vertrag läuft aus, oder? Hoffentlich können wir ihn dieses Jahr loswerden. Der ist doch nur noch Ballast.»

«Del Hicks ist m-m-m-…»

Selbst wenn Thea ihn nicht hören könnte, sie hätte am Gesichtsausdruck des Mannes gesehen, dass Gavin stotterte. Das Arschloch sah überallhin, nur nicht in Gavins Gesicht. Als wäre Stottern etwas, das ihm peinlich sein musste. Thea verachtete Leute wie ihn. Sie gaben sich als große Fans aus, aber sowie sie ihn stottern hörten, benahmen sie sich, als hätte er eine ansteckende Krankheit.

Instinktiv nahm sie Gavins Hand und drückte sie. Seine Finger schlossen sich um ihre, und er atmete tief aus. Dann begann er noch mal neu. «Del Hicks ist mein bester Freund», sagte er kalt.

«Oh. Na ja, dann, äh, werde ich Sie mal nicht länger aufhalten», sagte der Mann mit hochrotem Gesicht. «Hat mich gefreut.»

Thea drehte sich um und versuchte dabei, ihre Hand aus Gavins zu ziehen, aber er hielt sie fest. Und nicht nur das, er zog sie sogar noch zu sich, näherte sich mit dem Mund ihrem Ohr. Der Duft seiner Seife drang in ihre Nase, und sie spürte seinen Orangenpastillen-Atem an ihrer Haut.

«Danke», sagte er leise.

«Der Typ war ein Idiot.»

«Thea.»

Bei seinem ernsten Ton blickte sie unwillkürlich zu ihm hoch. Sie sah jedoch rasch wieder weg, weil sie denselben Ernst auch in seinen Augen erkannte, und das war ihr gerade zu viel. «Kannst du das bitte lassen?»

«Was?»

«Was immer du gerade tun wolltest. Ich kann das im Augenblick nicht.»

«Ich habe doch nur deinen Namen gesagt.»

«Es geht darum, wie du ihn gesagt hast.»

«Wie denn?»

«Als würde es etwas bedeuten», zischte sie wütend.

Mit einem schockierend herausfordernden Glitzern in den Augen neigte er sich langsam zu ihr. Nein, ihr Herz schlug *nicht* schneller, und sie reagierte auch *nicht* mit einer kribbelnden Gänsehaut auf sein verlockend raues Flüstern. «Und was würde es bedeuten, wenn ich dir sage, dass ich heute Morgen mit deinem Namen auf den Lippen aufgewacht bin?»

Was zum …?

Er zwinkerte ihr zu, ließ ihre Hand los und ging zu ihren Plätzen.

Thea stand erstarrt im Mittelgang, als sich ihr deutlich verspätet ein empörtes Fauchen entrang. Dann kam Bewegung in ihre Beine. «Was war das denn?», zischte sie, als sie sich neben ihn setzte.

Entspannt lehnte er sich zurück und nahm eine typisch männliche Pose mit einem Knöchel auf dem Knie ein. «Was meinst du?»

«Du weißt genau, was ich meine! Hast du mir gerade zugezwinkert?»

«Ich schätze schon.»

«Du zwinkerst nicht.»

«Das ist nicht wahr.»

«Und ob das wahr ist. Frauen erinnern sich an jedes einzelne Mal, wenn ein Mann ihnen zuzwinkert. Wir mögen das. Es ist wie eine verdammte Droge. Zwinkert uns zu, und wir beginnen praktisch zu schnurren. Und *du* hast mir schon ewig nicht mehr zugezwinkert.»

«Dann bin ich ein Idiot.» Gavin senkte langsam den Blick auf ihren Mund. «Denn ich hätte nichts dagegen, dich schnurren zu hören.»

Thea verschluckte sich. «Wie bitte?»

«Du siehst übrigens wunderschön aus», sagte Gavin beiläufig und sah nach vorn zur Bühne. «Du s-solltest einen Mann vorwarnen, bevor du in so einem Kleid erscheinst.»

In dem Moment wurde es dunkel im Saal, und nein, sie wurde absolut *nicht* rot im Gesicht.

◆ ◆ ◆

Gavin warf im Dunkel des Saals einen Blick zu Thea. Kerzengerade saß sie da, die Beine sittsam übereinandergeschlagen, und wenn sie die Hände noch fester verschränkte, würde sie sich einen Finger brechen.

Wenn das hier nicht funktionierte, würde er Del und Mack eigenhändig erwürgen. Nicht nur wegen des Flirtens. Er konnte nicht glauben, was er heute Abend tun sollte. Und noch viel weniger konnte er glauben, dass er sich bereit erklärt hatte, es zu versuchen.

Der Vorhang vor der Bühne hob sich, und klassische Musik tönte aus den Lautsprechern. Kinder in verschiedenen Tierkostümen tanzten mit ungleichmäßigen Schritten in einer Reihe auf die Bühne. Er stieß ein leises Lachen aus, als er seine Töchter erkannte. Selbst in der Choreographie schien ihre Persönlichkeit deutlich durch. Amelia war auffallend, lebhaft, tanzte nach ihrem eigenen Takt. Ava hingegen war ernst und wirkte entschlossen, die vorgeschriebenen Schritte korrekt auszuführen. Theas verschränkte Hände lockerten sich, und ihre Haltung entspannte sich. Beim Anblick ihrer Mädchen schob sie ihren Ärger auf ihn vorübergehend beiseite.

Das Gefühl zu fallen, überwältigte ihn, und ihm verschwamm die Sicht, während er sie von der Seite betrachtete – den sanften Bogen ihres Kinns, die kleine halbmondförmige Narbe unter dem linken Ohr und wie ihr Gesichtsausdruck sich veränderte, sobald Ava und Amelia etwas Niedliches taten, und die Grübchen hervortraten, wenn sie lachte.

Thea schoss ihm im Dunkeln einen Blick zu, und der Argwohn darin jagte ihm einen kalten Schauder über den Rücken.

Die Vorstellung dauerte eine Stunde. Sobald der Vorhang fiel, drehte sie ruckartig den Kopf zu ihm. «Hör auf.»

Er beschloss, den Ahnungslosen zu spielen, aber, oh Scheiße, ihm brach der Schweiß aus. «Womit?»

«Was immer du hier tust», flüsterte sie und sah sich

hektisch um, ob sie jemand belauschte. «Du starrst mich die ganze Zeit an. Und dann diese blöde Bemerkung mit dem Schnurren. Was soll das alles?»

Er probierte es mit dem schiefen Lächeln, das Mack ihm vorgemacht hatte. «Ich flirte nur mit meiner Frau.»

«Du flirtest?!» Sie fasste ihm an die Stirn. «Hast du Fieber?»

Mit heftig klopfendem Herzen nahm Gavin ihre Hand weg und drehte sie um, um einen Kuss hineinzudrücken. «So kann man es nennen», brummte er in einem Tonfall, der hoffentlich verführerisch klang.

Thea riss die Hand weg und lehnte sich ein Stück von ihm weg. Dabei sah sie ihn an, als wären ihm gerade Hörner gewachsen. «Hattest du einen Autounfall? Bist die Treppe runtergefallen? Hat dir jemand einen Ball an den Kopf geschlagen oder so was?»

Gavin schluckte. «Wie bitte?»

«Ein Schlag auf den Kopf. Anders kann ich mir das nicht erklären. Du solltest zum Arzt gehen.»

«Wie wär's, wenn wir beide Doktor spielen?» Seine unsicher schwankende Stimme vereitelte leider jegliche verführerische Wirkung.

Theas sinnliche Lippen öffneten sich überrascht. Aber nur eine Sekunde später presste sie sie zusammen, und dann sprang sie abrupt auf. Da er nicht sofort aus seinem Sitz hochkam, blickte sie vorwurfsvoll auf seine Knie, als wären seine Beine nur deshalb so lang, um ihren dramatischen Abgang zu verhindern.

Er stand schließlich auf, ließ sie vorbei und folgte ihr in die sich langsam zum Ausgang schiebende Menschenmenge. Der Eingangsbereich füllte sich rasch mit Eltern und Verwandten, die auf ihre Kinder warteten. Gavin drängte sich höflich dorthin durch und hielt sich so dicht bei Thea wie möglich. Sie ging steif und mit gesenktem Blick, die Handtasche an sich gedrückt, als enthielte sie einen Atombomben-Code.

Ein paar Leute grüßten ihn aufrichtig lächelnd, was er ebenso erwiderte. Die andere Art Lächeln – das nervöse Lächeln des Fans, der sich gleich einen Ruck geben und ihn um ein Autogramm oder ein Selfie bitten würde – hatte er schon vor langer Zeit gelernt zu übersehen. Fans waren das Herzblut des Profisports, und er würde sich mit jeder amerikanischen Großstadt auf eine Wette einlassen, dass keine so loyale Fans hatte wie Nashville. Aber Profisportler waren auch nur Menschen, die manchmal einen Abend ungestört mit der Familie verbringen oder eine Schulaufführung ihrer Kinder sehen wollten.

Oder ihre Frau umwerben wollten, damit sie sich nicht von ihrem jämmerlichen Spielergatten scheiden ließ.

Als er neben sie trat, schob er die Hände in die Hosentaschen. «Ich dachte, wir könnten vielleicht noch …»

Er konnte seinen – oder vielmehr Dels – Vorschlag, zusammen essen zu gehen, nicht zu Ende vorbringen, weil jemand nach Thea rief, eine Frau in einem roten Kostüm und mit hochhackigen Schuhen, die fröhlich winkend angestöckelt kam.

«Mrs. Martinez», grüßte Thea.

«Sagen Sie ruhig Lydia.» Die Frau lächelte. «Ich bin so froh, Sie hier zu erwischen.»

Thea sah zu Gavin und runzelte die Stirn. «Oh, äh, Gavin, das ist Mrs. Martinez, die Leiterin des Kindergartens. Lydia, das ist Gavin, mein Mann.»

Mein Mann. Diese zwei Worte hatten noch nie so gestelzt und zugleich so verheißungsvoll geklungen.

Die Frau reichte ihm höflich die Hand, und Gavin schüttelte sie. «Freut mich, Sie kennenzulernen», sagte er.

Lydia wandte sich wieder Thea zu. «Ich wollte Sie nur wissenlassen, dass ich Ihr Empfehlungsschreiben nächste Woche fertig mache. Reicht das?»

Empfehlungsschreiben? Thea sah ihn kurz an – nervös, so schien es ihm – und dann wieder zu Lydia. «Das wäre perfekt, Lydia. Danke, dass Sie das für mich tun.»

Lydia winkte ab. «Das ist doch das mindeste. Sie haben dieses und letztes Jahr so viel Zeit in unsere Projekte investiert.» Lydia rauschte davon, über die Schulter rief sie noch: «Bis nächste Woche dann.»

«Ein Empfehlungsschreiben wofür?», wollte Gavin wissen.

«Für die Vanderbilt», antwortete sie gezwungen lächelnd. «Ich will zurück an die Uni und meinen Abschluss nachholen.»

«W-wann hast du das beschlossen?»

In ihren Augen blitzte es. «Ich hatte schon immer vor, einen Abschluss zu machen, Gavin.»

«Thea, ich wollte nicht sagen, dass du das nicht …»

Oh Scheiße. Das war daneben. Voll daneben. Thea hob das Kinn und wurde rot. «Na, Gott sei Dank. Ohne deine Erlaubnis würde ich das natürlich nicht tun.»

Gavin fuhr sich durch die Haare. «Babe, so meinte ich

das nicht. Können wir einfach einen Gang runterschalten und …»

«Sagst du mit jetzt ernsthaft, ich soll mich beruhigen? Denn das hat selten den gewünschten Effekt.»

Gott im Himmel, das war sein Untergang. Er hörte schon das Wasser rauschen. Noch so eine dumme Bemerkung, und es würde über ihm zusammenschlagen, und er würde nach Luft schnappend ertrinken.

«Mommy, hast du uns gesehen?»

Gavin atmete auf. Amelia und Ava rannten auf sie zu.

Theas Gesichtsausdruck wandelte sich. Sie breitete die Arme aus, und die Zwillinge warfen sich hinein. «Ihr wart phantastisch!» Sie küsste die beiden auf den Kopf. «Die besten tanzenden Rehe aller Zeiten.»

«Hast du uns auch gesehen, Daddy?», fragte Amelia und schlang die Arme um seine Beine.

«Ja, mein Schatz. Ihr wart toll.»

«Ich habe Hunger», sagte Ava, und Gavin hätte sie dafür küssen können.

«Ich mache euch Käse-Makkaroni, wenn wir zu Hause sind», kündigte Thea an.

Das Rauschen wurde lauter, doch er musste es riskieren. «Wisst ihr, was? Ich habe auch Hunger. Was haltet ihr davon, wenn wir zu Stella's gehen?»

Das war ihr Lieblingsrestaurant. Seit die Mädchen in einem Hochstuhl sitzen konnten, gingen sie schon dort essen.

«Ja, Mommy! Können wir zu Stella's gehen?», bettelte Amelia.

Mit angehaltenem Atem stellte er sich Theas hartem Blick und schluckte. «Da kannst du mir von der Vanderbilt erzählen.»

Sie quittierte das mit einem Ausdruck, der einem Tritt in die Eier gleichkam, doch dann setzte sie wegen der Mädchen eine fröhliche Miene auf. «Das ist eine prima Idee. Ihr drei fahrt zusammen, und wir treffen uns dort?»

«Ich will mit dir fahren, Mommy.» Ava griff nach ihrer Hand.

Gavin zuckte zusammen, überspielte das aber mit einem Lächeln. «Amelia kann mit mir fahren und Ava mit dir.»

Sie hatten an entgegengesetzten Enden des Parkplatzes geparkt, sodass sie sich vor dem Gebäude trennten. Amelia hielt seine Hand fest und fing an, ihren Arm nach vorn und zurück zu schwingen. «Ava ist ein kleines Baby, sie schläft jede Nacht bei Mommy», erzählte sie und sprang von der Gehsteigkante.

Ihr Lispeln verursachte wie immer ein schweres Gefühl in seiner Brust. Thea hatte ihm mehrmals versichert, er brauche sich keine Sorgen zu machen, aber er tat es. Auch Stottern war kein Grund, sich zu schämen, und trotzdem hatte es lange gedauert, bis er seinen Frieden damit gemacht hatte. Als Kind und als Jugendlicher hatte er zu viele Sticheleien ertragen müssen, als dass er bei dem Gedanken, seine Tochter könnte dem auch ausgesetzt sein, ruhig bleiben könnte.

«Jede Nacht, hm?», sagte er, als Amelias Worte endlich zu ihm durchdrangen.

«Sie geht zu Mommy rüber, wenn sie aufwacht. Aber

ich nicht. Ich schlafe in meinem Bett. Die ganze Nacht. Sie sagt, ich bin ein Baby, weil ich vor Gewitter Angst habe. Aber sie ist ein Baby, weil sie im Dunkeln Angst hat.»

Gavin blieb mitten auf dem Parkplatz stehen und ging vor Amelia in die Hocke. «Es ist nicht nett, sich gegenseitig als Baby zu bezeichnen, Schatz. Denn jeder hat vor etwas Angst. Das ist normal.» Die väterliche Weisheit kam ihm, ohne zu stocken, über die Lippen, obwohl seine Gedanken rasten. Seit wann hatte Ava Angst im Dunkeln? «Sogar Erwachsene haben hin und wieder Angst. Das macht uns aber nicht zu Babys, oder?»

Amelia schüttelte den Kopf. Gavin lächelte sie an und stand auf. Sie gingen weiter, und schon nach ein paar Schritten kam die unvermeidliche Frage. «Wovor hast du Angst, Daddy?»

Euch und eure Mom zu verlieren, dachte er und bekam einen Kloß im Hals. Er schluckte dagegen an. «Vor Clowns.» Er schüttelte sich demonstrativ. «Große rote Schuhe und Quietschnasen.»

Dann hob er sie hoch, setzte sie sich auf die Schultern und genoss den Klang ihres Freudenschreis.

KAPITEL 7

«Da sind sie.»

Thea zeigte auf Gavins SUV, der auf den Restaurantparkplatz einbog. Sie und Ava warteten seit fünf Minuten auf einer Bank vor dem Diner. Gavin war wohl an der Schule in den Parkplatzstau geraten. Das war ihr gerade recht, denn sie braucht eine Minute – oder fünf –, um sich zu beruhigen. Aber nicht weil Gavin es wollte, oh nein. Wann hatte sich je eine Frau beruhigt, weil ihr Mann sie dazu aufforderte?

Zumal es auch jetzt nicht klappte. Sie würde sich nur beruhigen können, wenn das gemeinsame Essen ausfiele. Sie hätte ihn umbringen können, als er im Beisein der Mädchen ein Essen bei Stella's vorschlug. Er hätte wissen müssen, dass die beiden sofort darauf anspringen und betteln würden.

Thea stand auf, als Gavin und Amelia über den Parkplatz kamen. Sie wandte sich von seinem Lächeln ab und spürte trotzdem zwei Augenblicke später seine Hand an ihrem Rücken. Sie versteifte sich, und er nahm sie weg.

«Ach, sieh mal, wer da ist», sagte Ashley, die schon hier kellnerte, seit sie das Restaurant besuchten. «Hab euch den ganzen Sommer nicht gesehen.» Sie keuchte gespielt auf und staunte die Mädchen mit großen Augen an. «Du meine Güte, ich glaube, Rehe werden hier gar nicht bedient.»

«Wir sind aber Rehkitze», widersprach Amelia fröhlich. «Wir sind in der Schule im Musical aufgetreten!»

«In einem Musical? Das glaube ich nicht. Dafür seid ihr doch noch viel zu klein.» Ashley zwinkerte Thea zu und ging dann voraus. «Eure Nische ist noch frei.»

Das liebte Thea an ihrem Kleinstadtleben. Sie waren Stammgäste mit einer eigenen Sitznische. Konnte es etwas Schöneres geben, als ein Restaurant, wo man mit Namen begrüßt wurde und die Speisekarte sich nie änderte? Das war die Art von simplen Familientraditionen, die sie und Liv als Kinder nicht erlebt hatten. Wäre es für Ava und Amelia weniger bedeutsam, wenn sie nicht zu viert, sondern nur noch zu dritt hierherkämen?

Die Mädchen folgten Ashley zwischen den Tischen hindurch, auf denen rot karierte Decken lagen und Väschen mit frischen Blumen standen. Neben den Fenstern hingen dekorative Fensterläden, an denen Stella Kordeln aufgespannt und daran Schnappschüsse von Gästen aufgehängt hatte. Auch von ihnen. In ein paar Monaten würde das peinlich sein.

Jedes der Mädchen rutschte auf eine Bank, und Thea atmete auf. Sie wollte nicht neben Gavin sitzen. Das war vielleicht kindisch, aber trotzdem.

«Das Übliche zu trinken?», fragte Ashley, als alle saßen. «Zwei Wasser und zwei Kakao?»

«Klingt gut», antwortete Gavin. «Danke.»

«Ich will Käse-Sandwich», sagte Amelia, setzte sich auf ihre Knien und stützte die Ellbogen auf den Tisch. «Und Apfelmus.»

«Und was möchtest du, Ava?», fragte Thea. «Auch das Käse-Sandwich?»

Ava zuckte die Achseln. Thea unterdrückte einen Seufzer. Sie dürfte das mürrische Benehmen nicht länger dulden, denn allmählich wurde ihre Tochter anderen Menschen gegenüber respektlos. Aber heute Abend würde sie nichts dazu sagen. Die Stimmung war schon angespannt genug. Außerdem würde sie ihre Tochter nicht dafür bestrafen, dass sie ihre Verwirrung auf die einzige Weise äußerte, die ihr zur Verfügung stand. Erwachsene verlangten Kindern manchmal zu viel ab.

Nachdem ihr Vater damals die Scheidung eingereicht hatte, schloss ihre Mutter sich tagelang im Schlafzimmer ein. Als Thea irgendwann anklopfte, weil sie Hunger hatte, schrie ihre Mutter durch die Tür, sie solle erwachsen werden und nicht so egoistisch sein.

Da war Thea zehn. Danach lernten sie und Liv, für sich selbst zu kochen.

Thea hatte sich vorgenommen, die Mädchen nach der Scheidung zu einer altersgerechten Therapie zu schicken – auch etwas, von dem sie und Liv vermutlich profitiert hätten. Hoffentlich würde das Ava helfen, sich an die neue Realität anzupassen.

Die Kellnerin kam mit den Getränken und nahm die

restlichen Bestellungen entgegen, um sie anschließend wieder ihrem angespannten Schweigen zu überlassen.

«Gänseblümchen», sagte Gavin plötzlich, der auf das Einmachglas mit Blumen auf dem Tisch starrte. Dann lächelte er Amelia an. «Mommy hatte ein Gänseblümchen im Haar, als ich sie zum ersten Mal sah.»

Amelia kicherte. «Echt?»

«Ich kann mich gar nicht erinnern.»

Gavin blickte zu ihr. «Es steckte in deinem Zopf.»

«Warum hattest du ein Gänseblümchen im Zopf, Mommy?», fragte Amelia.

«Ich weiß es nicht, ich kann mich wirklich nicht mehr erinnern.»

«Schade», sagte Gavin leise. «Ich habe es nämlich nie vergessen.»

«Mommy mag Löwenzahnblumen», sagte Ava missmutig.

Thea blinzelte und riss ihren Blick von Gavin los, der sie wieder genauso musterte wie bei der Schulaufführung. Und wie am Samstag. So als sähe er sie zum ersten Mal. Vielleicht war es tatsächlich so. Es war Jahre her, seit sie sich von ihm gesehen gefühlt hatte.

Thea strich Ava über die Haare. «Löwenzahn von dir werden immer meine Lieblingsblumen sein.»

Befangenes Schweigen hing in der Luft wie drückende Hitze. Thea holte die Buntstifte und Malbücher hervor, die sie immer in der Handtasche hatte, um die Mädchen zu beschäftigen, wenn sie mal irgendwo warten mussten. Diesmal jedoch musste Thea sich selbst beschäftigen. Sie half Ava, ein Bild auszumalen, bis Gavin sich räusperte.

«Also, w-wann willst du wieder zur Uni gehen?» Er spielte unruhig mit seinem Glas herum.

Thea hielt den Blick auf das Malbuch gerichtet. «Wenn ich angenommen werde, dann diesen Sommer.»

«Dann brauchst du nur ein Semester?»

Sie schnaubte. «Schön wär's. Vielleicht wenn ich ganztags studieren könnte. Aber das ist ja nicht möglich. Ich hoffe, dass ich in achtzehn Monaten fertig bin.»

«Achtzehn Monate», wiederholte er. «Das, äh, scheint mir machbar.»

«Wie schön, dass du das auch so siehst.»

«Und was dann? Ich meine, nach deinem Abschluss?»

«Ich will als Künstlerin arbeiten. Wie ich es immer vorhatte.»

Er zögerte einen Moment lang, ehe er darauf reagierte. «Das ist, äh, das ist großartig. Ich bin froh, dass du dich wieder deiner Kunst widmest.»

«Ich auch.»

Das Essen wurde serviert, und dann waren sie beide vollauf damit beschäftigt, den Mädchen beim Essen zu helfen, ohne ihr eigenes dabei kalt werden zu lassen. Das verhinderte zum Glück ein weiteres Gespräch. Mitten beim Dessert – einem Riesen-Brownie, den sie sich immer zu viert teilten – kam Stella persönlich an ihren Tisch, um ein Schwätzchen zu halten.

«Gerade habe ich an euch gedacht, als ihr reinkamt. Ist ja eine Ewigkeit her, seit ihr hier wart.»

«Wir hatten viel um die Ohren», sagte Thea automatisch, eine so naheliegende Lüge, dass sie sie fast selbst glaubte. «Die Mädchen gehen jetzt in den Kindergarten und haben nachmittags Tanzunterricht. Da bleibt oft kaum noch Zeit.»

«Habt ihr schon Pläne für die Feiertage?»

«Nichts Konkretes», sagte Thea.

Amelia blickte mit ihrem schokoladenverschmierten Mund auf. «An Thanksgiving besuchen wir Grammy und Opa in Ohio.»

Ach, Mist. Thea hatte ihnen noch nicht gesagt, dass der Besuch bei Gavins Eltern nicht stattfinden würde. Sie hatte gehofft, dass die beiden es vergessen würden, da es zwei Monate her war, seit Gavin und sie darüber gesprochen hatten. Aber kleine Mädchen vergaßen selten einen geplanten Besuch bei Großeltern, von denen sie so verwöhnt wurden wie von Gavins Eltern.

«Tja, das hatten wir vor, aber … äh …» Thea suchte nach einer Ausrede, aber ihr fiel beim besten Willen nichts ein. Ihre Fähigkeit, ad hoc zu lügen, ließ offenbar rapide nach. «Aber jetzt werden wir doch einfach hierbleiben.»

«Aber ich will Grammy sehen!», quengelte Amelia.

«Ich auch», sagte Ava, ihre Stimme eine Oktave höher als die ihrer Schwester.

Thea legte eine Hand auf ihr Bein. «Schätzchen, wir sprechen später darüber, ja?»

«Aber warum können wir nicht zu ihnen?», fragte Amelia.

«Amelia», mahnte Gavin leise, aber bestimmt. «Mommy hat gesagt, w-wir sprechen nachher zu Hause darüber.»

«Aber du kommst ja gar nicht mehr nach Hause!»

Die markerschütternde Stille, die darauf folgte, hatte

sogar etwas Komisches. Thea erwartete beinahe, ein paar Grillen zirpen zu hören. «Tja», sagte Stella errötend, während sie so tat, als hätte Amelia nicht gerade vor dem gesamten Restaurant verkündet, dass ihre Eltern getrennt lebten. «Es war schön, euch alle mal wiederzusehen. Aber die Arbeit ruft.»

Sie wandte sich ab, und dann ging das Chaos erst richtig los.

«Können wir *bitte* zu Grammy?», bettelte Amelia.

«Dieses Jahr nicht», sagte Gavin.

«Aber warum denn nicht?»

«Ich habe Training, Schatz.»

Ava zog einen Schmollmund und rutschte auf der Bank ein bisschen tiefer.

«Kann Daddy uns heute Abend vorlesen?», fragte Amelia.

Thea drückte die Fingerspitzen an die Schläfen. «Das geht heute nicht, okay?»

«Warum nicht?», fragte Amelia wieder, und ihre Unterlippe begann zu zittern.

«Hey», Gavin zog sie an seine Seite. «Ich lese euch bald wieder vor, okay?»

«Aber ich will heute!» Der Damm brach. Tränen liefen ihr über die Wangen.

Was auch Ava aufschluchzen ließ. So war das bei Zwillingen eben.

Und wenn Ava weinte, dann richtig laut. Plötzlich platzte es aus ihr heraus: «Daddy soll kein Baseball mehr spielen!»

Erneut herrschte bestürztes Schweigen, und dann

heulte Ava noch lauter. Amelia schrie: «Ich will auch nicht, dass Daddy Baseball spielt!»

Inzwischen starrten sämtliche Gäste zu ihnen herüber. Gavin fluchte leise und strich sich mit der Hand übers Gesicht.

Zitternd legte Thea den Arm um Ava. «Mein Liebling, warum soll Daddy denn nicht mehr Baseball spielen?»

Ava wischte sich die Tränen weg und verschmierte dabei die weißen Rehkitz-Tupfen zu langen Streifen. «Weil er immer weg ist und weil ihr böse seid.»

Thea blickte auf und begegnete Gavins Blick, in dem sie lesen konnte, was sie selbst dachte. «Wann waren wir denn böse?», fragte er.

«Nach Daddys großem Homerun.» Ava bekam Schluckauf. «Wir haben alles gehört. Zuerst habt ihr gekämpft, und dann seid ihr böse geworden.»

Gekämpft? Was …? Thea kroch Hitze ins Gesicht, und ihr Magen verkrampfte sich. Ava war anscheinend aufgewacht und hatte sie beim Sex gehört. Die Geräusche hatte sie offensichtlich als Kampf interpretiert. Und danach hatte sie auch noch den Streit mit angehört.

Thea hob ganz langsam den Blick zu Gavins Gesicht. Sie sahen einander an – er gequält, sie benommen.

Die Mädchen weinten. Die Leute sahen schweigend zu ihnen herüber. Ihr wurde kalt. Ehe sie es verhindern konnte, sagte sie: «Wisst ihr, was? Wie wär's, wenn Daddy euch heute Abend doch noch vorliest? Würde es euch dann besser gehen?»

◆ ◆ ◆

Gavin bezahlte die Rechnung, während Thea mit den Mädchen schon zum Auto ging. Mit Magenschmerzen fuhr er durch die Dunkelheit nach Hause. Avas Worte hallten in seinem Kopf wider. *Weil er immer weg ist und weil ihr böse seid.* Was hatte er seinen Töchtern angetan? Seiner Familie?

Er bog hinter Thea in die Auffahrt ein. Sie weigerte sich, ihn anzusehen, während er half, die Mädchen aus den Kindersitzen zu holen. Butter begrüßte sie an der Haustür.

«Zuerst geht ihr in die Wanne, und dann kann Daddy euch vorlesen, einverstanden?» Thea hängte die Mäntel auf. Sie klang, als fehlte nur noch ein falsches Wort und sie würde zusammenbrechen. Oder wieder mit voller Wucht auf eine Gipswand eindreschen.

«Ich lasse Butter raus», bot Gavin an.

Thea bedankte sich steif, was ihm mehr denn je das Gefühl gab, ein Besucher im eigenen Haus zu sein. Als sie mit den Mädchen nach oben ging, öffnete er für Butter die Terrassentür. Der Geruch von Gipsstaub mischte sich mit den vertrauten Gerüchen seines Heims – nach Theas Lotion, den Lavendelkerzen, die sie oft anzündete, dem Hund und den Filzstiften und Malfarben der Kinder. Nachdem Butter seine Runde durch den Garten gedreht und die richtige Stelle zum Pinkeln gefunden hatte, hörte Gavin oben das Badewasser einlaufen. Er sprang die Treppe hinauf und klopfte an die geschlossene Badezimmertür.

«Soll ich helfen?», fragte er.

Thea verneinte.

Das Gefühl, hier ein Fremder zu sein, kam erneut

hoch, während er unschlüssig vor der Tür stand. Er schaute nach rechts zum Schlafzimmer. Ihrem gemeinsamen Schlafzimmer. Er ging ein paar Schritte und stellte sich in die offene Tür. Thea hatte das Bett nicht gemacht, und der Anblick des zerwühlten Lakens rief eine scharfe Reue hervor, die ihm im Magen brannte wie Feuer. Zuletzt hatte er an jenem Abend in diesem Bett gelegen. Und einen der schönsten Momente seines Lebens erlebt, dem sofort der schlimmste gefolgt war.

«Was machst du da?», fragte Thea hinter ihm. Er drehte sich um. Er hatte die Tür zum Bad nicht aufgehen gehört, aber jetzt standen seine Töchter im Flur, in gleiche Handtücher gewickelt.

«Nichts. Ich wollte nur … ich helfe euch, die Schlafanzüge anzuziehen.»

Es herrschte Schweigen, während er und Thea die Mädchen abtrockneten und ihnen ihre Einhornpyjamas überzogen. Dann klaubte Thea die nassen Handtücher zusammen und schickte sie los, um sich ein Buch auszusuchen, während sie selbst sich umziehen ging.

Die Mädchen einigten sich auf eine Geschichte über einen Waschbären, der seine Großmutter zu Weihnachten besuchen wollte und sich unterwegs verirrte. Sie hatten es sich gerade auf Amelias Bett gemütlich gemacht, als Thea hereinkam. Sie hatte sich eine Jogginghose und sein altes Huntsville-Rockets-Sweatshirt aus seiner Zeit in der Minor League angezogen. Das hatte sie sich damals unter den Nagel gerissen, kurz nachdem sie angefangen hatten, miteinander auszugehen. Als er sie zum ersten Mal darin sah, hatte er keinen vernünftigen Gedanken mehr zustande gebracht. Ein primitives Gefühl hatte ihn durchzuckt, ein Besitzanspruch, so als gehörte sie jetzt ihm. Offiziell. Durch das Sweatshirt.

Noch heute hatte der Anblick seiner zierlichen Frau in diesem Riesending etwas an sich, das ihn anmachte. Wahrscheinlich hatte sie es nur angezogen, weil es sauber und bequem war. Aber für ihn hatte es Bedeutung, steckte voller Erinnerungen. Dasselbe Shirt trug sie nämlich auch, als sie ihm sagte, dass sie schwanger war. Er hatte sie drei Wochen nicht erreichen können. Sie hatte seine Anrufe und Nachrichten ignoriert, und von ihren Kolleginnen im Café erfuhr er, dass sie sich krank gemeldet hatte. Als er schließlich zu ihr fuhr und sie überredete, wenigstens die Tür aufzumachen, war er auf alles gefasst. Glaubte er jedenfalls.

«Was willst du hier?», fragte sie, die Arme um sich geschlungen, die Hände in den Ärmeln seines Sweatshirts vergraben.

Er stützte sich mit den Händen am Türrahmen ab. Seine einstudierte Rede war vergessen, stattdessen stotterte er erschrocken los, sowie er ihr Gesicht sah. «B-b-bitte rede mit mir. Okay? E-egal, w-was es ist, sag es mir.»

Einen Moment lang blickte sie ins Leere, dann drehte sie sich wortlos um. Von der Tür aus sah er sie im Bad verschwinden. Kurz darauf kam sie mit einem weißen Stäbchen zurück.

Ihn durchfuhr ein siedend heißes Prickeln. «W-was ist das?»

Auf halbem Weg blieb sie stehen. Er betrat die Wohnung, schloss die Tür hinter sich und ging zu ihr. Sie hielt ihm das Stäbchen hin. Darauf war ein blaues Pluszeichen zu sehen.

«Du bist schwanger?», keuchte er und sah Lichtpunkte vor seinen Augen tanzen.

Sie riss das Stäbchen weg und verschränkte die Arme. «Ja, ich bin schwanger.» Sie klang herausfordernd, entschlossen.

Die Worte hatten kaum ihren Mund verlassen, da küsste er sie.

«Seid ihr so weit?», hörte er Thea fragen, was ihn zurück ins Hier und Jetzt brachte.

«Macht Platz für Mommy», sagte er. Amelia rutschte näher an ihn heran, und Thea zwängte sich in die Lücke zwischen ihr und der Wand. Neben ihm wäre reichlich Platz gewesen, aber darauf hinzuweisen, käme vermutlich nicht sonderlich gut an.

Gavin las vor, während sich die Mädchen an ihn kuschelten, und alle paar Zeilen sah er zu Thea hinüber. Sie weigerte sich hartnäckig, ihn anzusehen. Als er ein paar Minuten später zu Ende gelesen hatte, richtete sie sich so schnell auf, dass das Bett wackelte. Sie gab den Mädchen einen Kuss und sagte, Daddy werde sie zudecken.

Ava brauchte lange zum Einschlafen. Sie wollte Thea bei sich haben, und es mussten erst etliche Stofftiere um sie herum gesetzt werden, bevor sie zur Ruhe kommen konnte. Mit Amelia war es leichter. Als er sie zudeckte und sagte, alles werde wieder gut, glaubte sie ihm. Sie sah ihn vertrauensvoll an, schob ihre kleine Hand in seine und flüsterte: «Ich hab dich lieb, Daddy.» Und dann schlief sie auch schon ein. Er konnte sich kaum losreißen, um aus dem Zimmer zu gehen.

Leise schloss er die Tür, atmete tief durch und ging dann nach unten. Dort fand er Thea in der Küche, wo sie etwas an den Whiteboard-Kalender schrieb.

Sie spannte sich an, als er von hinten auf sie zutrat. «Sind sie eingeschlafen?»

Er musste sich räuspern, ehe er antworten konnte. «Ja. Sie waren müde.»

«Das bin ich auch.»

Sie steckte die Kappe auf den Filzstift und legte ihn in die Schublade. Sein Blick wanderte zur Pinnwand, wo eine geprägte Einladungskarte mit einer Reißzwecke angeheftet war. Er musste zweimal hinsehen, um sicher zu sein, dass er richtig gelesen hatte.

«Dein Dad heiratet schon wieder?»

Sie ging zur Spüle. «Überrascht dich das?»

«Was ist mit Christy?»

«Crystal. Er hat sie mit der neuen Liebe seines Lebens betrogen.» Thea füllte ein Glas mit Leitungswasser und schluckte damit eine Kopfschmerztablette, die sie immer nahm, wenn sie eine Migräne nahen fühlte.

«Wann ist das alles passiert?»

Thea zuckte die Achseln und drehte sich zu ihm um. «Irgendwann letzten Winter? Ich weiß es nicht mehr.»

«Warum hast du mir das nicht erzählt?»

«Keine Ahnung.» Sie seufzte. «Es erschien mir unwichtig.»

«Wie kommt deine Mom damit klar?»

Thea massierte sich die Schläfen. «Im Moment will ich wirklich nicht über meine Eltern reden.»

«Klar. Tut mir leid. Bist …» Er deutete auf ihre Stirn. «Bist du okay?»

«Bestens.» Sie schluckte und sah zu Boden. «Gavin, wir müssen einige Entscheidungen fällen.»

Der Satz versetzte ihn erneut in die Vergangenheit. Ob ihr das bewusst war oder nicht, genau das hatte sie damals auch gesagt, nachdem sie ihm eröffnet hatte, dass sie schwanger war.

Sie ließ sich von ihm küssen, aber nur kurz. Dann drückte sie ihn von sich weg. «Was tust du denn da?»

Er legte eine Hand an ihren Bauch, wo sein Kind – ihr gemeinsames Kind – in diesem Moment unter seinen Fingern wuchs. «Ich bin glücklich, Thea.»

«Toll», sagte sie mit unerwarteter Schärfe. «Aber wir müssen einige Entscheidungen treffen, Gavin.»

«Was gibt es da zu entscheiden?» Er behielt die Hand an ihrem Bauch und umfasste mit der anderen ihre Wange. «Heirate mich.»

Ihm kam eine Idee. Damals hatte es funktioniert, also würde es jetzt vielleicht wieder funktionieren. Es erschien ihm außerdem wie etwas, das Graf Wie-war-sein-Name tun würde. Das war doch etwas.

Gavin ging zu ihr. Thea blickte in dem Moment auf, als er ihr über die Wange strich. «Was gibt es da zu entscheiden? Heirate mich.»

Augenblicklich wich sie vor seiner Berührung zurück und zog verwirrt die Brauen zusammen. «Wie bitte?»

Sein Herz schlug schneller. «Das … das habe ich damals zu dir gesagt, als …»

«Ich weiß, Gavin.» Sie schlang die Arme um sich und wirkte dabei zugleich stur und verletzlich. «Ich wünschte nur, du würdest die Erinnerung nicht kaputt machen, indem du das jetzt wiederholst.»

Kaputt machen? Ihm stockte das Herz. «Ich bin nicht bereit, uns aufzugeben.»

«Es ist zu spät.»

«Es ist *nicht* zu spät», widersprach er, inspiriert von

Graf Sagt-immer-das-Richtige. «Für die Liebe ist es nie zu spät.»

Thea schnaubte. «Meinst du das ernst?»

Okay, das war vielleicht zu dick aufgetragen. *Vielen Dank auch, Graf Arschgeige.* Trotzdem, jetzt oder nie.

Wenn das jetzt nicht wirkte, würde er Mack und Del erwürgen und Graf von und zu Gesülze ins Feuer werfen. «Was, wenn … wenn wir neu anfangen?»

Thea hob abwehrend die Hände. «Gavin, hör auf.»

«Lass mich wieder einziehen …»

«Nein.» Thea trat an ihm vorbei und war schon halb im Wohnzimmer, ehe er reagierte und ihr nachlief.

«Lass mich wieder einziehen», wiederholte er. «Und wenn ich dich nicht zurückgewinnen kann, dann … dann lasse ich dich gehen. Dann stimme ich der Scheidung zu.»

Thea drehte sich um und blinzelte ihn ungläubig an. «Wir leben im 21. Jahrhundert. Ich kann mich auch ohne deine Zustimmung von dir scheiden lassen.»

Richtig. Natürlich. Scheiße. «Ich weiß. W-was ich meine, ist, dass ich dir gebe, was du willst. Ich werde dir das Haus überschreiben, gebe dir jeden Unterhalt, den du willst. Egal was. Wir brauchen nicht mal Anwälte.»

Sie zog eine Braue hoch. «Dein Agent bringt dich um, wenn du dich ohne Anwalt scheiden lässt.»

«Warum? Hast du etwa vor, mich auszunehmen wie eine Weihnachtsgans?»

Sein Scherz kam offenbar nicht gut an, denn sie presste die Lippen zusammen. «Nein, aber was, wenn du das Team wechselst und umziehen musst? Ohne Sorgerechtsregelung kann das ganz schön kompliziert werden.»

Sorgerechtsregelung. Ihm wurde übel. «Bitte, Thea. Gib mir noch eine Chance.»

«Wozu?», blaffte sie und warf aufgebracht die Hände in die Luft.

«Damit ich dir beweisen kann, wie sehr ich dich liebe.»

Ihre Lippen öffneten sich. Einen Moment lang blickte sie ihn an, und es kam ihm vor wie eine Ewigkeit. «Bitte hör auf, das zu sagen», flüsterte sie schließlich gequält.

«Was? Dass ich dich liebe?»

Ihr stummes Nicken traf ihn wie ein Schlag in den Magen. Er taumelte einen Schritt rückwärts. «Warum?»

«Ich traue diesen Worten nicht. Nicht mehr.»

Gavin schnappte nach Luft. Er hatte in seinem Leben ein paar harte Verluste erlitten. Verluste, die ihn verändert hatten. Und Demütigungen, die selbst heute noch weh taten. Aber das hier … das war vernichtend wie nichts, was er zuvor erlebt hatte. Wenn es je einen guten Zeitpunkt für Graf Benedict gegeben hatte, ihm einen guten Rat zu liefern, dann jetzt. Aber die einzige Stimme, die er hörte, war die der Frau.

Liebe ist nicht genug.

Als er Irenas Worte gelesen hatte, war er kurz davor gewesen, das Buch fluchend in die Ecke zu werfen. Was für ein Liebesroman war das bitte, der die Liebe für bedeutungslos erklärte? Ging es in solchen Büchern nicht gerade darum zu zeigen, dass Liebe über alles siegt? Ihn beschlich das beängstigende Gefühl, dass er bald herausfinden würde, ob diese Aussage im wirklichen Leben stimmte oder nicht. Er hoffte nur, Graf Herzschmerz hatte noch eine bessere Idee als er, um seine Frau davon zu überzeugen.

«Es ist spät. Du solltest nach Hause fahren.» Thea redete leise, als könnte sie den Schlag damit abmildern.

«Ich bin zu Hause. Ihr drei seid mein Zuhause.»

Thea atmete kurz und flach ein. Es war kaum zu hören, aber es verriet ihm, dass seine Worte – seine Ehrlichkeit – sie getroffen hatten. Zeit, den Druck zu erhöhen.

«Weißt du, was? Ich bin enttäuscht von dir. Früher wärst du auf so einen verrückten Vorschlag sofort angesprungen.»

Mit angehaltenem Atem sah er ihr in die Augen. Sie verzog den Mund und kniff die Brauen zusammen, aber nicht verärgert, nein. Sie überlegte. Das konnte er an dem Glitzern in ihren Augen erkennen.

Es war vor allem dieses herausfordernde Glitzern, das ihn dazu brachte, sich weiter vorzuwagen. «Komm schon, Thea. Was hast du zu verlieren?»

Sie wandte sich ab und ging mit steifen Schritten zur Terrassentür, blickte schweigend in den dunklen Garten, die Arme erneut fest um den Oberkörper geschlungen. Er hätte alles gegeben, um in ihren Kopf schauen zu können, um zu hören, was in ihr vorging. Das Ticken der Standuhr im Flur verdeutlichte jede quälend langsam verstreichende Sekunde. Schließlich hielt er die Spannung nicht mehr aus. «Thea …»

Steif drehte sie sich um. «Ich habe Bedingungen.»

Er lauschte dem Nachhall ihrer Worte, bis er sie begriff. Meinte sie etwa …? War sie tatsächlich einverstanden?

Er sprach langsam, aus Angst, dass eine zu emotionale Reaktion zu einem *Vergiss es* führen könnte. «W-was für Bedingungen?»

«Dieses …», sie machte eine hilflose Handbewegung und suchte nach Worten, «*Arrangement* ist begrenzt. Wir müssen eine Frist festlegen.»

«Das Frühjahrstraining», sagte er sofort. Das war perfekt. Wenn er versagte, würde er sich wenigstens dadurch ablenken können. Aber er würde nicht versagen. Bis zum Frühjahrstraining waren es noch drei Monate. Mehr als genug Zeit.

Doch Thea schüttelte den Kopf. «Weihnachten.»

«Das ist in einem Monat!»

«Wenn wir es länger hinausziehen, wird das für die Mädchen zu schlimm.»

Dagegen konnte er nichts sagen. «Gut.»

«Und du schläfst im Gästezimmer.»

Tja, das war ein Tritt in die Eier. «Wie sollen wir an unseren Problemen arbeiten, wenn wir nicht im selben Zimmer sind?»

«Das hat dich bisher auch nicht gekümmert.»

Darauf konnte er ebenfalls nichts erwidern, was nicht eigennützig oder weinerlich klänge. «Was noch?»

«Liv bleibt.»

Oh Mann. «Wie lange?»

«So lange ich sie brauche.»

Widerwillig nickte er. Was blieb ihm anderes übrig? «Gut. Noch was?»

«Das wär's fürs Erste.»

«Fürs Erste?»

Bei seinem unwillkürlich scharfen Ton kniff sie den Mund zusammen. «Das sind meine Bedingungen, Gavin. Akzeptiere sie oder lass es.»

Er akzeptierte sie. Er würde nehmen, was er kriegen konnte. Sein Mund war plötzlich trocken. «Wann soll ich ... also, wann kann ich wieder nach Hause kommen?»

«Ab Mittwochabend.»

Dem Abend vor Thanksgiving. Übermorgen. «Okay.»

«Meinetwegen kannst du schon hier sein, wenn ich mit den Mädchen vom Kindergarten komme.»

«Okay. Ja, das ... das geht.»

«Wir werden zum Abendessen Pizza bestellen.»

Pizza. Okay. Was zum ...? Das war die vermutlich surrealste Unterhaltung, die er je geführt hatte, und trotzdem wirkte ihre bizarre Normalität beruhigend auf seinen Magen. Irgendwo mitten in dem emotionalen Chaos musste man miteinander zu Abend essen.

«Also dann bis Mittwoch», sagte sie. Das war ganz offensichtlich ein Rauswurf.

Er musterte ihr Gesicht, und in seiner Brust tat sich ein Abgrund auf. Mit gestrafften Schultern stand sie da und wirkte doch so klein. So geschlagen. Er wollte das nicht. Nicht wenn sie aussah, als hätte sie den wichtigsten Kampf ihres Lebens verloren. «Thea, möchtest du das wirklich?»

«Willst du hier wohnen oder nicht?», fauchte sie, blickte aber an ihm vorbei.

«Ja. Es ist nur ...»

«Nur was? Entscheide dich, Gavin.»

Er seufzte angespannt. «Na schön. Ich werde am Mittwoch hier sein.»

Er überlegte, zu ihr zu gehen und sie in die Arme zu ziehen, vor allem um sich selbst zu beruhigen. Doch ihre

Körperhaltung schrie: *Fass mich an, und du verlierst eins deiner Eier.* Das fing ja gut an.

Gavin beschränkte sich also auf ein Nicken zur Verabschiedung und ging anschließend zu seinem Wagen. Er ließ den Motor an, fuhr aber nicht los, sondern sah zu, wie im Haus nach und nach die Lichter ausgingen. Die Menschen, die er auf der Welt am meisten liebte, befanden sich hinter diesen Fenstern, und wegzufahren fiel ihm heute Abend schwerer denn je. Denn wenn er das nächste Mal herkam, blieb ihm nur ein Monat, um sich das Recht zu bleiben zu verdienen. Ihre Bedingungen erschwerten seine Aufgabe, aber auch als Schlagmann konnte er sich die Würfe nicht aussuchen. Er konnte nur das Spielfeld im Auge behalten und sich eine Strategie zurechtlegen.

Einen Monat.

Länger hatten sie damals nicht gebraucht, um sich zu verlieben.

Er könnte das noch einmal hinkriegen.

«Okay, Graf Enge-Hose», sagte Gavin, als er rückwärts aus der Einfahrt setzte. «Sag mir, was ich als Nächstes tun soll.»

DIE VERFÜHRUNG DER GRÄFIN

Es dauerte zwei Wochen, drei Tage und sechzehn Stunden, bis Benedict den fatalen Fehler in seinem Plan entdeckte.

Seine Frau spielte nicht mit.

Und es war verdammt schwer, jemanden zu umwerben, der nicht umworben werden wollte.

Irena hatte seit ihrer Hochzeitsnacht nicht mehr als ein paar Augenblicke allein mit ihm verbracht. Und sie war geschickt genug, es unabsichtlich erscheinen zu lassen. Jedes Mal wenn er versuchte, mit ihr eine Plauderei zu beginnen, hatte sie plötzlich etwas Wichtiges mit der Köchin zu besprechen oder anderswo eine unaufschiebbare Aufgabe zu verrichten. Wann immer er mit seinen Pflichten als Gutsherr fertig war, wurde sie von anderen Dingen in Anspruch genommen. Und obgleich die Tür zwischen ihren Schlafräumen jede Nacht unverschlossen blieb, konnte er sich nicht überwinden, zu ihr zu gehen und sein brennendes Verlangen zu stillen. Nicht solange sie es lediglich als unangenehme Notwendigkeit betrachtete, ihn in ihr Bett zu lassen. Nicht ehe ihr Verlangen ebenso stark war wie seines.

Doch er gab nicht auf. Im Herzen war er ein Spieler und würde es immer bleiben – darin waren sie einander ähnlich. Schließlich hatte ein Wettrennen überhaupt erst zu ihrem Kennenlernen geführt. Als er erfuhr, dass eines seiner renommierten Rassepferde vom Hengst eines unbekannten Barons besiegt worden war, war er schockiert. Umso mehr, als er feststellte, dass das Tier von niemand anderem als der Tochter des Barons trainiert worden war.

Sie beide waren rebellische Spieler und in einer Weise füreinander bestimmt, die Benedict nie für möglich gehalten hätte.

Und nun war es an der Zeit, den Einsatz zu erhöhen.

Er goss sich zwei Fingerbreit Brandy in ein Glas und stellte sich neben den Kamin, um auf sie zu warten. Als sie an die schwere Holztür seines Arbeitszimmers klopfte, kippte er die bernsteinbraune Flüssigkeit hinunter, um seine Anspannung zu lindern, und gebot ihr einzutreten.

In einem hellblauen Tageskleid – und mit gereizter Miene – kam sie herein. Ihre Hände hielt sie vor sich verschränkt. «Sie haben nach mir gerufen, Mylord?»

Er überging ihren sarkastischen Ton und deutete auf das Sofa am Fenster. «Bitte, nimm Platz.»

Sie zögerte, vermutlich überrascht von seinem förmlichen Tonfall, aber dann gehorchte sie. Steif setzte sie sich, faltete die Hände sittsam im Schoß und neigte die Beine zur Seite, um sie an den Fußknöcheln zu überkreuzen.

«Ich habe ein weiteres Geschenk für dich», sagte er.

Mit ihrem Seufzer hätte man eine Dampfmaschine antreiben können. «Mylord ...»

«Benedict.»

«... das muss aufhören.»

«Du findest keinen Gefallen an meinen Geschenken?» Sieben waren es bisher. Ohrringe und Colliers und Armbänder mit Edelsteinen in allen Farben.

«Sie sind unnötig.»

«Du bist die einzige Frau, die ich kenne, die Ohrringe und Colliers für unnötig hält.»

«Dann kennen Sie wohl nicht viele Frauen.»

«Touché.» Benedict verließ seinen Platz am Kamin und ging zu seinem Schreibtisch. Aus der Schublade nahm er die Schachtel. Es waren nur eine Handvoll Schritte bis zum Sofa, aber ihr Blick und sein drohendes Scheitern lasteten so schwer auf ihm, dass es ihm weiter vorkam. «Vielleicht wirst du dieses Geschenk nützlicher finden.»

Wortlos nahm sie die Schachtel an und öffnete sie. Mit hochgezogenen Brauen holte sie den schlanken silbernen Gegenstand daraus hervor. «Was ist das?»

«Ein Füllfederhalter.» Benedict setzte sich neben sie.

«Ich verstehe.»

«Man taucht die Spitze», er zeigte darauf, «in das Tintenfass, und die Tinte sammelt sich in einem dünnen Röhrchen. Von dort fließt sie durch die Kapillarwirkung zurück in die Spitze und auf das Papier. Damit kannst du viel länger schreiben, bis du neue Tinte aufnehmen musst.»

Er konnte zusehen, wie Sturheit und Faszination in ihr miteinander rangen.

Die Sturheit obsiegte. Sie legte den Füllfederhalter in die Schachtel zurück. «Welche Verwendung hätte ich für solch ein albernes Ding.»

«Du schreibst jeden Tag an deine Schwester, Irena. Ich dachte, es würde dir die Korrespondenz erleichtern.»

Die Maske der Gleichgültigkeit, die ihre Züge versteinert hatte, verrutschte und ließ für einen Moment ihre Einsamkeit erahnen. Der Anblick zerriss ihm das Herz.

«Es tut mir leid, dass du sie so sehr vermisst», stellte er fest.

«Ich mache mir Sorgen um sie», erklärte sie tonlos. «Der Skandal um unsere Vermählung hat ihren Ruf beschädigt. Meine Eltern nehmen bei der Suche nach einer respektablen Partie für sie inzwischen keine Rücksicht mehr auf ihre Wünsche. Und ich kann nichts tun, um sie zu beschützen.»

Ihm stockte der Atem, so sehr drückte ihn seine Schuld nieder – nicht nur wegen dem, was er getan hatte, sondern auch wegen dem, was er gleich tun würde. Er nahm ihre Hände in seine. «Irena, ich bin zu einem Entschluss gelangt.»

Ihr Blick schnellte zu seinen Augen hoch. «Was für ein Entschluss?»

«Es wird keinen Erben geben.»

Panik blitzte in ihren Augen auf, weitete ihre Pupillen und verdunkelte die smaragdgrüne Iris. «Wie bitte?», hauchte sie.

«Du hast dich geweigert, auf irgendeinen meiner Versuche, dir meine Liebe zu beweisen, einzugehen.»

Sie sprang auf, und der Füllfederhalter landete klappernd auf dem Boden. «Und *so* wollen Sie es mir nun zeigen? Indem Sie mir ein Kind verwehren?»

«Ich will dir gar nichts verwehren.» Er stand auf und nahm ihre Hände. «Wenn ich deine Liebe nicht gewinnen kann, werde ich dich auf die kalte, leidenschaftslose Art schwängern, die du verlangst. Ich kaufe für dich ein Anwesen mit Stallungen, auf das du dich mit dem Kind und deinen geliebten Pferden zurückziehen kannst, und ich werde dich nie wieder belästigen. Aber nicht, bevor du mir nicht die Chance gibst, dich daran zu erinnern, wie viel mehr zwischen uns sein kann.»

Sie schüttelte heftig den Kopf. «Wie können Sie nur denken, ich würde mich auf solch einen grausamen Handel einlassen?»

«Weil du dabei nur gewinnen kannst, während ich im Falle meines Scheitern alles verliere.»

Empörung verfinsterte ihre Miene, als sie ihm ihre Hände entriss. «So kann nur jemand sprechen, der die Welt zu lange nur mit seiner getrübten männlichen Perspektive betrachtet hat. Ganz gleich, was zwischen uns geschieht, Sie behalten Ihr gesellschaftliches Ansehen, Ihren Titel, Ihr Geld, Ihr Recht auf die ganze Welt. Sie sind auch weiterhin in jedem Club und jedem Ballsaal willkommen. Sie werden immer das Opfer der bösen, intriganten Frau sein, während ich nie mehr als die Hure sein kann, die Sie durch eine List an sich gebunden hat. Sie würden nicht das Geringste verlieren.»

Benedict fasste sie an den Schultern. «Ich würde dich verlieren!», rief er aus.

Ein leises Keuchen entkam ihren Lippen.

Er legte eine Hand an ihre Wange. «Wenn du annimmst, Geld und Ansehen seien mir wichtig, dann täuschst du dich. Wenn ich dich verliere, ist all das bedeutungslos.»

Sie wollte ihm glauben. Das sah er ihr an. Und doch machte

sie sich von ihm los und ging zu den Karaffen auf dem Buffet. Mit bittersüßem Amüsement verfolgte er, wie sie sich einen großzügigen Schluck Brandy einschenkte und das Glas mit geübter Bewegung leerte. Seine Liebste steckte voller Überraschungen.

«Ich verstehe nicht, was Sie von mir erwarten, Mylord.»

«Erlaube mir, um dich zu werben. Ich möchte dich ins Theater und auf Bälle ausführen. Setz dich abends zu mir und plaudere mit mir beim Essen. Tanz mit mir. Reite mit mir aus. Lass uns all das tun, was wir taten, bevor ...»

Er stockte, und sie beendete den Satz in beißendem Ton. «Bevor Sie mich des Verrats beschuldigten und sich weigerten, meine Seite der Geschichte anzuhören?»

«Ja», antwortete er ruhig.

«Und wenn ich mich weigere?»

Er holte tief Luft und spielte seine letzte Karte aus. «Dann ist das Unglück deiner Schwester besiegelt.»

Sie stürmte erbost auf ihn zu. «Was hat das mit ihr zu tun?»

«Du sagtest selbst, dass unser Skandal ihren guten Ruf beschädigt. Wenn wir die Gesellschaft überzeugen können, dass unsere Vermählung eine Liebesheirat war und dass die Gerüchte über dich unwahr sind, dann werden sich die Aussichten deiner Schwester entschieden verbessern. Aber wenn wir kinderlos bleiben und die Gerüchte nicht zerstreuen, wird sie gezwungen sein, irgendeinen nichtswürdigen Kerl zu ehelichen, den deine Eltern ihr aufdrängen. Du weißt, dass ich recht habe.»

Schweigen breitete sich aus, und es wurde mit jedem Augenblick quälender – bis sie endlich etwas sagte. «Benedict, da ist etwas, das ich noch immer nicht verstehe.»

Dass sie seinen Vornamen gebrauchte, ließ ihn dicht an ihre Seite treten. «Was?»

«Falls Sie gewinnen, was bringt Ihnen das?»

Er griff nach ihrer Hand und legte sie auf sein Herz. «Den höchsten Preis, den man nur gewinnen kann: deine Liebe.»

KAPITEL 8

Am nächsten Morgen erwachte Thea mit Schmetterlingen im Bauch und einem Fuß im Gesicht. Mitten in der Nacht war Ava wieder einmal wach geworden und aus Angst vor dem Dunkeln zu ihr ins Bett gekrochen.

Sie gab ihr einen sanften Kuss auf die große Zehe und schob sich behutsam unter ihrem Bein hervor. Ihre Was-muss-Mom-heute-erledigen-Liste, die irgendwie nie leerer wurde, drängte sich in ihren Kopf. Einkaufen gehen. Handtücher waschen. Gavins Klamotten ins Gästezimmer verfrachten.

Aber vorher musste sie sich ihrer Schwester stellen.

Thea duschte, dann schlich sie den Flur entlang. Die Tür zum Gästezimmer stand offen, aber Liv war nicht drin. Wahrscheinlich war sie wieder auf der Couch eingeschlafen. Wenn sie von der Spätschicht kam, war sie meist zu aufgedreht, um gleich ins Bett zu gehen, und schaute deshalb eine Weile fern. Nur dass sie ständig dabei einnickte und erst morgens wieder wach wurde.

Thea tappte die Treppe hinunter. Die aufgehende Sonne warf ein weiches oranges Licht auf die Familienfotos, die in akkuraten Abständen an der Wand hingen. Thea hatte jedes Jahr ein Familienfoto aufnehmen lassen, weil das brave Spielerfrauen nun einmal taten. Ohne das perfekte Foto für die Weihnachtskarte war man schließlich keine richtige Baseballehefrau.

Butter winselte an der Terrassentür. Thea ließ ihn hinaus und hörte Liv hinter sich auf der Couch gähnen. Thea blickte über die Schulter. «Wann bist du heimgekommen?»

«Gegen drei.» Liv reckte einen Arm über dem Kopf, und mit einem langen, müden Stöhnen setzte sie sich auf. «Das war eine irre Nacht. Kurz vor Schluss kam noch dieser unausstehliche Männertrupp und hat alles bestellt, was auf der Karte steht.» Sie sank gegen die Rückenpolster. «Ich hasse Junggesellenpartys.»

Butter kam ins Haus zurück und folgte Thea in die Küche, wo er schwanzwedelnd und tänzelnd auf sein Frühstück wartete. Nachdem sie ihm den Futternapf gefüllt hatte, kochte sie Kaffee.

«Muss ich dir alles aus der Nase ziehen, oder erzählst du mir von selbst, wie es gestern Abend gelaufen ist?», fragte Liv.

Thea goss sich einen Becher Kaffee ein, gab Sahne und Zucker dazu und setzte sich auf einen Barhocker, von dem aus sie ihre Schwester sehen konnte. Es ließ sich nicht auf schonende Weise formulieren, also sprach sie die nackte Tatsache einfach aus. «Morgen zieht er wieder ein.»

Liv riss Mund und Augen auf, dann krächzte sie: «Wie bitte?!»

Thea hob beschwichtigend die Hand. «Nur für einen Monat.»

«Warum das denn?»

«Es ist kompliziert.»

Für jemanden, der vor drei Minuten noch im Koma gelegen hatte, sprang Liv mit bemerkenswertem Elan über die Couchlehne. «Wieso ist es kompliziert? Du warst dir doch so sicher. Was zum Teufel hat sich daran geändert?»

«Er hat mir ein Angebot gemacht, das ich nicht ablehnen konnte.» Und er hat mich da erwischt, wo es am meisten weh tut, dachte sie. Sowie er sie daran erinnerte, wie sie früher gewesen war – ungestüm, mutig, bereit, jede Herausforderung anzunehmen –, schaltete sich ihr Verstand ab, und im nächsten Moment stimmte sie auch schon zu.

Liv schüttelte den Kopf. «Was könnte er dir bitte anbieten, dass du ihn zurückkommen lässt?»

Thea rief sich Gavins Worte ins Gedächtnis. «Wenn er mich bis Weihnachten nicht zurückgewinnen kann, wird er bei der Scheidung alle meine Forderungen widerspruchslos akzeptieren. Er zahlt jeden Unterhalt, den ich will, und überschreibt uns das Haus.»

Liv strahlte auf einmal eine gruselige Ruhe aus. Sie blinzelte wie in Zeitlupe.

Langsam drehte sie sich um und ging zum Kühlschrank. Thea beobachtete, wie sie die Tür öffnete, mechanisch den Orangensaft herausnahm, sich ein Glas eingoss und den Karton zurückstellte. Scheinbar tiefenentspannt. Aber Thea kannte ihre Schwester. Liv war wie ein Sommergewitter – auf eine drückende Stille folgten peitschende Winde und prasselnder Regen.

Thea sah zur Uhr an der Mikrowelle. Hurrikan Liv erreicht das Festland in drei, zwei, eins …

Liv knallte das Glas auf die Küchentheke. «Dieser manipulative Hurensohn!»

Thea spähte zur Treppe. «Sei gefälligst leise!»

«Er weiß, wie wir aufgewachsen sind und wie viel es dir bedeutet, ein sicheres Zuhause für deine Familie zu haben. Er lässt genau die richtige Möhre vor deiner Nase baumeln. Er wusste, du würdest danach schnappen.»

Thea rieb sich die Stirn. «Liv, so dämlich bin ich auch nicht. Vertrau mir einfach, okay?»

«Wie könnte ich, wenn du dich verhältst wie …»

Thea knallte ihren Becher auf den Tisch, heftiger, als Liv es getan hatte, sodass der Kaffee über den Rand schwappte und eine Pfütze bildete. «Un-ter-steh dich! Ich bin überhaupt nicht wie unsere Mutter, und meine Situation ist mit ihrer nicht zu vergleichen.»

«Ach nein?», höhnte Liv.

«Nein, denn im Gegensatz zu Mom tue ich das für meine Töchter, nicht für mich selbst.» Sie atmete einmal durch und erzählte dann mit ruhigerer Stimme, was im Restaurant passiert war, wie sehr es die Mädchen aufgewühlt hatte, dass der Thanksgiving-Besuch bei den Großeltern ausfallen würde, wie sehr sie Gavin vermissten und Baseball hassten. Sie ließ nichts aus.

Na ja, fast nichts. Sie verschwieg den einen Satz, der sie vollends umgehauen hatte. *Ihr drei seid mein Zuhause.*

Liv blieb ungerührt. «Die Mädchen sind so oder so noch zu klein, um das alles zu verstehen.»

«Aber sie sind alt genug, um unsere Familientraditionen zu kennen und traurig zu sein, wenn sie sich ändern. Wenigstens müssen sie auf diese Weise kein beschissenes Thanksgiving oder Weihnachten durchstehen.»

«Sondern erst nächstes Jahr?»

«Bis dahin werden sie sich hoffentlich an die neue Situation gewöhnt haben, sodass es sie nicht mehr so verstört.»

Liv setzte zum Widerspruch an, aber Thea hob die Hand. «Du warst nicht dabei. Du hast nicht gehört, wie sie geweint haben, oder gesehen, wie ihnen die Verzweiflung ins Gesicht geschrieben stand.»

«Aber ich sehe, was in deinem Gesicht steht.»

Thea überging die Bemerkung, hauptsächlich weil sie nicht hören wollte, was Liv damit meinte. «Ich habe eine spontane Entscheidung gefällt. Ich dachte, du magst meine Spontaneität.»

«Sicher, wenn sie zu etwas Gutem führt. Das hier ist eine Katastrophe.»

«Das wird es nur, wenn du mich nicht unterstützt.»

Liv trank einen Schluck von ihrem Saft. «Was will er tun, um dich zurückzugewinnen?»

«Ich habe keine Ahnung.»

«Du hast ihn das nicht gefragt?»

«Es spielt keine Rolle.»

«Wieso nicht?»

«Weil ich meine Lektion gelernt habe, Liv.»

«Aber was, wenn ...»

«Ich weiß es nicht! Okay? Ich habe tausend Stimmen im Kopf, die mir sagen, was ich tun soll. Deine. Seine. Gran Grans. Amelias und Avas. Ich weiß überhaupt nicht mehr, welche Stimme meine eigene ist. Alles, was ich weiß, ist, dass ich sauer war und es ihm zeigen wollte, als er mich zu dem Deal herausgefordert hat. Verurteile mich nicht dafür, okay?»

«Tue ich gar nicht», erwiderte Liv ein wenig kleinlaut. «Ich mache mir nur Sorgen um dich.»

Thea wollte auch das übergehen und hörte sich dennoch fragen: «Wieso?»

«Du warst verschwunden, Thea. Jetzt habe ich dich gerade wiederbekommen. Ich will nicht dabei zusehen müssen, wie du wieder verschwindest.»

Thea zog ihre Schwester in die Arme. «Das wird nicht passieren», versprach sie. «Es ist nur für einen Monat.»

«Beim ersten Mal hat er auch nicht länger gebraucht, um dich rumzukriegen.»

«Da war ich ja auch mehr als willig.»

«Und das bist du jetzt nicht?»

«Ich habe nur zugestimmt, ihn bei uns wohnen zu lassen», sagte Thea und löste sich aus der Umarmung. «Nicht, Zeit mit ihm zu verbringen.»

«Irgendwas sagt mir, dass es schwieriger sein wird, ihm aus dem Weg zu gehen, als du denkst.»

«Nicht wenn er im Gästezimmer schläft.»

Liv schnaubte genervt. «Und wo soll ich schlafen?»

«Im Keller.»

«Na toll. Zuerst nimmt er mir meine Schwester weg und jetzt auch noch mein Bett?»

Thea ging zum Whiteboard und studierte den Kalender. Weihnachten war in knapp fünf Wochen.

Fünf kurze Wochen.

Sie würde das durchstehen.

Sie brauchte nur so zu tun als ob.

◆ ◆ ◆

Die Jungs – Del, Mack, Yan und Malcolm – waren schon am Essen, als Gavin unrasiert und mürrisch das Diner in der Innenstadt betrat. *Fragt mich jetzt bloß nicht nach einem Autogramm!*, dachte er und strahlte das auch unmissverständlich aus, während er das Lächeln der Leute ignorierte, die ihn erkannten. Das Diner lag nicht direkt an einer der typischen Touristenrouten, aber es war voll genug und country genug, um ihm auf die Nerven zu gehen.

Er sank auf einen Stuhl an ihrem Tisch. Del warf einen Blick auf seine mitgenommene Erscheinung und atmete hörbar aus. «Scheiße. Sie hat nein gesagt?»

«Schlimmer. Sie hat ja gesagt.»

«Wieso ist das schlimmer?»

«Sie stellt Bedingungen.»

Mack nahm einen Bissen von seinem Eiweißomelett und redete mit vollem Mund. «Du darfst nur im Haus sein, wenn sie nicht da ist?»

Gavin zeigte ihm den Stinkefinger und erzählte, was sich gestern Abend abgespielt hatte. Währenddessen nickte Del einer Kellnerin zu und gab ihr zu verstehen, dass der fünfte Gast gekommen war. Gavin bestellte bei ihr das Big Buckle Breakfast mit einer extragroßen Portion Speck, weil, scheiß drauf, die Baseballsaison vorbei war und seine Frau ihm nicht glauben wollte, dass er sie liebte.

Mack verzog das Gesicht, sowie die Kellnerin gegangen war. «Alter, das Zeug bringt dich auf die Dauer um. Außerdem macht es dich fett.»

Gavin hob sein T-Shirt hoch und schaute demonstrativ nach unten. Alles war flach und fest, wie es seine Trainer und Fitnesss-Coaches von ihm verlangten. «Ich riskier's mal.»

Mack hob sein eigenes T-Shirt hoch und zeigte einen Sixpack, der Gavins eindeutig in den Schatten stellte. «Clean Eating, Mann.» Mack wandte sich grinsend wieder seinem gesunden Omelett zu. «Versuch's auch mal.»

«Leck mich, Anabolika-Affe. Du hast am Samstagabend eine ganze Pizza verdrückt.»

Malcolm blickte Del an. «Sind die beiden immer so?»

Del seufzte. «Jedes einzelne Mal.»

Yan kam auf das Wesentliche zurück. «Welche Bedingungen stellt sie?»

Gavin stieß einen langen Seufzer aus und zählte sie auf. Danach zeigte sich sogar Mack mitfühlend. «Verdammt, Alter. Du darfst nicht mal ‹ich liebe dich› sagen? Das ist krass.»

«Wie soll ich sie zurückgewinnen, wenn ich in einem anderen Zimmer schlafe und ihr nicht sagen kann, was ich empfinde?»

«Ja und wenn ihr nicht ...» Mack machte das universelle Symbol für Sex – er stieß den Zeigefinger ein paarmal in ein aus seiner anderen Hand geformtes Loch.

«Ihr seht das falsch», meinte Malcolm. «Das ist eine Chance.»

«Wie das denn?»

«Sie hat dich damit doch lediglich herausgefordert. Du sollst herausfinden, was sie will, und ernsthaft ihre Sprache lernen. Wenn sie kein ‹ich liebe dich› von dir hören will, musst du lernen, es auf eine Weise auszudrücken, die sie annehmen kann.»

«Ich weiß nicht mal, wo ich anfangen soll.»

«Aber wir», antwortete Del. Und dann führten sie schon wieder den Trick auf, wo alle gleichzeitig dasselbe sagten: «Vorgeschichte.»

«Was zum Teufel bedeutet das?»

«Alles, Mann», sagte Mack. «Die Vorgeschichte ist alles.»

«Es bedeutet, dass das frühere Leben deiner Frau, also vor eurer Beziehung, sie zu dem Menschen gemacht, der sie heute ist», erklärte Malcolm. «Wir alle sind die Summe unserer Erfahrungen, und unsere Reaktionen sind davon geprägt. Genau wie in Liebesromanen. Was eine Figur vor dem Beginn der Geschichte durchgemacht hat, bestimmt, wie sie auf die Dinge reagiert, die im Verlauf der Handlung passieren.»

«Aber wir reden hier über mein Leben, nicht über ein Buch.»

«Da gelten dieselben Prinzipien. Deshalb lesen wir doch überhaupt Romane: weil wir uns in ihnen wiedererkennen.»

Gavins Essen wurde gebracht. Er verschlang ein Stück gebratenen Speck mit zwei Bissen. Ihm gegenüber blies Mack die Backen auf und strich mit der Hand über eine imaginäre Wampe, worauf Gavin das nächste Speckstück betont genüsslich verzehrte.

«Erzähl uns von Theas Kindheit», sagte Malcolm.

Der Speck verwandelte sich in Gavins Magen zu Stein. «Sie redet nicht gern darüber. Hat immer das Thema gewechselt, wenn ich darauf zu sprechen kam.»

«Dann war es eine schlimme Kindheit?», hakte Yan nach.

«Ihr Vater ist ein Arsch und ihre Mutter eine mustergültige Narzisstin. Sie wurden geschieden, als Thea zehn war. Sie und ihre Schwester haben für einige Jahre bei der Großmutter gelebt, weil die Eltern sie nicht wollten.»

«Sie nicht wollten? Was heißt das?», fragte Del.

«Ihr Vater hat kurz nach der Scheidung wieder geheiratet, und seine neue Frau wollte die Mädchen nicht dauerhaft bei sich aufnehmen. Und ihre Mutter war zu egoistisch, um freiwillig sämtliche Verantwortung zu übernehmen.» Gavin schob sich einen Happen in den Mund und kaute hastig. «Gestern Abend habe ich erfahren, dass ihr Vater in zwei Wochen wieder heiratet, zum vierten Mal inzwischen.»

Die Jungs blickten einander an. Schließlich war es Del, der fragte: «Du hast vorher nichts davon gewusst?»

«Nein.»

«Wann hat Thea es erfahren?»

«Weiß ich nicht. Im Frühjahr hat sie wohl gehört, dass er sich von seiner dritten Frau scheiden lässt, aber ich glaube, die Hochzeitseinladung kam in den letzten zwei Wochen, während ich weg war.»

Del beugte sich nach vorn. «Wie denkt Thea darüber?»

«Sie wird nicht hingehen, falls du das meinst.»

«Hat sie gesagt, warum?»

Gavin überlegte, was sie gestern dazu gesagt hatte. «Sie

meint, das ist sinnlos, weil er die neue auch nur wieder betrügen und verlassen wird.»

Die Jungs starrten ihn an.

Er blinzelte. «Was?»

Mack schnaubte. «Du bist echt ein Schwachkopf.»

«Du meinst, die Hochzeit ihres Vaters hat damit zu tun, dass sie mich nach Hause kommen lässt?»

Del schlug ihm mit der flachen Hand auf den Hinterkopf. «Nein, Dumpfbacke. Sie hat damit zu tun, dass sie dich rausgeworfen hat.»

Gavin machte den Mund auf – und wieder zu. Er konnte nicht widersprechen, ohne zuzugeben, was tatsächlich zu ihrer Trennung geführt hatte.

«Und dass sie kein ‹ich liebe dich› von dir hören will?», ergänzte Yan. «Ist doch klar, dass sie diesen Worten nicht mehr traut, Gavin. Ihr wurde nie gezeigt, dass Liebe zuverlässig und dauerhaft sein kann, dass sie darauf vertrauen kann.»

«Worte zählen nicht, Gavin», sagte Mack ausnahmsweise vollkommen ernst. «Nur Taten. Und wenn sie aufgrund ihrer Kindheit Angst hat zu vertrauen, dann ist es egal, wie oft du ‹ich liebe dich› zu ihr sagst. Weil du gegangen bist, glaubt sie es dir nicht mehr.»

«Du hast sie verlassen wie ihr Vater», erklärte Del.

«Aber sie hat mich doch rausgeworfen», brummte Gavin.

«Vielleicht war das ein Test», meinte Yan.

Gavin drehte abrupt den Kopf und starrte ihn an. «Ein Test.»

«Ja, um zu sehen, was du tust, wenn sie dich rauswirft.

Ob du um sie kämpfst oder einfach gehst. Und du bist gegangen, also …»

Gavin wurde flau im Magen.

Mack schnaubte. «Na endlich. Unserm Blitzmerker geht ein Licht auf.»

Ihm war zu übel, um den Köder zu schlucken. *Liebe genügt nicht.* Hatte Irena recht?

«Hör zu», sagte Malcolm ruhig. «Wir haben nie behauptet, dass es leicht wird. Du musst sogar darauf gefasst sein, dass Thea es dir so schwer wie nur möglich macht. Sie wird bei jedem Schritt Widerstand leisten.»

«Das tut sie schon.»

«Und deshalb hättest du mehr lesen sollen», sagte Del.

Er seufzte. «Ich hab gestern Abend weitergelesen.»

«Und? Hat dich irgendwas besonders angesprochen?»

Gavin warf einen Blick durch das Restaurant, dann zuckte er mit einer Schulter. «Weiß nicht. Vielleicht.»

«Lies uns die Stelle vor.»

«Jetzt?»

«Es sei denn, du willst mit der Rettung deiner Ehe bis Ostern warten», sagte Yan.

Gavin sah sich noch einmal im Restaurant um. Ein paar Leute schauten zu ihnen herüber, aber die meisten waren in ihre eigenen Unterhaltungen vertieft. Er zog das Buch aus der Jackentasche, aber so, dass niemand das Cover sehen konnte.

Nachdem er die Seite gefunden hatte, las er den Absatz vor, den er am Abend unterstrichen hatte. «‹Mehr als alles andere fürchtete sie, eines Morgens aufzuwachen und zu erkennen, dass ihr ganzes Leben an ihr vorbeigezogen war.

Dass sie weniger geworden war. Weniger a-a-als vor ihrer Ehe. Weniger, a-als sie sich hätte vorstellen können. Nur noch das stumme Anhängsel eines Mannes. Wie ihre Mutter, ein unbewegtes Gesicht an einer glitzernden Tafel.›»

Er ließ das Buch sinken und wartete auf eine klugscheißerische Bemerkung von Mack. Stattdessen blieb es still. Als er aufblickte, starrten ihn alle an. «Was?»

«Sag du es uns, Kumpel. Warum hat dich die Stelle besonders angesprochen?», fragte Del.

Gavin schwitzte plötzlich. Er hätte die Stelle besser nicht laut vorlesen sollen. Er hätte ein paar blöde bedeutungslose Sätze nehmen sollen, um sie abzuspeisen. Natürlich wusste er genau, was ihn an der Stelle aufwühlte. Irgendwann während ihrer dreijährigen Ehe war aus Thea weniger geworden. Verschwunden war die unbekümmerte, impulsive Frau, in die er sich verliebt hatte – die Frau, die die ganze Nacht aufbleiben konnte, um zu malen, die ihn so leidenschaftlich in seinem Auto küsste, dass sie in einer dunklen Straße auf dem Rücksitz landeten, die Frau, die sich mit Handschellen an einen Bulldozer kettete, um gegen die Fällung eines jahrhundertealten Baumes zu protestieren, die Frau, die sich mit ihm stritt, nur weil sie den Versöhnungssex danach so schön fand.

Und das Schlimmste war, dass er zu sehr mit seiner Karriere beschäftigt gewesen war und die Veränderungen erst bemerkt hatte, als es viel zu spät war. Erst an dem Abend, als *es* passierte und sie schon so lange keine kleinen Streite mehr gehabt hatten, dass sie über den großen nicht hinwegkamen. «Braucht ihr noch was?» Die Kellnerin erschien wie aus dem Nichts neben ihm. Gavin zuckte so heftig zusammen, dass ihm das Buch aus der Hand glitt und mit dem Cover nach oben in sein Rührei fiel.

«Oh, die Autorin liebe ich», rief die Kellnerin.

Gavin griff nach dem Buch, wischte es mit seiner Serviette ab und fing an zu stottern. «Ein G-geschenk für m-m-meine Frau.»

Die Kellnerin zog eine Braue hoch und legte die Rechnung auf den Tisch. «Was auch immer dich anmacht, Schätzchen. Ich verrat's keinem.» Sie schlenderte davon.

Gavin stützte die Ellbogen auf den Tisch, fuhr sich durch die Haare und starrte auf den Buchdeckel. Graf Eingebildet war zu sehr damit beschäftigt, Irena in den Ausschnitt zu glotzen, um Ratschläge zu geben.

Aber vielleicht hatte er das längst getan.

«Und wenn ich mich weigere?»

Er holte tief Luft und spielte seine letzte Karte aus …

Gavin sprang auf. Graf Tittengaffer war nicht der Einzige mit einem Ass im Ärmel. Er legte ein paar Geldscheine auf den Tisch und zog sich die Jacke an.

«Alter, wo willst du hin?», fragte Mack.

«Ich werde den Einsatz erhöhen.»

Del sah ihn fragend an. «Wie bitte?»

«Ich stelle ebenfalls Bedingungen.»

«Hey!», schrie Mack, als er davonstürmte. «Kann ich den Rest von deinem Speck haben?»

KAPITEL 9

Auf der Straße vor der Schule, wo auch der Kindergarten lag, stand alles still. Der typische Vor-Ferien-Stau. Obwohl Thea extra zwanzig Minuten eher losgefahren war, würde sie kaum noch rechtzeitig ankommen, um die Mädchen abzuholen. Sie würde vom Parkplatz zum Eingang rennen müssen. Kindergartenkinder durften nur in der Eingangshalle abgeholt werden und nicht vorne an der Straße wie die älteren Kinder. Und an Tagen wie diesem schien sich ausnahmslos jedes Kind abholen zu lassen, anstatt mit dem Bus nach Hause zu fahren.

Die Mädchen saßen nebeneinander auf der Bank am Sekretariat. Ihre Münder standen keine Sekunde still. Worüber sie sich so lebhaft unterhielten, konnte Thea hier draußen und bei dem Lärm, der im allgemeinen Chaos des letzten Schultages herrschte, nicht verstehen. Aber man sah ihre Verbundenheit. Die beiden waren beste Freundinnen und würden immer füreinander da sein, selbst wenn die ganze Welt sich gegen sie verschwor.

Nachdem sie gewartet hatte, dass man sie mit dem Türsummer hereinließ, betrat sie den Empfangsbereich und winkte den Angestellten im Sekretariat zu. Die Mädchen sprangen auf und streckten ihr bunte Papierbasteleien entgegen.

«Wir haben Truthähne gemacht», sagte Amelia.

«Sehr hübsch!» Thea schob Avas Rucksackriemen, die ihr zu den Ellbogen gerutscht waren, zurück auf die Schultern. «Können wir los?»

Statt zu antworten, stürmten die beiden voraus. Thea ermahnte sie, nicht zu rennen, konnte ihnen die Aufgeregtheit aber nicht verübeln. Kinder waren am letzten Schultag immer überdreht. Die Freude auf die Ferien und den Feiertag machte es ihnen schwer stillzustehen.

Natürlich hatten Thea und Liv als Kinder schnell begriffen, dass ihre Ferien ganz anders verliefen als bei ihren Mitschülern. Sie mussten Thanksgiving meist mit einem Fertiggericht vorliebnehmen, weil ihre Mutter kein Festtagsessen kochte, um ihren Vater für dieses oder jenes zu bestrafen. Dieses passiv-aggressive Verhalten war in ihrem Zuhause typisch gewesen. Ihre Eltern hatten nie gestritten, sondern es vorgezogen, in einem Gefängnis aus angespanntem Schweigen zu leben.

Thea holte ihre Töchter auf dem Bürgersteig ein und nahm sie bei der Hand. Ihre Finger waren kalt, und Thea wünschte, sie hätte ihnen am Morgen Handschuhe mitgegeben. Es war ungewöhnlich kalt für diese Jahreszeit in Tennessee.

«Wisst ihr, was?», sagte sie, als sie ihren Wagen entriegelte.

«Was?», fragte Ava, die gerade dabei war, in ihren Kindersitz zu klettern.

Thea beugte sich in den Fond und half ihr mit dem Gurt, bevor sie zur anderen Seite ging und Amelia anschnallte.

«Zu Hause wartet eine Überraschung auf euch», sagte sie dann mit dem breitesten Lächeln, das sie aufbringen konnte.

«Was ist es?», fragte Amelia atemlos.

«Ein Kätzchen?», riet Ava.

«Nein, kein Kätzchen.» Thea schlug die Tür zu und ging herum zur Fahrerseite. Sobald sie hinterm Steuer saß, setzten die Mädchen das Ratespiel fort.

«Ist es ein Igel?», fragte Amelia.

«Nein.» Thea ließ den Motor an und fädelte sich in den langsam fließenden Verkehr ein.

«Eine Giraffe?», fragte Ava, und Amelia kicherte.

«Nein, keine Giraffe.»

«Ein Löwe?»

«Nein.» Thea bog am Stoppschild links ab. «Überhaupt kein Tier.»

Sondern etwas potenziell Gefährlicheres. Seit Montagabend war Thea permanent nervös und angespannt gewesen, und nun war der Tag gekommen – der Tag von Gavins großer Rückkehr –, und sie war ein Nervenbündel. Sie wusste nicht, was sie erwartete, wenn sie mit den Mädchen das Haus betrat. Sie wusste nicht mal, was sie *sagen* sollte. Nur, was sie tun musste.

Sich möglichst weit von ihm fernhalten.

Die Mädchen fingen an, sich miteinander zu unterhalten, während Thea die restliche Fahrt über schwieg. Trockenes Laub fiel von den Bäumen und tanzte im Wind, als sie in ihre Straße einbog. Obwohl noch einige Häuser entfernt, heftete sich ihr Blick direkt auf den dunklen SUV in der Einfahrt.

Ihr wurde eng in der Brust, als sie daneben anhielt. Kaum hatte sie den Zündschlüssel gedreht, ging die Haustür auf. Gavin schlenderte auf die Veranda und winkte so lässig, als wäre er nie weg gewesen.

Amelia entdeckte ihn als Erste und schrie: «Daddy!»

«Jep. Daddy ist zu Hause.» Thea schluckte mühsam.

«Ist das die Überraschung?», wollte Ava wissen. Thea konnte nicht heraushören, ob sie sich freute oder enttäuscht war.

«Ja, das ist sie!» Thea zwang sich zu einem fröhlichen Ton. «Daddy ist zu Thanksgiving nach Hause gekommen.»

Amelia kreischte und übertönte, was Ava sagte. Aber noch lauter war das Rauschen in Theas Ohren, das einsetzte, sowie Gavin die Verandastufen hinunterlief.

Zwei Dinge fielen ihr sofort auf. Erstens, dass er sich seit Montag nicht rasiert hatte. Und zweitens, dass ihr das gefiel. Was er vermutlich wusste, denn sie hatte ihm oft gesagt, dass sie ihn mit Bartstoppeln sexy fand.

Außerdem war er angezogen, wie sie es gernhatte – eine locker sitzende Jeans und ein offenes Flanellhemd über einem eng anliegenden T-Shirt. Also kämpfte er mit scharfer Munition. Gut, dass sie ein Herz aus Kevlar hatte.

«Hallo, Daddy!», schrie Amelia.

Gavins Lächeln wurde breiter, als er den Mädchen zuwinkte. Nervosität ging in Erleichterung über. Die Mädchen waren glücklich. Nur das war wichtig. Um ihretwillen nahm Thea das alles auf sich und würde einen Tag nach dem anderen angehen.

Sie folgte Gavin mit den Augen, als er um die Motorhaube herumging. Vor ihrer Tür blieb er stehen und zog fragend die Brauen hoch.

Oh. Richtig. Sie war nicht ausgestiegen.

Thea zog den Schlüssel ab und nahm ihre Tasche vom Beifahrersitz. Gavin trat einen Schritt zur Seite, als sie ihre Tür öffnete. Er schob die Hände in die hinteren Hosentaschen. «Hey», sagte er leise. Es klang sexy.

«Lässt du dir einen Bart stehen?», stieß sie hervor.

Lächelnd strich er sich übers Kinn. «Kommt drauf an.»

«Worauf?»

«Ob es dir gefällt oder nicht.»

Sie zuckte mit den Achseln und wandte sich ab, um Avas Tür zu öffnen. «Es ist dein Gesicht», brummelte sie.

«Stimmt. Aber ich hätte definitiv eine Meinung dazu, wenn du dir einen Bart stehen lassen würdest.»

Die Mädchen kicherten. Thea beugte sich in den Wagen, um Avas Gurt zu lösen. Gavin ging zu Amelias Seite und tat das Gleiche. Thea wich seinem Blick aus, während sie Ava vom Sitz hob und auf den Boden stellte. «Geh zu Daddy», sagte sie.

Gavin hob Amelia auf den Arm und wartete auf Ava, die langsam um den Wagen herumtrottete. «Hey, Krümel.» Er ging in die Hocke, um sie in den freien Arm zu nehmen. Thea hielt den Atem an, als sie Ava einen Moment lang zögern sah. Aber dann ging ihre Tochter zu ihm. Mit beiden Mädchen auf dem Arm kam er aus der

Hocke hoch, als wäre das überhaupt nicht anstrengend, und begegnete Theas Blick über die Motorhaube hinweg.

«Muss etwas ins Haus gebracht werden?», fragte er.

«Der Truthahn.»

Er zog verwundert die Brauen hoch. «Du nimmst einen Truthahn zu Del mit?»

«Wieso zu Del??»

«Ich dachte, da wir dieses Jahr nicht zu meinen Eltern fahren …» Er zog die Schultern hoch.

«Da dachtest du, du planst einfach etwas für uns, ohne mich zu fragen?»

«Wir waren letztes Jahr auch bei Del, also habe ich angenommen, dass das in Ordnung geht.»

«Ja, Mommy, wir wollen zu Del», krähte Amelia.

«Ich will auch zu Del und mit Jo-Jo spielen», sagte Ava.

Widerwillen kroch ihr kribbelnd die Wirbelsäule hoch.

«Ist das okay?», fragte Gavin.

«Nein, es ist nicht okay. Ich habe einen frischen Truthahn für uns gekauft.»

«Ich schätze, du hättest mich vorher fragen sollen, oder?»

«Dich fragen?», wiederholte sie. Ihre Stimme war nicht mehr als ein ungläubiges Quietschen. Gavin ließ sie in der Einfahrt stehen und trug die Mädchen ins Haus.

Wütend drehte sie sich um und stürmte zum Kofferraum. Hielt er es allen Ernstes für eine gute Idee, Thanksgiving bei anderen Leuten zu feiern? Noch dazu zusammen mit anderen Spielern und ihren Frauen? Das war das Letzte, was sie jetzt gebrauchen konnte.

Sie hob zwei der vier Einkaufstaschen aus dem Kofferraum und trug sie ins Haus. Die Glaskonserven stießen klirrend gegen die Granitplatte, als sie die schweren Taschen auf die Kücheninsel hievte. Dabei fiel ihr ein Strauß frischer Gänseblümchen ins Auge, der noch nicht dagestanden hatte, als sie das Haus verließ, und sie unterdrückte ein ärgerliches Knurren.

Sie fing an auszupacken, eine Zutat nach der anderen, die morgen keine Verwendung finden würde, als sie die Haustür gehen hörte. Ein paar Augenblicke später kam Gavin mit den restlichen zwei Einkaufstaschen herein und stellte sie ebenfalls auf die Arbeitsplatte.

«Hey», sagte er.

Mit den Händen in der Tüte erstarrte sie, die Finger um eine Packung frischer Cranberrys verkrampft.

«Hey.» Sie schluckte, packte weiter aus und rückte beiläufig von ihm weg, um seine Körperwärme nicht zu spüren.

«Ich habe eine Plane davorgehängt.»

Sie sah ihn verständnislos an. Er zeigte auf die Löcherwand, die jetzt hinter blauer Plastikfolie verschwunden war.

«Ach so.»

«Wir müssen irgendwann besprechen, was wir machen wollen.»

«*Ich* werde sie fertig einreißen.»

Gavin räusperte sich. «Ich meine, wegen morgen.»

«Was ist mit morgen?»

«Ich bin verwirrt. Du wolltest unbedingt, dass die Mädchen einen schönen Feiertag haben. Sie gehen gern zu Del, und letztes Jahr sind wir auch dort gewesen. Deshalb habe ich das nicht für ein Problem gehalten.»

«Es ist aber eins.»

«Warum?»

«Bei allem, was grad zwischen uns läuft, glaubst du wirklich, ich will den Tag mit einem Haufen Leute verbringen, die jeden unserer Schritte genauestens beobachten?»

«Das sind unsere Freunde, Thea.»

«Es sind *deine* Freunde, Gavin.»

«Wie meinst du das?»

«Abgesehen von Nessa kann ich die meisten Frauen nicht ausstehen. Und vor allem können sie mich nicht ausstehen.»

Gavin runzelte verwirrt die Stirn. «Was redest du da, Thea? Seit wann?»

«Von Anfang an.» Sie lud sich Konserven auf den Arm und ging zur Vorratskammer.

«Willst du das vielleicht noch etwas ausführen?», fragte Gavin hinter ihr. Mit verschränkten Armen stand er an den Türrahmen gelehnt und versperrte ihr den Weg.

«Es spielt keine Rolle mehr», fauchte sie. «Wir gehen morgen zu Del, und danach muss ich nie wieder Zeit mit diesen Frauen verbringen.»

Sie drängte sich an ihm vorbei und ging die Mädchen suchen. Die saßen im Wohnzimmer auf dem Teppich und sahen sich eine Zeichentricksendung auf PBS an. Thea ging in die Hocke und gab beiden einen Kuss. Sie tat das hier für ihre Töchter. Das musste sie sich einfach immer wieder sagen.

Sie sagte es sich ganzen Abend über – während sie zusammen Pizza aßen, die Mädchen badeten und zu Bett brachten. Nachdem beide schliefen, ging Thea wortlos in ihr Schlafzimmer und machte die Tür hinter sich zu. Wenn sie das jeden Abend so hinbekam, würde sie den Monat überstehen.

Sie hatte sich gerade bis auf die Unterwäsche ausgezogen, als die Tür aufging.

◆ ◆ ◆

Thea drehte sich gereizt um. «Was willst du hier?»

Er schloss die Tür und lehnte sich dagegen. Beim Anblick seiner halbnackten Frau schluckte er mit plötzlich trockener Kehle. «Du hast deine Bedingungen gestellt, Thea. Jetzt bin ich dran.»

Sprachlos vor Verblüffung starrte sie ihn an, dann schüttelte sie wutschnaubend den Kopf. «Nein. Du hast nicht das Recht, mir irgendwelche Bedingungen zu stellen.»

«Erstens», er löste sich von der Tür, «gehen wir zusammen zur Weihnachtsfeier des Teams.»

Jedes Jahr schmissen die Legends nach Saisonende für die Spieler, ihre Familien und das Personal eine Party mit Abendgarderobe.

«Nein.» Thea schüttelte den Kopf. «Kommt nicht in Frage.»

Gemächlich schlenderte er auf sie zu. «Zweitens gehen wir jede Woche einmal miteinander aus. Nur wir beide.»

Sie lachte laut auf. «Nein.»

Gavin machte noch einen Schritt auf sie zu. «Ein richtiges Date, Thea. Kein Einkaufen oder sonstiger Alltagskram, bei dem du es vermeiden kannst, mit mir allein zu sein.»

«Sorry. Sonst noch was?»

Er trat ganz dicht an sie heran. «Wir geben uns einen Gutenachtkuss. Jeden Abend. Von heute an.»

«Das kannst du doch nicht ernst meinen.» Sie kniff die Lippen zusammen. «Nein. Auf keinen Fall.»

Er trat einen Schritt zurück. Zeit, das Ass aus dem Ärmel zu ziehen. «Na gut, wie du willst.» Er hob die Hände. «Dann blasen wir die Sache ab. Gehen wir zu den Mädchen und sagen ihnen, dass wir uns scheiden lassen. Danach können die Anwälte aushandeln, bei wem sie Weihnachten verbringen und wer von uns das Haus behält.»

Das schnelle Blinzeln war der erste Riss in ihrer Rüstung. Das wollte sie den Mädchen nicht antun, und das war ihm klar gewesen. Doch es bereitete ihm keine Freude, Schmerz in ihren Augen aufflackern zu sehen. Die Buchclubjungs hatten recht. Es gab da wirklich noch einiges, das er über seine Frau lernen musste.

Sie biss sichtlich die Zähne zusammen. «Ich kann nicht glauben, dass du die Mädchen gegen mich einsetzt», presste sie zitternd vor Wut heraus.

Innerlich zuckte er zusammen, preschte aber weiter voran. «Du lässt mir kaum Optionen, Thea. Deine Bedingungen würden es mir unmöglich machen zu gewinnen.»

«Gewinnen? Ist das für dich ein Spiel?»

Er senkte den Blick auf ihren Mund. «Ein Spiel? Nein. Ein Wettkampf? Ja.»

Langsam kam er wieder auf sie zu, und Thea griff hinter sich, um sich an der Kommode festzuhalten. Ihr Blick huschte zu seinem Mund und blieb dort. Logik und Vernunft ließen ihn im Stich, das Blut rauschte ihm in den Ohren. Und anstatt sich zurückzuziehen, was er jetzt tun sollte, trat er ganz nah an sie. Senkte den Kopf. Stupste ihre Nase mit seiner an.

«Was tust du da?», flüsterte Thea. Sie hatte vermutlich wütend klingen wollen, aber ihre atemlose Spannung verriet sie. Sie war in diesem Moment genauso erregt wie er.

«Die Abmachung besiegeln», krächzte er.

Dann griff er um ihren Hinterkopf und küsste sie. Er küsste sie wie am vergangenen Wochenende, tief und forschend. Und genau wie am Wochenende begegnete sie seiner Leidenschaft mit einer Sekunde Widerstand, um dann mit einem Seufzer gegen ihn zu sinken, der einen Blitz in seine Leistengegend sandte. Gavin zog sie enger an sich, legte alles, was er nicht sagen und was sie nicht hören wollte, in das Locken und Drängen seines Mundes.

Sie packte sein Shirt mit den Fäusten, und als sie sich gerade weit genug zurückzog, um zitternd Atem zu holen, nutzte er das aus. Er senkte den Kopf zu ihrem Hals und strich mit den Lippen über ihre zarte Haut.

«Ich werde alles wieder in Ordnung bringen», flüsterte er hitzig. «Ich schwöre bei Gott, ich werde mir dein Vertrauen zurückverdienen, Thea. Unsere Beziehung wird wieder perfekt.»

Von einem Moment auf den anderen wurde sie steif. Sie stieß ihn von sich und drehte den Kopf weg.

«Was ist los?», keuchte er und hielt sie bei den Hüften fest, damit sie sich nicht ganz abwandte.

«Nichts ist perfekt», sagte sie tonlos.

Gavin flehte Graf Charmebolzen um Rat an, um eine Idee, was er sagen könnte, aber sein Kopf blieb leer. Sein Zögern gab ihr Zeit, seine Handgelenke zu packen und seine Hände von ihren Hüften wegzuziehen. «Du musst jetzt gehen.»

«Thea …»

«Geh, Gavin.»

Er trat von ihr weg und wünschte, er trüge ein längeres T-Shirt, damit man die Beule in seiner Jeans nicht sah. Thea wich nach rechts zurück und drehte sich um, die Hände auf die Kommode gestützt, als könnte sie nicht stehen. Vermutlich war es ein Fehler, aber er konnte sich nicht davon abhalten und trat noch einmal näher. Als er den Mund an ihr Ohr senkte, verspannte sie sich.

«Ich weiß, was du tust», flüsterte er. «Und ich kenne auch den Grund. Aber ich lass mich nicht wieder wegschicken. Nicht kampflos.»

Ihr stockte der Atem. «Warum tust du das?», fragte sie mit leiser, rauer Stimme. «Was willst du damit gewinnen?»

Sein Mund verzog sich zu einem breiten Lächeln. *Danke, Graf Benedict.* «Den größten Preis von allen», murmelte er, während er mit der Fingerspitze über ihren Nacken strich. «Ich gewinne dich.»

◆ ◆ ◆

Am nächsten Morgen wurde Thea von einem sonderbaren Geräusch geweckt.

Es klang wie Regen, aber der Himmel vor ihrem Fenster war hellblau und klar.

Erst als sie einen warmen, feuchten Lufthauch spürte, begriff sie, was es war. Sie fuhr hoch und trat die Bettdecke weg. Die Badezimmertür stand einen Spalt offen und ließ den Dampf heraus.

Nein. Verdammt, nein. Gavin benutzte ihre Dusche? Schlimm genug, dass er sie praktisch erpresste, ihn jeden Abend zu küssen. Aber bei ihr duschen? Auf. Gar. Keinen. Fall.

Das Prasseln verstummte, und Thea sprang aus dem Bett. Die Mischung aus Adrenalin und Schlaftrunkenheit ließ sie taumeln wie ein neugeborenes Fohlen, das zum ersten Mal aufsteht, und sie fing sich am Nachttisch ab. Auf keinen Fall wollte sie noch hier sein, wenn er aus dem Bad kam. Die Befriedigung würde sie ihm nicht gönnen. Sie hörte die Glastür der Dusche quietschen. Zeit zu flüchten. Aber im Umdrehen stieß sie sich den kleinen Zeh am Bein des Nachttischs.

«Verfluchtes Mistding», zischte sie auf einem Bein hüpfend. Aber sie war noch im Fohlen-Modus und kippte rücklings aufs Bett. Verdammt! Sie musste hier raus, bevor …

Die Badezimmertür schwang auf, und heraus kam ihr Mann in nichts als einem weißen Handtuch, das er sich locker um die Hüfte gebunden hatte. Ein zweites hing um seinen Nacken.

Oh Himmel. Auf seinem Oberkörper glänzten Wassertropfen, die er beim Abtrocknen offenbar verfehlt hatte. Gavin rubbelte sich nach dem Duschen immer nur grob ab, und in diesem Moment hasste sie ihn dafür. Ein Tropfen lief zwischen seinen Brustmuskeln herunter und verlor sich in der Spur aus dunklen Haaren an seinem Sixpack.

Seine Haare waren feucht. Seine Brust war feucht. Sie war plötzlich auch feucht.

Verdammt! Warum, lieber Gott, WARUM musste sie mit einem Mann verheiratet sein, dessen Job buchstäblich davon abhing, dass er in Bestform blieb?

«Hey.» Er lächelte sie an mit seinen blendend weißen Zähnen. Der Mistkerl sah aus, als wäre er einer verdammten Zahnpastawerbung entstiegen. «Fröhliches Thanksgiving.»

Obwohl der kleine Zeh noch immer weh tat, sprang sie auf. Tatsächlich kam ihr der Schmerz gerade recht, denn er befeuerte ihren Zorn. «Du mogelst!»

«Äh, was?»

«Du benutzt meine Dusche. Das ist gemogelt.»

«Wovon redest du?» Er lachte.

Wie konnte er es wagen, einfach so zu lachen? «Dass du meine Dusche benutzt, war nicht abgemacht.»

«Wir haben gar nichts abgemacht, was das Duschen betrifft, Thea. Aber ich kann die Dusche der Mädchen benutzen, wenn du das zur Bedingung machst.»

«Ach, spiel nicht den Unschuldigen. Du hast das doch mit Absicht getan.»

«Ja, ich habe mit Absicht geduscht. Ich dusche normalerweise nicht aus Versehen.»

«Du weißt genau, was ich meine! Du machst *das* da»,

sie zeigte wedelnd auf seine Brust und den Bauch, und du lieber Himmel, das Handtusch begann zu rutschen, «mit voller Absicht.»

Er zog die Brauen hoch und schaute an sich hinunter. «Ich fürchte, ich weiß wirklich nicht, wovon du redest.»

«Du läufst hier halbnackt rum, um mich zu verführen!»

«Ich schwöre, das war nicht meine Absicht, aber wenn es diesen Nebeneffekt hat, umso besser.» Er wackelte mit den Brauen und ging zurück ins Bad. Sie sah ihn mit dem Unterarm über den beschlagenen Spiegel wischen. Er nahm den Rasierapparat und begann, seinen Bart zu stutzen, neigte den Kopf zur Seite, um die weichen Stoppeln am Hals zu entfernen.

Das war … das war ein schmutziger Trick. Er gab sich nicht mal Mühe, fair zu spielen.

Gavin hatte das hier einen Wettkampf genannt.

Aber das war keiner.

Das war Krieg.

Und sie konnte auch mit schmutzigen Tricks spielen. Ohne nachzudenken – Impulsivität schien ihr größter Feind zu sein –, griff sie mit beiden Händen an den Saum ihres Schlafhemds und riss es sich über den Kopf.

Gavin stockte. Die Hand mit dem Rasierer schwebte vor seiner Kehle. Sein Blick schnellte im Spiegel zu ihr. Sein Adamsapfel hüpfte, als er ihre nackte Brust anstarrte. Dann sah er ihr wieder in die Augen, und sie zog lächelnd ihre kurze Schlafanzughose herunter.

Gavins Augen wurden dunkel, und wieder hüpfte sein Adamsapfel. Sein Blick wanderte langsam an ihrem nackten Körper abwärts und dann wieder hinauf, um an

Stellen zu verharren, die auf seine Betrachtung mit einem heißen Prickeln reagierten.

Sie stemmte die Hände in die Seiten. «Na? Wie gefällt dir das?»

«Hm», sagte er, als sein Blick sich auf ihre Brüste richtete. «Hilf mir mal. Welcher Teil hiervon soll für mich die Strafe sein?»

Dann zwinkerte er und löste ein Kribbeln in ihren Brustwarzen aus. Was …? Sie sah an sich hinunter. Ja, sie waren hart. Oh Mann, ihre Brüste waren anscheinend auf ihn konditioniert.

Und er wusste das. Seine Mundwinkel hoben sich. «Wenn du glaubst, ich hätte was gegen dieses Spiel, liegst du falsch. Denn diese Runde habe ich eindeutig gewonnen.»

Wütend ging Thea zur Dusche, stellte sie an und wich quietschend zurück, als brühheißes Wasser auf ihren Arm prasselte. «Warum duschst du immer so furchtbar heiß?», knurrte sie und schob den Temperaturhebel nach links.

Er rasierte sich weiter. «Ich hätte nicht gedacht, dass meine Duschgewohnheiten der Grund für unseren ersten Streit sind.»

Thea griff nach dem Duschgel. Das würde sie ihm heimzahlen. Sie würde sich von Kopf bis Fuß einseifen und ihn zwingen zuzusehen. «Das ist nicht unser erster Streit», sagte sie scheinbar beiläufig und drückte einen großen duftenden rosa Klecks in ihre Hand. «Wir haben uns gestern Abend schon gestritten.»

«Das war kein Streit.»

«Wie würdest du es nennen?»

«Eine Verhandlung.»

«Und wie nennst du das hier?» Sie verstrich das Duschgel mit langsam kreisenden Händen auf ihrem Bauch und wurde mit einem erstickten Stöhnen von der anderen Seite der Glastür belohnt.

Als sie hochsah, begegnete sie seinem Blick im Spiegel. Mit Unschuldsmiene neigte sie den Kopf zur Seite und seifte sich die Brüste ein. «Hast du was gesagt?»

Sein Blick wurde unwiderstehlich von ihren Händen angezogen, die den Schaum um ihre Brustwarzen strichen. «Ich hab dich nicht richtig gehört.» Sie kniff hinein.

Gavins Kinn sackte herab, dann schloss er heftig schluckend den Mund. Er ließ den Rasierer sinken und drehte sich um. Durch die Tropfen an der Glasscheibe konnte sie sehen, dass sein Blick erneut an ihr hinabglitt. Sie folgte dem Weg seiner Augen mit den Händen an der unteren Rundung der Brüste entlang zum Bauchnabel hinunter und tiefer.

Plötzlich riss Gavin die Tür auf und stieg mit umgebundenem Handtuch zu ihr in die Dusche. Er drängte sie gegen die Wand und stützte rechts und links von ihr die Hände gegen die Wand. Seine Brust hob und senkte sich, als hätte er gerade hundert Liegestütze gemacht. «Wie weit willst du die Sache treiben, Thea?», brachte er rau hervor.

«Welche Sache? Ich fürchte, ich weiß nicht, wovon du redest.»

Er biss die Zähne zusammen. «Du brauchst nur ein W-w-wort zu sagen, und ich ersetze deine Hände durch meine.»

Thea gab sich keine Mühe, ihre Schadenfreude zu verbergen, als sie seine Arme wegdrückte und sich unter den Duschstrahl stellte, um den Seifenschaum wegzuspülen. «Sorry, das steht nicht zur Diskussion.» Sie blickte ihn über die Schulter an. An seinem Kiefer zuckte ein Muskel, und das brachte sie zum Grinsen. «Aber mach dir keine Sorgen. Ich bin ein großes Mädchen. Ich kann mich um mich selbst kümmern.»

Gavin zog die Brauen zusammen, und das Verlangen in seinen Augen wich einer anderen Empfindung. Er sah fast verletzt aus, wie an dem Abend, als sie zugegeben hatte, ihm im Bett etwas vorgespielt zu haben.

Er drehte sich um und stapfte hinaus, schloss nicht mal die Tür der Dusche hinter sich.

Thea lehnte sich gegen die nasse Kachelwand. Verdammt. Das fühlte sich nicht wie ein Sieg an.

Sie blieb unter dem Wasserstrahl stehen, bis ihr kalt wurde. Dann trocknete sie sich hastig ab und zog sich an, öffnete ihre Zimmertür und lauschte, was die Mädchen trieben. Ihr Kichern und Livs Stimme beruhigten sie, dass wenigstens eine Thanksgiving-Tradition beibehalten wurde. Liv gab ihnen heimlich ein Vor-Frühstücks-Stück Kürbiskuchen. Sie hörte nichts, was darauf hindeutete, dass Gavin bei ihnen war, und die Tür des Gästezimmers war geschlossen.

Sie kehrte in ihr Zimmer zurück und betrat den Einbauschrank, wo sie ihre Klamotten anstarrte. Letztes Jahr, als sie an Thanksgiving zu Del gingen, hatte sie sich aufgebrezelt wie alle WAGs. Die Frauen trugen ihre schönsten Kleider und gaben damit vor den anderen an. Und verdammt, dieses Jahr hatte sie einfach nicht die Energie dafür.

Sie entschied sich für Leggings und einen langen Pulli, steckte sich die Haare zu einem Messy Bun hoch und war zwei Minuten später mit dem Make-up fertig. Zum ersten Mal seit langem war es ihr egal, was die Spielerfrauen von ihr dachten. Sie hatte sowieso nur noch vier Wochen als eine von ihnen vor sich.

Als sie den Schrank verließ, saß Gavin auf ihrem Bett, in Jeans und einem schwarzen T-Shirt, das über seinem Bizeps spannte, während er die Unterarme auf die Knie stützte.

«Was tust du hier?»

Er sah auf. «Was hast du damit gemeint? Was du vorhin beim Duschen gesagt hast.»

Thea ging zu ihrer Kommode. Auf dem dicken Teppichboden hörte man keinen Schritt. «Nichts. Ich wollte dich bloß reizen.»

«Okay, aber da mir gerade danach ist, mich selbst zu quälen, und glaub mir, diese Frage quält mich seit diesem Abend jede Nacht: Hast du?»

Sie konnte ihm nicht ganz folgen. «Hab ich was?»

«Dich um dich selbst gekümmert, h-h-hinterher? Hast du dich ins Bad geschlichen und es dir selbst besorgt, nachdem ich fertig war?»

«Fragst du mich ernsthaft, ob ich masturbiere?»

«Nein. Ich frage dich, ob du nach dem Sex mit mir masturbiert hast.»

Thea zog eine Schublade auf und überlegte zu lügen. Aber auch das brachte sie heute nicht über sich. Lügen.

Ihm was vormachen. So tun, als wäre alles bestens. Nichts davon hatte ihnen je geholfen. Sie nahm ein Paar Socken heraus und drehte sich um. «Ja, manchmal.»

Gavins Gesicht fiel in sich zusammen, und er wurde rot.

«Wenn du die Antwort nicht hören willst, warum fragst du dann?»

«Dass ich es wissen wollte, heißt nicht, dass die Antwort nicht weh tut.»

«Warum sollte dich das verletzen? Jeder masturbiert. Willst du etwa behaupten, du tust das nie?»

Er sprang auf. «Doch, zum Teufel, natürlich. Immer wenn ich unterwegs bin, im Hotelbett liege und an dich denke. Ich stelle mir dann vor, wie es sich anfühlt, wie es in echt mit dir ist.» Er verzog höhnisch das Gesicht. «Nur dass es nie echt war, nicht wahr, Thea?»

Sie richtete sich zu voller Größe auf, während der Schlag dieser Worte noch in ihr nachhallte. «Und trotzdem willst du unbedingt wieder dahin zurück, wo wir vorher waren. Wo alles ach so *perfekt* war.»

Die Härte verschwand aus seinem Blick, und er setzte zu einer Entschuldigung an, die sie nicht hören wollte. «Thea …»

«Verschwinde aus meinem Zimmer, Gavin.»

KAPITEL 10

Thea wich seinem Blick aus, als Gavin ein paar Minuten später die Küche betrat. Er konnte es ihr nicht verübeln. Er hätte sich am liebsten erwürgt, nachdem er das gesagt hatte. Er war gedemütigt, und Demütigung war praktisch sein Kryptonit. Schon immer gewesen. Er sagte gemeine Dinge, wenn sein Stolz angekratzt war. Und verdammte Scheiße, zu wissen, dass seine Frau sich um sich selbst hatte kümmern müssen, weil der Sex mit ihm regelmäßig unbefriedigend gewesen war – das war mehr als sein fragiles Ego verkraften konnte. Deshalb hatte er verbal um sich geschlagen und den winzigen Fortschritt von gestern Abend wieder zunichtegemacht.

Thea stand an der Kücheninsel und deckte die Kürbiskuchen mit Alufolie ab, die sie zu Del mitnehmen würden. Seine hässlichen Worte standen zwischen ihnen, das spürte er sofort.

Er entschied sich für etwas Harmloses, um das Schweigen zu brechen. «Wo sind Ava und Amelia?»

«Im Keller bei Liv. Sie machen Yoga.»

Der Kaffeeduft zog ihn zum Herd, wo eine Kanne stand. Er goss sich einen Becher voll ein, rührte Milch und Zucker rein – es war ihm ein Rätsel, wie jemand Kaffee schwarz trinken konnte – und drehte sich um, um sich an den Tresen zu lehnen. Eine Weile herrschte Schweigen. Schließlich stellte er seinen Becher ab. «Es tut mir leid.»

Sie blickte nicht mal auf. «Was?»

Gavin ging zu ihr. Ihr waren ein paar Strähnen ins Gesicht gefallen, während sie sich über die Kuchen beugte. Er strich sie ihr hinters Ohr zurück. «Ich h-h-hab mich benommen wie ein Arschloch. Das tut mir leid.»

«‹Es sollte einem nie leid tun, wenn man seine Wahrheit ausspricht.›» Sie sagte das mit einem seltsamen Südstaatenakzent, der bei ihr durchkam, wenn sie ihre Gran Gran zitierte. Solange er Thea kannte, zitierte sie aus einem unerschöpflichen Vorrat von Lebensweisheiten ihrer Großmutter.

Thea trat von ihm weg und zeigte auf die sechs Pies. «Die müssen ins Auto.»

Er griff nach ihrer Hand.

Sie riss sie weg. «Es ist egal, Gavin. Nach Weihnachten ist es sowieso vorbei.»

Sie stürmte aus der Küche, ehe er etwas erwidern konnte. Er hörte sie die Treppe hochgehen und stützte den Kopf in die Hände.

«Harte Nacht gehabt im Gästezimmer?»

Er schreckte hoch. Wie aus dem Nichts stand Liv in der Tür. Sie hatte gestern Abend so lange gearbeitet, dass er ihr seit seiner Heimkehr noch nicht über den Weg gelaufen war. «Was machen die Mädchen?»

«Laufen mit ein paar Scheren herum.»

Sein Gesicht musste sich ziemlich verfinstert haben, denn sie wich vor ihm zurück. «He, beruhige dich. Sie sitzen mit dem Hund vor dem Fernseher. Ich bin nur kurz raufgekommen, um Orangensaft zu holen.»

Sie füllte zwei Trinklernbecher, warf ihm einen fragenden Blick zu und stellte den Saft wieder in den Kühlschrank. Als sie hinausgehen wollte, hielt er sie auf.

«Liv.»

Sie drehte sich um.

«Danke, dass du für Thea und die Mädchen da bist. Du bist ihnen eine große Hilfe.»

Sie schnaubte. «Das tue ich nicht für dich, Arschloch.»

«Ich weiß. Trotzdem …»

Sie rollte genervt mit den Augen und ging zur Kellertreppe, blieb im letztem Moment aber stehen und drehte sich um.

«Hey, Gavin?»

Er blickte auf.

Sie lächelte gefährlich. «Wenn du meiner Schwester noch mal weh tust, vergifte ich dein Proteinpulver. Fröhliches Thanksgiving!»

Dann verschwand sie nach unten.

Während der nächsten paar Minuten beschäftigte er sich damit, die sechs Kürbiskuchen ins Auto zu tragen. Dann ging er ins Wohnzimmer, um seine Eltern anzurufen und es hinter sich zu bringen. Sie hatten noch immer einen Festnetzanschluss, sodass er nie wusste, wer von beiden abnehmen würde. Doch es meldete sich eine unerwartete Stimme.

«Du bist mir was schuldig», zischte Sebastian, sein jüngerer Bruder, anstelle einer Begrüßung.

«Was machst du denn bei Mom und Dad?»

«Für dich einspringen. Mom hat gejammert, dass sie dieses Jahr Thanksgiving ohne Familie verbringen muss, und ehe ich michs versah, hatte ich meinen Rucksack gepackt. Ich bin seit fünf Uhr auf. Mom musste den Truthahn so früh in den Ofen schieben, weil er so groß ist, dass er für eine Kompanie reicht.»

Gavin kniff sich in die Nasenwurzel. «Du wirst es überleben. Gib mir bitte mal Dad.»

«Er duscht gerade. Rede mit Mom.»

Er wollte protestieren. Es musste doch irgendeine Regel geben, dass zwischen einem Gespräch über Masturbation und einem Gespräch mit seiner Mutter ein zeitlicher Mindestabstand zu liegen hatte. Aber Sebastian hatte das Telefon schon vom Ohr genommen.

Einen Moment später war seine Mutter in der Leitung. «Hallo, Schatz! Fröhliches Thanksgiving!»

«Hallo, Mom. Wie groß ist der Truthahn dieses Jahr?» Es war ein Running Gag in ihrer Familie, dass seine Mutter immer einen Vogel kaufte, der für die dreifache Anzahl von Essern reichen würde. Sie lebte in der ständigen Angst, in ihrem Haus könnte jemand verhungern.

«Knapp achtzehn Pfund. Er ist vielleicht ein bisschen groß geraten.»

Gavin sah sie vor sich. Wahrscheinlich hatte sie sich die Rüschenschürze umgebunden, die sie nur an Feiertagen trug. Und sich einen Dutt gedreht, damit ihr die Haare beim Kochen nicht in die Quere kamen. Bald würde sie sich einen Becher Glühwein aus dem großen Topf auf dem Herd einschenken und Weihnachtsmusik einschalten, weil bei den Scotts die Weihnachtszeit mit Thanksgiving anfing.

«Ich wünschte nur, ihr wärt hier», sagte sie. «Ich vermisse dich und die Mädchen. Und Thea. Ich habe in den letzten Wochen ein paarmal bei ihr angerufen, aber da hat sich immer nur der Anrufbeantworter gemeldet. Ach, sag mal, hat sie meine E-Mail bekommen?»

«Das weiß ich nicht.»

«Oh, na gut, wahrscheinlich hat sie vergessen, es dir zu erzählen. Ich wollte wissen, was sich die Mädchen dieses Jahr zu Weihnachten wünschen.»

«Du könntest auch mich fragen.»

«Pfh», machte sie zur Antwort.

«Du denkst, ich weiß nicht, was sich meine Töchter wünschen? Na vielen Dank.»

«Ich denke, dass Thea vermutlich schon eine farbig gekennzeichnete Tabelle gemacht hat, samt Hinweisen, wo man was kaufen kann und was schon im Preis heruntergesetzt ist.»

Trotz seiner aktuellen Stimmung musste Gavin grinsen. Ja, das klang nach Thea.

«Hey, vielleicht kommt ihr zu Weihnachten her!», sagte sie. «Ihr könntet Heiligabend bei uns verbringen, dann können die Mädchen hier ihre Strümpfe auspacken. Oh, Gavin, das wäre so schön.»

Bei dem Bild, das sie malte, loderte Schmerz in seiner

Brust auf. Ja, das wäre schön, aber Thea, die gerade die Treppe heruntergekommen war, würde dem auf keinen Fall zustimmen.

«Hey, Thea ist grad in die Küche gekommen. Willst du mit ihr sprechen und nachfragen, ob sie deine E-Mail bekommen hat?» Gavin hielt ihr das Telefon hin. «Meine Mom.»

Thea schoss ihm einen so eisigen Blick zu, dass er praktisch die Temperatur fallen sah. Aber sie holte tief Luft und klang dann sehr freundlich. «Hey, Susan. Fröhliches Thanksgiving.»

Gavin hörte Theas Hälfte der Unterhaltung zu, und der Schmerz in seiner Brust wuchs. Seine Eltern vergötterten Thea. Sie sagten, sie sei die Tochter, die sie sich immer gewünscht hätten, und scherzten, dass Sebastian extra hart würde arbeiten müssen, um auch nur eine annähernd so perfekte Frau zu finden.

Das war der Hauptgrund, warum er ihnen noch nicht von seinen Eheproblemen erzählt hatte. Sie wären am Boden zerstört. Hinzu kam, dass seine Eltern eine perfekte Ehe führten, und sie wären enorm enttäuscht, dass Gavin ihrem Vorbild nicht entsprechen konnte.

Thea verabschiedete sich, legte auf und gab ihm sein Telefon zurück. «Du musst es ihnen sagen, Gavin.»

«Was soll ich ihnen denn sagen?», fragte er unwirsch, weil sie ihn ständig daran erinnerte, dass das hier für sie nur vorübergehend war. «Du hast mir bis Weihnachten Zeit gegeben. Bis dahin gibt es nichts zu erzählen.»

◆ ◆ ◆

Del und Nessa wohnten außerhalb von Nashville in einem Villenvorort voller Reicher und Prominenter. Die Zwanzig-Meilen-Fahrt dauerte nur eine halbe Stunde, da in den Ferien kaum Verkehr herrschte. Ohne die Mädchen auf dem Rücksitz wäre es im Wagen still gewesen.

«Mommy, dürfen wir schwimmen?», fragte Ava unvermittelt.

Del hatte einen Pool im Haus, und es war inzwischen Tradition, dass die Männer nach dem Dinner mit den Kindern schwimmen gingen. Thea drehte sich nach hinten um. «Klar. Ich habe eure Badeanzüge eingesteckt.»

Die Mädchen jubelten. Wenigstens sie würden einen schönen Tag haben.

Gavin parkte vor Dels Haus am Bordstein. Nervöse Anspannung drückte Thea die Brust zusammen. Das hier wäre normalerweise der Moment, in dem sie ihr WAG-Lächeln aufsetzte und so tat, als würde sie jede einzelne Minute genießen.

Aber scheiß drauf! Dieses Jahr konnten die sie alle mal kreuzweise. Sie und Gavin holten die Mädchen aus den Kindersitzen und schickten sie voraus. Gerade als sie unter dem Vordach ankamen, ging die Tür auf, und Nessa kam heraus. Sie sah wie immer umwerfend aus in einer schwarze Hosen mit weitem Bein und einem schmalen beigen Rollkragenpulli; ein mühelos elegantes Outfit, in dem nur große Frauen wie sie wirklich stylish aussahen. Nessa drückte die Mädchen in einer raschen Umarmung an sich, dann schaute sie lächelnd auf und winkte.

Thea winkte zurück und beugte sich in den Kofferraum, um einen der Kuchen herauszunehmen. Gavin tat dasselbe und folgte ihr dann zur Tür. Nessa scheuchte die Mädchen ins Haus und nahm Gavin den Kuchen ab.

«Ich werde Thea helfen, alles reinzubringen. Geh du schon mal zu den anderen und pass auf, dass Del sich nicht umbringt.»

«Was macht er denn?», fragte Gavin.

«Der Witzbold musste unbedingt eine Truthahn-Fritteuse kaufen.»

«Ach du Scheiße.» Gavin rannte los.

Nessa drehte sich zu Thea um. «Ich bin so froh, dass ihr da seid.» Sie bedeutete ihr mit einer Kopfbewegung hereinzukommen. «Del sagte, dass ihr dieses Jahr vielleicht zu Gavins Eltern fahrt. Ohne euch wäre es nur halb so schön.»

Thea wusste nicht, was sie darauf antworten sollte, also sagte sie gar nichts und ging mit Nessa in die riesige weiße Küche. Der himmlische Duft von heißem gewürztem Apfelwein und bratendem Truthahn empfing sie. Salbei und Knoblauch in der Füllung machten ihr den Mund wässrig. Es roch wie früher in Gran Grans Haus. Die drei Thanksgivings, die sie und Liv bei ihrer Großmutter zugebracht hatten, waren die schönsten ihres Lebens.

Die Mädchen rannten mit Jo-Jo, Dels und Nessas Tochter, auf dem Weg zur Treppe durch die Küche. «Sie war kurz davor zu platzen, während sie auf euch gewartet hat», sagte Nessa und stellte den Pie dramatisch seufzend auf den Küchentresen. «Sie hat mich im Morgengrauen geweckt, um zu fragen, ob ihr schon da seid.»

Thea lachte. «Die Zwillinge waren auch ganz aufgeregt.»

Wenn es nur ihre beiden Familien wären, dann könnte der Tag schön werden. Nessa war aufrichtig, freundlich und lustig, die einzige der Spielerfrauen, die Thea vielleicht als ihre Freundin bezeichnen würde. Hauptsächlich weil Del und Gavin so gute Freunde waren. Und die Zwillinge spielten unheimlich gern mit Jo-Jo. Der Tag hätte also tatsächlich schön werden können. Würde er aber nicht. Denn gleich müsste sie mit den Haien schwimmen.

Nessa nahm Thea den anderen Kuchen ab und stellte auch ihn auf die Arbeitsfläche. Allein daran, wie sich ihre Augenlider leicht senkten, konnte Thea erkennen, was als Nächstes käme.

«Also …» Nessa neigte sich näher heran. «Ich hoffe, es macht dir nichts aus, dass ich frage. Del hat mir erzählt, dass Gavin wieder bei euch wohnt. Seid ihr okay?»

«Sicher», antwortete Thea automatisch. Moment. Nein. Das wollte sie nicht mehr tun. Sie straffte die Schultern. «Eigentlich nicht. Er ist gestern Abend gekommen, und seitdem streiten wir uns.»

«Del hat Gavin letzte Woche getroffen. Er meinte, er hätte ihn noch nie so fertig gesehen.»

Thea stellten sich die Nackenhaare auf. *Gavin* war fertig? «Für mich ist das auch kein Zuckerschlecken.»

«Nein, natürlich nicht», bestätigte Nessa hastig. «Ich … ich kann ganz gut nachempfinden, was du durchmachst. Unsere Männer sind nicht gerade gut darin, über ihre Gefühle zu sprechen. Gib ihnen Zeit.»

Thea wollte nachhaken – denn wie sollte Nessa ihre Eheprobleme nachempfinden können? Sie und Del führten die perfekte Ehe. Doch in dem Moment klopfte es an der Haustür, gefolgt von ungeduldigem Klingeln. Nessa fluchte leise und rollte die Augen. «Herr, gib mir Kraft. Mir ist schleierhaft, warum Del ihn eingeladen hat.»

«Wen?»

«Na, hallo! Sie müssen Mrs. Thea Scott sein.»

Thea drehte sich um und blickte auf eine beeindruckend muskulöse Brust, über der sich ein weißes T-Shirt spannte. Sie legte den Kopf in den Nacken und wurde beinahe geblendet von einem Lächeln, das ihr vielleicht – nur ganz vielleicht – ein leises Keuchen entlockte. Ihre Augen registrierten dichte dunkle Haare, schelmische braune Augen und ein kantiges Kinn. Er zwinkerte, und sie hörte Engel singen.

«Braden Mack», sagte er und hob Theas Hand zu seinen Lippen. «Freut mich, Sie endlich kennenzulernen.»

Er hauchte einen Kuss über ihre Haut, und Thea bekam einen trockenen Mund.

«Ich … woher wissen Sie, wer ich bin?»

«Ich kenne Ihren Mann, aber offensichtlich nicht gut genug, denn er hat nie erwähnt, wie schön Sie sind.»

Thea wollte etwas erwidern, bekam aber nur ein ersticktes Geräusch heraus.

Nessa räusperte sich. «Mack, es ist noch zu früh für deinen Charme. Geh doch in den Garten und hilf den Männern, ja?»

Braden strich mit dem Daumen über Theas Handgelenk. «Brauchen sie Hilfe mit ihren Frauen?»

«Nein, sie wollen einen Truthahn frittieren.»

Braden ließ Theas Hand fallen. «Ach du Scheiße.» Er eilte zur Terrassentür und nach draußen.

Thea schüttelte sich. «Whoa. Ich fühle mich, als wäre ich gerade dem Gott der Verführung begegnet.»

«Oh Mann, sag ihm das bloß nicht. Sein Ego braucht echt keine Unterstützung.»

Thea schlenderte mit Nessa zur Glasschiebetür, um ihm hinterherzusehen. Sie leckte sich über die Lippen. Dann sah sie auf – und traf Gavins Blick, der sie voller Eifersucht anstarrte. «Oh. Scheiße.»

◆ ◆ ◆

«Ich bringe ihn um.»

Sowie Gavin durch die Glastür sah, wie Mack Thea die Hand küsste, brodelte heißer Zorn in ihm hoch. Nach den vergangenen Tagen lagen bei ihm sowieso die Nerven blank. Und jetzt kam dieses Arschloch zu ihnen herüberstolziert, als wäre nichts passiert.

«Das macht er nur, um dich zu nerven», meinte Del. «Er baggert alle unsere Frauen an.»

«Und das lässt du ihm durchgehen?»

«Er meint es nicht ernst.»

Gavin ballte die Fäuste, während die Eifersucht in ihm kochte. Es war kindisch und unreif und völlig irrational, aber Braden-Fucking-Mack war genau die Art von Ablenkung, die er und Thea jetzt nicht gebrauchen konnten. Gavin konkurrierte schon sein Leben lang mit solchen schwatzenden, schwanzschwingenden Scheißtypen wie Mack. Er würde mit Sicherheit nicht auch noch um seine eigene Frau konkurrieren.

Und, Fuck, er fühlte sich schon allein deswegen wie

ein Verlierer, weil er das überhaupt dachte. Sie waren nicht mehr auf der Highschool. Thea war seine Frau, nicht das Mädchen, mit dem er zum Prom gehen wollte. Aber Logik und Vernunft waren zurzeit eher Mangelware in seinem Leben. Paradebeispiel war der Streit wegen der Selbstbefriedigung heute morgen.

«Ihr Deppen wollt wohl das Haus abfackeln.» Mack grinste, als er auf sie zuschlenderte. Dann zeigte er auf Gavin. «He, Scott. Warum hast du mir nicht gesagt, dass deine Frau so heiß ist? Kein Wunder, dass du so ein Nervenbündel bist.»

Gavin schlug zu, ehe er es sich ausreden konnte, ehe er überhaupt bewusst die Entscheidung dazu getroffen hatte. Seine Faust traf Mack direkt unterm Auge und ließ ihn rückwärtstaumeln, wobei er sich mit gekränktem Blick an die Wange fasste.

«Scheiße, Mann!» Mack nahm die Hand runter und betrachtete seine Finger, vermutlich weil er nach Blut suchte. «Was sollte das denn?»

«Keine Ahnung. Anscheinend kann meine toxische Männlichkeit nicht leiden, wie du meine Frau anbaggerst.»

«Willst du mich verarschen? Ich baggere jede Frau an. Das ist mein größtes Talent. Deswegen musst du mich nicht gleich schlagen.»

Gavin machte einen Schritt nach vorn. Del schlang die Arme um ihn und hielt ihn zurück. «Ganz ruhig, Rocky.»

Die Terrassentür glitt zur Seite. Nessa und Thea kamen völlig geschockt angelaufen. Theas Gesicht sah allerdings ziemlich finster aus, und Gavin wusste, er hatte es verbockt. Wieder mal.

«Was ist denn hier los?», fragte Thea aufgebracht.

«Nichts», brummte Gavin und schüttelte seine Hand aus. Verdammt, das tat weh. Auch wenn viele das glaubten, prügelten sich Profisportler selten. Gavin war in seiner gesamten Karriere genau ein Mal in ein Handgemenge auf dem Spielfeld verwickelt gewesen und hatte auch nur jemandem die Mütze vom Kopf gehauen, ehe die Schiedsrichter dazwischen gingen.

Thea sah Mack an. «Geht es dir gut?»

«Du machst dir Sorgen um *ihn*?»

«Er ist es, der geschlagen wurde!»

Mack zog einen Mundwinkel hoch und nutzte die Situation voll aus – natürlich. «Mach dir meinetwegen keine Gedanken, Schätzchen. Ehemänner reagieren häufig so auf mich.»

Gavin entrang sich ein gurgelndes Geräusch.

Thea sah ihn böse an. «Ins Haus. Sofort.»

Sie stürmte hinein, durch die Küche und in Dels Arbeitszimmer. Gavin folgte ihr steifbeinig. Kaum hatte er den Raum betreten, knallte sie die Tür zu und fuhr zu ihm herum.

Jetzt saß er voll in der Tinte. «Babe …»

«Wenn du noch ein Mal Babe zu mir sagst, dann schwöre ich, ist unser Deal geplatzt.»

Er machte den Mund zu. Das Wort Deal stieß ihm sauer auf. Darauf war seine ganze Ehe inzwischen reduziert worden.

«Was hast du für ein Problem, Gavin? Du führst dich auf wie ein Irrer! Willst du mich so etwa zurückgewinnen?»

«Es tut mir leid …»

«Was, wenn die Mädchen dich gesehen hätten? Weißt du, wie sehr sie das erschreckt hätte?»

Scheiße. Daran hatte er nicht gedacht. Sie hatte recht. Er benahm sich wie ein Irrer. *Ein schleimiger Wichserwurm,* flüsterte eine innere Stimme. Na toll. Graf Sprücheklopfer verzichtete auf nützliche Tipps zugunsten shakespearehafter Beleidigungen.

«Mit welchem Recht marschierst du zurück in mein Leben, nachdem du mir einen Monat lang die kalte Schulter gezeigt hast, und degenerierst zum Höhlenmenschen, nur weil mir ein Mann die Hand küsst?» Thea kochte vor Wut. «Hast du wirklich so wenig Vertrauen zu mir?»

«Dir vertraue ich, Thea. Nur ihm nicht.»

«Oh Gott, das ist so beleidigend.» Mit dramatischer Geste legte sie eine Hand an die Stirn und sprach mit dem ausgeprägtem Südstaatenakzent. «Ich bin eine zerbrechliche Jungfrau in Nöten, die in Gegenwart starker, aggressiver Männer nicht allein zurechtkommt. Oh, rette meine Tugend, geliebter Gatte.» Sie ließ die Hand fallen und blickte ihm fest in die Augen. «Dein kleines Eifersuchtsdrama würde mich etwas mehr beeindrucken, wenn du mich nicht verlassen hättest.»

«Du hast mich rausgeworfen, Thea.» Wieso vergaßen das alle ständig, verdammt?

Vielleicht weil du sie schon lange vorher verlassen hast, du hasenfüßiger Bastard, wisperte Graf Echt-nicht-Hilfreich.

Thea schüttelte den Kopf und ging zur Tür.

«Thea, warte.» Er streckte die Hand nach ihr aus. «Es tut mir leid. Du hast recht. Ich benehme mich wie ein Arsch.»

Sie atmete einmal tief durch, dann ging sie hinaus und ließ ihn allein mit der Stimme von Graf Scheiß-Timing zurück. Wichserwurm? Echt jetzt? Was sollte das überhaupt sein?

Als Gavin schließlich das Arbeitszimmer verließ, erwarteten ihn am Ende des Flurs eine Reihe ernster Gesichter und verschränkter Arme. Offensichtlich waren in der Zwischenzeit weitere Gäste gekommen, und ebenso offensichtlich war keiner sonderlich erfreut, ihn zu sehen.

Del, Yan und Malcolm sahen ihn böse an, als hätten sie ihn beim Fußballgucken erwischt. Del deutete mit einem Ruck des Kopfes zur Kellertreppe. «Nach unten. Sofort.»

«Ich muss zu Thea.»

«Sie ist bei den Mädchen. Ab nach unten.»

Resigniert seufzend ging er mit den Männern die Treppe hinunter in Dels ausgebauten Keller. Er bog um die Ecke und blieb abrupt stehen. Mack saß mit einem Eisbeutel an der Wange auf der Couch.

Gavin drehte auf dem Absatz um. «Nein. Auf keinen Fall. Mit dem rede ich kein Wort.»

Del packte ihn am Arm. «Mack will dir etwas sagen.»

«Deine Frau ist heiß.»

Gavin knurrte. Del schlug Mack mit der flachen Hand gegen den Kopf.

«War nur ein Witz», sagte Mack. «Also, nicht, dass sie nicht scharf ist. Das ist sie wirklich.»

«Ich bringe dich um.»

Mack stand auf. «Es tut mir leid, dass ich zwischen dir und deiner Frau Unruhe gestiftet haben. Das war unnötig.

Ich kann nur nichts dafür. Das ist mein natürliches Charisma.»

«Herrgott noch mal, Mack», stöhnte Del.

Mack sah zu Boden. «Entschuldige.»

«Na bitte», sagte Del und sah zwischen den beiden hin und her. «Alles gut? Seid ihr wieder Freunde?»

«Waren wir nie», sagte Gavin.

«Entspann dich, Mann. Ich fasse deinen Apfel nicht wieder an.»

«Setz dich, Gavin.» Malcolm deutete auf die Couch. Gavin gehorchte und machte sich auf eine Standpauke gefasst. Die hatte er verdient.

«Was ist da oben passiert?», fragte Del.

«Tja, Del. Es ist dir vielleicht entgangen, aber meine Frau und ich sind gerade dabei, ein paar Probleme zu lösen.»

«Wenn man bedenkt, mit was für einem Gesicht sie aus dem Arbeitszimmer kam, machst du deine Sache ziemlich beschissen», sagte Yan.

Gavin legte den Kopf zurück und starrte mürrisch und bockig an die Decke.

«Du bist erst einen Tag wieder zu Hause», schnauzte Del. «Wie kannst du es jetzt schon derart verbockt haben?»

Mack schnaubte. «Das überrascht dich?»

«Gib uns ein Update», bat Malcolm ruhig.

«Ich glaube, ich werde wahnsinnig. Ich höre eine Stimme mit englischem Akzent, die mir einflüstert, was ich tun und sagen soll.»

«Das geht uns allen manchmal so», sagte Mack.

Gavin drehte den Kopf zu ihm, um herauszufinden, ob

er sich über ihn lustig machte. Aber das schien nicht der Fall zu sein. «Du hörst die Stimme auch?»

«Das ist dein Unterbewusstsein», erklärte Malcolm. «Irgendwann musste sich jeder von uns mit einem britischen Aristokraten im Kopf herumschlagen, der uns auf Dinge hinweist, die wir eigentlich lieber ignorieren würden.»

Vielleicht weil du sie schon lange vorher verlassen hast, du hasenfüßiger Bastard. «Ihr meint, ich sollte auf ihn hören?»

«Solange er dir nicht sagt, du sollst Leute umbringen, ja.»

Gavin überlegte, ob er Graf Enge-Hose die Schuld für seinen Angriff auf Mack in die Schuhe schieben sollte. Aber nein, das hatte er ganz allein zu verantworten. Genau wie sein Wurmgewichse von heute Morgen, als er fragte, ob sie sich hinterher selbst befriedigt hatte.

Er beugte sich nach vorn, stützte die Ellbogen auf die Knie und ließ den Kopf in die Hände sinken. «Sie erinnert mich immer wieder daran, dass nach Weihnachten alles vorbei ist. Ich glaube, sie gibt mir eigentlich gar keine Chance.»

«Hör zu, Mann.» Del setzte sich ihm gegenüber auf den Couchtisch, genau wie in der Nacht, als sie ihn betrunken und verzweifelt in seinem Hotelzimmer gefunden hatten. «Wir könnten dir wesentlich besser helfen, wenn du uns sagst, was euch wirklich auseinandergebracht hat.»

Gavin stand auf. «Vergiss es.»

«Na schön», sagte Malcolm. «Aber denk dran. Der Sinn des Ganzen ist, sie zu umwerben, Gavin. Nicht, sie zu verführen.»

«Was ist der Unterschied?»

Mack schnaubte wieder. «Es ist ein Wunder, dass dich überhaupt eine geheiratet hat.»

Gavin zeigte ihm den Stinkefinger.

«Der Unterschied ist», erklärte Malcolm, «dass du sie dazu bringst, dich zu wollen, anstatt ihr zu beweisen, wie sehr du sie willst.»

KAPITEL 11

Die Hölle. Für Thea waren die nächsten zwei Stunden genau das. Die absolute Hölle. Nach ihrer Flucht aus dem Arbeitszimmer half sie Nessa, das Essen fertig zu machen, und tat, als hörte sie die anderen Frauen nicht hinter ihren Weingläsern flüstern.

Ich hab gehört, sie haben sich getrennt.

Er hat Braden Mack geschlagen!

Ist er wirklich ausgezogen?

Und gerade als Thea glaubte, es könne nicht schlimmer werden, hörte sie eine helle Frauenstimme durch das Haus hallen.

«Hallo? Wo seid ihr denn alle?»

Thea bekreuzigte sich und schickte ein Stoßgebet zum Himmel. *Lieber Gott, gib mir Gelassenheit, damit ich ihr nicht mitten in ihr dummes Gesicht schlage.*

«Wir sind in der Küche», rief Nessa.

Rachel Tamborn, Exmodel, Profi-WAG und Erzfeindin aller Nonkonformisten, klapperte in ihren Stilettos herein und brachte eine teure Parfümwolke mit, die im Vorbeiwehen einen frustrierend angenehmen Duft hinterließ. Ihre Haare glänzten. Ihr Make-up war makellos, ihr Kleid ein hautfarbener Schlauch, der ihr als weiterer Affront phantastisch stand. Ihr Mann, Gavins Teamkollegen Jake Tamborn, schlenderte hinter ihr herein.

Rachel begrüßte Nessa mit zwei hingehauchten Wangenküssen. «Vielen Dank, dass ihr uns aufnehmt», gurrte sie. «Ich hätte es dieses Jahr mit keiner der beiden Familien ausgehalten, und ich habe unserer Köchin den Tag freigegeben. Der arme Jake würde verhungern, wenn ihr nicht wärt.»

«Natürlich», erwiderte Nessa glatt. «Je mehr, desto besser.»

Rachel löste sich von ihr und blickte sich in der Küche um, als wäre sie noch nie in einer gewesen. Dann erst bemerkte sie Thea. Ihre Augen weiteten sich, ihre glänzenden Lippen öffneten sich ein wenig. Thea erwartete halb, Reißzähne hervorblitzen zu sehen. Aber dann schien Rachel bewusstzuwerden, dass sie beobachtet wurden.

Rachel breitete die Arme aus. «Du meine Güte! Hallo, Thea!»

Sie kam angeklappert und umarmte Thea mit der Herzlichkeit einer Python. «Ich bin soooo froh, dich hier zu sehen. Ich habe dich schon vermisst!»

«Du hast mich vermisst?»

«Na ja, du warst nicht beim letzten Spiel ...»

Aha, der erste Giftpfeil.

«... und du hast unser letztes Frühstück ausgelassen ...»

«Ich war nicht eingeladen …»

«… und bei allem, was man so hört, dachte ich, ihr würdet nicht kommen.»

Wow. Was in diesen paar Sätzen alles an Anschuldigungen und Andeutungen steckte. Thea konnte sich nicht zurückhalten, plötzlich übernahm ihr impulsives Ich die Kontrolle über ihren Mund. «Warum sollten wir heute nicht hier sein?»

Rachels Lächeln wurde zuckersüß. «Oh, ich meine, du weißt schon …»

Thea gab nicht nach. «Nein, weiß ich nicht.» Sie sah ihr mit hochgezogenen Brauen in die Augen und forderte sie heraus, den Satz zu Ende zu bringen.

Rachel verschränkte die Hände vor ihrer Brust. «Also seid ihr beide wieder zusammen?»

Ah, da war es. Darauf hatte Thea gewartet. «Das geht dich nichts an, Rachel», sagte sie ruhig.

Rachels Augen weiteten sich gerade genug, um den Schock zu zeigen, dass jemand es wagte, ihr die Stirn zu bieten. Jake räusperte sich und trat neben seine Frau. «Schön, dich zu sehen, Thea.» Er umarmte sie sanft. Es war die Art von Umarmung, die man für Leute reservierte, die einem leidtaten. «Du siehst hinreißend aus, wie immer.»

Rachel bis so fest die Zähne aufeinander, dass Thea es fast knirschen hörte. «Oh, ja, du siehst immer so niedlich aus», sagte sie, während sie ihren Blick langsam und verächtlich über Theas Kleidung gleiten ließ. «Aber das ist ein neuer Look, nicht wahr? Ich schätze, an manchen Tagen ist Bequemlichkeit wohl wichtiger als Stilbewusstsein, hm?»

«Absolut. So wie Anstand wichtiger ist als Schönheit.»

Jake zuckte zusammen. «Wo sind Gavin und Del?»

Thea deutete zur Terrassentür. «Im Garten. Sie frittieren einen Truthahn.»

«Das ist nicht gut.» Jake machte sich davon.

Rachel setzte ein Lächeln auf. Thea hätte beinahe gelacht, denn es war ein betont falsches Lächeln. Eines, bei dem das Gegenüber wissen soll, dass es falsch ist, damit man sich nicht besser, sondern noch mieser fühlt. Du liebe Güte, Rachel tat so, als würde sie so tun.

So war es mit ihr immer. Wirklich immer. Hinter ihrer freundlichen Fassade wartete die innere Hässlichkeit konkurrenzbesessener Frauen. Sie hatte sich gleich beim ersten Mal gezeigt, als Thea die anderen Spielerfrauen kennenlernte. Sie fragte damals völlig unbedarft, was sie beruflich täten, und alle starrten sie an, als hätte sie mit den Nägeln über eine Tafel gekratzt.

«Das hier», hatte Rachel geantwortet.

Als ob das alles erklärte.

Aber das tat es tatsächlich, wie sie bald merkte.

Die Frau oder Freundin eines Baseballprofis zu sein, war für viele von ihnen ein Beruf. Bei einigen lag es schlicht daran, dass es tatsächlich mehr als ein Fulltime-Job war, die Herausforderungen, die die Karrieren ihrer Männer mit sich brachten, mit dem Familienleben und den Kindern in Einklang zu bringen.

Aber für die Übrigen war das Dasein als Spielerfrau ihre Identität. Als wären sie nur dazu herangezogen worden, wie früher die jungen Mädchen der feinen Gesellschaft. Sie stellten die Beziehung mit ihren reichen, attraktiven Ehemännern zur Schau, als wäre es die natürliche Ordnung der Dinge, dass alle schönen Menschen nur füreinander bestimmt waren.

Und dann stieß Thea zu ihnen. Die Außenseiterin, die kaum die Regeln des Spiels verstand; die einen Baseballspieler geheiratet hatte, weil sie schwanger geworden war; die ihrem exklusiven Club beigetreten war, ohne dass sie sich dafür hatte anstrengen müssen wie die anderen. Sie hatte nicht all die Entbehrungen mit ihm aushalten müssen, solange er noch am College war oder in der Minor League spielte, wo man kaum Geld verdiente.

Rachel hasste sie dafür.

Thea hatte immer so getan, als wäre ihr das gleichgültig, aber in Wirklichkeit machte es ihr etwas aus. Als Außenseiter war man ziemlich einsam.

Doch bald würde sie endlich von den Feindseligkeiten befreit sein, und dieser Gedanke machte es ihr möglich, Nessa in der Küche zu helfen, ohne ständig die Ohren zu spitzen und zu horchen, was hinter ihrem Rücken über sie geredet wurde.

Schließlich war das Essen fertig. Nessa rief den Männern zu, sie sollten den Truthahn hereinbringen, und Thea trug mit ihr zusammen die Speisen auf den Tisch.

Nachdem sie und Gavin den Mädchen das Essen aufgetan und sie an den Kindertisch gesetzt hatten, gesellten sie sich zu den Erwachsenen im Esszimmer. Thea setzte sich neben Nessa, weil sie dringend eine Verbündete brauchte. Leider saß sie dadurch Rachel gegenüber.

Zwanzig Minuten später stand Del am Ende der langen Tafel auf. «Hört mal alle her.»

Die Unterhaltungen verstummten, alle drehten den

Kopf zu ihm. Del hielt in einer Hand ein Bier und mit der anderen umschloss er die Finger seiner Frau.

«Nessa und ich möchten euch danken, weil ihr gekommen seid, um mit uns Thanksgiving zu feiern. Einige haben wir gern hier, andere müssen wir eben aushalten.»

Alle lachten, aber Thea vermutete, dass es die schlichte Wahrheit war. Sie lächelte Rachel an, die das erwiderte. Thea hätte schwören können, dass Rachel Blut aus dem Mundwinkel lief.

«Ich könnte jetzt eine lange Rede halten und erzählen, für was wir dankbar sind und so, aber mir ist nicht danach. Denn Nessa und ich haben etwas bekanntzugeben. Etwas, das wir ein paar Monate lang für uns behalten haben.»

Nessa sprang auf und breitete die Arme aus. «Ich bin schwanger!»

Für einen Moment stand alles still – dann brach ein fröhlicher Tumult los. Glückwünsche wurden durcheinandergerufen, man klatschte und tat all die Dinge, die nach solch einer Bekanntgabe üblich waren. Gavin stand auf und griff über den Tisch, um Del die Hand zu schütteln. «Das ist großartig, Del. Gratulation.»

Ein paar Minuten später setzte sich Nessa wieder hin, und Thea umarmte sie. «Ich freue mich für euch.»

Nessa lachte schwach. «Ich hätte es dir am liebsten früher erzählt, aber nach zwei Fehlgeburten wollten wir zuerst ganz sicher sein.»

«Das tut mir leid. Ich hatte keine Ahnung.» Sie drückte Nessas Hand.

«Ich schätze, ich habe auch nichts gesagt, weil ich nicht sicher war, was zwischen dir und Gavin los war. Es kam mir falsch vor, unser Glück vor dir auszubreiten, während ihr Probleme habt.»

Das war furchtbar – dass jemand gute Neuigkeiten zurückhielt aus Angst, sie würde damit nicht umgehen können. Noch schlimmer war jedoch, dass Rachel jedes Wort gehört hatte, wie sie beim Aufblicken feststellte.

Und sie stürzte sich sofort darauf. «Thea, wie steht es denn mit dir und Gavin? Werden wir von euch auch bald eine freudige Nachricht hören, nachdem ihr euch ausgesöhnt habt?»

«Wenn du damit nicht meinst, dass ich meinen Abschluss mache, dann nein.» Sie lächelte.

«Oh, du hast das College gar nicht abgeschlossen?»

«Noch nicht.»

«Und wieso das?»

Jake legte den Arm auf Rachels Rückenlehne. Seine Finger schienen etwas zu fest in ihre Schulter zu drücken.

«Nun, Rachel, wie du sicher weißt, musste ich das College abbrechen, weil ich schwanger wurde.»

«Oh, natürlich. Das wusste ich. Ihr wart da noch gar nicht lange zusammen, nicht wahr? Und wurde Gavin nicht kurz danach in die Major League berufen? Optimales Timing für dich.»

Unter dem Tisch spürte Thea Gavins Hand auf ihrem Knie.

«Danke für die akkurate Wiedergabe unserer Beziehungschronik, Rachel. Vielleicht können wir dich für den Wikipedia-Artikel über uns engagieren?»

Gavin drückte ihr Knie, als Rachel der Mund offen stehen blieb.

«Sag mal, Rachel, auf welchem College warst du noch mal?», fragte Thea.

Spannung lag zum Schneiden dick in der Luft. Die eine Hälfte des Tisches hörte ihrem Wortwechsel gebannt zu, während die andere Hälfte aß, als wäre es ihr letztes Mahl.

«Ich war an der Ole Miss im Vorbereitungsstudium für Jura eingeschrieben.»

«Aber bis zum Jurastudium bist du nicht gekommen?»

Rachel drehte sich mit einem strahlenden Lächeln zu ihrem Mann hin. «Nein. Darauf habe ich zugunsten von Jakes Karriere gern verzichtet.»

Jake schien die Truthahnfüllung auf seinem Teller gerade höchst interessant zu finden.

«Aber du möchtest doch sicher immer noch Anwältin werden, oder?», hakte Thea weiter nach, weil ihre impulsive Seite aus ihr sprach wie ein Bauchredner.

Gavin schloss die Hand um ihr Knie. Sie schob sie weg.

Rachel griff sich geziert an die Haare, bevor sie antwortete. «Aber nein. Wir alle bringen Opfer, um unsere Ehemänner zu unterstützen. Den meisten von uns macht das nichts aus.»

Wut legte sich wie ein roter Schleier vor Theas Augen. Rachel hatte keine Ahnung, wie viel sie für Gavins Karriere geopfert hatte. Das wollte sie ihr gerade ins Gesicht schleudern, als Soledad, Yans Frau, den Schlagabtausch unterbrach.

«Also, Thea.» Sie redete in einem nervös beschwichtigenden Ton, den man vermutlich auch bei einem tollwütigen Hund verwenden würde. «Mit deiner künstlerischen

Begabung könntest du uns vielleicht mit dem neuen Logo für unser Softballspendenturnier helfen.»

Das Softballturnier war eine Tradition der WAGs. Jeden Sommer traten die Frauen und Freundinnen der Legends-Spieler gegen die Frauen und Freundinnen der Hockeymannschaft von Nashville an. Der Erlös wurde zugunsten von Schulsachen für bedürftige Kinder gespendet. Seit Jahren lief das Turnier unter dem Namen «WAGs gegen HAGs», wobei das H für Hockeyfrauen stand. Nur dass Hag eben auch das englische Wort für Schreckschraube war. Haha, sehr witzig. Erstaunlich, wie wenig Leute sich daran störten, aber vielleicht hatte sie endlich jemand überzeugt, dass sie einen neuen Namen brauchten.

«Davon wusste ich noch gar nichts», sagte Thea.

«Es wurde beim letzten Treffen beschlossen.» Rachel lächelte sie an.

Zu dem Thea nicht eingeladen worden war.

«Ich helfe gern», sagte Thea, «sofern wir uns auch von der Bezeichnung WAG trennen.»

Rachel, die gerade von ihrem Wein trank, hätte den Schluck fast wieder ins Glas gespuckt. Eine Gabel fiel klirrend auf einen Teller, und jemand stieß zischend einen Fluch aus.

«Warum um alles in der Welt sollten wir das tun?», fragte Rachel und wischte sich einen Tropfen Wein vom Ausschnitt.

«Ist das nicht offensichtlich», erwiderte Thea. «Der Begriff ist ausgrenzend. Was, wenn es in der Major League eines Tages Spielerinnen gibt? Was wäre dann mit dem Freund oder Ehemann?»

«Da ich doch sehr bezweifle, dass es weibliche Spieler gibt, die gut genug für die Major League sind, glaube ich nicht, dass wir uns darüber Gedanken machen müssen», erwiderte Rachel.

«Na schön. Aber was ist mit schwulen Spielern? WAG ist total heteronormativ. Wollen wir nicht lieber eine offenere Bezeichnung?»

«Was schlägst du vor?», fragte Rachel.

«Sprechen wir allgemein die Ehepartner und Lebensgefährten an, also Spouses and Partners.»

Rachel stutzte und sagte: «Dann wären wir SAPs. Sap wie in Trottel.»

«Ganz genau.» Thea stand auf und nahm ihren Teller. «Ich gehe mal nach den Kindern sehen. Möchte jemand noch etwas?»

Sie verließ die erstarrte Tischgesellschaft und ging nach nebenan. Kurz darauf erschien Gavin an ihrer Seite. «Was war das denn?», fragte er.

«Das», Thea stellte ihren Teller ab, «war ein perfektes Beispiel für den Scheiß, den ich mir von Rachel und ihren Freundinnen anhören muss, seit wir verheiratet sind. Nur dass ich heute entschieden habe, ihr zur Abwechslung mal die Stirn zu bieten.»

«Behandelt sie dich immer so?»

Thea schnaubte. «Oh ja. Vom ersten Tag an.»

Er kniff ein wenig die Augen zusammen. «Warum hast du mir das nie erzählt?»

«Wieso hast du das nie mitbekommen?»

Gavin schüttelte den Kopf, setzte zu einer Erwiderung an und überlegte es sich anscheinend anders.

«Mach dir keine Gedanken», blaffte Thea. «Das ist sowieso bald kein Problem mehr.»

Sie drehte sich um und ließ ihn stehen. Danach verbrachte sie den Rest des Tages mit den Kindern und wich jedem seiner Versuche aus, mit ihr allein zu sein.

Gegen sechs Uhr klagte Ava über Bauchschmerzen, sodass sie sich entschuldigten. Nessa packte ihnen kiloweise Reste in einen Turm von Plastikboxen und trug sie zum Auto, während Gavin den Mädchen die Jacken anzog.

«Es wird mit der Zeit besser», sagte Nessa leise, während sie die Plastikboxen im Kofferraum verstaute.

Thea seufzte. «Danke. Aber ich glaube nicht, dass Rachel mich je mögen wird.»

«Ich meine das mit dir und Gavin.»

Thea blickte auf.

«Gib der Beziehung eine Chance, Thea.»

In diesem Moment ging die Haustür auf. Gavin kam mit Ava auf dem Arm heraus, und Amelia hüpfte hinter ihnen her. Nessa drückte Theas Hand und senkte die Stimme. «Du kannst mich jederzeit anrufen.»

Nessa ging Richtung Haus und blieb stehen, um den Mädchen zum Abschied ein Küsschen zu geben und Gavin in den Arm zu nehmen. Thea schloss den Kofferraum, bevor sie die Tür auf Avas Seite öffnete und sie Gavin abnahm, ohne seinen Blick zu erwidern.

«Ich werde Amelia anschnallen», sagte er.

Die Heimfahrt verlief diesmal still, weil die Mädchen müde waren. Gavin hielt das Lenkrad umklammert. Thea starrte aus dem Fenster in andere Autos, in denen Familien saßen. Lächelnde, gut gelaunte Familien. Ob diese Ehepaare die Feiertage auch mit einem Streit über Selbstbefriedigung angefangen hatten? Der Gedanke ließ sie ein hysterisches Lachen ausstoßen, das rasch in einen frustrierten Seufzer mündete. Sie merkte, dass Gavin den Kopf zu ihr drehte, blickte aber weiter durchs Seitenfenster in die vorbeiziehende Umgebung. Der tote graue Himmel passte zu ihrer Stimmung.

Vor dem Haus angekommen, sprang sie geradezu aus dem Wagen, befreite Ava aus dem Kindersitz und trug sie zur Veranda, wo sie einen Moment brauchte, um den Schlüssel in die Tür zu kriegen. Butter empfing sie im Flur aufgeregt bellend.

«Mommy, mir ist schlecht», jammerte Ava.

«Ich weiß, Liebling. Wir ziehen dir nur schnell die Jacke …»

Sie hatte den Satz noch nicht beendet, da beugte ihre Kleine sich vor und spuckte auf den Boden. Ava fing an zu weinen. Butter fing an zu schnuppern.

«Butter, nein!» Thea packte ihn am Halsband, und Ava erbrach sich noch mal. Ein zweiter Schwall von Was-zum-Teufel-hat-sie-alles-gefuttert vergrößerte die Pfütze. Hinter ihr an der Tür stieß Gavin einen leisen Fluch aus, und Amelia rief: «Igitt!»

Gavin hastete zu ihnen und nahm ihr Butter ab.

«Ich wische das auf», sagte Thea. «Kannst du sie nach oben bringen und Badewasser einlassen?»

«Nein!», schluchzte Ava. «Ich will Mommy.»

«Ich mache hier sauber», sagte Gavin. «Amelia, Schatz, geh kurz ein Stückchen zurück.»

Zu spät. Ava drehte sich zu ihrer Schwester um, und

im selben Moment musste sie sich wieder erbrechen, und der Schwall traf Amelia. Die kreischte. Gavin fluchte diesmal laut. Butter bellte, als hätte er sein Stück Himmel gefunden, und fing an, Amelia sauber zu lecken.

«Butter! Aus!», befahl Thea und schob ihre Töchter sanft zur Treppe. «Kommt ihr zwei, wir gehen nach oben», sagte sie in beruhigendem Ton. «Ava, Schätzchen, wir sind gleich im Bad, es ist alles gut.»

Inzwischen weinten beide Mädchen, aber sie liefen brav ins Badezimmer. Vor ihnen kniend bat Thea sie, die Arme hochzustrecken, dann zog sie ihnen vorsichtig die Blusen aus. Hoffentlich würden die Flecke rausgehen. Während sie die Wanne vorbereitete, zogen sich die Mädchen aus. Unten sagte Gavin etwas sehr Unfreundliches zu Butter, dann schien er ihn in den Garten zu lassen.

«Mommy, mir ist nicht gut», klagte Amelia. Sie sah plötzlich blass aus.

Oh nein. Thea nahm sie bei den Schultern und lenkte sie zur Toilette – eine Sekunde zu spät. Nun mussten zwei Böden aufgewischt werden.

«Ist schon gut, Schätzchen.» Sie rieb ihr sanft über den Rücken. Dann sah sie sich nach Ava um, die inzwischen nackt und zitternd vor der Wanne stand. Schnell prüfte sie die Wassertemperatur, umständlich auf einem Bein der Pfütze aus Erbrochenem ausweichend. «Du kannst reinsteigen, Ava.»

Wieder bei Amelia angekommen, schob sie ihre Tochter an die Seite der Toilettenschüssel. «Beug dich drüber, wenn noch mehr kommt.» Und jep, da kam es schon. Amelia zitterte und wimmerte. Thea strich ihr die Haare hinter die Ohren. «Schon gut, Liebling. Gleich ist es vorbei.»

Ein paar Augenblicke später setzte sie auch Amelia in die Wanne. Als sie Ava die Haare einschäumte, erschien Gavin in der Tür. Er blickte auf die Bescherung am Boden und stellte das Bein so hin, dass Butter nicht ins Bad konnte.

«Amelia ist auch schlecht», sagte Thea. «Kannst du mir saubere Handtücher aus dem Schrank bringen?»

«Aus welchem Schrank?»

Vor Ärger bekam sie Kopfschmerzen. «Aus dem, wo sie immer sind», antwortete sie kurz angebunden, während sie Ava Wasser über den Kopf goss.

«Und welcher ist das?», fragte er ungehalten.

«Im Ernst? Wie lange wohnen wir hier schon?»

«Ich achte nicht sonderlich auf Handtücher, Thea.»

Ach, was du nicht sagst. «Der Wäscheschrank im Flur.»

Gavin verschwand und kehrte kurz darauf mit einem kleinen Gästehandtuch zurück. «Das ist alles, was ich finden konnte.»

Aus den Kopfschmerzen wurde Migräne. «Ich habe gestern erst einen ganzen Stapel hineingeräumt.»

«Tja, ich hab keine gefunden. Was jetzt?»

«Es sind noch saubere in dem Korb in meinem Zimmer.»

«In *deinem* Zimmer?» An seinem Kiefer zuckte ein Muskel.

Thea sprang auf. «Ach, vergiss es. Ich hole sie selbst.»

Wütend stapfte sie zum Wäscheschrank, holte den Stapel Handtücher heraus – den man wirklich nur absichtlich übersehen konnte – und lief wütend zurück.

«Wo waren die denn?»

«Im Wäscheschrank.» Sie legte den Stapel auf den Boden und spülte Ava die Haare fertig aus. «So, Schatz, fertig. Daddy trocknet dich ab.»

«Du sollst das machen», quengelte Ava.

«Du wirst mit mir vorliebnehmen müssen, Krümel.» Gavin hob sie aus dem Wasser. Er kniete sich vor sie und griff nach einem Handtuch. Dabei streifte er Thea. Sie wich hastig zurück, was ihr einen genervten Blick einbrachte.

«Ich ziehe ihr gleich den Schlafanzug über», sagte er und stand mit Ava auf dem Arm auf. Ihren Kopf an seine Schulter gedrückt, verließ er das Bad.

Thea spülte Amelia den Schaum aus den Haaren, dann sah sie ihre Tochter prüfend an, die noch immer blass wirkte. «Geht es dir ein bisschen besser, Schatz?»

Amelia nickte und gähnte. Heute würden die beiden früh schlafen.

«Komm, mein Schatz.» Thea hob sie aus der Wanne und trocknete sie ab. Dann trug sie sie ins Kinderzimmer. Gavin saß auf dem Boden und zog Ava gerade das Pyjamaoberteil über den Kopf. Er blickte auf.

Sie schaute weg.

◆ ◆ ◆

Theas Ablehnung ließ Frust in ihm hochkochen. Er zog Ava die Schlafanzughose hoch. «Dann kuscheln wir dich mal ins Bett.»

«Mommy soll das machen.»

Wow. Das tat immer wieder weh. Er stand auf und hob Ava auf den Arm. «Mommy zieht gerade Amelia an.»

Er sah über die Schulter. Thea hatte sie aufs Bett gestellt und half ihr in ein Nachthemd. Amelia drückte das Gesicht an Theas Hals, als Thea ihr zärtlich über den Kopf strich und etwas Beruhigendes flüsterte, das Gavin nicht verstehen konnte. Aber er konnte ihre Stimme spüren. Zärtlich und liebevoll. Er war offiziell eifersüchtig auf sein eigenes Kind.

Ava gähnte. Also schlug er ihre Bettdecke zurück und setzte sie auf die Matratze, damit sie sich hinlegen konnte. Thea hatte keine Kinderbetten, sondern gleich zwei Jugendbetten gekauft. Für Gavins langen Körper waren sie zu kurz, aber mit angezogenen Beinen ging's. Er legte sich neben Ava und strich ihr die feuchten Haare aus dem Gesicht.

«Geht es dir besser?», flüsterte er.

Sie nickte und gähnte wieder. «Mein Bauch tut nicht mehr weh.»

«Das ist gut. Wahrscheinlich hast du bei Onkel Del zu viel gegessen.»

«Drei Stücke Kürbiskuchen.»

Herr im Himmel! «Du hast dir wirklich drei Stücke genommen?»

«Mack hat gesagt, wir dürfen so viel essen, wie wir wollen.»

Gavin würde ihn wirklich umbringen. «Bei so etwas musst du Mommy oder mich fragen, Liebling. Das weißt du.»

«Aber Mommy hätte nein gesagt.»

Gavin lachte leise. «Wahrscheinlich. Aber nur, weil sie weiß, dass dir schlecht wird, wenn du zu viel isst.»

Ava fielen die Augen zu. Sie kuschelte sich mit dem Gesicht an ihr Lieblingsstofftier. Die Ente war einmal leuchtend gelb gewesen, aber inzwischen durch das viele Liebhaben verblasst. Gavin rieb seiner Kleinen über den warmen Rücken.

«Daddy», flüsterte sie und riss die Augen auf.

Oh Scheiße. Bitte kotz mir nicht ins Gesicht. «Was ist, Liebling?»

«Ich brauche einen Gutenachtkuss zum Einschlafen.» Dann hob sie mit gespitzen Lippen den Kopf vom Kissen.

In seiner Brust breitete sich etwas Warmes und Mächtiges aus. Er gab ihr einen Kuss und legte den Arm um sie. Sie schlief sofort ein. Er schob die Nase in ihr Haar und atmete den typischen Ava-Geruch ein. Er hatte Eltern früher sagen hören, dass sie für ihre Kinder alles tun würden. Dass sie bis ans Ende der Welt gehen würden, um sie zu beschützen, alles Erdenkliche tun würden, um sie glücklich zu sehen. Aber das verstand niemand, der es nicht selbst empfunden hatte, dachte er und fragte sich, ob es seinen Eltern auch einmal so gegangen war – ob sie sich von der Liebe für ihre Kinder erschlagen gefühlt hatten. Vielleicht hatte sein Vater das gemeint, als er ihn kurz nach der Geburt der Zwillinge einmal vor den Gitterbettchen stehen und seine Töchter betrachten sah. Er schlug ihm auf den Rücken und sagte: «Ach, Junge. Du weißt noch gar nicht, was dir bevorsteht.»

Gavin lachte damals, aber sein Vater hatte recht gehabt. Gavin hatte nicht geahnt, wie sich sein Leben verändern würde. Wie sie sein Herz aufgehen lassen würden, bis es schmerzte, weil es nicht mehr in seine Brust passte. Und dass die Angst, ihnen könnte etwas zustoßen, ihn sprachlos machte, und dass er ihretwegen seine Frau umso mehr liebte. All das hätte er damals nicht für möglich gehalten.

Und fast hätte er es verloren. Er war noch immer im Begriff, es zu verlieren. Wenn sein Vater sehen würde, wie er sich verhielt, hätte er enttäuscht den Kopf geschüttelt.

Theas leise Stimme durchbrach die Stille, als sie Amelia sagte, sie solle die Augen zumachen und etwas Schönes träumen. Ein Schwall Emotionen schnürte ihm die Kehle zu. Ein paar Augenblicke später knarrte Amelias Bett, als Thea aufstand. Dann warf ihre zierliche Gestalt einen Schatten über Avas Bett. Gavin drehte den Kopf, um sie anzusehen. Stur, wie sie war, wich sie seinem Blick aus, als sie sich über ihn beugte, um nach Ava zu schauen.

«Sie ist sofort eingeschlafen», flüsterte er.

Thea fasste an Avas Stirn und dann an ihre Wangen. «Sie haben beide kein Fieber.»

Gavin fragte längst nicht mehr, woher Thea das wusste. *Das beste Fieberthermometer ist die Hand der Mutter.* Diesen Spruch von Gran Gran kannte er auswendig. Und er hatte sich bisher immer bestätigt. Thea wusste genau, wie sich die Mädchen bei normaler Körpertemperatur anfühlten.

Müde seufzend richtete sie sich auf. «Ich gehe jetzt duschen.»

Vorsichtig, um Ava nicht zu wecken, zog Gavin den Arm weg und drehte sich auf den Rücken. «Ich werde das Badezimmer wischen.»

Thea verzog das Gesicht. «Das hatte ich ganz vergessen. Ich mache das. Du hast schon unten aufgewischt.»

«Lass nur, Liebling. Geh duschen.»

Bei dem Kosenamen versteifte sie sich. «Ich habe gesagt, ich mache das.» So stur, dass sie nicht mal das kleinste Friedensangebot annahm.

«Herrgott, Thea. Kann ich nicht mal Hilfe anbieten, ohne dass ein Streit daraus wird?»

Ava reagierte mit einem Murmeln auf seinen scharfen Ton. Thea schoss ihm einen bösen Blick zu. «Na schön. Wisch das Badezimmer.»

Und damit stampfte sie hinaus. Er verkniff sich einen Fluch. Als er mit dem Bad fertig war, hörte gerade das Prasseln in der Dusche auf. Aber er brauchte eine Auszeit, ehe er wieder versuchte, mit ihr zu reden. Deshalb ging er ins Gästezimmer, um sich Joggingsachen anzuziehen. Im Augenblick konnte nur eines seine Anspannung lösen, und das waren das Stampfen seiner Schritte auf dem Pflaster und Schweiß auf seiner Haut.

Gavin trug den Abfall von oben in die Garage und warf ihn in die Mülltonne. Butter tappte hinter ihm her und legte sich dann in der Küche auf den Boden.

«Dich hat sie auch ausgeschlossen, hm?» Gavin ging in die Hocke und kraulte ihm die Ohren. Butter wedelte mit dem Schwanz und seufzte. Jep. Zwei Kumpel, die ihre Wunden leckten, nachdem das Alphatier im Haus sie böse angebellt hatte.

Gavin ging zur Haustür und rief den Hund zu sich. Als er nach der Leine griff, hüpfte Butter winselnd vor ihm auf und ab. Gavin zog sich eine Wollmütze über, steckte

Handschuhe ein und ging nach draußen. Kurz überlegte er, noch mal reinzugehen und Thea Bescheid zu sagen, aber er war noch sauer und wusste, sie brauchten jetzt beide Abstand.

Draußen war die Luft unangenehm kalt, aber zum ersten Mal seit Stunden atmete er tief durch. Er schlug seine gewohnte Route ein, und in den ersten zehn Minuten hasste er die stumpfsinnige Rennerei, wie immer. Er war zwar Profisportler, aber joggen machte ihm keinen Spaß. Er betrachtete es als notwendiges Übel. Doch sein Körper stellte sich allmählich auf das Tempo ein und kam in den Flow. Bei jedem Schritt lockerten sich seine verspannten Schultern ein wenig mehr. Butter hielt hechelnd mit und verzieh ihm anscheinend, dass er ihn vorhin in den Garten gescheucht hatte. Wenigstens einer, der ihm verzieh.

Gavin rannte zwei Meilen, bis zu einem der städtischen Parks. Dort bremste er ab und blieb bei dem Baseballfeld in der Nähe des Parkplatzes stehen. Ein Maschendrahtzaun grenzte das Gelände ein. Das Flutlicht war ausgeschaltet, aber die Straßenlampen vom Parkplatz beschienen das sandige Infield und den abgenutzten Pitcher-Hügel. Gavin setzte sich auf die kleine Tribüne, die im Sommer mit Eltern und Großeltern gefüllt sein würde, die alle glaubten, ihre Kinder seien die süßesten und talentiertesten, die je Baseball gespielt hatten.

Er hatte selbst den größten Teil seiner Jugend auf solchen Spielfeldern verbracht, und auf solchen Sandplätzen hatten die Leute angefangen aufzumerken und zu flüstern – zum ersten Mal nicht wegen seines Stotterns. Dort war ein Coach zum anderen getreten und hatte gefragt: «Ist er das?» Dort waren Scouts in College-Sweatshirts aufgekreuzt, um sich bei seinen Eltern vorzustellen und zu beobachten, ob der Vorstadtjunge tatsächlich so gut war, wie alle behaupteten.

Eine Chance von eins zu einer Million. So hieß es immer. So gering war die Chance, eines Tages in der Major League zu spielen. Aber sowie sich der Traum in seinem Kopf festgesetzt hatte, wollte Gavin nichts anderes mehr. Nichts würde ihn aufhalten. Er würde härter an sich arbeiten als jeder andere, weil er da draußen auf dem Spielfeld mehr war als der Junge, der vor seiner Klasse nicht laut lesen konnte. Mehr als der Junge, der sich nicht traute, Mädchen anzusprechen.

Butter legte sich hechelnd vor seine Füße. In der Hosentasche vibrierte sein Handy. Er zog es heraus. Eine Nachricht von Thea.

Thea: Bist du gegangen?

Scheiße. Er hätte es ihr doch lieber sagen sollen. Hastig tippte er die Antwort.

Gavin: Bin nur joggen.

Ein paar Sekunden verstrichen, ehe sie begann, ihm zurückzuschreiben.

Thea: Schließ die Haustür nicht ab, wenn du wieder da bist. Liv kommt erst spät, und Butter bellt, wenn sie mit dem Schlüssel aufschließt. Ich gehe jetzt schlafen.

Die Botschaft zwischen den Zeilen war deutlich: Denk nicht mal an einen Gutenachtkuss.

Er vermasselte schon wieder alles.

Ehe er es sich anders überlegen konnte, rief er seine Kontakte auf und scrollte zur Nummer seiner Eltern. Beim dritten Klingeln meldete sich sein Vater mit schlaftrunkener Stimme.

«Hallo, alter Mann», scherzte Gavin. «Verdaust du den Truthahn bei einem Nickerchen?»

«Muss wohl eingedöst sein. Ich warte darauf, dass deine Mutter nach Hause kommt.»

«Wo ist sie?»

«Dein Bruder hat sie überredet, mit ihm ins Kino zu gehen.»

«Ah.» Gavin biss sich auf die Lippe.

«Ist alles in Ordnung?»

«Klar.»

«Ganz sicher?»

Gavin räusperte sich. Sein Dad merkte immer sofort, wenn etwas mit ihm war.

«Mensch, Gav. Was ist los?»

«Ich, äh, muss euch etwas sagen.»

«Oh, Scheiße. Ist was mit den Mädchen? Ist etwas passiert?»

«Den Mädchen geht es gut. Es ist nur …»

«Ist was mit Thea?»

Verdammt. Er holte tief Luft und atmete aus. «Nein.»

Der alte Lehnsessel seines Vaters quietschte. Gavin sah deutlich vor sich, wie sein Vater sich daraus erhob.

«Erzähl mir, was los ist, Junge.»

Gavin stieß zitternd den Atem aus und erzählte seinem Vater im Groben, was zwischen ihm und Thea vorgefallen war – dass sie schon länger Probleme hatten, dass es einen großen Streit gab, dass er für zwei Wochen ausgezogen, jetzt aber wieder zu Hause war, doch dass es nicht gut zwischen ihnen lief. Die entscheidende Demütigung ließ er natürlich aus.

Sein Vater seufzte schwer. «Warum hast du mir das nicht eher gesagt?»

«Ich weiß nicht. Wahrscheinlich wollte ich dich nicht beunruhigen. Du hast mit Mom schließlich nie so etwas durchgemacht, und …»

Sein Vater lachte schallend, was ihn völlig überraschte. «Das glaubst du?»

«Äh, ja.»

«Wow. Dann haben wir das besser überspielt, als ich dachte.»

Gavin richtete sich abrupt auf. «W-w-was soll das heißen?»

«Mein Junge, man kann nicht dreißig Jahre verheiratet sein, ohne ein paarmal durch die Hölle zu gehen. Wenn du deine Mutter fragst, wird sie dir sagen, dass sie manchmal nur bei mir blieb, weil sie nicht genug Geld hatte, um euch Jungen allein großzuziehen. Und ich weiß das, weil sie es mir ins Gesicht gesagt hat.»

In Gavins Ohren klirrte es. Vielleicht weil die Illusion seiner Kindheit einstürzte. «Aber ihr habt euch nie gestritten.»

«Nicht in eurem Beisein, nein. Aber wir haben uns oft gestritten. Tun es auch heute noch.»

«Worüber denn?» Es war, als hätte er gerade erfahren, dass es den Weihnachtsmann gar nicht gab.

«Na ja, über alles Mögliche. Sie wird sauer, wenn ich an schmutzigem Geschirr vorbeigehe, anstatt es in die Spülmaschine zu räumen, und ich werde sauer, wenn sie ihre Kreditkartenzahlungen nicht in das Haushaltsbuch einträgt.»

Gavin schnaubte. «Dad, heute benutzt doch keiner mehr ein Haushaltsbuch.»

«He, fang du nicht auch noch an.»

Gavin starrte auf das leere Spielfeld. Seine Eltern waren also auch nicht perfekt. Er wusste nicht, ob er deswegen enttäuscht oder erleichtert sein sollte. «Dad, ich verstehe, was du meinst, aber ihr beide streitet anscheinend nur über Kleinkram. Thea und ich haben größere Probleme.»

«Du glaubst wirklich, deine Mutter hätte mir gedroht, mich wegen schmutzigen Geschirrs zu verlassen? Bei uns ging es auch um die großen Sachen.»

Gavin kratzte mit der Schuhsohle über die Stufenkante.

«Junge, es gibt da etwas, das ich dir nie erzählt habe, und das werde ich jetzt tun. Aber du musst mich ausreden lassen.»

Gavin spannte sich an. «In Ordnung.»

«Als du uns damals von Thea erzählt hast, waren wir sehr glücklich, weil du glücklich warst. Endlich hattest du eine Freundin. Aber als du uns zwei Monate später sagtest, dass sie schwanger ist und du sie heiraten willst, tja, da waren wir alles andere als glücklich.»

«W-was? Wieso?»

«Du sollst mich ausreden lassen.»

Gavin murmelte eine Entschuldigung.

«Du warst ein sicherer Kandidat für die Major League, Gav. Das war schon klar, als du ein Senior in der Highschool warst. Aber du warst auch, na ja, naiv, was Mädchen anging.»

Na großartig. Selbst seine Eltern hielten ihn für einen Loser.

«Wir hatten Angst, das könnte dich zu einer leichten Beute für Mädchen machen, die nur an das viele Geld denken, das du einmal verdienen würdest.»

«Thea ist nicht so.» Ärger ließ seine Stimme gepresst klingen.

«Ich weiß, Junge. Als wir sie zum ersten Mal sahen, wurde uns das klar. Und soll ich dir sagen wodurch?»

«Wodurch?»

«Sie hat dein Stottern nicht ignoriert. Sie hat nicht so getan, als wäre es nicht da. Du hast immer geglaubt, du müsstest eine Frau finden, die dich trotz des Stotterns liebt. Aber du hättest nach einer suchen sollen, die dich wegen des Stotterns liebst. Denn das ist ein Teil von dir. Thea ist so eine Frau.»

Ja, das war sie. Und nun würde er sie verlieren.

Ein Rascheln drang durchs Telefon, als sein Vater sich bewegte, und Gavin hörte im Hintergrund das Quietschen der Hintertür.

«Deine Mom ist wieder da», flüsterte sein Vater.

Mist. «Verrat ihr nichts.»

«Werde ich nicht.» Dann rief er: «He, ich telefoniere gerade mit Gav.»

Sein Bruder sagte im Hintergrund etwas. Es klang wie: «Du bist mir was schuldig.»

Sein Vater sprach wieder in den Hörer, aber ganz leise: «Hör mir zu, Junge. Egal, was du falsch gemacht hast, du musst alles geben, um das mit Thea wieder hinzubiegen, hörst du?»

«Ich gebe mir Mühe.»

«Gib dir *mehr* Mühe.»

Und dann legte sein Vater ohne ein weiteres Wort einfach auf. Wie es schien, brachte er in letzter Zeit jeden gegen sich auf.

Mit einem kurzen Pfiff bedeutete er Butter aufzustehen und joggte gemächlich am Park entlang zurück. Im Haus war es dunkel und still, als er auf die Tür zuging. Drinnen lief Butter direkt zu seiner Wasserschale und schlabberte die Hälfte auf den Boden. Nachdem Gavin es weggewischt hatte, ging er die Treppe hoch. Er musste duschen, fühlte sich aber wie magisch angezogen von der Tür ihres Schlafzimmers.

Ihres *gemeinsamen* Schlafzimmers.

Er klopfte an und rang den Frust nieder, weil er um Erlaubnis bitten musste, um sein eigenes Schlafzimmer zu betreten. Sie reagierte nicht sofort, und in den paar Sekunden, die er warten musste, brach ihm der Schweiß aus.

«Komm rein», sagte sie endlich.

Leise öffnete er die Tür. Im Zimmer brannte nur die Nachttischlampe und tauchte den Raum ein mildes gelbes Licht. Es roch nach ihrer Körperlotion. Thea saß auf dem Bett an ihr Kissen gelehnt, auf dem Schoß ihren Laptop. Ihre Haare waren auf raffinierte Art in ein Handtuch gewickelt, wie sie es immer nach dem Duschen tat, und sie hatte eines seiner T-Shirts als Nachthemd angezogen. Sein Herz klopfte lauter. Wenn er sich im Hotelzimmer einen runtergeholt hatte, hatte er sie genauso vor sich gesehen – warm und weich und unbewusst sexy. Was würde sie sagen, wenn er ihr das erzählte?

Butter lief ins Zimmer und sprang auf das Bett. Der kleine Mistkerl grinste doch glatt, als er den Kopf auf ihre nackten Oberschenkel legte.

«Ich bin wieder da», sagte Gavin. Etwas Besseres fiel ihm nicht ein, und sein Mund war plötzlich trocken.

Sie sah auf. «Okay.»

«Was machst du?» Er deutete mit dem Kinn auf den Laptop.

«Ich schreibe deiner Mom eine E-Mail. Sie wollte wissen, was sich die Mädchen zu Weihnachten wünschen.»

«Ach ja.» Nachdem er gestern Abend praktisch über sie hergefallen war, war er jetzt geradezu lächerlich nervös, nur weil er sie gleich fragen würde, ob er sie küssen dürfe. Heute war es anders. Er war sich nicht sicher, warum, nur dass es so war.

Thea atmete langsam aus und wandte sich wieder dem Bildschirm zu. Scheiß drauf. Gavin ging auf sie zu. Darauf blickte sie wieder auf, erwartungsvoll, wie er gern glauben würde, aber wohl eher überrascht.

Er wartete, ob sie etwas sagte oder tat. Wartete darauf, dass sie den Anfang machte, ihm das Gesicht entgegenreckte oder nach ihm griff. Er bettelte stumm darum, mit den Augen und mit seinen beschleunigten Atemzügen. Denn obwohl er die Bedingung gestellt hatte, musste sie es freiwillig tun. Er würde ihr den Kuss nicht aufzwingen.

Ihre Nasenflügel zitterten leicht, und er hätte schwören können, dass sie ein wenig in seine Richtung schwankte. Ihre Zungenspitze schnellte hervor und leckte über die Unterlippe. Seine Bauchmuskeln spannten sich an.

«Gute Nacht», sagte er schroff. Und ehe er sich das ausreden konnte, beugte er sich hinunter und hauchte ihr einen Kuss auf den Mund.

So. Geschafft. Applaus, bitte. Er hatte seine Frau geküsst.

Thea sah ihn mit großen Augen an. «Gute Nacht», murmelte sie.

«Soll ich dich zudecken, oder kümmerst du dich auch darum allein?»

Für einen Sekundenbruchteil verengte sie wütend die Augen, dann erkannte sie, dass er sie bloß neckte, und schnaubte genervt. Aber ihre Mundwinkel zuckten. Er wollte nichts lieber, als sie noch einmal küssen und herausfinden, ob er ihr wieder ein Stöhnen entlocken könnte wie gestern Abend.

Nur waren sie noch nicht so weit. Weil er es vermasselt hatte. Er war selbst schuld daran, dass er sich nicht zu ihr legen durfte.

Also ging er ins Gästezimmer, schlug sein Buch auf und hoffte auf Rat von Graf Besserwisser, damit er den angerichteten Schaden beheben konnte.

KAPITEL 12

Die Kotzokalypse war vorbei.

Nach dem Aufwachen waren die Mädchen aufgekratzt und hatten wieder Hunger auf Pfannkuchen. Thea hatte auch Hunger – allerdings auf etwas anderes. Sie hatte wirklich heiße, wirklich intensive Träume gehabt.

Sie zog sich Leggings an und ging nervös auf den Flur, um den Mädchen nach unten zu folgen. Gavins Tür war geschlossen, also entweder schlief er noch oder …

Oder war bereits wach, frisch geduscht und kochte Kaffee. Wow. Okay.

«Daddy!» Amelia rannte zu ihm und schlang die Arme um seine Beine.

«Morgen, Schätzchen», sagte er und legte eine Hand auf ihren Kopf. «Geht es euch besser?»

«Ich will Pfannkuchen.»

«Das lässt sich bestimmt machen.» Er sah Ava an. «Möchtest du auch Pfannkuchen, Krümel?» Sie nickte und drückte ihre Ente an sich.

Gavin sah über die Schulter und begegnete Theas Blick. Er verzog einen Mundwinkel zu einem schrägen Lächeln. In seinen Augen lag eine Entschuldigung. «Morgen», sagte er. «Kaffee?»

«Äh, klar.» Sie schlurfte zu einem der Barhocker und setzte sich. Einen Augenblick später stellte er eine dampfende Tasse vor sie hin.

«Soll ich die Pfannkuchen machen?», fragte er.

«Ich kann das auch.» Sie hob die Tasse an den Mund. Er hatte Vanille-Kaffeesahne und Zucker hineingetan.

«Ich weiß, dass du das kannst», sagte er ruhig. «Aber ich frage, ob ich zur Abwechslung mal Frühstück machen soll.»

Ein Friedensangebot. Ein Pfannkuchenfriedensangebot. Es wäre gemein, weiter zu streiten, und obwohl gemein derzeit ihre bevorzugte Haltung war, lenkte sie ein. «Okay. Danke.»

Gavin strahlte, als hätte sie gerade zugestimmt, ihn wieder in ihr Bett zu lassen.

«Wo ist Liv?», fragte sie und stand auf.

«Unten, nehme ich an. Hab sie noch nicht gesehen.»

Thea ging zur Kellertreppe, öffnete die Tür und horchte, hörte aber nichts. Sie schlich die Treppe hinunter, bog um die Ecke und hätte beinahe losgeprustet. Liv lag vollständig angezogen bäuchlings auf dem Bett, die Haare wüst durcheinander.

Thea wich auf Zehenspitzen zurück.

«Ich bin wach», brummte Liv.

Thea hielt inne. «Entschuldige bitte.»

Liv drehte sich stöhnend auf den Rücken.

«Schlimme Nacht gehabt?»

«Leute, die an Thanksgiving ins Restaurant gehen, sind die schlimmsten. Ich werde nie wieder einen Kürbiskuchen backen.»

Thea lehnte sich an die Wand und nahm einen Schluck von ihrem Kaffee. «Wann bist du nach Hause gekommen?»

«Wie spät ist es jetzt?» Liv gähnte.

«Acht.»

«Dann vor vier Stunden.»

Thea stöhnte. «Du hast bis vier Uhr früh gearbeitet?»

«Ich hasse mein Leben.»

«Tust du nicht. Du hasst deinen Job.»

«Ich arbeite an Thanksgiving bis vier Uhr morgens. Mein Job ist mein Leben.»

«Schlaf weiter.»

Thea ging wieder nach oben. In der Küche empfing sie ein Anblick, bei dem ihr vor Rührung der Atem stockte. Die Mädchen knieten auf Barhockern, jede mit einer Backschüssel vor sich und rührten den Teig mit ihrem Kinderschneebesen, einem Geschenk von Liv. Gavin stand zwischen ihnen und hatte die Arme um sie gelegt für den Fall, dass sie das Gleichgewicht verloren. Ab und zu sagte er etwas Ermutigendes und wartete geduldig, während sie die Schneebesen schwangen. Alle paar Augenblicke schaute eine von ihnen zu ihm hoch, um von seinem Gesicht abzulesen, ob er mit ihnen zufrieden war, und er lächelte sie dann an und küsste sie auf den Scheitel.

Theas Herz tat einen seltsamen Satz. Selbst als ihre Eltern noch verheiratet waren, hatte ihr Vater nie so etwas mit ihr und Liv gemacht. Er war beruflich nicht so oft weg gewesen wie Gavin und hatte trotzdem weniger an ihrem Leben teilgenommen als Gavin an Avas und Amelias. Als ihr Vater die Familie dann ganz verließ, war es ihr im Grunde egal gewesen. Er hatte sich sowieso immer vor allem gedrückt, was im Alltag wichtig war.

Gavin schaute auf und fing ihren Blick auf. Sie versuchte noch, ein neutrales Gesicht zu machen, aber zu spät. Er zog die Brauen zusammen. Sie rang sich ein Lächeln ab und einen unbeschwerten Ton, den Mädchen zuliebe. Nicht seinetwegen. «Das macht ihr gut, ihr Süßen.»

Amelia vollführte kniend ein Freudentänzchen und reckte die Arme samt Schneebesen in die Luft. «Ich bin fertig, Daddy.» Teig tropfte ihr auf die Hände und die Arbeitsfläche. Gavin wischte ihn weg und fragte Ava, ob sie auch fertig sei.

Die schüttelte den Kopf. Ihr Teig musste perfekt sein. «Ich helfe ihr, wenn du schon die ersten Pfannkuchen backen möchtest», bot Thea an.

In den nächsten zehn Minuten arbeiteten sie still zusammen. Gavin wendete Pfannkuchen, Thea holte den Sirup, Schlagsahne und Schokotropfen aus dem Kühlschrank, wischte die Arbeitsfläche sauber und stellte Teller hin. Nachdem die Mädchen ihren Pfannkuchen bekommen hatten, machte Gavin ihr und sich selbst einen zurecht. Sie aßen im Stehen an der Kücheninsel, auf gegenüberliegenden Seiten, um notfalls eingreifen zu können, bevor sich eine ihrer Töchter Sirup in die Haare schmierte. Sie redeten während des Essens nicht miteinander, nur mit den Kindern.

Gavin schluckte seinen letzten Bissen Pfannkuchen

und lehnte sich an den Küchentresen. «Ich habe mir etwas überlegt.»

Thea sah auf. Gavin kaute auf der Unterlippe, als ginge es um eine heikle Sache.

«Da es Ava und Amelia besser geht, könnte ich heute Nachmittag mit ihnen in die Stadt fahren und schon ein paar Weihnachtseinkäufe machen. Du könntest hierbleiben und ausspannen oder vielleicht deine Farben rausholen.»

Bei dem Wort «Weihnachten» horchten die Mädchen auf. Oder vielleicht war es auch die Kombination mit «Einkäufe».

«Was hältst du davon?»

«Dürfen wir, Mommy?», bat Amelia und schmierte sich Sirup auf die Wange.

Da konnte Thea kaum nein sagen. Ihr Plan war schließlich, Abstand zu ihm zu halten. Und wie wäre das besser möglich, als wenn er das Haus verließ? Aber der Besuch des Weihnachtsfestivals in der Mall gehörte zu den Dingen, die sie bisher als Familie gemeinsam getan hatten. Es tat weh, dass er sie in seine Planung nicht einbezogen hatte. Aber dieses Gefühl zuzulassen, wäre heuchlerisch. So würde es von jetzt an sein. Sie würde sich daran gewöhnen müssen und die Mädchen auch.

«Klar. Hört sich gut an», sagte sie schließlich. «Dann kann ich mich weiter mit der Wand befassen.»

Sie goss sich noch einen Kaffee ein und ging damit nach oben, um sich umzuziehen. Ein paar Minuten später kam Gavin herein. Er brachte ihr das Handy. «Dan hat gerade versucht, dich zu erreichen.»

Ihr Vater. Thea legte das Gerät auf die Kommode. Es war noch viel zu früh, um auch nur an ihn zu denken.

Gavin blieb in der Tür stehen. «W-was glaubst du, was er will?»

«Vermutlich will er wissen, ob ich zur Hochzeit komme.»

«Wie … wie geht es dir damit, dass er wieder heiratet? Ich meine, bist du wütend?»

Thea zog die Brauen zusammen. Wie kam er auf einmal auf solche Fragen? «Ich denke eigentlich nicht darüber nach», gab sie zu.

«Soll ich mich um ihn kümmern?»

«Um ihn kümmern?»

«Wenn du nicht mit ihm reden möchtest, kann ich bei seinem nächsten Anruf rangehen. Ich kann ihn auch anrufen und sagen, er soll dich in Ruhe lassen. Möchtest du das?»

Ihr Herz schlug schneller in ihrer Brust. Sie wusste nur nicht, welches Gefühl es rasen ließ. Sie versuchte, sich vorzustellen, wie Gavin mit ihrem Vater umgehen würde. Er war Dan nur einmal persönlich begegnet, ein paar Monate vor der Geburt der Zwillinge, als Dan auf der Durchreise zu einer Tagung bei ihnen vorbeikam. Und soweit sie wusste, hatte Gavin seitdem nur ein paarmal am Telefon mit ihm gesprochen. Der Gedanke, ihren Vater nicht selbst anrufen zu müssen, um ihm zu sagen, dass sie nicht zur Hochzeit käme – es war verlockend. Wie Eis mit heißer Karamellsoße.

«Nein danke. Ich werde irgendwann selbst mit ihm reden.»

Gavin nickte. «Wenn du es dir anders überlegst, sag einfach Bescheid.»

«Okay», antwortete sie langsam. «Danke.»

Nachdem Gavin mit den Mädchen weg war, beschloss Thea, ihre verwirrenden Gefühle an der Wand abzureagieren. Das laute Poltern lockte Liv an, sie kam aus dem Keller geschlurft wie ein Zombie.

«Kaffee», brummte sie.

Thea deutete auf die Kanne. «Du musst ihn vielleicht noch mal heiß machen.»

«Wo sind die anderen?»

«Gavin ist mit den Mädchen in die Stadt shoppen gefahren.»

«Wie lange werden sie weg sein?»

«Keine Ahnung, wieso?»

«Wir beide sollten uns eine Pediküre oder Massage oder etwas in der Art gönnen», sagte Liv und unterdrückte ein Gähnen.

«Ich muss noch …» Thea stockte. Die übliche Litanei von Gründen, warum sie keine Zeit dazu hatte, kam ganz automatisch. Sie musste Lebensmittel einkaufen, Wäsche zusammenfalten, die Mahlzeiten der kommenden Woche planen. Aber warum sollte sie heute nicht mal etwas für sich selbst tun und entspannen? Gavin war mit den Mädchen unterwegs, und selbst wenn sie bald zurückkämen, bliebe er doch den ganzen Tag bei ihnen. Und da Liv den Tag freihatte, warum nicht?

Thea nickte. «Weißt du, was? Du hast recht. Lass uns richtig über die Stränge schlagen und auch noch Sushi kaufen.»

◆ ◆ ◆

«Das erinnert mich daran, wie ich dir zugesehen habe, als du dich für deine Hochzeit zurechtgemacht hast.»

Thea begegnete dem Blick ihrer Schwester im Spiegel der Umkleidekabine. Liv hatte ewig auf sie einreden müssen, aber schließlich war sie mit ihr zum Shoppen gefahren. Eine Mall war so ziemlich der letzte Ort, wo Thea am Black Friday, dem Freitag nach Thanksgiving, sein wollte. Aber Liv hatte ihr klargemacht, dass sie ihre pastellfarbene Southern-Belle-Garderobe ersetzen musste.

«Ich weiß noch, wie du mich in das Kleid gezwängt hast.» Thea drehte sich, um zu schauen, wie das schwarze Kleid an ihr von hinten aussah.

«Es hat gepasst.»

«So gerade eben.»

«Du warst mit den Zwillingen schwanger.»

«Mein Hintern war so groß, er hätte eine eigene Postleitzahl verdient.»

«Du sahst glücklich aus.»

«Wirklich?»

Liv setzte sich aufrechter hin und zog eine Braue hoch. «Warst du das nicht?»

«Ich war nervös», erklärte Thea. «Deshalb bin ich mir nicht sicher, ob ich glücklich aussah.»

Liv schnaubte. «Gut gerettet.»

Es gab nichts zu retten. Es war die Wahrheit. Sie war wirklich glücklich gewesen. Verängstigt, aber glücklich und voller Hoffnung und restlos naiv. Wenn sie nur damals schon gewusst hätte, was sie heute wusste.

«Also, Gavin sah an dem Tag definitiv glücklich aus. Hätte nie gedacht, dass er sich mal als ein weiteres Arschloch entpuppt.»

Thea schlüpfte aus dem schwarzen Kleid und zog ihre eigenen Sachen wieder an. «Ich will nicht, dass du ihn hasst, Liv.»

«Ich hasse ihn nicht, ich bin enttäuscht.»

Thea fing den Blick ihrer Schwester im Spiegel auf. «Warum enttäuscht?»

«Ihr beide wart für mich mein Traumpaar, mein Vorbild. Das hat mir Hoffnung gegeben, es könnte doch noch ein paar anständige Männer auf der Welt geben.»

«Er ist ein anständiger Mann.»

Liv sammelte einen Haufen Kleidungsstücke zusammen und drückte ihn ihr ungehalten in die Arme. «Warum nimmst du ihn in Schutz?»

«Tue ich nicht. Es ist nur …» Sie hängte sich die Sachen, die sie kaufen wollte, über einen Arm.

«Nur was?»

«Ich denke, es ist gefährlich, von jemandem zu erwarten, perfekt zu sein.»

Liv schnaubte. «Na, wenn das nicht mal eine kryptische Aussage ist!»

Thea wollte das nicht weiter ausführen, aber Liv war nicht so einfach abzuwimmeln. Als ihnen in dem Sushi-Restaurant nahe der Mall das Essen gebracht wurde, war ihre Schwester gerüstet und bereit zum Angriff.

«Also, was ist los?», fragte sie und tauchte eine Hot Tuna Roll in die Sojasoße.

«Was meinst du?»

«Warum bist du auf einmal so nachsichtig mit ihm?»

«Bin ich nicht. Ich habe nur abgestritten, dass er böser Superschurke ist.»

«Irgendwas hat sich geändert. Was ist es?»

Er hat angeboten, für mich mit Dad zu reden. Er hat mich so geküsst, dass ich alles Schlechte vergessen wollte. Er hat mit den Mädchen Pfannkuchen gemacht. Thea schüttelte den Kopf. «Nichts.»

«Schließ mich nicht aus, Thea.» Liv hakte den kleinen Finger um Theas. «Du und ich gegen den Rest der Welt, weißt du noch?»

Thea holte scharf Luft. Liv würde das nicht auf sich beruhen lassen. «Na gut, etwas habe ich dir nicht erzählt.»

«Ich wusste es», zischte Liv. «Was hat er getan?»

Thea erzählte von den Bedingungen, ließ die Sache mit dem Gutenachtkuss aber aus. Das war zu persönlich.

Liv biss so wütend die Zähne zusammen, dass es ein Wunder war, dass keiner splitterte. «Und da sagst du, er ist kein Schurke. Er erpresst dich!»

«Das spielt keine Rolle. Nur weil ich mit ihm ausgehe, heißt das nicht, dass ich einknicke.»

Erst kurz nach der Abendessenszeit, als es schon dunkel war, kehrten Thea und Liv nach Hause zurück. Gavin und die Mädchen waren im Wohnzimmer. Er schaute mit einem Lächeln auf, bei dem Theas Herz einen Sprung machte.

Als sie Livs wissendes Schnauben hörte, machte sie sofort ein ausdrucksloses Gesicht.

«Hattet ihr Spaß?» Gavin legte einen Arm über den Sofarücken.

«Ja», sagte sie leise und beugte sich zu den Mädchen hinunter, um ihnen ein Kuss zu geben.

«Wir wollten gerade *Buddy, der Weihnachtself* gucken», sagte er.

«Können wir alle zusammen gucken?», fragte Ava.

«Sicher.» Thea sah zu ihrer Schwester hoch. «Vielleicht macht Liv uns Karamellpopcorn?»

«Na klar», sagte Liv gedehnt und zuckersüß. «Und dann sind wir eine große glückliche Familie!»

Thea seufzte.

Als der Film zu Ende war, bot Gavin an, die Mädchen ins Bett zu bringen, damit Thea ihren Verwöhntag mit einem Schaumbad beschließen konnte. Das klang zu himmlisch, um nein zu sagen. Aber als sie eine Dreiviertelstunde später aus dem Bad kam, wurde ihr klar, dass er das nicht ganz uneigennützig vorgeschlagen hatte.

Er saß auf ihrem Bett an ihr Kissen gelehnt, die Beine lässig übereinandergelegt. Ein Geschenk lag neben ihm in Griffweite, und es war viel zu schön eingepackt, als dass er es selbst getan haben konnte. Andernfalls läge dort ein unförmiges mit fünf Schichten knittrigem Papier und einer Rolle Klebeband umwickeltes Päckchen.

«Brauchst du etwas?» Sie verschränkte die Arme über dem flauschigen Bademantel, der ihre Nacktheit verhüllte.

Ach ja. Der Gutenachtkuss. Ihr Herz hüpfte.

Gavin hielt ihr das Geschenk hin. «Ich habe dir heute etwas gekauft.» Als sie keine Anstalten machte, es zu nehmen, stand er vom Bett auf und brachte es ihr. «Es ist nichts Großes, aber als ich es sah, habe ich an dich gedacht.»

Widerstrebend nahm Thea das Päckchen und schob

einen Fingernagel unter das Klebeband an der Rückseite. Das rot-goldene Papier löste sich und segelte zu Boden.

Und dann sackte ihr der Magen weg.

Es war ein Buch.

Aber kein beliebiges. Sondern *das* Buch. Das sie damals las, als er sie in dem Café endlich ansprach, nachdem sie sich wochenlang nur schüchtern angelächelt hatten. *W-w-was liest du?*, hatte er gefragt.

Und es war auch dieses Buch, das er ihr vorlas, als sie damals die Magenverstimmung hatte, die keine war. Da waren sie gerade drei Monate zusammen.

«Wo hast du das her?», brachte sie hervor. Eine unsinnige Frage, denn es war nicht weiter schwierig, eine Ausgabe dieses Faulkner-Romans zu bekommen. Aber es war das Einzige, was ihr einfiel.

«Aus der Buchhandlung in der Innenstadt.» Er räusperte sich. «Ich dachte, vielleicht können w-w-wir es noch mal zusammen lesen. Wir haben es damals nicht beendet.»

Nein, das hatten sie nicht. Denn die Magenverstimmung entpuppte sich als Schwangerschaftsübelkeit, und das Buch war vergessen. Thea hätte nicht mal sagen können, wo das alte Exemplar abgeblieben war. Wahrscheinlich in einer Kiste auf dem Speicher zusammen mit ihren Lehrbüchern vom College.

Das Hoch von ihrem Entspannungstag löste sich auf wie Nebel im Wind. «Mir ist klar, was du tust, Gavin, und ich, äh, weiß den Gedanken zu schätzen. Aber …»

«Gestern war scheiße», platzte er heraus. «Das weiß ich. Ich m-m-möchte es noch mal versuchen. Können wir so tun, als hätten die letzten zwei Tage nicht stattgefunden?»

«So zu tun, als wäre alles bestens, ist doch keine Lösung, Gavin.» Ihr Ton war anklagend und abwehrend, aber genauso war ihr zumute. Warum es verbergen?

«Ich m-möchte dir einfach vorlesen wie früher», sagte er.

«Und was dann? Nachdem du mir vorgelesen hast?»

«Dann gebe ich dir einen Gutenachtkuss und gehe in mein Zimmer. Und morgen Abend machen wir es genauso und übermorgen auch.»

Thea setzte sich ratlos auf die Bettkante. Gavin nahm das offenbar als Zeichen, dass sie weich wurde, denn er näherte sich dem Bett. «Ich versuche, uns wieder zu reparieren, Thea. Kannst du mir nicht ein bisschen entgegenkommen?»

Da sie schwieg, setzte er sich ebenfalls. Er lehnte sich wieder ans Kopfteil und schlug die Beine übereinander, aber diesmal klappte er das Buch auf. Dann blickte er auf und zog eine Braue hoch, eine Herausforderung, als würde sie sich nicht trauen, sich neben ihn zu setzen.

Thea rollte die Augen. «Na gut. Wir lesen.» Sie stampfte um das Fußende herum zur anderen Seite und rutschte neben ihn, wobei sie sorgfältig ihren Bademantel zuhielt. Sie schüttelte sich das Kissen hinter dem Kopf zurecht und lehnte sich dann dagegen. Ihr Kopf traf auf die Kante des Kopfteils. Sie zog das Kissen höher.

Sein leises Lachen brachte die Matratze zum Wackeln. «Jetzt bequem?»

«Ja.»

Sein Grinsen konnte man in seiner Stimme hören. «Wollte nur sicher sein.»

Thea stieß genervt den Atem aus. «Liest du weiter, wo wir aufgehört haben?»

Gavin brummte verneinend. «Ich finde, wir sollten noch mal von vorn anfangen.»

KAPITEL 13

Am Montagmorgen fing Gavin mit einer Lüge neu an.

«Ich muss gleich zu einem Training.» Er schüttete Frühstücksflocken in die Schalen seiner Töchter, die schläfrig in zwei identischen roten T-Shirts in ihren Hochsitzen an der Kücheninsel saßen. «Gegen Mittag bin ich wieder zurück.»

«Okay.» Thea reichte ihm die Milch über die Köpfe der Mädchen hinweg, und als er sie ihr abnahm, streifte er ihre Finger. Sie reagierte nicht darauf, was schon mal ein Fortschritt war. Seit Freitagabend verlief es angenehm friedlich zwischen ihnen. Er las ihr vor, gab ihr einen keuschen Gutenachtkuss und ging dann in sein Zimmer. Sie war ihm gegenüber nicht unbedingt aufgetaut, hatte es aber zugelassen, dass er gestern Abend auf der Couch, während sie mit den Mädchen einen Film guckten, einen Arm um sie legte. Es war, als müsse er das Vertrauen eines ängstlichen wilden Tiers gewinnen.

«Ich will viel Milch, Daddy», sagte Amelia.

«Weiß ich doch, Schatz.» Er füllte ihre Schale bis zum

Rand und goss dann halb so viel in Avas. Im Grunde glaubte er, sie wollte bloß weniger, um sich von ihrer Schwester zu unterscheiden.

«Kannst du deine Termine in den Kalender schreiben, damit ich besser planen kann?» Thea stellte die Milch in den Kühlschrank zurück. Sie schaute zu den Mädchen, die noch nicht ganz wach waren und gähnend vor sich hin trödelten. «Esst. Wir kommen sonst zu spät.» Und zu ihm: «Ich muss rasch in den Kindergarten und mein Empfehlungsschreiben abholen, dann habe ich ein Gespräch mit der Beraterin von der Uni.»

«Ich weiß. Hab ich an der Tafel gesehen.»

Butter bellte seinen leeren Fressnapf an und stieß ihn mit der Pfote um. Irgendwie schaffte er es, statt des Fressnapfes die Wasserschale zu erwischen. Thea sprang mit einem kleinen Hüpfer und einer halben Pirouette über die Pfütze, griff sich eine Handvoll Papiertücher und warf sie darüber. Zugleich beantwortete sie Amelias Frage nach ihrem rosa Haarreif. «Er liegt in der Schublade in eurem Badezimmer, Schatz. Willst du ihn heute tragen?»

Amelia nickte, und aus ihrem Mundwinkel sickerte ein bisschen Milch. Thea riss ein frisches Stück Küchenpapier von der Rolle, tänzelte erneute über die Pfütze und wischte ihr den Mund ab. «So. Ich muss mich jetzt anziehen, sonst kommen wir zu spät.»

Sie sauste aus der Küche. Gavin hätte schwören können, einen Luftzug zu spüren. Morgens war Thea wie eine Tänzerin und der Ablauf streng durchchoreographiert. Er gab dem Hund sein Futter und warf die vollgesogenen Papiertücher weg.

Dann rief er seine Kalender-App auf, zog die Kappe des Filzstifts mit den Zähnen ab und trug an dem Whiteboard seine diversen Trainings, Treffen und Veranstaltungen bis zum Jahresende ein. Anschließend fiel ihm auf, dass morgen Abend noch frei war. Und zufällig hatte Liv dann ihren freien Abend. Er und Thea hatten noch keinen Tag zum Ausgehen festgelegt. Das war die Gelegenheit! Er griff sich einen roten Filzstift und schrieb «Date Night» in das freie Feld.

Als er sie auf der Treppe hörte, legte er hastig den Stift weg, als hätte er etwas Verbotenes getan. In Rock, Strickjacke und hohen braunen Stiefeln, die er noch nie an ihr gesehen hatte, kam sie in die Küche. Die musste sie bei ihrer Shoppingtour am Freitag erbeutet haben. Sie hielt Amelias rosa Haarreif in der Hand.

«Ich habe alles an der Tafel eingetragen.»

«Danke.» Sie überflog die Einträge und riss die Augen auf, als sie sah, was er für morgen Abend angesetzt hatte.

«Ist das okay?» Er war so nervös wie damals, als er sie zum ersten Mal gebeten hatte, mit ihm auszugehen.

Sie blickte ihn nicht an. «Ich muss Liv fragen, ob sie auf die Mädchen aufpasst.»

«Wir können auch einen Babysitter besorgen.»

Sie nickte unverbindlich. Das war kein Nein. «Hier ist dein Haarreif, Schatz. Seid ihr mit dem Frühstück fertig?» Ihre Töchter nickten. Thea trug die Schalen zur Spüle, hielt sie kurz unter den Wasserstrahl und stellte sie in die Spülmaschine. «Könntest du eine Gaskartusche besorgen? Wir haben keine mehr, und ich habe überlegt, heute Abend Steaks zu grillen.»

«Klar. Soll ich noch etwas anderes einkaufen, wenn ich schon mal dabei bin?»

«Wir brauchen nichts weiter. Aber wenn mir noch etwas einfällt, schicke ich dir eine SMS. So», sagte sie und wandte sich an die Mädchen. «Dann ab in die Mäntel.»

Gavin hob sie aus den Hochstühlen. Jeder half einer Tochter in den Mantel und mit den Armen durch die Rucksackriemen. Butter spürte den Abschied nahen und warf sich theatralisch auf den Küchenboden.

«Butter ist traurig», sagte Thea. «Gebt ihm ein Küsschen.»

Die Mädchen liefen zu ihm und versprachen ihm, bald nach Hause zu kommen.

«Und jetzt ein Küsschen für Daddy», sagte sie.

«He, ich bin erst nach dem Hund dran?», neckte er.

«Du siehst nicht ganz so mitleiderregend aus wie er.»

«Wow. Was für ein Kompliment.»

Thea lachte leise. Und er hätte am liebsten die Faust triumphierend in die Luft gereckt.

Gavin hob die Mädchen hoch, küsste sie auf die Wangen und trug sie zum Auto. Nachdem er sie im Kindersitz angeschnallt hatte, ging er zur Fahrertür. Thea wich seinem Blick aus und warf ihre Handtasche auf den Beifahrersitz.

«Wir sind mittags wieder zu Hause», sagte sie.

Gavin legte einen Arm auf die obere Türkante, wie um ihr einen Abschiedskuss zu geben, aber so weit waren sie noch nicht.

«Also …», sagte er.

«Bis später?»

Er nickte und sah dabei auf ihren Mund. Ihr stockte der Atem, und sie blickte auf seinen.

«Mach's gut», murmelte er und näherte sich ihr ganz langsam.

Sie drehte sich weg und stieg ein.

◆ ◆ ◆

Eine halbe Stunde später betrat Gavin das Diner, wieder mal als Letzter. Die Jungs hatten einen Tisch in der Ecke ergattert, weit weg von neugierigen Augen. Trotzdem zog er sich seine Mütze tief in die Stirn.

Del schob ihm einen Becher Kaffee zu. «Erzähl.»

«Wir gehen morgen aus.»

«Nur ihr beide?»

«Jep.»

«Wohin?», wollte Malcolm wissen.

«Das sage ich euch nicht.»

«Warum nicht?»

«So wie ich den kenne», er deutete mit dem Kopf zu Mack, «kreuzt er dort auf, um mich zu beobachten.»

«Ich verkleide mich. Du wirst mich gar nicht bemerken.»

Die Kellnerin kam mit der Kaffeekanne, um nachzuschenken, und nahm die Bestellungen auf. Gavin entschied sich wieder für das Big Buckle und zeigte dann auf Mack. «Rühr meinen Speck nicht an.»

«Was man so hört, rührt derzeit niemand deinen Speck an.»

Der Kellnerin entwich ein prustendes Kichern.

«Okay, Leute, Konzentration», forderte Del. «Wohin gehst du mit ihr?»

«In den Art Supplies Plus.»

Mack verschluckte sich an seinem Kaffee. «Was?»

«Das ist der große Laden für Künstler- und Bastelbedarf am Rand der Innenstadt.»

«Das weiß ich. Aber das ist doch kein Ort für ein Date!»

Gavin schnaubte. «Du kennst meine Frau nicht. Sie fühlt sich da wie ein Kind im Spielzeugladen. In unserer Schreibtischschublade sind die Stifte nach Farben sortiert, und sie hat einen ganzen Korb voll Washi-Tape.»

«Was ist das denn?»

«Na, so bunt gemustertes Klebeband. Keine Ahnung, wofür man es braucht. Aber sie steht auf das Zeug.»

Del nickte. «Nessa hat zwei ganze Schubladen voll davon. Manchmal steht sie davor und betrachtet es mit einem eigenartigen Lächeln im Gesicht.»

Mack holte sein Handy hervor und tippte auf dem Display herum.

«Was machst du?», fragte Gavin.

«Ich google Washi-Tape.»

«Warum?»

«Offenbar sollte ich das Zeug für die zukünftige Mrs. Mack kennen.»

«Der Plan ist auf jeden Fall gut, Gavin», meinte Malcolm. «Damit zeigst du ihr, dass du ihre Entscheidung, den Abschluss nachzuholen, unterstützt und dass du ihre Leidenschaft verstehst.»

«Und danach?», wollte Del wissen.

«Ich dachte, wir gehen essen.»

«Wo?», fragte Yan.

«Weiß ich noch nicht.»

«Hm», sagte Mack abgelenkt. «Das Zeug ist ein Phänomen. Auf Pinterest gibt es ganze Pinnwände, die nur Washi-Tape gewidmet sind.»

«Pinnwände?», fragte Del verständnislos.

«Ja, bei Pinterest.»

«Was ist denn Pinterest?», fragte Gavin.

«Sitze ich hier mit lauter Opas am Tisch, oder was?» Mack seufzte. Er beugte sich nach vorn und drehte sein Handy herum. «Liebesromane mögen für uns der Leitfaden sein, aber Pinterest ist unser Anschauungsmaterial. Da posten sie die Bilder.»

«Ist das eine Website?» Del holte sein Telefon hervor. «Wie schreibt man das?»

«Du musst dich zuerst registrieren. Hier, guck's dir auf meinem Handy an.» Mack gab Del sein Gerät.

«Können wir wieder zum eigentlichen Thema zurückkommen? Mein Date?», fragte Gavin.

Sie ignorierten ihn.

«Wofür benutzt du die Seite?», fragte Del und scrollte mit dem Daumen.

«Da kriege ich meine besten Outfit-Ideen her.» Mack zeigte auf Gavin. «Du solltest sie unbedingt benutzen.»

«Leck mich.»

Mack tippte auf seinem Display. «Wahrscheinlich gibt es Fotos von uns allen.»

«Wieso das?»

«Weil wir berühmt und attraktiv sind.» Er sah zu Gavin. «Na ja, einige von uns.»

Del stieß ein ersticktes Keuchen aus. «Mann, ich bin praktisch überall auf der verdammten Website. Wieso wusste ich nichts davon?»

«Die Hälfte der Fotos wurde wahrscheinlich von den Social-Media-Leuten eurer Mannschaft gepostet. Reg dich ab.»

«Wartet mal, diese Frau hier hat eine Pinnwand komplett voll mit Fotos von mir.»

Mack spähte auf das Display. «Jep. Oh, guck mal. Sie bezeichnet sich als Superfan.»

«Sie ist eine Stalkerin, verdammt! Was, wenn meine Frau das sieht?»

«Vielleicht ist es ja deine Frau.» Mack nahm sein Handy zurück. «Suchen wir mal nach Gavin.»

«Lass das.»

Mack tippte etwas ein. «Verdammt, Gav.» Er hielt ihm sein Display hin, und Gavin starrte auf eine Foto-Collage von sich, auf einigen Bildern war er mit nacktem Oberkörper zu sehen, verschwitzt von den Work-outs beim vergangenen Frühjahrstraining.

«Da liebt dich jemand», sagte Mack.

«Wenn es nicht meine Frau ist, interessiert mich das nicht.»

«Ahh, das ist süß», sagte Mack. «Und jetzt wird er rot.»

«Sucht ihr Jungs euch tatsächlich selbst auf Pinterest?», unterbrach die Kellnerin sie und setzte ihr volles Tablett auf dem Tisch ab.

«Wir haben nach Outfit-Ideen für unseren Freund hier gesucht. Er ist modisch leicht debil.»

Sie lächelte Gavin an. Auf die einladende Art. «Würde

ich nicht behaupten», erwiderte sie und servierte ihm sein Frühstück. Gavin kratzte sich den Bart, um seinen Ehering in ihr Blickfeld zu rücken.

Mack schnaubte. «Sehr subtil.»

«Okay, zurück zu Gavins Date», sagte Del. «Wir haben darüber gesprochen, wo er mit ihr essen gehen soll.»

«Ich recherchiere mal.» Mack tippte murmelnd. «Nashville … beste … Restaurants … um sich … flachlegen zu lassen.»

«Echt jetzt, leck mich.»

Mack lachte auf. «Heilige Scheiße. Es gibt tatsächlich eine Bestenliste dazu.»

Gavin nahm ihm das Handy weg. «Wirklich?»

«Es gibt noch Hoffnung, Gav-Man. Vielleicht brauchst du dir bald keinen mehr von der Palme zu wedeln.»

Gavin ließ das Gerät sinken und schob es zurück zu ihm. Es spielte keine Rolle. Er ging morgen nicht mit ihr aus, um flachgelegt zu werden. Er wollte sie zum Lachen bringen, und vielleicht würde ein etwas längerer Gutenachtkuss dabei herausspringen.

«Gavin, hör zu», sagte Del. «Was auch immer morgen Abend passiert, hängt am Ende davon ab, wie du dich anstellst. Also verbring nicht so viel Zeit damit, das perfekte Date zu planen, dass du das Wichtigste vergisst.»

«Und das wäre?»

«Reden. Du musst sie dazu bringen, sich zu öffnen. Du beginnst jetzt mit der nächsten Phase unseres Plans.»

Mack lachte. «Jetzt wird's lustig.»

«Scheiße.» Gavin fuhr sich mit einer Hand übers Gesicht. «Was ist die nächste Phase?»

«Mein Sohn», sagte Malcolm zu ihm, als wäre er nicht nur ein Jahr älter als Gavin. «Was weißt du über den G-Punkt?»

Gavin verschluckte sich und hustete.

«Also», sagte Malcolm. «Deine Frau will zwar nicht, dass du ‹ich liebe dich› zu ihr sagst, ausdrücken kannst du es aber trotzdem.»

Yan nickte. «Die Worte funktionieren nicht, die gehören nicht mehr zu ihrer Sprache. Gehörten sie vielleicht nie.»

«Du musst deine Liebe in der Form ausdrücken, die sie will», erklärte Del. «Bei der sie sich gut und sicher fühlt. Mit der du ihre Mauern und ihre Ängste durchbrichst.»

«W-was hat das mit dem G-Punkt zu tun?»

Malcolm lächelte breit. «Du musst ihren *emotionalen* G-Punkt finden und streicheln.»

«Jede Frau hat einen», sagte Del. «Einen Punkt tief in ihr, den nur der Richtige berühren kann.» Dels Stimme zitterte. Er drückte sich die Faust an den Mund.

Mack klopfte ihm auf die Schulter. «Alles cool, Mann. Lass es raus.»

«Wir haben alle eine Leere in uns», fuhr Del fort. «Etwas, das uns fehlt. Etwas, das wir brauchen, es uns aber nicht eingestehen wollen oder nicht mal wissen, dass es uns fehlt. Bis wir es in einem anderen Menschen finden. Wenn du die Beziehung mit Thea retten willst, finde heraus, was ihr fehlt. Streichle diese Leere, bis sie nicht mehr weh tut. So kannst du zu ihr ‹ich liebe dich› sagen.»

«Das ist wirklich alles, Gavin», sagte Malcolm. «Deine Frau hat eine Leere, ein Loch in sich. Finde es und fülle es.»

Darauf herrschte verlegenes Schweigen. Es war wie in der Schule, wenn der Lehrer vor zwanzig Zwölfjährigen aus Versehen das Wort «Ständer» benutzt. Jeder will lachen, aber keiner traut sich.

Bis auf Mack. «Gavin hat Theas Loch schon lange nicht mehr gefüllt.»

«Eines Tages, wenn gerade niemand hinsieht, werde ich dir ernsthaft weh tun.»

Del stöhnte frustriert. «Hör zu, es ist großartig, dass sie einem Date zugestimmt hat. Das ist ein Fortschritt. Aber denk nicht, dass es einfach wird. Sie wird vorsichtig sein. Sie könnte sogar versuchen, einen Streit vom Zaun zu brechen.»

Yan nickte. «Vergiss nicht, dass sie noch voll im Widerstandsmodus ist. Du musst ruhig, gelassen und geduldig bleiben.»

Ruhig, gelassen, geduldig. Das kriegte er hin.

Mack steckte sein Handy weg. «Und ich verspreche dir, du wirst mich morgen Abend gar nicht bemerken.»

«Also», sagte Del schnell. «Lasst uns über das Buch reden. Wie weit bist du?»

«Zur Hälfte durch.»

«Perfekt», kommentierte Malcolm.

«Wieso das?»

Mack zwinkerte ihm zu. «Weil es jetzt richtig zur Sache geht.»

DIE VERFÜHRUNG DER GRÄFIN

Das einzig Gute an dieser Farce von einem gemeinsamen Abend war die Tatsache, dass Irena ihrem Gatten gleich ins Gesicht blicken und die Worte aussprechen würde, die jede Frau zu einem Mann wie ihm sagen wollte. Zu einem Mann, der von aller Welt bestärkt in der Überzeugung aufgewachsen war, er habe immer recht.

Die Hände sittsam im Schoß gefaltet, sah sie Benedict an, der ihr gegenüber in der Kutsche saß, und tat ihr Bestes, um nicht zu schmunzeln. «Ich habe es Ihnen doch gesagt.»

Benedict sah tatsächlich für einen Moment peinlich berührt aus, während er an seinem Halstuch zog. Doch plötzlich schlug er sich mit der Faust auf den Oberschenkel. «Die Dreistigkeit dieser Frau!»

«Von welcher Frau sprechen Sie? Da waren so viele.»

«Von der Herzogin.»

«Ah. Natürlich.» Die Herzogin von Marbury war in der Art und Weise, wie sie Irena während des Balles geschnitten hatte, besonders niederträchtig gewesen. Wo andere Frauen von geringerem Stand sich mit Klatsch und geringschätzigen Blicken hinter ihrem Rücken begnügten, hatte die Herzogin die wirkungsvollste Beleidigung von allen gewählt. Als Irena ihr vorgestellt wurde, weigerte sie sich, mit ihr zu sprechen, und sah sie nicht einmal an.

«Es ist mir gleich, welchen Titel sie hat. Niemand schneidet meine Frau derart unverblümt. Niemand.»

«Verurteilen Sie sie nicht zu harsch, Mylord. Wir Frauen suchen nach Macht, wo es uns möglich ist. Und in der Welt der feinen Gesellschaft besteht unsere einzige Macht darin, andere Frauen herabzusetzen.»

«Wenn sie ein Mann wäre, würde ich sie zum Duell fordern.»

Ein perlendes Lachen brach aus ihrer Kehle hervor, ebenso überraschend wie erleichternd. Benedict blickte sie verblüfft an. «Lachst du über mich?»

«Verzeihen Sie.» Irena legte sich die Finger vor den Mund. «Es ist nur ... dieses Bild werde ich nie wieder vergessen können.»

«Sei vorsichtig, meine Liebe. Dein Lachen ist ein so willkommener Klang, es könnte mich leicht zu einem Duell treiben.»

«Wie romantisch.»

«Ich sagte doch, ich würde alles tun, um dir meine Liebe zu beweisen.»

«Dann ist es vielleicht ganz gut, dass Sie in den nächsten

Tagen fort sein werden», meinte sie. Benedict musste zu seinem Landsitz fahren und sich um einige Angelegenheiten kümmern. Irena würde es nie zugeben, aber sie freute sich nicht auf die Zeit des Alleinseins.

Die Kutsche holperte unangenehm über eine Spurrille in der morastigen Straße. Irena zuckte zusammen, weil die Korsettstäbe sich in ihre Rippen drückten.

«Ist dir nicht wohl?», fragte er.

«Ich werde mich wunderbar fühlen, sobald ich diese verflixte Monstrosität von einem Kleid ausgezogen habe.»

Ein schiefes Lächeln stahl sich auf sein Gesicht. «Jetzt wäre wohl nicht der passende Moment, um zu sagen, dass ich es äußerst erregend finde, dich so sprechen zu hören?»

«Nein, durchaus nicht.»

«Nun gleichwohl, falls du Hilfe benötigst, um besagte Monstrosität auszuziehen, stehe ich zu Diensten.»

Hitze stieg in ihr auf und sammelte sich an Stellen, die es nicht kümmerte, dass ihre Würde verlangte, bei diesen Worten empört zu sein. Ihre Würde war ungünstigerweise unter seinen Bann geraten, ebenso wie ihr Leib. Besonders als sie miteinander tanzten. Beim Walzer hatte er sie unschicklich nah an sich gezogen, selbst für einen Mann, der mit seiner eigenen Frau tanzte. Seine Hand an ihrem Rücken hatte sie durch den Seidenstoff gespürt, heiß wie Feuer. Gewiss hatte sie einen roten Abdruck auf der Haut davongetragen. Das Gefühl, durch den Raum gewirbelt zu werden, hatte noch lange nach dem Tanz angehalten.

«Ich bedaure, dass der Abend nicht so verlaufen ist, wie Sie gehofft hatten», sagte Irena, plötzlich in unvernünftigem Maße nervös.

«Ich durfte dich in meinem Armen halten. Genau wie erhofft.»

Bei seinen Worten lief ihr ein Schauder über den Rücken. Es war ein Wunder, dass sie trotz ihres lauten Herzklopfens noch etwas anderes hörte. Es war töricht gewesen, ihn wieder so nah an sich heranzulassen, aber genauso töricht war es zu glauben, sie könne ihn weiterhin von sich fernhalten. Nicht wenn ihr Leib dasselbe wollte wie seiner; nicht wenn ihr Herz entschlossen war, dieser leiblichen Regung zu folgen.

Der Kutscher bremste und hielt vor ihrem Haus. Ein Diener öffnete den Schlag, und Benedict stieg aus, drehte sich um und bot ihr die Hand, um ihr die Stufen hinunterhelfen. Und als er ihre Hand danach in seine Armbeuge legte und sie seine Körperwärme spürte, stand sie erneut in Flammen. Wenn er sich so verhielt wie bei den zwei vorigen Malen, da sie miteinander ausgegangen waren, würde er sie zu ihrem Zimmer begleiten und ihr mit einem züchtigen Handkuss eine gute Nacht wünschen. Und dann würde er sich eine Stunde später zu ihr in die Bibliothek gesellen und am Kamin lesen.

Aber sie ahnte bereits, dass er heute Abend mehr wollte.

Oder vielleicht war das nur Wunschdenken.

Er führte sie ins Haus und sogleich die Treppe hinauf. Keiner sprach ein Wort, bis sie vor ihrer Zimmertür standen.

«Vielen Dank», sagte sie.

Das wäre nun der Moment, um ihr die Hand zu küssen. Stattdessen trat er an sie heran. «Irena», sagte er mit heiserer Stimme.

«Ja?», hauchte sie.

Benedict neigte den Mund an ihr Ohr. «Darf ich dir einen Gutenachtkuss geben?», raunte er.

Nein. Ihr Verstand forderte ein Nein. Doch als er mit der Nasenspitze an ihre Wange stupste, handelte ihr Körper eigenmächtig und wandte ihm das Gesicht zu.

Die erste Berührung seiner Lippen war so federleicht, fast nur ein Hauch seines Atems, dass sie dachte, sie hätte es sich eingebildet. Dann jedoch wurde der Druck seines Mundes auf ihrem fester, und zugleich spürte sie seine Finger, die sich in ihre Haare schoben. Seine andere Hand verschränkte sich mit ihrer und zog sie an seine Brust. Und plötzlich wurde alles, wogegen sie sich gewehrt hatte – Erinnerungen und Sehnsucht und Verlangen –, übermächtig. Sie kapitulierte.

Benedict kam näher, bis er sie mit dem Rücken an ihre Tür presste. Sein Mund erforschte den ihren so leidenschaftlich und zärtlich, dass ihr Herz in gefährliche Höhen aufstieg.

Er lehnte schließlich die Stirn an ihre. «Und nun ist der Abend vollkommen.» Er trat von ihr zurück und zwinkerte ihr zu. «Treffen wir uns an unserem geheimen Ort?»

Für ein Ehepaar war dies eine Albernheit, aber ihr geheimes Rendezvous war für sie rasch zum liebsten Teil ihres Tages geworden. Sie nickte. «Ich werde dort sein.»

Als sie eine Stunde später die Bibliothek betrat, wartete er schon auf sie. Er hatte mehrere Kissen von den Sofas auf den Boden gelegt und eine Decke vor dem Kaminfeuer ausgebreitet. Irena stellte ihre Kerze auf dem Tisch ab und ergriff seine stützende Hand, als sie sich auf der Decke niederließ. Dann sah sie ihm zu, wie er sich vor den Kamin hockte und das Feuer schürte, sodass der rötlich gelbe Schein die Dunkelheit verscheuchte.

Benedict setzte sich hinter sie und legte sich auf den Rücken. Einen Arm unter dem Kopf angewinkelt, stellte er jene lässige Männlichkeit zur Schau, die die anderen Mauerblümchen auf Bällen tuscheln ließ. Er sah zu ihr hoch und streckte den anderen Arm auf der Decke aus, bis er mit den Fingerspitzen den Stoff ihres Hausmantels berührte. «Du hast mir gefehlt», sagte er leise.

«Es war nur eine Stunde.»

«Das ist eine lange Zeit.»

«Was lesen wir heute Abend?»

Er gab ihr ein Buch, das sie hier noch nie gesehen hatte. Sie strich über den geprägten Schriftzug und bekam einen Kloß im Hals. «Woher wusstest du es?», fragte sie leise.

«Du hast einmal erwähnt, dass du mit Sophia davon träumtest, nach Amerika zu reisen und die Wildpferde zu sehen. Daraufhin habe ich das Buch sofort bestellt. Heute ist es angekommen.»

Die Geste rührte etwas tief in ihr an.

«Warum hast du dir gewünscht, die Wildpferde zu sehen, Liebste?»

Von zurückgehaltenen Emotionen wurde ihr die Kehle eng. Konnte man den Tod einer Schwester jemals verwinden? «Weil sie frei sind», flüsterte sie. «Nachts haben wir heimlich Pläne geschmiedet, wie wir fliehen könnten. Wir wollten uns als Knaben verkleiden und auf ein Schiff schleichen. Oder wir wollten eine Passage buchen und uns als Waisen ausgeben, die in Übersee Verwandte suchen. Ich hätte es getan. Für sie hätte ich es getan.»

«Erzähl mir von ihr», bat Benedict leise.

«Sie hat Pferde ebenso sehr geliebt wie ich.»

«War sie auch eine so gute Reiterin?»

«Nein. Sie hätte eine werden können, aber die Freiheit dazu war ihr nicht vergönnt, im Gegensatz zu mir.»

«Warum nicht?»

«Sie war die Älteste von uns drei. Ihr wurde die Pflicht aufgebürdet, als Erste zu heiraten. Zumal sie als die Schönheit der Familie galt.»

Benedict gab einige einfallsreiche Flüche von sich, die sie insgeheim entzückten. «Du bist die schönste Frau, die ich je gesehen habe, Irena. Als ich dich zum ersten Mal sah, fehlten mir die Worte.»

«Ich brauche keine Komplimente, Mylord. Natürlich bin ich mir meiner Attraktivität bewusst. Freilich darf das keine Dame zugeben, aber nun ja. Die englische Gesellschaft scheint darauf zu fußen, Frauen gegeneinander auszuspielen, bis eine neidisch auf die andere ist.»

Darauf schwieg er. Jedoch nur für ein paar Augenblicke. «Warst du neidisch auf deine ältere Schwester?»

Irena schüttelte den Kopf. «Niemals. Aber sie beneidete mich.»

«Warum?»

«Weil ich nicht die gleiche Bürde trug wie sie. Ihr ganzes Leben drehte sich nur darum, einen Ehemann zu ergattern, den sie nicht wollte, um unsere Eltern zufriedenzustellen.»

«Und als sie starb, fiel die Bürde dir zu.»

Irena wich seinem Blick aus, nickte aber. Seine Hand fand ihre. «Sprich mit mir, meine Liebste. Vertrau mir.»

Sie stellte sich seinem Blick. «Sie fühlte sich schuldig, weil sie erkrankt war. Vor ihrem Tod nahm sie mir das Versprechen ab, niemals zu heiraten außer aus Liebe.»

Benedict setzte sich langsam auf, bis er mit dem Gesicht

nur ein paar Fingerbreit von ihrem entfernt war. «Hast du dein Versprechen gehalten?»

Die Sekunden verstrichen quälend langsam, während er auf ihren Mund starrend die Antwort erwartete.

Ein diskretes Hüsteln ließ sie auseinanderfahren, als wären sie wieder in einer kompromittierenden Situation ertappt worden. Natürlich waren sie inzwischen verheiratet, sodass es keinen Grund gab, peinlich berührt zu sein, doch Irenas Wangen brannten trotzdem vor Scham.

Benedict drehte sich um. Sein langjähriger Butler stand einige Schritte entfernt. «Was gibt es, Isaiah?»

«Ich bitte um Verzeihung, Mylord. Ein Reiter ist mit einer dringenden Nachricht aus Ebbersfield eingetroffen.»

Ebbersfield war das Landgut in Dorset.

«Worum geht es?», fragte Benedict angespannt.

«Es ist Rosendale. Er hatte einen schrecklichen Unfall.»

Benedict erstarrte. Dann sprang er auf. «Ich breche sofort auf.»

Irena erhob sich ebenfalls und legte eine Hand auf seinen Arm. «Ich werde dich begleiten.»

«Nein. Allein bin ich schneller.»

«Ich reite besser als Sie, Mylord.»

«Irena, bitte.» Plötzlich war er ganz der arrogante Earl. «Ich gebiete dir als dein Gatte hierzubleiben.»

Seine Worte trafen sie wie ein kalter Schwall Wasser. Mit zitternden Händen trat sie von ihm weg.

Benedict fluchte und kam ihr hinterher. «Es tut mir leid», sagte er mit rauer Stimme, griff in ihre losen Locken und zog sie an sich. Ehe sie reagieren konnte, küsste er sie. Es war ein harter, verzweifelter Kuss. Als er sich zurückzog, presste er die Lippen an ihre Stirn. «Vergib mir, aber es gibt Dinge, über die ich jetzt nicht sprechen kann.»

Dann wandte er sich ab und verließ sie.

KAPITEL 14

«Ich kann nicht glauben, dass du das wirklich tust.»

Thea schreckte beim Wimperntuschen zusammen, als sie Livs Stimme in der Badezimmertür hörte. Ein brauner verwischter Halbmond zierte jetzt die Haut unter ihrem rechten Auge. Na großartig. Nicht dass ihr wichtig war, wie sie aussah. Sie ging ja nicht zu einem echten Date. Es war eine Formalität. Teil einer Abmachung.

Sie wischte die Farbe mit einem Wattestäbchen weg und entschied, dass das jetzt reichen musste. Sie trat vom Spiegel weg und betrachtete das Endergebnis. Okay, gut genug. Vielleicht sogar ein bisschen besser als gut genug.

Liv schnaubte. «‹Wenn sonst nichts hilft, zeig ein bisschen Bein›, hm?»

«Du hast gerade nicht allen Ernstes unsere Mutter zitiert, oder?»

Liv warf sich auf das Bett. «Ich meine ja bloß, dass du dir viel Mühe machst für einen Mann, den du nicht beeindrucken willst.»

Thea stieg in ihre schwarzen Lackpumps. «Es ist nur ein Kleid.»

«Und es sagt: Drück mich gegen die Wand und nimm mich, mein Großer.»

«Es sagt: Bist du nicht diejenige, die mich letzte Woche überredet hat, es zu kaufen?»

«Ja, aber da wusste ich noch nicht, dass er dich erpresst, mit ihm auszugehen.»

Ein leises Räuspern in der Schlafzimmertür ließ sie beide mit schuldbewussten Nein-wir-haben-nicht-über-dich-geredet-Mienen herumfahren.

«Fertig?», fragte Gavin mit einem Ich-weiß-dass-ihr-über-mich-geredet-habt-Schmunzeln.

Thea wollte antworten, bekam aber nur einen Kiekser heraus, denn – verdammt, ihr Mann hatte sich auch in Schale geworfen. Er trug eine dunkelgraue Stoffhose, die neu sein musste. Sie saß wie maßgeschneidert. Auch das Hemd hatte sie noch nie gesehen – ein schlichtes graublaues, das ebenfalls wie angegossen saß, besonders an den Schultern und den Oberarmen. Er hatte die Ärmel bis zu den Ellbogen hochgekrempelt. Im Geiste fächelte sie sich Luft zu. Männer sollten mehr Zeit damit verbringen, ihre Unterarme zu trainieren. Sie ahnten nicht, welche Wirkung das Muskelspiel unter den feinen Härchen dort auf eine Frau haben konnte.

«Du siehst gut aus», sagte er.

«Du auch.»

«Neues Kleid?»

«Ja. Neues Hemd?»

«Jep.»

«Gefällt mir.»

«Das ist dein Stichwort zu gehen, Liv», sagte er, ohne den Blick von Thea abzuwenden.

«Und es ist dein Stichwort …»

«Liv», mahnte Thea. Ihre Schwester zog einen Schmollmund und erhob sich vom Bett.

Gavin trat ins Zimmer mit einem Lächeln, das beinahe schüchtern wirkte. «W-wo ist deine Handtasche?»

«Auf der Kommode. Warum?»

Er zog eine Augenbinde aus der Hosentasche. «Weil du die hier hineintun musst.»

«Äh, sollte ich Angst haben?»

Er antwortete mit einem schon deutlich weniger schüchternen Lächeln. «Du wirst es herausfinden.»

Unten gaben sie den Mädchen einen Kuss, wichen einer sabbernden Hundeschnauze aus und verboten Liv, den beiden blöde YouTube-Videos zu zeigen. Sie erwiderte, sie könne nichts versprechen, und scheuchte sie hinaus.

Gavin hielt Thea die Wagentür auf, umrundete das Auto und setzte sich ans Steuer.

Nachdem er sich ein paar Minuten später in den Verkehr auf dem Highway eingefädelt hatte, räusperte er sich. «Also … H-hast du schon was von der Vanderbilt gehört?»

«Noch nicht. Aber diese Woche müsste der Bescheid kommen.»

«W-was wenn …» Er stockte, aber ihr war klar, was er fragen wollte.

«Wenn ich nicht angenommen werde? Keine Ahnung. Darüber wollte ich nicht nachdenken.»

«Du wirst angenommen», sagte Gavin mit einer Sicherheit, die er unmöglich haben konnte. «Und dann feiern wir.»

Thea brummte unverbindlich.

Kurz darauf blinkte Gavin an der nächsten Ausfahrt und fuhr schließlich auf einen großen unauffälligen Parkplatz. «Augenbinde», verlangte er fröhlich.

«Hier?» Sie blickte sich um, konnte aber nichts Auffälliges entdecken.

«Jep. Hier.»

Mit Herzklopfen verband Thea sich die Augen. Das war gleichzeitig albern und liebenswert. Und das machte es gefährlich. Sie sollte den Abend absitzen und sich nicht amüsieren.

«Kann du noch was sehen?»

«Nein, nichts.»

«Gut. Nicht linsen.»

Gavin fuhr wieder los und bog noch zweimal ab, bevor er erneut anhielt und den Motor abstellte. Grelles Licht schien ins Auto, sickerte rötlich durch den dunklen Stoff der Augenbinde hindurch.

Thea spürte, wie er sich zu ihr neigte. «Okay. Bist du bereit?»

Sie lachte. «Bin ich.»

Gavin fummelte am Knoten der Augenbinde. Behutsam, um ihr nicht an den Haaren zu ziehen, löste er das Band und ließ es fallen. Hastig kniff Thea vor dem grellen Licht die Augen zu. Dann: «Wir gehen zu Art Supplies Plus?»

«Ich dachte, wir besorgen dir ein paar Dinge für deine Kurse.»

Thea starrte ihn an, ihr Herz klopfte warnend. Er hielt sich nicht an die Spielregeln. Das war kein langweiliges Date. Das war ein Date, das ihren Widerstand brechen sollte. Ihr Mann wollte sie verführen mit Farben und Leinwänden.

Unsicherheit flackerte in seinen Augen auf. «I-ist das in Ordnung?»

«Ja. Ich … danke.»

Drinnen nahm sie sich einen Einkaufswagen und sah ihn skeptisch an. «Willst du das wirklich?», fragte sie möglichst unbeschwert.

«Du nicht?»

«Doch, aber ich warne dich, Gavin. Hier bin ich wie ein Kind im Süßigkeitenladen.»

Er lächelte. «Das weiß ich. Ich kenne die Schublade mit den Stiften, Thea. Ich weiß, was mich erwartet.»

◆ ◆ ◆

Er wusste nicht, was ihn erwartet.

Mit Thea durch den Bastel- und Künstlerbedarfladen zu gehen, war ein bisschen, wie den Stieren in Pamplona beim Rennen zuzuschauen.

Gavin bot an, den Wagen zu schieben, während sie sich umsah. Es war nicht ganz uneigennützig, denn auf diese Weise konnte er sie in Ruhe in diesem Kleid betrachten.

Mann, dieses Kleid. Als er vorhin in ihr Schlafzimmer kam, fielen ihm fast die Augen aus dem Kopf. Er musste praktisch aufpassen, dass er nicht zu sabbern anfing.

Er folgte ihr rauf und runter durch die Gänge, bis

sie entzückt aufkeuchte. «Washi-Tape», hauchte sie mit einer Hand am Herzen. Das Zeug beanspruchte einen ganzen Gang für sich. Da lag es Reihe um Reihe in allen erdenklichen Mustern und Farben. Thea nahm einzelne Rollen heraus, musterte sie kritisch und warf einige in den Wagen, legte andere an ihren Platz zurück. Als könnten sie es sich nicht leisten, den ganzen Laden zu kaufen. Aber das war nicht Theas Stil. Offen gestanden hatte es ihn positiv überrascht, dass sie am Freitag bei der Shoppingtour so viel Geld ausgegeben hatte.

«Guck mal.» Thea hielt ihm ein Set mit Schulmotiven wie Stiften, Linealen, Zahlen und Buchstaben hin. «Die würden den Mädchen gefallen.»

Gavin legte die Schachtel ins Regal zurück, was sie mit ratloser Miene verfolgte. «Warum legst du sie zurück?»

«Weil wir deinetwegen hier sind, nicht wegen der Mädchen.» Er griff über sie hinweg nach ein paar anderen Rollen, die an Van-Gogh-Gemälde erinnerten. «Wie wär's mit diesen?»

Sie pflückte sie aus seinen Fingern und warf sie in den Wagen.

«Kennst du Pinterest?», fragte er ein paar Minuten später.

Thea sah ihn an, als hätte er gefragt, ob sie schon mal von Elvis gehört hatte. «Im Ernst? Ich lebe praktisch auf Pinterest.»

«Also hast du da einen Account?»

«Äh, ja. Wieso?»

«Wofür benutzt du ihn?»

Thea zuckte die Achseln. «Ach Gott, wofür benutze

ich ihn nicht? Für Rezepte. Kunstprojekte. Erziehungstipps. Niedliche Hundebilder. Warum fragst du?»

Seine Wangen wurden heiß. «Auf der Website sind … Fotos von mir.»

Thea schnaubte lachend. «Ich weiß.»

«Du hast sie gesehen?»

«Also hast du gerade Pinterest entdeckt?»

«Könnte man sagen.» Er senkte den Kopf. «Also hast du die Fotos von mir gesehen?»

Sie zuckte die Achseln. «Klar. Ich habe eine Pinnwand für die Legends erstellt, deshalb bekomme ich durch den Algorithmus der Seite automatisch ähnliche Pins als Vorschläge zugesandt, oft auch Fotos von dir. Besonders seit …»

Sie brach den Satz ab. Seit dem Grand Slam, hatte sie sagen wollen. Aber dieses Thema wollte sie definitiv nicht ansprechen.

«Also sitzt du an deinem Computer und suchst nach Schmorbratenrezepten oder was auch immer, und plötzlich erscheint ein Foto von deinem Mann, das eine fremde Frau gepostet hat?»

«Gavin, Frauen posten Fotos von dir in jedem sozialen Netzwerk seit dem Tag, als wir uns kennenlernten. Manchmal posten sie sogar Fotos von uns beiden und schneiden mich mit Photoshop raus. Daran bin ich gewöhnt.»

«Wenn es eine Webseite gäbe, wo fremde Männer Tausende Fotos von dir posten, dann w-w-würde ich mich nicht daran gewöhnen.»

«Das ist nicht das Gleiche. Ich bin nicht berühmt wie du.»

«Für mich bist du der wichtigste Mensch auf der W-w-welt, also sehe ich das anders.»

Ihre Lippen öffneten sich leicht, und in ihren Augen wirbelte ein Kaleidoskop widersprüchlicher Empfindungen. Es schien, als glaubte sie ihm nicht, wünschte sich aber verzweifelt, es zu tun. Und ehe er wusste, wie ihm geschah, stellte sie sich auf die Zehenspitzen und gab ihm einen sanften Kuss auf den Mund.

Der Moment war so schnell vorbei, dass er fast glaubte, er hätte phantasiert. Kopfschüttelnd trat sie von ihm weg. «Entschuldige, ich weiß auch nicht, warum ich das getan habe.»

Gavin versuchte, die Spannung mit einem Scherz aufzulösen. «Ich sollte öfter Washi-Tape mit dir einkaufen gehen.»

Es wirkte. Thea entspannte sich. «Warte nur, bis wir in die Pinselabteilung kommen.»

«Wie schnell können wir dort sein?»

Thea stieß ihn spielerisch weg.

Leider passierte in der Pinselabteilung gar nichts. Nichts Gutes jedenfalls. Nachdem sie sich an die zwanzig verschiedene Sorten Pinsel in unterschiedlichen Größen genau angesehen hatte, packte sie ihn plötzlich am Arm und zog ihn zu sich herunter, damit sie ihm etwas zuflüstern konnte.

«Du wirst mich nach unserer Pinterest-Unterhaltung wahrscheinlich für paranoid halten, aber ich glaube, du wirst gerade von zwei verrückten Fans verfolgt.»

Gavin stellten sich die Nackenhaare auf. «Wie kommst du darauf?»

«Da sind zwei komische Kerle, die ständig in unserer Nähe aufkreuzen, seit wir das Geschäft betreten haben. Sie tun so unauffällig. Als ob sie dich beobachten und sich dabei alle Mühe geben, nicht diesen Eindruck zu erwecken.»

Gavin versuchte, ein neutrales Gesicht zu wahren. «Wie sehen sie aus?»

«Ich zeige sie dir, wenn sie sich wieder blickenlassen. Wahrscheinlich bin ich wirklich bloß paranoid.»

«Bleib dicht bei mir, okay», sagte er angespannt. Das war das, was er an seinem Sportlerdasein hasste. Seine Familie war der Öffentlichkeit ausgeliefert. Pinterest hin oder her, es war scheiße zu wissen, dass er nicht mal mit seiner Frau ausgehen konnte, ohne ständig damit rechnen zu müssen, dass jemand aufdringlich zu ihnen rübergaffte und dafür sorgte, dass Thea sich unwohl fühlte.

Sie gingen zur Kasse, und auf dem Weg nach draußen drehte er sich noch mal um, um zu sehen, ob die zwei auffällig unauffälligen Kerle ihnen folgten. Da er niemanden entdeckte, war er erst mal beruhigt, behielt aber die Hand bis zum Wagen an ihrem Rücken. Er lud die Einkaufstaschen in den Kofferraum und hielt Thea die Wagentür auf.

«Wohin jetzt?», fragte sie, als er vom Parkplatz hinunterfuhr.

Er war drauf und dran, eine dunkle Seitenstraße und den Rücksitz vorzuschlagen, aber damit würde er vermutlich zu hoch pokern. «Ins Restaurant.»

«Gut. Ich bin halb verhungert.»

«Ich auch.» Er blickte sie vielsagend an. Bei ihrem schüchternen Lächeln wurde ihm warm in der Brust.

Eine kurze Fahrt über den Highway brachte sie in die Innenstadt. Sogar dienstagabends herrschte dichter Verkehr, und auf den Bürgersteigen waren etliche Menschen unterwegs. Gavin fuhr im Schritttempo über eine Kreuzung und dann in ein Parkhaus in der Nähe des Restaurants. Er hielt am Stand für den Parkservice, gerade als Thea sich im Spiegel die Lippen nachgezogen und die Haare aufgeschüttelt hatte. Wieder wurde ihm warm in der Brust. Sie war so schön, dass es manchmal weh tat, sie anzusehen. So wie jetzt.

Nachdem er den Autoschlüssel gegen ein Parkticket getauscht hatte, gingen sie nach draußen auf die Straße, er mit einer Hand an ihrem Rücken. Sie waren einige Blocks vom Broadway entfernt, eine der Hauptstraßen in der Innenstadt und ein Hauptanziehungspunkt für Touristen. Doch auch hier war es voll, Einheimische und Urlauber waren unterwegs, um in Restaurants und Bars abseits der ausgetretenen Pfade zu gehen. Meist schweigend gingen sie einen Block weit mit dem langsamen Strom der Menschen, die an Bourbon und Musik interessiert waren. Er hielt Thea sicherheitshalber eng an seiner Seite, vor allem als es zum Unvermeidlichen kam.

«Mensch, Alter, ich glaube, das war Gavin Scott», sagte ein Kerl in Cowboystiefeln im Vorbeigehen.»

Thea blickte grinsend zu ihm auf. «Mensch, Alter», wiederholte sie schnaubend.

«Geh einfach weiter, dann lassen sie uns hoffentlich in Ruhe.»

Nach ein paar Metern wurde er wieder erkannt. «Hey, sind Sie nicht …»

Gavin hob die freie Hand und winkte höflich ein wortloses «Nicht jetzt bitte».

Seit dem Grand Slam wurde er in der Öffentlichkeit von viel mehr Leuten erkannt. Fast hätte er deswegen ein anderes Restaurant ausgewählt, aber dieses war für seine Steaks berühmt, und er wusste, Thea würde es gefallen. Es gab dort außerdem Livemusik und eine Tanzfläche, aber gut, das war praktisch in allen Restaurants in Nashville so. Gavin hatte, als er für sie beide reservierte, einen möglichst privaten Tisch verlangt. Er nutzte seine Berühmtheit selten aus, aber in diesem Fall hatte er dick aufgetragen, um zu bekommen, was er wollte. Es zahlte sich jetzt aus, denn die Tischanweiserin behandelte sie wie Royals und führte sie zu einem Séparée im Obergeschoss, von dem man auf die Tanzfläche blickte.

Der Tisch war für zwei gedeckt, in der Mitte standen eine Kerze und eine Vase mit Gänseblümchen. Eine Kellnerin werde gleich zu ihnen kommen, sagte die Tischanweiserin und ließ sie allein.

«Hast du darum gebeten?» Thea deutete auf die Gänseblümchen.

«Ja.»

Die Geste bereitete ihr offensichtlich Unbehagen. «Tut mir leid, dass ich mich nicht mehr an die Sache mit den Blumen erinnere.»

«Das erwartete ich gar nicht. Du bist mir schließlich aufgefallen, lange bevor du mich w-wahrgenommen hast.»

«So lange kann das nicht gewesen sein», meinte sie.

«Doch, schon.»

«Wie lange?»

«Zwei Monate.»

Sie rollte mit den Augen. «Das ist gelogen.»

Er lachte und hob die Hand. «Ich schwöre.»

«Du bist zwei Monate lang in das Café gekommen, bevor ich dich bemerkt habe?»

«Jep. Du hast mir jeden Tag das Herz gebrochen, bis du mich endlich angelächelt hast.»

«Aber du bist mir aufgefallen, bevor ich dich das erste Mal angelächelt habe.»

«Okay. Und wie lange vorher?»

Sie zuckte die Achseln. «Keine Ahnung. Ein paarmal.»

«Ich fand Kaffee damals übrigens widerlich und bin nur wieder hingegangen, weil ich hoffte, dich zu sehen, also …»

Theas Lippen öffneten sich. «Wirklich?»

«Jep.»

«Wieso hast du mir nie davon erzählt?»

«Als ich mich endlich getraut hatte, dich anzusprechen, gab es so viel anderes, worüber ich mit dir reden wollte, schätze ich.»

Und weil es Dinge gab, über die sie nie sprachen, wie zum Beispiel ihre Eltern. Einige Male hatte er sie nach ihnen gefragt, aber Thea hatte nicht viel über sie erzählt. Und er war so dumm gewesen zu glauben, es gäbe da nichts zu erzählen. Als er sie neulich fragte, ob er mit ihrem Vater reden solle, hatte sie auch wieder dichtgemacht. Wenigstens erkannte er inzwischen, dass sie dichtmachte. Er würde ihr Vertrauen gewinnen müssen, das wusste er jetzt.

Die Kellnerin unterbrach sie diskret und fragte, ob sie

eine Flasche Wein trinken wollten. Gavin gab Thea einen Wink, das Bestellen zu übernehmen, denn sie konnte das besser als er. Rasch überflog sie die Weinkarte und bestellte einen Chardonnay mit französischem Namen.

Die Kellnerin brachte den Wein, schenkte ein und nahm die weitere Bestellung entgegen. Gavin rückte mit seinem Stuhl um den Tisch herum, um näher bei Thea zu sitzen, und stieß mit ihr an.

Thea zog fragend eine Braue hoch. «Einen Toast?»

«Ja.»

«Worauf trinken wir?»

Er überlegte, etwas Witziges zu sagen, Washi-Tape zum Beispiel, entschied sich aber für etwas Erwachseneres und Bedeutsameres. «Auf unser erstes Date.»

Thea lächelte in ihren Wein, dann schaute sie an ihm vorbei nach unten zur Bar und kniff die Augen zusammen.

«Was ist?»

«Ich habe dir doch vorhin im Geschäft von den beiden komischen Typen erzählt.»

Er richtete sich auf. «Was ist mit ihnen?»

«Sie sind hier.»

«Wo?» Er schaute nach unten, wo Thea hindeutete. Zwei Männer an der Bar drehten sich hastig weg. Einer trug einen Cowboyhut und Sonnenbrille, der andere ein Trikot der Detroit Red Wings. Von hier oben waren ihre Gesichter nur schlecht zu sehen, aber diese großspurige Körpersprache war unverkennbar.

Braden-Fucking-Mack in einer hirnverbrannten Verkleidung.

KAPITEL 15

Ich bringe ihn um, dachte Gavin und versuchte gleichzeitig, einen gelassenen Tonfall zu wahren. «Bist du sicher, dass das die Typen sind?»

«Ja. Aber wahrscheinlich ist es bloß Zufall, dass sie auch hier sind, oder?»

Gavin warf seine Serviette auf den Tisch und stand auf. «Bleib hier.»

«Was?» Thea ergriff seinen Arm. «Was hast du denn vor? Gavin, du kannst die Typen nicht einfach konfrontieren.»

«Vertrau mir.»

Die beiden «Typen» wussten, dass sie aufgeflogen waren, sowie er den Fuß auf die Treppe setzte. Gavin folgte ihnen mit den Augen, als sie sich durch die Gäste vor der Bar zu einem dunklen Flur durchdrängten, über dem ein pinker Neonschriftzug den Weg zu den Toiletten wies.

Gavin wich tanzenden Pärchen und betrunkenen Arschlöchern aus und stieß schließlich mit beiden Händen die Tür zur Herrentoilette auf. «Ich weiß, dass du hier drin bist, Mack», schnauzte er.

«Hier ist niemand, der so heißt», behauptete jemand in der zweiten Kabine.

Gavin schlug gegen die Edelstahltür. «Raus. Sofort.»

Die Kabine wurde geöffnet. Gavin ballte die Fäuste. Heraus kam Mack mit dem Hut in der Hand. «Warum antwortest du nicht auf unsere Nachrichten?»

Gavin unterdrückte mühsam ein Brüllen. «Willst du mich verarschen? Ist das alles, was du zu sagen hast? Was habt ihr hier zu suchen, verdammte Scheiße?»

«Wir wollen dir helfen.»

Gavin ging an den Kabinen entlang und schlug gegen die übrigen Türen. «Mit wem bist du hier?»

Eine zweite Tür ging auf, und heraus kam der russische Hockeyspieler mit dem Verdauungsproblem. «Frag Frau, ob sie tanzen will.»

«Ernsthaft?», blaffte Gavin an Mack gewandt. «Ihn hast du mitgeschleift?»

«Er hat recht. Sie guckt ständig auf die Tanzfläche. Frag sie.»

«Ich komme hier gut ohne euch zurecht, vielen Dank. Und übrigens, der Hut und die Sonnenbrille sind die dämlichste Verkleidung, die ich je gesehen habe. Glaubst du wirklich, keiner erkennt dich?»

«Bisher nicht.»

«Du bist ihnen vermutlich zu peinlich. Die denken, du hast sie nicht mehr alle. Und weißt du, was? Du hast sie wirklich nicht mehr alle. Du gehörst in die Klapse. Hast du kein verdammtes Privatleben?»

«Wie du finden meine Verkleidung?», fragte der Russe und sah an sich hinab auf das Emblem seiner Rivalen.

«Sie ist scheiße.»

«Dich erkennt sowieso niemand», meinte Mack. «Und du hattest echt recht mit dem Washi-Tape. Sie hat dich geküsst!»

Gavin packte Mack am Kragen. «Ich schwöre bei Gott …»

Eine Klospülung rauschte. Gavin fühlte in seinem Kopf eine Ader platzen. Aus der letzten Kabine kam ein kleiner rundlicher Mann und blieb abrupt stehen, um sie anzustarren. Mack schaute pfeifend an die Decke. Gavin biss so fest die Zähne zusammen, dass er sein Kiefergelenk knacken hörte.

«Ich kenne Sie», sagte der Mann.

Gavin ließ Macks Hemd los. «Nein, Sie irren sich.»

«Sie sind Gavin Scott.»

«Nein, ist er nicht», bekräftigte der Russe. «Gavin Scott viel größer. Und nicht so hässlich.»

Der Mann schnaubte und ging weiter, um sich die Hände zu waschen. Im Spiegel sah er Gavin weiter an. «Sie sollten mit ihr tanzen. Wenn sie die ganze Zeit auf die Tanzfläche sieht, will sie tanzen.»

Na großartig. Jetzt bekam er schon Ratschläge von fremden Männern in einer gottverdammten Herrentoilette?

Der Mann trocknete sich die Hände. «Ich habe nichts gehört», sagte er beim Hinausgehen.

Gavin zeigte auf Mack. «Ihr verschwindet hier. Sofort.»

«Hör einfach auf uns. Du schlägst dich wirklich gut, aber tanz mit ihr und bring sie dabei zum Reden. In den Handbüchern passiert das ständig. Hast du schon die Stelle gelesen, wo Irena und Benedict Walzer tanzen? Das hat sie einander nähergebracht. Die Leute öffnen sich beim Tanzen. Es ist leichter, einer Schulter etwas zu gestehen als einem Gesicht.»

Das machte auf absurde Weise Sinn und ärgerte Gavin deshalb umso mehr.

Die Tür ging auf, und herein kam ein Sicherheitsmann in grauer Uniform. Er nahm die Szene in sich auf. «Alles in Ordnung hier drinnen?»

«Jep», sagte Mack. «Hier gibt's nichts zu sehen.»

«Eine Frau macht sich Sorgen, dass ihr Mann vielleicht in Schwierigkeiten steckt.»

Gavin trat auf ihn zu und streckte die Hand aus. «Ich bin Gavin Scott und spiele für die Nashville Legends. Diese Männer belästigen meine Frau und mich, und ich wäre Ihnen dankbar, wenn Sie sie rauswerfen könnten.»

«Alles klar, gehen wir.» Der Sicherheitsmann nahm Mack beim Arm, zögerte aber, als er die harten Muskeln spürte. «Äh …»

Mack ignorierte ihn. «Wenn ihr zu Hause ankommt, frag sie in der Auffahrt, ob du sie küssen darfst. Im Auto. Das wird ihr gefallen. Habe ich in einem Buch gelesen und mal bei einer ausprobiert. Ich schwöre, sie schmolz wie Butter in der Sonne.»

«Der Mann ist offenbar verwirrt», sagte Gavin zu dem Sicherheitsmann.

«Haben Sie getrunken, Sir?», fragte der.

Mack nickte. «Ja. Sehr gut. Ich tue so, als wäre ich betrunken. Sorg dafür, dass Thea es sieht, wenn er uns rauswirft. Und du rufst uns ‹Verpisst euch› oder so hinterher und lässt den Alpha raushängen.»

«Du bist durchgeknallt.»

Mack setzte sich den Hut auf. «Ich sag's dir, nach dem hier und dem Tanzen wird sie sich öffnen. Du wirst uns noch danken.»

Der Sicherheitsmann zog Mack am Arm. «Hören Sie, ich weiß nicht, was hier vorgeht, und ich will es wahrscheinlich auch nicht wissen, aber Sie beide verschwinden jetzt.»

Er schob Mack zur Tür. Der Russe ging mit. «Meine Verkleidung ist nicht scheiße.»

Eine Traube Schaulustiger hatte sich vor der Tür gebildet. Denn wer wäre nicht neugierig, wenn der Sicherheitsmann einer Bar zum Klo geht? Mack blickte über die Schulter – und machte eine Szene. So laut er nur konnte. «Ich liebe dich, Mann», brüllte er und wankte bühnenreif. «Ich bin ein Riesenfan von dir. Ein Riesenfan.»

Gavin kniff sich in den Nasenrücken.

«Ja. Riesiger Fan», bekräftigte der Russe und warf aus unerklärlichen Gründen die Arme in die Luft.

«Raus jetzt.» Der Sicherheitsmann schob sie Richtung Ausgang.

Gavin ignorierte die Blicke und Fragen der Leute, als er um die Tanzfläche herum zurückging. Er sah nach oben zu der Empore. Dort lehnte Thea am Geländer, die Unterlippe zwischen die Zähne gezogen. Auf der Treppe nahm er zwei Stufen auf einmal.

Sie hastete ihm entgegen. «Was ist passiert?»

«Nichts. Alles ist gut.»

«Was hast du zu ihnen gesagt?»

«Dass ich einen schönen Abend mit meiner Frau genießen möchte und es zu schätzen wüsste, wenn sie uns in Ruhe ließen.»

«Tu das nie wieder. Hörst du? Das hätten Irre sein können! Ich will nicht, dass du so was noch mal machst.»

«Werde ich nicht.»

«Ich meine es ernst.»

Gavin nahm sie bei den Hüften und zog sie an sich. «M-möchtest du tanzen?»

◆ ◆ ◆

«Tanzen?» Thea sah ihm prüfend in die Augen, um herauszufinden, ob er ganz klar im Kopf war. Hatten ihm die Typen in der Toilette eine verpasst?

Plötzlich wirkte er unsicher. «Ich d-d-dachte, du möchtest vielleicht.»

«Ich …»

«Wir müssen nicht.»

Er wollte sie gerade loslassen, aber Thea hielt seine fest. «Ich habe nicht gesagt, dass ich nicht möchte. Es ist nur so, dass wir noch nie miteinander getanzt haben.»

«Ich weiß. Das ist längst überfällig, findest du nicht?»

Ja, aber ihre Ehe war sowieso nicht normal. Sie taten viele Dinge zum ersten Mal, die andere Paare schon getan hatten, lange bevor sie geheiratet und Kinder bekommen hatten.

«Ich tanze gern», sagte sie. Moment. Nein. Was machte sie denn? Das sollte kein richtiges Date werden. Das Washi-Tape und der Wein waren ihr wohl zu Kopf gestiegen. Sie trat einen Schritt rückwärts.

«Ich auch», sagte Gavin im selben Moment, schnappte sich ihre Hand und zog sie wieder zu sich. Er verschränkte ihre Finger miteinander. «Wollen wir?»

Thea schaute über die dunkle Empore. Hier waren sie vor neugierigen Blicken sicher, und die Band spielte gerade ein langsames Lied.

Nervöse Schmetterlinge begannen, in ihrem Bauch zu flattern, als Gavin einen Arm um ihre Taille legte und sie an sich zog. Die verschränkten Hände hob er an seine Brust. Das wirkte männlich und galant und wahnsinnig sexy, und das fand sie schon, *bevor* er sich zur Musik bewegte.

Und das war … wow … Er hatte ein atemberaubendes Rhythmusgefühl und war völlig unverkrampft. Natürlich hatten die meisten Sportler eine gute Körperbeherrschung, aber das hieß noch nicht, dass sie gut tanzen konnten. Sie hatte genug Siegertänzchen gesehen, um zu wissen, dass die meisten Baseballspieler anderweitige Talente hatten. Aber Gavin? Wow. Wo hatte er das so lange versteckt?

«Bereust du, dass w-wir keine richtige Hochzeit hatten?», fragte er nach ein paar Augenblicken.

«Wir hatten eine richtige Hochzeit.»

«Du weißt, was ich meine. Eine große Feier.»

Ihr Magen zog sich zusammen. Das war gefährliches Terrain. «Eigentlich nicht. Du?»

«Früher nicht, aber inzwischen denke ich, dass ich gern eine Erinnerung daran hätte, wie du im weißen Kleid zum Altar schreitest.»

«Das ist bloß ein Kleid.»

«Das hier ist auch nicht bloß ein Kleid.» Er spreizte die Hand an ihrem Rücken. Ihr Herz raste. Das Flirten, das sie letzte Woche so sehr gestört hatte, löste jetzt ein warmes Kribbeln aus, und das war nicht gut. Sie starrte auf seine Schulter, um seinem Blick auszuweichen.

«Was ist mit Flitterwochen?», raunte er.

«Was soll damit sein?» Das führte definitiv auf gefährliches Terrain. Thea konzentrierte sich auf die Tanzschritte, aufs Atmen.

«Ich bereue, dass wir keine hatten. Flitterwochen sollen sehr … angenehm sein.» Gavin rieb vielsagend mit dem Daumen über ihren unteren Rücken.

Sie keuchte auf. «Wohin hättest du reisen wollen?»

«Irgendwohin, wo es warm ist und du den ganzen Tag im Bikini herumläufst.»

Gegen ihren Willen musste sie lachen. «Seit der Geburt der Mädchen habe ich keinen Bikini mehr getragen.»

«Ich weiß. Das ist eine Quelle a-andauernder Enttäuschung für mich.»

Ein paar Takte lang tanzten sie schweigend, dann kam er auf das Thema zurück. «Wenn wir eine richtige Hochzeit geplant hätten, hättest du dich von deinem Dad zum Altar bringen lassen?»

Thea schluckte und schloss die Augen. An diesen Scheißkerl wollte sie jetzt nicht denken. Nicht wenn sie ohnehin schon mit ihren verwirrenden Gefühlen zu kämpfen hatte. Wegen solcher Fragen hätte sie sich erst gar nicht auf die Unterhaltung einlassen sollen.

«Rede mit mir, Thea», sagte er an ihren Haaren.

«Das ist doch alles nicht mehr wichtig.»

«Aber du bist wichtig.»

Thea schüttelte den Kopf. «Ich weiß nicht», gestand sie. «Ich finde, ein Vater sollte sich das verdient haben und es nicht einfach als sein angestammtes Recht betrachten.»

Gavin zog sie enger an sich. «Und er hat es sich nicht verdient.»

«Nein. Definitiv nicht.»

Danach schwiegen sie ein bisschen länger. Thea achtete auf jede seiner Bewegungen, auf die Art, wie ihre Körper sich streiften und sich aneinanderdrückten. Gavin beugte den Kopf und küsste sie auf den Scheitel.

«Warum willst du nicht zu der Hochzeit gehen?», fragte er leise.

Aus irgendeinem Grund antwortete sie ihm. «Weil ich es nicht ertragen kann, dabei zuzusehen, wie eine weitere naive junge Frau der Täuschung erliegt, sie wäre die eine, für die er sich ändert, die er nicht betrügen und verlassen wird. Denn das wird er tun. Er wird auch sie verlassen, weil er das eben tut. Er verlässt jeden.»

◆ ◆ ◆

Die Fahrt nach Hause verlief still.

Nicht angespannt still. Bloß ... seltsam still. Den ganzen Abend hatten sie in einer zufriedenen, harmonischen Blase verbracht, ignorierten den unangenehmen Elefanten im Raum: die bevorstehende Scheidung. Ihre ungelösten Probleme waren für einen Abend herrlich weit weg gewesen.

Gavin bog in die Einfahrt und stellte den Motor ab. Keiner machte Anstalten auszusteigen.

«Das war ein schöner Abend», sagte er.

Für Thea auch, aber das wollte sie nicht zugeben, und darum sagte sie nichts. Was konnte schon Gutes dabei herauskommen, wenn sie ihm falsche Hoffnungen machte? Sobald sie die dunkle Sicherheit des Wagens verließen, würde ihre Blase an den Ecken und Kanten der realen Welt zerplatzen, und weder Ignorieren noch Wunschdenken würde die Probleme zwischen ihnen zum Verschwinden bringen.

Gavin räusperte sich. «Also …»

Thea drehte den Kopf. «Also?»

«Da das ein Date ist», begann er. «Darf ich dich im Wagen küssen, bevor ich dich zur Haustür bringe?»

Sie sog lautlos Luft ein. «Tut man das bei Dates? Ich weiß es schon gar nicht mehr.»

«Wir haben in einem Wagen schon viel mehr getan als das.» Seine Stimme klang heiser.

Thea bekam heiße Wangen. «Du weißt, dass das wahrscheinlich der Abend war, an dem ich schwanger wurde, oder?»

«Das habe ich mich i-immer gefragt.» Er mochte sich das gefragt haben, aber sein verschleierter Blick und die schweren Lider verrieten, dass ihm die Antwort relativ egal war. Er liebte diese Erinnerung und hätte nichts dagegen, für eine neue zu sorgen.

Weshalb es das Klügste wäre, jetzt auszusteigen.

Aber sie fühlte sich gerade nicht sonderlich klug. Sie fühlte nur. «Ja», hauchte sie.

«Ja?»

Sie sah auf seinen Mund.

Ein glücklicher Laut kam tief aus seiner Brust, als er ihren Mund eroberte. Das war nicht wie zuvor. Das war kein Kuss wie neulich in der Küche oder an dem Abend, als er wieder eingezogen war. Dieser Kuss war keine Explosion von Leidenschaft und trotzdem ganz und gar überwältigend. Wer hätte gedacht, dass so viel Macht in solch einer zärtlichen Berührung liegen konnte? Dieser Kuss zwang sie, langsam durch die Nase zu atmen und sich mit aller Kraft am Sitz festzuhalten. Dieser Kuss sagte deutlich, dass sie in Schwierigkeiten geriet, wenn sie mit dieser Datingfarce weitermachten.

Gavin veränderte den Winkel zwischen ihnen und hauchte ihr einen weiteren Kuss auf die Lippen und noch einen und noch einen, dann zog er sich zurück und sah sie an, ein halbes Lächeln hob seinen Mundwinkel.

Er strich ihr mit dem Daumen über die Unterlippe. «Hast du noch Lust zu lesen?»

Theas Kopf bewegte sie wie von allein auf und ab.

Eine Stunde später schlief sie ein, mit dem weichen Klang seiner Stimme und dem verwirrten Schlag ihres Herzens im Ohr.

KAPITEL 16

«Hattet ihr gestern Abend Spaß?»

Gavin schwang gerade die Kühlschranktür zu, und plötzlich stand da Liv, als hätte sie sich in die Küche teleportiert. Er schreckte zusammen und fluchte.

«Ja.»

«So ein Pech», sagte sie. «Ich hatte gehofft, heute wieder ins Gästezimmer ziehen zu können.»

Gavin stellte die Milch für die Frühstücksflocken der Mädchen auf den Tisch. Thea war noch oben und zog sie an. Er hatte seine Frau heute Morgen noch nicht gesehen, sie nur duschen hören. «Weißt du, Liv, diese kleine Fehde zwischen uns ist w-w-wirklich amüsant», brummte er, «aber heute Morgen habe ich dafür keine Geduld.»

«Ich passe nur auf meine Schwester auf. Ich hab dich doch gewarnt, ihr nicht weh zu tun.»

Gavin öffnete eine Schranktür und holte die Cheerios und zwei Schalen heraus. «Ist dir schon mal der Gedanke gekommen, dass dich das nichts angeht?»

«Sie ist meine Schwester.»

«Und meine Frau.»

«Ich wohne hier.»

«Es steht dir frei auszuziehen.»

«Du zuerst.» Sie schnippte mit den Fingern. «Ach, warte. Du warst ja schon ausgezogen.»

«Und ich habe nicht vor, das noch mal zu tun.»

Thea kam in die Küche geschlurft, und Gavin verschüttete beinahe die Getreideflocken.

«Hey», hauchte er.

«Morgen», flötete Liv.

Thea hielt inne und blickte zwischen ihnen hin und her. «Was ist hier los?»

«Nichts», sagte Gavin.

«Ich habe meinem Schwager nur verklickert, wie viel ich von ihm halte.»

Thea seufzte und drehte sich die Haare zu einem Knoten, um ihn auf dem Kopf festzustecken. Die Mädchen kamen in pinken T-Shirts und lila Leggings in die Küche gehüpft. Gavin hob sie beide auf ihre Stühle und goss Milch in ihre Schalen.

Thea nahm sich eine Tasse Kaffee. Sie wirkte verspannt. Ob sie genauso schlecht geschlafen hatte wie er? Denn er hatte beschissen geschlafen. Gestern Abend ihr Bett zu verlassen und wieder ins Gästezimmer zu gehen, hatte übermenschliche Kraft gekostet. Heute Morgen war von dieser Stärke nichts mehr übrig. Er sehnte sich zu sehr danach, sie anfassen.

Er trat hinter sie, legte die Arme um ihre Taille und rieb die Nasenspitze an ihrer Wange.

Sie drehte den Kopf zu ihm, ihre Augen waren vor Überraschung weit aufgerissen. Er küsste sie auf den Mund. «Guten Morgen», murmelte er.

«Morgen», flüsterte sie.

«Ich hatte gestern einen schönen Abend.»

Liv machte ein Würgegeräusch.

Gavin blickte über die Schulter und verzog genervt die Lippen. Liv kniff die Augen zusammen. Er fletschte die Zähne. Sie wackelte mit den Fingern und summte P!nks «U + UR Hand».

Seufzend drehte Thea sich zu ihnen um. «Ihr müsst damit aufhören.»

«Sie hat angefangen.»

Thea neigte den Kopf zur Seite. «Mit dem Spruch lasse ich nicht mal Amelia und Ava durchkommen.»

Die Zwillinge, die, ohne ein Wort zu sagen, ihre Frühstücksflocken gefuttert hatten, mussten die angespannte Atmosphäre aufgefangen haben, denn plötzlich fingen sie an zu streiten, wer von ihnen mehr Cheerios bekommen hatte. Gavin griff ein. «Ihr habt beide dieselbe Menge bekommen, Mädchen.»

«Ich bin satt.» Ava schob ihre Schale weg und schmollte ohne ersichtlichen Grund.

«Warte auf deine Schwester, dann gehen wir euch anziehen», sagte Thea. Sie wischte Ava den Mund ab, hielt aber inne, weil ihr Handy in der Hosentasche summte. Genervt zog sie es hervor.

Und stockte.

«Was ist los?», fragte Gavin.

«Eine E-Mail von der Vanderbilt.»

Liv stellte ihre Tasse ab. «Scheiße.»

«Öffne sie», sagte er.

Sichtlich beklommen wischte Thea ein paarmal über das Display. Gavin hielt den Atem an, während sie las.

Ein breites Lächeln erschien auf ihrem Gesicht, als sie das Handy zu ihnen herumdrehte.

«Heilige Scheiße», hauchte er. «Du hast den Platz?»

«Ich hab ihn.» Sie riss die Arme hoch und jubelte. Liv tanzte um die Kücheninsel, und die Mädchen lachten über ihre Ausgelassenheit. Gavin wollte sich in das fröhliche Chaos stürzen. Er wollte seine Frau in die Arme schließen und ihr mit einem Kuss gratulieren, entschied sich aber, zurückhaltend zu bleiben.

«Das ist phantastisch, Thea», sagte er aus sicherer Entfernung. «Gratuliere.»

«Wann gehen die Kurse los?», fragte Liv.

Thea schaute in die E-Mail. «Am 18. Januar.»

«Das werden wir heute Abend so was von feiern», sagte Liv und umarmte ihre Schwester von hinten.

Ärger flammte in Gavin auf, aber er kämpfte ihn nieder. Thea war heute Abend mit Liv und deren Freundin verabredet, um bei der Einrichtung des neuen Cafés der Freundin zu helfen. Er würde seine Feier mit ihr nachholen, wenn sie miteinander allein waren.

Sie schaute auf und errötete unter seinem Blick. Offenbar konnte sie ihm ansehen, woran er dachte. «Ich muss mich jetzt anziehen», sagte sie.

Er spülte die Schälchen aus und half den Mädchen, von ihrem Stuhl zu klettern. Dann ging er zum Kalender, nahm einen Stift und kreiste den 18. Januar ein.

«An deiner Stelle würde ich nicht so weit vorausplanen, Gavin.» Liv trat zu ihm. «Dein Kalender endet an Weihnachten.»

Nicht wenn er es verhindern konnte.

Der gestrige Abend war ein Wendepunkt gewesen. Das spürte er. Sie hatte ihm Dinge anvertraut, über die sie noch nie gesprochen hatte. Sie hatte mit ihm getanzt. Ihn geküsst.

Die Jungs hatten recht. Er musste Geduld haben. Aber Liv hatte auch recht. Der Kalender war nicht sein Freund, und die Nachricht von der Uni bedeutete eine neue Wendung.

Es war Zeit, die Ärmel hochzukrempeln.

Er schickte eine Nachricht an die Jungs raus.

Gavin: Heute Abend Notfalltreffen bei mir.

◆ ◆ ◆

Nachdem Thea die Mädchen zum Kindergarten gebracht hatte, eilte sie wieder nach Hause, um zu duschen und sich umzuziehen. Zum Glück war Gavin heute Vormittag beim Training. Im Moment könnte sie ein Gespräch mit ihm nicht ertragen. Nicht nachdem er sie vorhin so angesehen hatte. Nicht nach dem süßen kleinen Kuss, der so viel verhieß.

Liv hatte recht. Sie war dabei einzuknicken. Durch ein paar zärtliche Küsse und ein wohlüberlegtes Date und – Thea schüttelte den Kopf. Die E-Mail von der Vanderbilt war genau im richtigen Moment gekommen. Er hatte ihr den Verstand vernebelt, aber durch den Bescheid von der Uni sah sie wieder klar.

Sie hatte jetzt einiges zu erledigen, wie zum Beispiel die in der E-Mail geforderten Unterlagen abgeben, sich für Kurse eintragen und in die Buchhandlung gehen. Das meiste hatte natürlich noch Zeit, aber sie hatte fast vier Jahre damit gewartet, ihr Studium wiederaufzunehmen. Sie wollte gar nichts mehr aufschieben.

Der Campus war von Franklin, wo sie wohnten, eine halbe Stunde mit dem Auto entfernt. Gegenüber der Hauptverwaltung fand sie einen Parkplatz, warf eine Handvoll Münzen in die Parkuhr und ging in das Gebäude. Die Zulassungsstelle befand sich im dritten Stock. Eine Sekretärin mit Cateye-Brille blickte sie verwundert an, als Thea ihr die Unterlagen gab.

«Sie wissen, dass Sie das alles auch online einreichen können, oder?», sagte sie.

Thea zuckte die Achseln. «Ich weiß. Aber ich wollte persönlich vorbeikommen.»

Sie hatte das vermisst. Die Campus-Atmosphäre. Die rebellische Kreativität der Kunst- und Theaterstudenten, die übernächtigten Gesichter der Streber, den hämischen Witz der arroganten Professoren. Thea war nie so sehr sie selbst gewesen wie an der Uni.

Nach ihrem Besuch in der Verwaltung ging sie in die Campus-Buchhandlung. Aus einer Laune heraus kaufte sie zwei Vanderbilt-T-Shirts für die Mädchen.

Mist. Die Mädchen. Sie mussten abgeholt werden. Sie schaute aufs Handy nach der Uhrzeit. Sie würde zu spät kommen. Aber vielleicht konnte Gavin das übernehmen?

Sie zögerte, schickte ihm aber eine Nachricht und fragte, ob er die Zwillinge abholen würde, damit sie direkt zu Alexis' Café fahren könnte. Gavin antwortete schnell, dass es kein Problem war. Seine Frage, wie es auf dem Campus lief, überging sie und schrieb nur, sie sei gegen zehn wieder zu Hause.

Thea kaufte sich ein Sandwich im Campus-Deli und kehrte zum Wagen zurück. Die Fahrt zu Alexis' Café dauerte im Nachmittagsverkehr vierzig Minuten. Sie fuhr auf den Parkplatz hinter dem Gebäude und sah den Lieferanteneingang offen stehen.

Thea steckte den Kopf in die Tür. «Hallo?»

Da niemand antwortete, ging sie ein paar Schritte hinein und rief noch einmal. Wieder nichts. Die Küche war vollgestellt mit Kartons, haufenweise Luftpolsterfolie lag herum, und über einem neuen Herd hingen glänzende Töpfe und Pfannen.

«Liv? Seid ihr da?» Thea ging zwischen den Kartons hindurch zu einer Schwingtür, die vermutlich ins Café führte. Sie stieß sie auf und …

«Überraschung!»

Thea quietschte vor Schreck auf. Liv und Alexis warteten in der Mitte des Gastraums an dem einzigen Tisch, der nicht mit Schachteln und Geschirrstapeln beladen war. Stattdessen standen da eine Flasche Champagner, drei Sektflöten und eine große rote Karte mit der Aufschrift «Herzlichen Glückwunsch».

«Was ist das?» Thea lachte.

«Wir haben doch was zu feiern!», sagte Liv. «Überraschung!»

Alexis grinste. «Liv hat mir die gute Neuigkeit erzählt. Das ist so super. Und echt gutes Timing.»

Sie und Liv wechselten einen Blick.

Thea ging auf den Tisch zu. «Gutes Timing?»

«Na ja», sagte Alexis gedehnt. «Hier gibt es lauter nackte Wände, die ganz dringend Bilder brauchen. Ich habe gerade überlegt, dass es doch toll wäre, wenn ich Originale von einer hiesigen Künstlerin aufhängen könnte.»

Thea blieb stehen und starrte sie an. Liv rollte die Augen. «Sie meint dich, Thea.»

«Du willst, dass ich hier meine Bilder ausstelle?»

«Würdest du das tun? Ich möchte regelmäßig hiesige Künstler unterstützen, ihnen die Möglichkeit bieten, ihre Werke zu verkaufen.»

Thea hätte sich fast gekniffen. Gerade hatte sie den Studienplatz bekommen, und nun bekam sie auch noch die Chance, ihre Bilder öffentlich zu zeigen. Eigentlich glaubte sie nicht an Zeichen, aber das hier schien eins zu sein.

Sie schaute sich in dem Raum um. «Womit fangen wir an?»

Liv drückte ihr ein Glas Champagner in die Hand. «Zuerst stoßen wir an.»

Thea hob das Glas.

«Auf Neuanfänge.» Liv und Alexis stießen mit ihr an.

«Auf Neuanfänge», sagte Thea.

Aber der Trinkspruch hinterließ einen bitteren Nachgeschmack.

KAPITEL 17

«Können wir jetzt endlich loslegen, bitte?»

Gavin machte sich ein Bier auf und ließ sich mit so viel Würde auf die Couch fallen, wie ein erwachsener Mann aufbringen kann, der eine rote Federboa und ein Rentiergeweih trägt. Ava, Amelia und Jo-Jo hatten mit ihnen Verkleiden spielen wollen, bevor sie bereit waren, in ihr Zimmer zu gehen und einen Film zu gucken, damit die Männer «an der Wand arbeiten» konnten. Aber die Wahl des Films – *Die kleine Meerjungfrau* – hatte im Wohnzimmer eine Debatte ausgelöst, die inzwischen ausuferte.

«Sie muss buchstäblich jemand anderes werden, damit sie mit einem Mann zusammen sein kann», sagte Mack, der mit den Händen wedelte, damit sein Nagellack schneller trocknete. Ava hatte ihn überredet, die Nägel abwechselnd rot und grün zu lackieren, ganz weihnachtlich. «Was für eine Botschaft wird kleinen Mädchen denn da vermittelt?»

«Es ist nur ein Film», brummte Del zu seiner Verteidigung, denn er hatte ihn vorgeschlagen.

«Del weist da auf etwas hin, das wir nicht ignorieren sollten», meinte Malcolm gelassen. Die Glöckchen, die in seinen Bart geflochten waren, klingelten festlich, wann immer er sich bewegte. «Wir dürfen nicht davon ausgehen, dass Frauen und Mädchen nicht zwischen Realität und Phantasie unterscheiden können. Wir fürchten auch nicht, dass Männer, die Kriminalromane und Thriller lesen, dadurch zu Serienmördern werden. Warum sollten wir also annehmen, dass ein Mädchen wegen eines Films glaubt, es muss sich erst aus einer Meerjungfrau in eine Menschenfrau verwandeln, um Liebe zu finden?»

«Weil Mädchen fast nur solche Botschaften erhalten», sagte Mack. «Nicht nur durch diesen Film, sondern praktisch durch jeden scheiß Film.»

Alle nickten. Der Russe hob eine Arschbacke an und furzte.

«Stimmt», sagte Malcolm. «Wir müssen einen Weg finden, um Inhalte zu produzieren und zu genießen, die die Stärke von Frauen feiern, ohne gleichzeitig die Fähigkeit einer Frau herabzusetzen, Fakten von Fiktion zu unterscheiden.»

«Wie Liebesromane», brummte Gavin.

Mack griff sich ans Herz. «Unser Kleiner wird erwachsen.»

«Euer Kleiner wird sauer», sagte Gavin. «Es ist schon spät. Die Zeit wird knapp.»

Der Russe sprang auf. «Wo ist Klo?» Seinem Gesicht nach zu urteilen, wurde auch bei ihm die Zeit knapp.

Im Zimmer brach ein lauter Chor von entsetzten Neins los. Mack sprang auf und lief in die Küche. «Lass ihn nicht in dein Badezimmer, Gav-Man», riet er und öffnete den Kühlschrank, als gehörte er ihm. «Den Gestank kriegst du nie wieder raus. Der Mann erzeugt in seinem Dickdarm Giftabfälle.»

«Ich habe Verdauenproblem», rief der Russe.

«Benutz das Bad im Keller», knurrte Gavin. «Und du, du lässt gefälligst die Flossen von meinem Kühlschrank.»

Mack kehrte mit einer Take-away-Schachtel zurück und hob den Deckel ab, wobei er sehr auf seine Finger achtete, um sich nicht den Nagellack zu ruinieren. «Was ist das?»

«Keine Ahnung.»

«Kann ich das essen?»

Gavin zuckte mit den Achseln. «Meinetwegen. Können wir jetzt bitte anfangen?»

Jeder hatte eine Tüte voll Bücher für ihn mitgebracht und schüttete sie nun kurzerhand auf dem Boden aus. Gavin griff sich das erstbeste vom Haufen – ein dunkles Titelbild, ein Mann mit nacktem Oberkörper und einer Knarre in der Hand. «Was ist das denn?»

«Romantic Suspense», sagte Del.

«Suspense? Spannung?» Gavin war skeptisch.

«Ja, du weißt schon.» Mack reckte eine Faust, sah zur Decke und sprach mit dramatischem Pathos. «Wird dieser Kerl *jemals* flachgelegt? Deine Lebensgeschichte, Alter.»

Gavin warf das Buch zurück auf den Haufen. «Ich meine es ernst. Wir haben gestern Abend echte Fortschritte gemacht, aber heute Morgen wurde sie komisch, nachdem sie die Zusage von der Vanderbilt bekommen hat.»

«Erzähl uns alles», sagte Malcolm.

Gavin fasste die entscheidenden Momente ihres Dates und des Morgens in der Küche zusammen.

«Du befindest dich im gefürchteten Mittelteil, Mann», sagte Del. «Da geht es ständig einen Schritt vor und zwei zurück, genau wie im Buch. Erinnerst du dich, wie Irena sich Benedict öffnet und von der toten Schwester erzählt, mit der sie nach Amerika fliehen wollte?»

Gavin nickte.

«Na ja, danach fühlt sie sich verletzlich und dann sogar angepisst, als er ohne sie zu seinem Landgut aufbricht.»

Gavin hielt sich die Ohren zu. «Nicht spoilern! Ich habe noch nicht weiter als bis zu der Stelle gelesen.»

«Dass Thea dir etwas über ihren Vater anvertraut hat, ist ein gutes Zeichen, aber für sie ist es auch beängstigend», erklärte Malcolm. «Du hast sie dazu gebracht, über schmerzliche Dinge zu sprechen. Der G-Punkt ist am empfindlichsten, direkt bevor das Wohlgefühl einsetzt.»

«Ich gebe jedem von euch eine Million, wenn ihr aufhört, G-Punkt zu sagen», stieß Gavin hervor.

«Die Sache ist die: Du hast gestern Abend ihre Abwehr zermürbt. Deshalb fühlt sie sich jetzt ungeschützt und verletzbar.»

«Ja, na ja, das geht mir auch so», gab Gavin leise zu.

Es wurde still im Zimmer.

«Sprich weiter, Mann», sagte Mack. «Jetzt geht's ans Eingemachte.»

Malcolm lehnte sich zurück. «Gavin, wir reden viel über ihre Ängste, ihren Widerstand. Aber wovor hast *du* Angst?»

«Ich habe Angst, sie zu verlieren.»

«Bullshit», sagte Del.

Gavin blickte ihn scharf an. «Wie bitte?»

«Das ist oberflächlicher Scheiß», erklärte Del. «Natürlich hast du Angst, sie zu verlieren. Das versteht sich von selbst. Aber wenn du glaubst, du brauchst sie nur zurückzugewinnen, und alles wird gut, dann liegst du falsch. Dann kannst du auch gleich aufgeben.»

«Ich …» Er stockte. «Kannst du endlich aufhören, in beschissenen Rätseln zu sprechen, und auf den Punkt kommen?!»

«Del will Folgendes sagen», sprang Malcolm ein. «Sie darf nicht als Einzige von euch beiden schmerzliche Dinge preisgeben. Hast du dich ihr geöffnet? Dich ihr wirklich geöffnet?»

«Ich … ich w-weiß nicht.» Er fing an zu schwitzen.

«Dann fang damit an, dich uns zu öffnen», sagte Del. «Was würdest du niemals tun? Was macht dir am meisten Angst? Worüber willst du unter keinen Umständen reden?»

Die Jungs blickten ihn gespannt an.

Nein. Das konnte er ihnen nicht erzählen. Nicht das.

Er schüttelte den Kopf.

Malcolm seufzte frustriert, was für den Zen-Meister des Buchclubs ganz untypisch war. «Gavin, wir können dir nicht helfen, wenn du dir selbst nicht helfen willst.»

«Ihr versteht das nicht. Es ist zu persönlich.»

Del stöhnte und stand auf. «Ich habe keine Lust, noch länger meine Zeit zu verschwenden, wenn du nicht …»

«Sie hat es vorgetäuscht.»

Scheiße. Scheiße, Scheiße, Scheiße. Er hatte es ausgesprochen. Er machte sich auf Gelächter gefasst, auf blöde Witze, auf den Einsturz des Himmels.

Aber nichts dergleichen passierte. Er hob den Kopf und sah nur mitfühlende Gesichter.

«Du meinst … Orgasmen?», fragte Mack.

«Nein, du Genie, die Mondlandung.»

«Wow, Mann. Das ist übel», sagte Del. «Tut mir leid.»

«Die ganze Zeit?», fragte Malcolm. «Oder nur manchmal?»

«Die ganze Zeit.» Er hatte einen bitteren Geschmack auf der Zunge. «Soweit ich weiß, habe ich meiner Frau während unserer Ehe nur einen echten Orgasmus beschert.»

Mack fluchte leise. «Scheiße, Mann. Tut mir leid. Die blöden Witze über Sex … ich wusste es nicht. Ich bin echt ein Arsch.»

Die Entschuldigung klang überraschend aufrichtig. «Schon okay. Du konntest es unmöglich wissen.»

Del hüstelte diskret. «Also, ich nehme mal an, du hast das gemerkt, weil …?»

Gavin stieg Hitze ins Gesicht. «Weil sie ihn eines Abends nicht vorgetäuscht hat und der Unterschied offensichtlich war.»

«Das verstehe ich nicht», sagte Mack. «Sie hat dich rausgeworfen, weil du ihr endlich einen Orgasmus verschafft hast?»

Gavins Nackenhaare stellten sich bei dem Wort «endlich» auf. «Nein. Sie hat mich rausgeworfen, weil ich auf diese Entdeckung nicht gut reagiert habe.»

«Soll heißen?»

«Ich bin ins Gästezimmer gezogen und habe nicht mehr mit ihr geredet.»

Jetzt brach der erwartete Tumult los. Alle sprangen auf. Del lief auf und ab und schlug mit der Faust in die andere Hand, Malcolm strich sich den klingelnden Bart und sprach leise irgendein Mantra, Mack stopfte sich wütend braune Nudeln in den Mund und zeigte nach jeder Gabel voll anklagend auf Gavin.

«Du Vollpfosten!», rief Del schließlich aus.

«Ich weiß, ich habe mies reagiert», verteidigte Gavin sich unwillkürlich. «Ich habe versucht, mich zu entschuldigen, als ich bei ihr war, an dem Tag, nachdem sie mich um die Scheidung gebeten hatte.»

«Gavin, du musst dich für viel mehr entschuldigen als das», sagte Malcolm. «Frauen machen einem im Bett nur was vor, wenn sie das auch in anderen Bereichen ihres Lebens tun.»

Fuck. Jetzt redete er schon wieder in Rätseln. «Bitte … sag mir einfach, was ich tun soll.»

«Hör auf, dich darauf zu konzentrieren, dass sie ihre Orgasmen vorgetäuscht hat, und fang an, dich zu fragen, warum du es nicht gemerkt hast.»

Malcolms Rat war wie ein Schlag in den Magen.

«Ja», bekräftigte Mack und wischte sich mit dem Unterarm den schmutzigen Mund ab. «Und warum du nicht die Eier hattest, mit ihr zu reden, nachdem dir das klargeworden ist.»

«Und dann musst du dich öffnen», sagte Del. «Sie war unehrlich, was ihre Orgasmen angeht, aber wie ehrlich warst du ihr gegenüber? Du kannst das Ruder herumreißen, aber nur wenn du dasselbe emotionale Risiko eingehst, das du von ihr verlangst.»

«Sie lässt dich hinter sich, Mann», sagte Malcolm. «Sie hat Pläne. Ziele. Sie geht wieder zur Uni, und sie braucht dich nicht. Es sei denn, du gibst ihr einen Grund, darauf zu vertrauen, dass du …»

Ein gelber Lichtschein drang durch die Vorhänge und brachte alle zum Verstummen. Im nächsten Moment brachen sie mit einem kollektiven Fluch in Hektik aus.

«Du hast doch gesagt, sie kommt erst um zehn», blaffte Del.

«Das hat sie mir gesagt!» Gavin blickte auf den Boden. «Die Bücher. Versteckt die verdammten Bücher.»

Gavin und Mack schaufelten sich die Liebesromane in die Arme.

Die Scheinwerfer erloschen. «Unter die Couch damit», zischte Gavin.

«Mein Nagellack ist noch nicht trocken», jammerte Mack.

Gavin sah ihn finster an und begann, die Bücher unter die Couch zu schieben. Draußen vor der Tür waren Theas Schritte zu hören.

«Ein paar hinter die Polster, los», zischte Del.

Der Russe furzte und hielt sich den Bauch. «Ich brauche Klo.» Er rannte in den Keller.

Die Haustür schwang auf. Gavin warf die letzten paar Bücher unter die Wolldecke und stieß Mack um, sodass er mit dem Hintern darauf landete.

Thea kam herein, dicht gefolgt von Liv, und die Männer erstarrten.

Gavin räusperte sich. «Hallo. Hey.»

Theas Blick schnellte durch das Wohnzimmer. «Äh …?»

Da fiel Gavin ein, dass sie verkleidet waren. «Oh, äh, die Mädchen w-w-wollten Verkleiden spielen.»

«Verstehe.» Sie blickte sich noch einmal um. «Und wo sind sie?»

«Sie gucken oben einen Film.»

«Verstehe.»

Mack drehte sich zu ihr, wobei er auf seine Fingernägel blies. «Hi, Thea. Gratuliere zu deiner Zulassung.»

Liv ging zwei Schritte ins Zimmer hinein und bemerkte sofort die Take-away-Schachtel. «Wer hat mein Lo Mein gegessen?»

Gavin zeigte auf Mack.

Der seltsam still geworden war. Er sah Liv mit großen Augen an. Mit *wirklich* großen Augen. «Hi», sagte er langsam. «Ich … ich bin Braden.»

Liv bedachte ihn mit einem Blick, der eine Eiszeit auslösen konnte, und stampfte in die Küche. Ihr Abgang hinterließ ein unnatürliches, ungläubiges Schweigen, wie wenn jemand nackt übers Outfield flitzte.

Soeben hatte eine Frau Braden Mack abblitzen lassen.

«Hätte nicht gedacht, dass ich das mal erlebe», sagte Malcolm in seinem ruhigen Bariton.

«Als hätten wir ein Wunder miterlebt. Wie Elvis im Supermarkt zu treffen», ergänzte Del.

Liv öffnete den Kühlschrank. «Oh mein Gott! Den Rest meiner Pizza habt ihr auch gegessen?»

Sie stampfte zur Kellertreppe.

«Liv, vielleicht wartest du besser bis …»

Das Knallen der Tür schnitt ihm das Wort ab, aber nur zehn Sekunden danach stieß Liv einen Schrei aus. Polternd kam sie die Treppe hochgestürmt.

Die Tür flog wieder auf. Liv schoss heraus und würgte. «Ich. Hasse. Männer!», brüllte sie.

Gavin deutete zur Haustür. «Zeit zu gehen, Jungs.»

KAPITEL 18

Gavin hielt für gefühlt zwanzig Minuten die Luft an. Erst als die Jungs gegangen waren, die Frauen sich in ihre Zimmer zurückgezogen hatten und er endlich die versteckten Bücher hervorholen konnte, atmete er auf. Er packte sie in zwei Einkaufstüten und verstaute sie im Schrank im Gästezimmer. Dann sank er auf die Matratze und stützte den Kopf in die Hände.

Das war gerade noch mal gut gegangen.

Die Geräusche aus Theas Zimmer zogen ihn zu ihrer Tür. Er hörte Wasser ins Wachbecken laufen, dann das Surren der elektrischen Zahnbürste, das Schaben der Schublade, in der ihr Pyjama lag.

Öffne dich ihr gegenüber, hatte Del ihm noch einmal zugeraunt, als er mit der schlafenden Jo-Jo im Arm zur Tür ging.

Gavin klopfte an.

«Komm rein», sagte Thea einen Moment später.

Sie stand an ihrer Kommode und holte gerade den

Schlafanzug heraus. Sein Herz hämmerte vor Verlangen und Nervosität.

«Wie … äh … war dein Tag?» Er blieb in der Tür stehen.

«Meinst du, auf dem Campus oder im Café?»

«Beides.»

Sie zuckte mit den Schultern. «Gut.»

Da war es. Sie zog sich wieder zurück. *Geh ein emotionales Risiko ein.* «Ich habe überlegt, den Outdoor-Kamin anzuzünden. Hast du Lust, m-mit mir nach draußen zu kommen?»

Thea sah auf ihr Bett und dann zu ihm. «Äh …»

«Wir können zusammen lesen.»

«Oh. Okay.»

Gavin ging schon mal vor, um das Feuer anzuzünden. Dann holte er eine Decke für das Loungesofa, öffnete zwei Bier und wartete auf seine Frau. Nach ein paar Minuten kam sie in einem Sweatshirt, Leggings und Flauschsocken nach draußen. Sie hatte sich die Haare hochgesteckt. In der Hand hielt sie ihr Buch.

«Hey», sagte er mal wieder sprachlos bei ihrem Anblick.

Zwei Schritte vor ihm blieb sie stehen. «Hey.»

«Das Feuer ist noch nicht richtig heiß, darum habe ich eine Decke herausgeholt.»

«Okay.» Ihr Blick huschte zum Sofa, verweilte kurz und kehrte zu seinen Augen zurück. Ihr Gesichtsausdruck sandte eine Schockwelle in seine ungeduldigsten Körperteile. Sie sah ihn sehnsüchtig an. Offen und unmissverständlich. Ihre Brust hob und senkte sich unter schnellen Atemzügen. Ihr Blick glitt zu seinem Mund.

Sein Körper wurde heiß und hart. Schmerzhaft hart.

Er räusperte sich und bekam fast kein Wort heraus. «Du bringst mich um, Thea.»

Sie blinzelte. «Was?»

«Du musst entweder aufhören, mich so anzusehen, oder du musst mich küssen. Aber du musst es sein, die das t-tut, denn ich w-will das hier nicht ruinieren.»

Ihre Augen wurden größer. Aber dann lachte sie gezwungen und schüttelte den Kopf. «Sei nicht albern.»

Gavin verbarg seine Enttäuschung und wartete, bis Thea sich hinsetzte. Dann ließ er sich neben ihr nieder. Automatisch, als hätten sie das schon hundertmal getan, drehte er sich mit dem Rücken an die Seitenlehne, und sie lehnte sich an seine Brust und zog die Decke über ihre Beine. «Gut so?»

Sie brummte ein «Hmhm» und legte den Kopf an seine Schulter. So starrten sie eine Weile ins Feuer und versuchten, sich an das zu gewöhnen, was auch immer da gestern Abend zwischen ihnen begonnen hatte.

«Ich höre dich denken», sagte er.

Sie antwortete mit Schweigen. Er unterdrückte ein Seufzen. Es würde ihm kaum helfen, wenn er sie verärgerte. Er probierte es mit einer anderen Taktik. «Das hier hätten wir viel öfter tun sollen», sagte er leise.

«Irgendwie war nie Zeit dafür.»

Öffne dich. «Doch. Ich hätte mir die Zeit dafür nehmen können.»

Sie hielt den Atem an.

«Ich habe Baseball an die erste Stelle gesetzt. Das ist mir jetzt klar. Ich habe alles verpasst. Wie die Mädchen laufen lernten, wie sie zu sprechen anfingen. Die Fahrt zur Notaufnahme, als sie so krank waren. Ich hab das alles damit gerechtfertigt, dass meine Karriere wichtig ist. Aber ich würde sie sofort aufgeben, wenn ich unsere Beziehung damit retten könnte.»

Thea setzte sich langsam auf und drehte sich zu ihm um, wahrscheinlich um abzuschätzen, wie ernst er das meinte.

Sie gab durch nichts zu erkennen, was sie dachte, aber er war nicht darauf vorbereitet, was sie als Nächstes sagte. «Du hast mich neulich gefragt, wie meine Mutter damit klarkommt, dass mein Vater wieder heiratet.»

«Ja.»

«Ich weiß es nicht, weil ich schon seit Ostern nicht mehr mit ihr gesprochen habe.»

Er hatte keine Ahnung, worauf sie hinauswollte, aber es schien wichtig zu sein. «Warum?»

«Wenn sie wüsste, dass wir Eheprobleme haben, würde sie sich hämisch freuen.»

Er erstarrte. «Sie würde sich freuen?»

Thea nickte. «Als ich schwanger wurde, hat sie mir unterstellt, es wäre Absicht gewesen, um … du weißt schon.»

Heilige Scheiße. «Um mich zur Ehe zu zwingen?»

«Ja.» Mehr sagte sie nicht, aber in diesem einen Wort lag eine Welt von Schmerz.

«Himmel, Thea.»

«Ich wäre definitiv ihre Tochter, hat sie gesagt.» Sie lachte traurig auf. «Weil sie selbst absichtlich schwanger geworden ist. Mit mir.»

«Das hat sie dir erzählt?»

«Ich hatte das schon immer irgendwie vermutet, zumindest dass ich nicht von beiden geplant war. Mein Vater hatte einen Spitznamen für mich …» Sie stockte. Gavin drückte ihr sanft den Arm. «Er nannte mich Shotgun.»

Gavin schloss die Faust um das Armlehnenpolster.

«Als Kind dachte ich immer, er sagt das, weil ich so impulsiv war. Dann hörte ich die Redewendung und kapierte, warum er mich so nannte.»

Shotgun-Wedding. Eine Schrotflintenhochzeit. Diese Redewendung meinte sie. Eine Hochzeit, bei der der Vater der Braut dem Bräutigam eine Schrotflinte an den Kopf hielt, um ihn zu zwingen, das geschwängerte Mädchen zu heiraten.

«Wie alt warst du da?»

«Neun.»

Gavin knirschte mit den Zähnen. «Thea, du musst mich diesen Hurensohn anrufen lassen.» Oder, besser noch, ihn zu ihm hinfahren lassen, damit Gavin ihm eine reinhauen konnte.

«Er ist es nicht wert.»

«Aber du.»

Wieder sah sie ihm prüfend ins Gesicht, als ob er sie möglicherweise täuschen wollte.

«Was deine Mutter damals gesagt hat … Ist das der Grund, dass du mir aus dem Weg gegangen bist, als du von der Schwangerschaft erfahren hast? Weil du Angst hattest, ich würde dasselbe denken?»

«Zum Teil.» Sie verschränkte die Arme. «Und zum Teil, weil ich einfach erschrocken war. Ich war jung. Wir beide waren sehr jung.»

Gavin ließ seine Finger in ihre Haare gleiten und umfasste ihren Hinterkopf. Dieses eine Mal musste er sich nicht fragen, was Lord Benedict tun würde. «Dass du schwanger wurdest, ist das Beste, was mir je im Leben passiert ist. Und nicht nur, weil ich mir ein Leben ohne die Mädchen nicht mehr vorstellen kann, sondern weil ich mir ein Leben ohne dich nicht mehr vorstellen kann.»

Ihrem Gesicht war deutlich anzusehen, dass sich ein Kampf in ihr abspielte, und Gavin kannte die beiden Kriegsparteien. Auf der einen Seite stand der Wunsch, ihm zu glauben, auf der anderen Seite der Zynismus, den das Leben sie gelehrt hatte. Worte waren schön und gut, aber man konnte sich nicht darauf verlassen. Sie hatte Angst, die Brücke zu überqueren, die sie bereits hinter sich abgerissen hatte. Sie wusste, was auf der anderen Seite wartete. Unsicherheit und Leidenschaft und Freude – von der vergänglichen Art. Der schmerzbringenden Art.

Liebe ist nicht genug.

«Thea, wenn jemand in diese Ehe gezwungen wurde, dann du.»

Sie sah ihn verblüfft an. «Was?»

«Ich habe dir den Antrag g-gemacht, als du Angst hattest. Als du verletzbar warst. Ich hätte dir klarmachen sollen, dass du auf lange Sicht auf mich zählen kannst, und ich hätte dir Zeit lassen sollen, dich auf die neue Situation einzustellen, bevor ich das Thema Heirat ansprach.»

Eine Braue hob sich sarkastisch über ihrem rechte Auge. «Ich hätte auch nein sagen können. Ich war nicht hilflos.»

«Aber du wusstest nicht, worauf du dich einlässt. Mir war klar, was es heißt, mit einem Spieler der Major League verheiratet zu sein, dir nicht. Du hattest nie die Zeit, dich darauf einzustellen, dich an alles zu gewöhnen.»

Die Zeit schien plötzlich langsamer zu laufen. Er registrierte jede Regung an ihr. Wie sie die Zähne aufeinanderbiss und schluckte. Wie ihre Augen den Weg zu seinem Mund fanden. Wie sie die Unterlippe zwischen die Zähne saugte.

Und endlich, Gott sei Dank!, endlich streckte sie zaghaft die Hand aus und legte sie an seine Brust.

Sie hob das Gesicht zu ihm. Sie wirkte genauso verletzlich wie gestern Abend, aber auch anders. Gestern war sie überwältigt gewesen. Heute Abend empfand sie Sehnsucht. Verlangen. Nach ihm.

Er senkte den Kopf und küsste sie.

◆ ◆ ◆

Thea öffnete den Mund und lehnte sich an ihn, und er schlang die Arme um sie und hob sie auf seinen Schoß. Das Rauschen ihres Blutes übertönte alle Geräusche außer dem ihrer bebenden Atemzüge.

Deshalb hatte sie also gezögert, mit ihm nach draußen zu gehen. Und deshalb hatte sie heute Morgen Abstand gebraucht. Das hier, das machte ihn so gefährlich. In seinen Armen versagte ihre Willenskraft, besonders nachdem er so wundervolle Dinge gesagt hatte.

Wann hatten sie aufgehört, sich so zu küssen wie jetzt? Wann? Und warum konnte sie jetzt nicht aufhören? Mit jeder Sekunde wurde es schwerer, ihre Barrieren aufrechtzuerhalten. Ach, wem wollte sie was vormachen?

Die waren schon zu Staub zerfallen, als sie die Augenbinde abgenommen und gesehen hatte, dass er sie an ihrem Date zu Art Supplies Plus gebracht hatte. Sie konnte sich im Moment kaum erinnern, warum sie überhaupt eine Barriere brauchte, wenn kleine Blitze aus Wonne sich in ihrem Körper ausbreiteten.

«Gott, Thea», stöhnte er, während er eine Linie aus Küssen von ihrem Kiefer zu ihrem Hals zog. Sie legte den Kopf in den Nacken. Er schob die Hand unter ihr Shirt, bis sein Daumen die Unterseite ihrer Brust streifte. «Darf ich dich berühren?»

Erschaudernd hauchte Thea ein Ja. Seine Finger zogen das Spitzenkörbchen ihres BHs herunter und streichelten die harte Brustwarze. Sie konnte ihre Reaktion nicht unterdrücken. Sie löste sich von seinen Lippen und ließ stöhnend den Kopf in den Nacken fallen. Sein Mund fand ein neues Ziel in dem pochenden Puls an ihrem Hals, während die Finger an ihrer Brust Wunder wirkten. Sie stupsten, zwirbelten, zupften. Und immer wieder fanden seine Lippen ihren Mund, drang seine Zunge in einem erregenden Rhythmus in sie.

Thea richtete sich auf und zog sich das Sweatshirt aus. Sanft, aber mit drängender Hast schob Gavin einen Finger unter die BH-Träger und zog sie von den Schultern. Ihre Brüste sprangen aus den Körbchen, und sie griff nach hinten, um die Häkchen zu lösen. Für eine Sekunde war ihr kalt, dann wurde ihr heiß, als er ihre Brüste in die Hände nahm. Stöhnend legte sie die Hände über seine. Sein Mund eroberte wieder ihren, seine Zunge plünderte sie, während er ihren Busen knetete und ihre harten Nippel reizte.

Plötzlich bellte Butter und sprang auf, um etwas durch den Garten zu jagen.

Thea schrak auf. Die Unterbrechung war wie eine Ohrfeige der Vernunft. Sie krabbelte von seinem Schoß herunter und hielt sich den Arm vor die Brüste. «Oh mein Gott, was tun wir hier?»

«Rummachen.» Gavin versuchte, sich bequemer hinzusetzen.

«Das haben wir ewig nicht getan.» Thea zog sich das Sweatshirt über und versuchte, ihren Atem zu beruhigen.

«Sollten wir vielleicht wieder öfter tun», sagte Gavin mit rauer Stimme. Er drehte den Kopf zu ihr, und der Ausdruck in seinen Augen machte ihr gleichzeitig Angst und ließ Wärme in ihrem Inneren entstehen.

«Ich sollte jetzt schlafen gehen», sagte sie.

«Ich komme mit.»

«Nein.» Sie schüttelte den Kopf und stand auf. «Ich … ich brauche Zeit.»

Gavin stand auf und trat ihr in den Weg. «Sieh mich an.»

Sie tat es, aber widerstrebend. Er sah ihr tief in die Augen und stellte Fragen, die nicht in Worte zu fassen waren. «Wenn dir das zu schnell geht, gehen wir es langsamer an. Du bestimmst das Tempo, Thea. Versprochen. Ich dränge dich nicht.»

Auf ihr Schweigen hin lehnte er die Stirn an ihre. «Sprich mit mir, Thea. Bitte.»

«Ich habe Angst, Gavin.» Die Worte waren ausgesprochen, bevor sie darüber nachdenken konnte, welche Konsequenzen solch eine Wahrheit haben mochte.

Doch er sprach ebenfalls eine Wahrheit aus. «Ich auch.»

DIE VERFÜHRUNG DER GRÄFIN

Oh, sie könnte sich hier tagelang verlieren, dachte Irena, als ihr Blick im Licht ihrer Kerze über die endlos hohen Regalwände der Bibliothek glitt. Wenn das nur möglich wäre! Benedict war seit zehn Tagen fort. Zehn Tage ohne die geringste Nachricht darüber, was in Ebbersfield vorging.

Und das Einzige, was sie noch mehr erboste als die ausbleibende Erklärung, war, wie sehr seine lange Abwesenheit sie aufwühlte.

Irena hatte sich angewöhnt, nachts in der Bibliothek zu stöbern, um nicht verrückt zu werden.

«Suchst du etwas?»

Erschrocken schnappte sie nach Luft und fuhr herum. Am anderen Ende des dunklen Raumes rekelte Benedict sich wie eine träge Katze auf dem zierlichen Sofa. Er hob lässig die

Hand zum Gruß. Seine bestrumpften Füße ragten über die Seitenlehne, und seine Schultern nahmen das andere Sofaende ein. Jacke und Halstuch hatte er abgelegt, sodass sein Hals ihrem Blick preisgegeben war.

«Sie sind zu Hause», sagte sie so ruhig, wie es mit einem derartigen Herzklopfen möglich war.

«So ist es», sagte er leise und müde.

«Ich habe Sie nicht ankommen hören.» *Und warum zum Teufel bist du nicht zu mir gekommen?*

«Ich wollte dich nicht wecken.»

Irena krümmte die nackten Zehen in den Teppich. «Was tun Sie hier in der dunklen Bibliothek?»

«Vielleicht dasselbe wie du.»

«Sie suchen nach Büchern über die Bauweise römischer Streitwagen?»

«Glücklicherweise nicht, nein.»

«Was dann?»

«Ich weiche der Versuchung aus, die die unverschlossene Tür zwischen unseren Schlafzimmern darstellt.»

«Nein, dann tun Sie ganz und gar nicht dasselbe wie ich.»

Er ließ die Hand auf seine Brust fallen. «Das trifft mich tief, meine Liebste.»

Ein Lächeln zupfte an ihren Mundwinkeln, obwohl sie sich sehr bemühte, ihre Empörung aufrechtzuerhalten. «Ich wusste nicht einmal, dass Sie wieder hier sind, Mylord.»

«Und da du es nun weißt, was wollen wir mit unserer gestohlenen Zeit hier im Dunkeln anfangen?» Ein neckender Unterton hatte sich in seine Stimme geschlichen, aber aus seinen Worten war auch eine gewisse Schärfe herauszuhören, so als sei er über sie verärgert. Doch mit welchem Recht?

Er war derjenige, der ohne Erklärung tagelang fort gewesen war.

«Ich schlage vor, wir suchen nach dem Buch, das ich lesen möchte.»

«Natürlich.» Mit einer geschmeidigen Bewegung stand er von dem Sofa auf. «Was könnten ein Mann und seine Gemahlin auch anderes im Dunkeln tun?»

Irena ignorierte die Spitze.

Benedict schob die Leiter an der Stange entlang, die an den Regalen verlief, bis zu einem Bereich, der ganz danach aussah, als würde man dort Bücher verstecken, die niemand lesen wollte. Und das hieß gewöhnlich, dass sie genau nach ihrem Geschmack waren. Er stieg ein paar Leitersprossen hoch und streckte ihr dann eine Hand entgegen.

«Kerze?»

Irena gab sie ihm und wartete geduldig, während er mit geneigtem Kopf die Buchrücken las. Nach einem Augenblick zog er ein Buch aus dem Regal. Er gab ihr die Kerze zurück und stieg herunter. Im Umdrehen drückte er ihr das gefundene Buch in die Hand. «Entspricht das deinen Erwartungen?»

Sie starrte überrascht auf den Titel. *«Technik im antiken Rom»*, las sie. «Das scheint mir genau das Richtige zu sein.»

«Ausgezeichnet. Dann werde ich uns ein Feuer machen, und du kannst mir vorlesen, bis ich einschlafe und die vergangenen zehn Tage vergesse.»

Sie richtete sich kerzengerade auf. «Sie wollen sie vergessen?», fauchte sie. «Sie brechen ohne Erklärung Hals über Kopf auf, befehlen mir hierzubleiben, lassen zehn Tage nichts von sich hören, und jetzt glauben Sie, ich lese Sie sanftmütig in den Schlaf?»

Benedict strich sich übers müde Gesicht. «Irena, bitte.»

«Es ist spät, Mylord. Sie sind sichtlich erschöpft. Vielleicht sollte sich jeder auf sein Zimmer begeben.»

Er fasste sie beim Ellbogen. «Ich hege nicht den Wunsch, noch eine Nacht allein in meinem leeren Bett zu verbringen, Irena. Nicht heute. Bitte. Ich möchte nur eine Weile deiner Stimme lauschen.»

Sein aufrichtiges Flehen brach ihren Widerstand. «Was ist in Ebbersfield passiert, Benedict? Wie geht es Rosendale?»

Benedict schluckte schwer und schwieg.

Irena entwand ihren Arm seiner Hand. «Mylord, Sie haben mich immer wieder gebeten, Ihnen zu vertrauen. Sie dagegen weigern sich ein ums andere Mal, mir Vertrauen zu schenken. Ehe Sie das nicht tun, kann es keinen Neubeginn für uns geben.»

Das Buch an ihre Brust gedrückt wandte sie sich zum Gehen. Sie kam nur ein paar Schritte weit, ehe er zu sprechen begann.

«Er ist tot. Er hat tagelang gekämpft, aber seine Verletzungen waren zu schwer. Wir konnten nichts mehr für ihn tun.»

Irena drehte sich um. Im Schein der Kerze sah sie einen Schatten auf seinen Zügen, der nichts mit der flackernden Flamme zu tun hatte.

«Oh, Benedict, das tut mir leid.» Sie ging zurück zu ihm. «Du hast ihm nahegestanden?»

«Ich habe ihn mein Leben lang gekannt.»

Mit einem Blick bat sie ihn, mehr zu sagen, und nach einem Moment des Schweigens glaubte sie enttäuscht, er beließe es dabei. Doch der Moment ging vorbei. «Er hat mich aufgezogen», sagte er.

«Wie meinst du das?»

Benedict ging zum Kamin und starrte ins Feuer. «Er war mir mehr ein Vater als mein leiblicher.»

«Wie kam das?»

Er zuckte mit den Achseln. «Mein Vater hatte mit mir seinen Erben. Mehr brauchte er von mir nicht. Einmal habe ich ihn zwei ganze Jahre nicht gesehen. Er hat mich bei unserem nächsten Treffen nicht einmal erkannt.»

«Oh, Benedict», seufzte Irena mitfühlend.

Er drehte sich zu ihr um. «Rosendale hatte keine Kinder. Er und seine Frau konnten keine bekommen. Ihr Haus wurde mein Zuhause.» Der Geist eines Lächelns erschien auf seinem Gesicht, als erinnerte er sich gerade an diese Zeit. «Er hat mich überallhin mitgenommen. Alles, was ich über die Verwaltung meiner Güter weiß, habe ich von ihm gelernt. Elizabeth, seine Frau, hat uns am Ende des Tages immer mit süßem Gebäck oder einer Schüssel Stew empfangen.»

«Deine Mutter hat sich nicht gewundert, wo du den ganzen Tag lang warst?»

«Sie hat sich nur selten in Ebbersfield aufgehalten. Sie hat die Ballsaison in London verbracht und den Sommer auf unserem Sitz in Schottland. Ich sah sie nur an Feiertagen.»

«Benedict, das ist grässlich.» Sie ging zu ihm. «Deine Eltern haben dich im Stich gelassen. Ihr Verhalten ist unverzeihlich.»

«Ich war ohne sie besser dran. Das Leben war ziemlich unerfreulich, wenn sie beide im selben Haus weilten.»

«Warum? Mir ist klar, dass Angehörige des Adels selten aus Liebe heiraten, aber die meisten finden doch zu einer gewissen Kameradschaft. Selbst meine Eltern schafften das.»

«Vielleicht waren meine Eltern weniger umgänglich als die meisten.» Das sagte er lächelnd, aber seine angespannten Züge verrieten, dass er nicht so unbeteiligt war, wie er sie glauben machen wollte.

Irena hob die Hand, zögerte für eine Sekunde und legte sie dann an seine Wange. Bartstoppeln kratzten sie, aber seine Haut war warm und weich. Leise stöhnend schloss er die Augen und schmiegte den Kopf in ihre Hand.

«Ich habe dich so sehr vermisst, Irena.»

«Ich habe dich auch vermisst», gestand sie.

Mit einem schweren Seufzer lehnte er die Stirn an ihre. «Ich bin dir ausgeliefert, Irena. Schon seit ich dich zum ersten Mal sah, war ich nur noch die Hälfte meiner selbst, denn die andere Hälfte gehört dir. Mach meiner Qual ein Ende, Liebste. Ich bitte dich. Küss mich. Lass mich dich in den Armen halten. *Bitte.*»

Sie konnte ihm so wenig den Trost verwehren, wie sie einem Verhungernden die Nahrung verweigern würde. Sie drückte ihre Lippen auf seinen Mund, zuerst sanft, dann mit mehr Kraft, was er stöhnend geschehen ließ. Doch dann übernahm er die Führung über den Kuss, griff nach dem Buch in ihrer Hand, um es fallen zu lassen, und zog sie mit sich auf den Boden. Sein Mund bewegte sich über ihre erhitzte Haut und zog einen heißen Pfad von ihrem Kinn zu ihrer Kehle und von dort zu ihren Brüsten, die sich unter schnellen Atemzügen hoben und senkten. Eine Hand ließ er an ihrer Seite nach oben gleiten, raffte dabei den Rock hoch, sodass er ihre Beine entblößte, und strich dann weiter, bis seine Finger schließlich die Unterseite ihrer Brust erreichten.

Es verlangte sie so sehr nach seiner Berührung, dass sie

sich ihm entgegenwölbte und inbrünstig flehend seinen Namen hauchte, aber worum sie flehte, hätte sie nicht zu sagen vermocht.

«Meine Liebste», raunte er. «Darf ich dich berühren?»

«Ja», stöhnte sie. «Ja.»

KAPITEL 19

«Wie kommst du voran, Thea?»

Thea ließ den Pinsel fallen und fuhr herum. «Was?» Sie spürte, dass sie rot wurde.

Es war neun Tage später, und sie waren in Alexis' Laden. Sie malte gerade das Logo des Cafés auf die nackte Ziegelwand hinter der Kuchentheke. Und nicht für lau. Sie wurde dafür bezahlt. Das war ihr erster Auftrag als Künstlerin, der ihr Geld einbrachte.

Liv stellte die Vase, die sie trug, mit einem Knall auf den nächsten Tisch und verschränkte die Arme. «Okay, jetzt reicht's. Was ist mit dir los?»

«Was meinst du?»

«Du bist abwesend und gereizt. Du gehst mir seit einer Woche aus dem Weg. Und du hast kaum ein Wort gesprochen, seit wir hier sind. Irgendwas ist los.»

«Es geht mir gut», log sie. Sie war Liv tatsächlich aus dem Weg gegangen. Das ließ sich nicht bestreiten. Und genau das hier war der Grund. Ihre Schwester durchschaute sie mit Leichtigkeit, und sie war zurzeit schon angespannt genug. Da brauchte sie nicht auch noch Livs sarkastische Bemerkungen. An dem Abend auf der Terrasse war etwas Einschneidendes passiert, und seitdem war es zwischen ihr und Gavin anders. Sie waren jeden Abend näher an den Punkt gekommen, die letzte Brücke zu überqueren, hatten aber immer gestoppt.

Doch morgen Abend würde die Mannschaftsweihnachtsfeier stattfinden. Und anschließend würde sie die Nacht allein mit ihm im Hotel verbringen. Und sie beide wussten, was das bedeutete.

Oh Mann, das war wirklich ironisch. Liv war früher der einzige Mensch, bei dem sie ganz sie selbst war. Und jetzt machte sie gerade ihr etwas vor.

Plötzlich lachte Liv hinter ihr. Kein fröhliches, sondern ein schrilles Oh-mein-Gott-Lachen, so als hätte sie gerade einen Witz kapiert, den sie vor Stunden gehört hatte. «Heilige Scheiße.»

Thea sah über die Schulter. «Was?»

«Ich kann es nicht glauben. Die Anzeichen sind mir entgangen, aber … heilige Scheiße.» Sie lachte wieder.

«Lässt du mich an deiner Erleuchtung teilhaben?»

«Jep.» Liv verschränkte grinsend die Arme. «Du bist notgeil.»

Ein Hitzeschwall raste Theas Hals hinauf in ihr Gesicht. «Ach, halt die Klappe.»

Die Küchentür schwang auf, und Alexis kam herein. Die Katze namens Beefcake folgte ihr auf den Fersen. «Wer ist notgeil?»

«Keiner.» Thea wandte sich wieder dem Logo zu.

«Gib's zu. Ich weiß von seinen abendlichen Besuchen in deinem Schlafzimmer …» Das letzte Wort flötete sie beinahe. «Das macht dich langsam mürbe. Und wenn *du* schon derart geil bist, wie rallig muss er dann sein? Ha, geschieht ihm recht. Ich wette, das Laken im Gästebett ist schon so steif wie er.»

«Igitt, Liv!», rief Thea.

Liv begann, durch den Raum zu tanzen. Und zu singen. «Du bist geil. Du bist geil. Gib es zu, du bist geil.»

Thea stieß ihren Pinsel in den Farbtopf und fuhr herum. «Na schön. Ja, ich bin geil. Wie auch nicht? Hast du dir meinen Mann mal angesehen? Es ist, als würde ich mit einem von diesen Kalendern mit heißen Kerlen zusammenleben. Jeder Tag ist wie ein neues Kalenderblatt. Gavin mit nacktem Oberkörper auf dem Rasenmäher, Gavin ohne Hemd, wie er den Vorschlaghammer schwingt, Gavin halbnackt mit einem Buch in der Hand.»

Alexis schüttelte den Kopf. «Wow, ich habe keine Ahnung, was hier gerade abgeht.»

Liv zog eine Braue hoch. «Ja, dein Mann hat einen ganz netten Body.»

«Nett? *Nett?* Sein Trainer lässt ihn neue Core-Workouts machen. Weißt du, was ein V-Muskel ist?» Sie strich mit den Fingern neben ihren Beckenknochen entlang. «Diese V-Form neben dem Sixpack?»

«Äh …»

«Gavin hatte das schon immer, aber jetzt ist es noch ausgeprägter. Und dann der Dreitagebart! Und, oh Mann, Liv, weißt du, was er getan hat, als ich heute Abend gegangen bin? Er hat sich zu mir gelehnt. Du weißt, was ich meine, oder? Diese Sache, die Männer machen? Wo sie sich rechts und links von dir aufstützen und sich ganz langsam nach vorn lehnen, wie um dich zu küssen. Ich schwöre dir, er will mich umbringen!»

Livs Kichern klang wie das Gackern eines sterbenden Hahns. «Dann schlaf halt mit ihm. Benutz ihn und wirf ihn anschließend raus.»

Alexis räusperte sich. «Äh, von wem reden wir noch mal?»

Liv und Thea antworteten gleichzeitig.

«Meinem Ehemann.»

«Ihrem Ehemann.»

Alexis neigte den Kopf zur Seite. «Du brauchst die Erlaubnis deiner Schwester, um Sex mit deinem Mann zu haben?»

Wieder antworteten sie gleichzeitig.

«Nein», knurrte Thea.

«Ja.» Liv lachte.

Beefcake miaute.

«Gavin und ich hatten … ein paar Probleme», erklärte Thea mit heißen Wangen.

«Ein paar Probleme?», wiederholte Liv beißend. «So nennst du das jetzt also?» Liv sah Alexis an. «Vor drei Wochen wollte sie sich noch scheiden lassen, aber er hat sie überredet, ihn wieder einziehen zu lassen und ihm eine zweite Chance zu geben.»

«Er versucht, unsere Ehe zu retten.» Da. Sie verteidigte ihn. Die Welt war auf den Kopf gestellt.

Livs Lachen stockte. «Moment mal. Heißt das … du überlegst tatsächlich, ihn zurückzunehmen?»

Thea drehte sich um und nahm den Pinsel aus dem Farbtopf.

«Thea, das kann nicht dein Ernst sein.»

Thea verkniff sich eine sarkastische Erwiderung und blieb bei einem einfachen: «Warum nicht?»

«Weil du genau das tust, was er will. Er wusste schon immer, wie er dich rumkriegen kann. Das ist seine Art. Er ist Profisportler.»

Erneut fuhr Thea zu ihr herum. «Was hat das denn damit zu tun?»

«Das heißt, er weiß, wie man einen Gegner besiegt, und du bist für ihn bloß eine Trophäe.»

«Na, vielen Dank.»

Liv zeigte mit dem Finger auf sie. «Lass ihn nicht gewinnen!»

Alexis trat zwischen die beiden wie ein Schiedsrichter. «Okay. Wie wär's, wenn ich eine Flasche Wein aufmache, und wir reden darüber wie …»

Liv fiel ihr ins Wort. «Ich werde nicht tatenlos mit ansehen, wie er dich noch mal verletzt.»

Thea fühlte sich kalt und heiß und wütend – alles gleichzeitig. «Liv, ich liebe dich, aber du hältst mich anscheinend für unfähig, selbst zu entscheiden, was das Beste für mich ist.»

«Deine Erfolgsbilanz ist auch nicht gerade toll.»

«Liv», sagte Alexis leise, «ich sage dir das als gute Freundin, okay? Du bist im Augenblick nicht besonders fair zu deiner Schwester. Beziehungen werden oft kompliziert. Und sie verändern sich mitunter, wenn man es am wenigsten erwartet. Kannst du sie dabei nicht unterstützen?»

Liv zuckte zurück. Das Gefühl, verraten worden zu sein, zeichnete sich deutlich auf ihrem Gesicht ab. So deutlich, dass Thea es als Stich im Herzen fühlte. «Nein. Kann ich nicht.» Sie nahm ihren Mantel, den sie über einen Stuhl gelegt hatte. «Vielleicht wird Mom dich unterstützen. Denn du bist definitiv ihre Tochter.»

◆ ◆ ◆

Irena und Benedict machten miteinander rum.

Gavin hatte beschlossen, das Buch endlich weiterzulesen, nachdem er die Mädchen ins Bett gebracht hatte. Aber, heilige Scheiße, er hatte nicht geahnt, dass ihm eine Megasexszene bevorstand. Und keine harmlose. Da ging es echt zur Sache. Machten die Leute so was damals überhaupt schon?

Selbstverständlich, antwortete Graf Sexprotz. *Glaubst du wirklich, der Cunnilingus wurde im 20. Jahrhundert von der westlichen Gesellschaft erfunden?*

Wie auch immer. Gavin wusste nur, dass es jetzt doch passiert war. Er hatte eine gottverdammte Leselatte.

Unruhig setzte er sich anders hin und las die Szene noch mal. Benedict steckte mit dem Kopf unter ihren Röcken. Irena keuchte. Irena stöhnte. Benedict schob langsam zwei Finger in sie. Hinein und wieder hinaus. Im Takt mit seiner Zunge.

Verdammt … das würde er definitiv bei Thea machen. Falls er die Gelegenheit bekam. Oh Gott. In der Sekunde, in der er in seinem Kopf das Bild von Irena gegen das von Thea austauschte, hielt er es nicht mehr aus.

«Meine Liebste», flüsterte Benedict an ihrem Ohr. «Wenn wir so zusammen sind, bestimmst du, was wir tun. Dann bin ich der Diener deiner Lust.»

Gavin gab auf und rieb über seinen …

Die Haustür flog auf. Gavin fuhr zusammen wie ein Teenager, der beim Pornogucken erwischt wird. Das Buch machte einen Salto, und er fing es auf und schob es gerade noch rechtzeitig hinter das Sofakissen, als Thea hereinrauschte.

«Hi», krächzte er. «Wow, was …»

Thea riss sich das T-Shirt über den Kopf, setzte sich rittlings auf seinen Schoß und küsste ihn, als wollte sie ihn verschlingen. Er legte die Arme um sie und genoss die Attacke, bis er keine Luft mehr bekam. «Liebling», keuchte er, als er den Kopf wegzog. «Nicht dass ich m-m-mich beschweren will, aber w-w-was ist los?»

Thea stand auf. «Leg dich auf den Rücken.»

Gavin ließ sich flach auf die Couch sinken, die Beine über der Seitenlehne. Thea stand vor ihm und machte ihren BH auf. Sein Blick folgte dem Kleidungsstück, als es im hohen Bogen zur Seite flog, und kehrte zu ihren Brüsten zurück. Doch sofort wurde er abgelenkt durch ihre farbbekleckster Finger, die ihren Hosenknopf öffneten, dann langsam den Reißverschluss. Er vergaß das Atmen, als sie Hose und Slip von den Hüften streifte. Beim Anblick ihres nackten Körpers stöhnte er und flehte zu allen Göttern, die gerade zuhörten, das möge kein Traum sein, keine Leselattenhalluzination. Wer weiß, vielleicht war das eine übliche Nebenwirkung der Lektüre. Er würde die Jungs fragen müssen.

Aber nein, das war keine Halluzination. Thea, jetzt splitternackt, beugte sich über ihn und zerrte an dem Knopf seiner Jeans. Er stoppte sie. «W-was machen wir hier, Thea?»

«Ich dachte, das ist offensichtlich.»

«Du m-musst es sagen.»

«Was sagen?» Sie leckte um seinen Bauchnabel herum. Unwillkürlich hob er das Becken an.

«Sag mir, dass du das willst», brachte er mühsam hervor. «Dass du bereit bist.»

Sie griff in seine Hose und schlang die Finger um seinen Schwanz. «Ich bin mehr als bereit, Gavin.»

«Gott sei Dank.» Ihm versagte fast die Stimme.

So schnell ausgezogen hatte er sich noch nie. Thea stieß ihn vor die Brust und befahl ihm wieder, sich hinzulegen. Er tat es und griff gleichzeitig nach ihr.

Rittlings auf ihm sitzend, glitt sie vor und zurück, bis er vor Verlangen fast verrückt wurde. Endlich, oh Gott, endlich hob sie sich an, griff nach unten und führte ihn an ihren feuchten Eingang. Und dann ließ sie sich ganz langsam, Zentimeter für Zentimeter, hinuntersinken.

Ah, verdammt. Verdammt. Gavin legte den Kopf in den Nacken. Sie stöhnten beide, während er sie dehnte und ausfüllte. Als er zu ihr hochsah, hatte sie die Augen geschlossen und den Kopf in den Nacken gelegt.

«Sieh mich an», sagte er.

Sie machte die Augen auf und tat es.

«Du bestimmst, was wir tun.» Er hätte nicht gedacht, dass er, so kurz nachdem er sie gelesen hatte, schon Gelegenheit bekäme, die Worte einzusetzen. «Wenn wir so zusammen sind, dann diene ich … dann bin ich der D-diener deiner Lust.»

Sie blinzelte heftig. «Was?»

«Du brauchst mir nur zu sagen, wo ich dich berühren soll. Wie ich dich berühren soll.»

Thea führte seine Hand zu der Stelle, wo ihre Körper sich vereinigten. «Ich will …»

«Was? Sag es mir.»

«Berühr mich hier, wenn du in mir bist.»

Gavin drückte den Daumen an ihre geschwollene Klitoris. Er würde das hinkriegen. In den vergangenen paar Minuten hatte er ein paar Dinge von Graf Licks-a-lot gelernt. «So?»

Thea nickte und keuchte. Sie packte seine Schultern, krallte die Finger bis zur Schmerzgrenze in seine Haut und ritt ihn mit kreisenden Hüften. Er streichelte sie mit dem Daumen, während er sie mit der anderen Hand an der Seite festhielt.

Sie bewegte sich schneller. Er stieß in sie hinein. Sie wimmerte und stöhnte.

Heilige Scheiße. Passierte das gerade wirklich?

«Gavin», keuchte sie. «Oh, ja …»

«So ist es gut, Baby. Ja.»

«Oh mein Gott …»

«Gut so, Thea. Du schaffst das.»

Sie warf den Kopf zurück und umfasste ihre Brüste, und, verdammt, er würde das hier ruinieren, wenn er seine eigene Lust nicht bremste.

«Du schaffst das, Baby …»

Eine Hand landete grob auf seinem Mund. «Hör auf, mich anzufeuern, als wären wir beim Schlagtraining!»

«Entschuldigung», murmelte er. Sie nahm die Hand weg. «Tut mir leid, Baby. Ich will dich nur ermutigen. Gott, du bist so wahnsinnig heiß.»

«Hör auf zu reden.» Thea warf den Kopf zurück. Sie nahm ihren Rhythmus wieder auf, schnell und hart. Aber etwas war anders. Thea stemmte die Hände auf seine Schultern.

«Liebling ...»

«Vielleicht ... sollten wir die Position wechseln.»

In diesem Moment ging ihm auf, was der größte Vorteil an seinem Beruf war. Als Profisportler hatte er genug rohe Kraft, um sich in einer geschmeidigen Bewegung mit seiner Frau herumzudrehen und dabei nicht mal aus dem Takt zu kommen. Sie legte die Beine um seine Taille. Er stieß in sie, bis ihm Schweiß auf die Stirn trat.

«Gavin.» Sie ließ die Hände aufs Polster fallen. Ihre Stimme klang resigniert.

Nein. Nein, nein, nein. Gavin krümmte den Rücken, um einen ihrer Nippel zwischen die Lippen zu nehmen.

«Gavin, hör auf. Es ... es wird nicht passieren.»

Er hielt inne, blieb aber in ihr. «Baby, du warst so nah dran. Sag mir, was ich tun soll.»

«Es tut mir leid.»

Er hörte ein Zittern in ihrer Stimme und drückte sich hoch, um sie anzusehen. In ihren Augen schimmerten Tränen, und er erstarrte. «Es tut mir leid, Gavin. Ich weiß nicht, was los ist. Ich kann dir nicht sagen, was falsch gelaufen ist.»

«Baby, nicht. Schon okay.» Gavin zog sich ächzend heraus. Mann, das tat weh. «Wir w-waren zu schnell. Das ist alles. Wir hätten es langsamer angehen sollen.»

«Wir haben es die ganze Woche langsam angehen lassen!» Thea wich vor ihm zurück und stand auf.

Gavin rieb sich übers Gesicht und stieß im Stillen jeden Fluch aus, der Graf Schandmaul einfallen könnte. Zitterndes scherbengezeugtes Zungengeschwulst!

Er rang sich einen ruhigen Ton ab. «Rede mit mir, Thea. Sag mir, was ich falsch mache.»

«Weiß ich nicht.» Mit wütenden Bewegungen streifte sie sich das Shirt über und suchte nach ihren Jeans.

«Rede einfach mit mir.»

Sie zog sich die Hose an. «Ich weiß nicht, was ich sagen soll! Ich weiß nicht, wo das Problem ist! Du kannst nicht einfach mit den Fingern schnippen und sagen: ‹Komm, Baby!›, und schon passiert es. Gott, Männer! Ihr denkt doch alle, dass ihr einen Ständer habt, reicht, damit wir Frauen uns auf den Rücken drehen und stöhnen wie ein scheiß Pornostar.»

Ruhig Blut, mein Freund. Sag jetzt nichts, was du später zurücknehmen willst.

Der brutale, gedemütigte Teil von Gavin haute Graf Wunderschwanz kräftig eine rein. Er sprang auf. «Weil du genau das getan hast, Thea. Jedes Mal. Ich dachte, ich bin der verfickte Orgasmuskönig dank deiner schauspielerischen Fähigkeiten.» Er fuhr sich durch die Haare. «Gott, Thea. War das nur bei mir so? Bin ich der einzige Mann, der dich nicht zum Orgasmus bringen kann?»

«Wie kannst du nur? Wie kannst du jetzt andere

Männer ins Spiel bringen? Ich hatte vor dir genau zwei Freunde, und zu deiner Information – nicht dass es dich was anginge –, ja, ich bin bei ihnen manchmal gekommen.»

Bei diesem Geständnis blieb ihm die Luft weg. «Warum hast du mir nichts gesagt?»

«Warum hast du es nicht gemerkt?»

«Weil ich keine Gedanken lesen kann. W-wir müssen offen und ehrlich über solche Dinge reden.»

«Wir haben schon lange über nichts mehr offen und ehrlich geredet, Gavin.»

Er suchte seine Klamotten zusammen und zog sich an. «Bei dir klingt das, als hätten wir eine furchtbare Beziehung geführt. Aber sie war nicht furchtbar.»

«Und das ist alles, was du willst? Etwas nicht Furchtbares? Möchtest du wirklich wieder dahin zurück, wo wir vor dieser Nacht waren?»

«Es wäre mir lieber als das, was wir jetzt haben.»

Ihre Miene wurde ausdruckslos. «Und genau das macht mir Angst, Gavin. Es gibt viele Arten, dem anderen etwas vorzutäuschen. Ich bin bloß die Einzige, die sich das eingesteht.»

«Was soll das heißen?»

«Was das heißen soll? Das kann ich dir sagen: Ich denke, dir wäre es lieber, wenn du nie herausgefunden hättest, dass ich es vorgetäuscht habe.»

«Das ist nicht wahr.»

«Verdammt, Gavin. Sei ehrlich mit mir!»

Gavin ballte die Fäuste. «Du willst Ehrlichkeit? Schön. Ja, gottverdammt. Ich wünschte, ich hätte nie herausgefunden, dass meine Frau unsere ganze Ehe wie einen einzigen langen Mitleidsfick behandelt hat!»

Oh, du wichsweicher Wurmfurz. Du bist zu weit gegangen, mein Freund. Jetzt kann ich dir auch nicht mehr helfen.

«Mitleidsfick?» Thea taumelte rückwärts, als hätte er sie geschlagen. «Ich weiß nicht, wen das mehr beleidigt, dich oder mich. Aber mein Körper ist kein Almosen. Ich ficke niemanden, den ich nicht ficken will. Nicht mal meinen Ehemann.»

Die Reue war wie ein saurer Geschmack in seinem Mund. «So … so hab ich das nicht gemeint, Thea.»

Sie schüttelte den Kopf. «Du hast mir das Herz gebrochen, Gavin.» In diesen Worten lag so viel Traurigkeit, dass es ihn fast zerriss.

Und auch sein Herz brach. Er durchquerte das Zimmer und nahm sie bei den Schultern. «Lass es mich wiedergutmachen.»

«Ich kann nicht mehr so weitermachen wie früher, Gavin. Ich kann nicht mehr so sein. Ich kann nicht.»

«Das w-w-will ich auch nicht. Ich will neu beginnen.»

Sie schlang die Arme um sich. «Ich weiß nicht, ob ich dir glaube.»

Gavin drehte sich um und stürmte zu dem Konsolentisch neben der Tür, nahm Schlüssel und Portemonnaie und zog sich die Schuhe an.

«Wohin gehst du?», fragte Thea atemlos.

«Ich muss einen klaren Kopf bekommen.»

«Du verlässt mich?»

Er riss die Tür auf und stampfte hinaus.

KAPITEL 20

Gavin fuhr direkt zum Baseballfeld im Park. Er würde irgendwie dort reinkommen, und wenn er einbrechen musste, und Bälle schlagen, bis ihm die Hände bluteten und er vor Schmerzen die klaffende Wunde in seiner Brust nicht mehr spürte.

Er parkte den Wagen so, dass die Scheinwerfer auf den Batting Cage gerichtet waren, den von Netzen umgebenen Bereich, wo man Schlagen üben konnte. Aus dem Kofferraum holte er seine Sporttasche mit dem Schläger und den zehn, zwölf Bällen, die immer darin herumkullerten.

Mit einem kräftigen Wurf beförderte er sie über den Zaun. Dann nahm er Anlauf und zog sich hoch, um sich auf der anderen Seite hinunterfallen zu lassen. Vielleicht würde er erwischt, aber scheiß drauf. Was könnte man ihm schon tun? Ihm einen Strafzettel schreiben? Ihn einsperren? Das Gefängnis wäre im Moment vermutlich eine Wohltat.

Gavin holte den Schläger und einen Ball aus der Tasche. Er warf den Ball in die Luft und schlug. Das Holz traf mit einem befriedigenden Geräusch auf das Leder und sandte den Ball ins Netz.

Der zweite folgte. Dann der dritte. Gavin schob sich die Ärmel hoch. *Du hast mir das Herz gebrochen, Gavin.* Der vierte Ball gesellte sich zu seinen Brüdern am Ende des Schlagkäfigs.

Ich weiß nicht, ob ich dir glaube. Er traf den fünften Ball so hart, dass er zurücksprang und ihm fast die Kniescheibe raushaute. Nur um es ihm heimzuzahlen, schlug er ihn noch mal. *Verpiss dich, scheiß Ball.*

Das Fluchen tat so gut, dass er das mit Nummer sechs wiederholte. Bei Nummer sieben hörte er damit auf und redete stattdessen mit Thea.

«Du hast mir auch das Herz gebrochen», knurrte er und schlug. Der Ball flog ins Netz. «Du bist nicht die Einzige, die leidet.»

Der achte flog. «Du hast mich rausgeworfen!»

Der neunte traf das Netz. «Weißt du, wie sich das anfühlt?»

Der zehnte platzte fast auf. «Was hätte ich denn verdammt noch mal tun sollen?»

Eine Stimme mit arrogantem britischen Akzent antwortete aus der Dunkelheit. *Du hättest um sie kämpfen sollen.*

Der elfte Ball schlug fast ein Loch ins Netz. «Sie hat gesagt, ich soll verschwinden!»

Sie wollte dich damit prüfen.

«Bullshit.» Beim zwölften Schlag zerbrach er fast den Schläger.

Warum bist du ins Gästezimmer gezogen?

Gavin stampfte zum Netz und warf die Bälle zurück.

Die Frage gefällt dir anscheinend nicht.

«Dir bin ich keine Rechenschaft schuldig, Graf Volles-Brusthaar.» Er hob den Schläger wieder auf.

Du wolltest sie bestrafen.

«Sie hat mich drei Jahre lang belogen», knurrte er und schlug.

Aber nicht dafür hast du sie bestraft.

Noch ein Ball.

Sondern weil sie dir die rosa Brille weggerissen hat.

«Blödsinn.»

Weil sie dich mit etwas konfrontiert hat, das du nicht sehen wolltest.

«Verpiss dich.»

Weil du vor der Wahrheit Angst hattest.

«FICK DICH!»

Gavin ließ den Schläger fallen und schleuderte Bälle ins Netz, bis keiner mehr übrig war, den er werfen oder schlagen konnte. Keuchend und schwitzend beugte er sich vornüber und stützte die Hände auf die Knie.

Thea hatte recht. Graf Enge-Hose hatte recht. Der ganze scheiß Buchclub hatte recht.

Er hatte ihr auch was vorgespielt. Schon lange vor jenem Abend. Er hatte so getan, als wäre alles in Ordnung zwischen ihnen, obwohl es eindeutig nicht gut lief. Das war leichter, als sich der Wahrheit zu stellen – dass sie sich auseinanderlebten, dass er im Begriff war, sie zu verlieren. Und auch jetzt noch tat er so, als liefe es gut und er würde sie zurückgewinnen mit Hilfe eines Buches und leidenschaftlicher Küsse und romantischer Dates. Er tat, als könnte er seine Ehe reparieren, ohne sich um das zu kümmern, was kaputtgegangen war. Weil das einfacher war.

Weil ihm das nichts abverlangte.

Wenn er so tat als ob, musste er sich nicht mit sich selbst auseinandersetzen. Musste sein eigenes Verhalten nicht hinterfragen. Musste sich nicht mit unangenehmen Erkenntnissen auseinandersetzen wie der, die ihm gerade den Magen verkrampfte.

Sie geht wieder zur Uni, und sie braucht dich nicht. Es sei denn, du gibst ihr einen Grund, darauf zu vertrauen, dass du …

Er klaubte die Bälle auf und packte sie in die Tasche. Er war dreckig und verschwitzt und sein Hemd war am Ellbogen eingerissen. Mit quietschenden Reifen fuhr er vom Parkplatz hinunter. Sein Haus lag dunkel da, als er in die Einfahrt einbog. Kein Licht auf der Veranda, kein bläulicher Schein vom Fernseher, kein warmes Gelb hinter den Gardinen des Schlafzimmers. Er sprang die Stufen der Veranda hinauf und warf die Tür auf.

Drinnen nahm er zwei Stufen auf einmal. Ihre Zimmertür war geschlossen. Wenn sie abgeschlossen hatte, dann war er am Arsch. Er legte seine Finger um den Knauf und lehnte die Stirn ans Holz.

Bitte, sei nicht abgeschlossen.

Der Knauf ließ sich drehen.

Gott sei Dank!

Es war stockdunkel im Zimmer, aber er konnte zwei Gestalten auf dem Bett ausmachen. Eine hatte einen langen buschigen Schwanz und fühlte sich allzu wohl auf

Gavins Seite des Bettes. Die andere, beinahe verborgen unter der dicken Decke, drehte sich hastig um.

«I-ich bin wieder da», sagte er hilflos.

«Okay», lautete ihre leise Antwort.

Er schnippte mit den Fingern, worauf Butter seufzend ans Fußende rückte. *Ja, ja. Du darfst wenigstens mit ihr im selben Bett schlafen.* Thea setzte sich mit einem Ruck auf, um zu protestieren.

Er kam ihr zuvor. «Ich will dir etwas sagen.»

«Gavin, ich bin das alles leid. Ich kann nicht mehr.»

Er ging um das Bett herum zu ihrer Seite und kniete sich davor. «Auf der Highschool w-war ich in dieses Mädchen verknallt. Sie w-war hübsch und beliebt. Irgendwann habe meinen Mut zusammengerafft und sie gefragt, ob sie mit mir ausgeht. Sie hat mich ausgelacht. Hat sich über mein Stottern lustig gemacht.»

«Gavin, das tut mir leid, aber …»

«Es kommt noch schlimmer. Eine W-w-woche später ging eine Liste in der Schule herum: die Top Ten der Typen, die am dringendsten …», er stockte und schluckte die Bitterkeit hinunter, die diese alte Demütigung noch immer in ihm aufsteigen ließ, «die am dringendsten einen Mitleidsfick brauchen. Ich war die Nummer eins. Sie hatte die Liste geschrieben und in Umlauf gebracht.»

Thea rieb sich die Schläfen.

«Thea, was Sex anging, war ich nie selbstbewusst. Ich war … ich war ein Spätzünder. Mein erstes Mal hatte ich erst auf dem College. Und ich hatte immer …» Er holte zitternd Luft. «Ich hatte immer Angst, dass ich dich mehr liebe als du mich.»

«Gavin.» Ihr Blick wurde weich.

«Ich habe immer gefürchtet, dass du mich ohne die Schwangerschaft nicht geheiratet hättest, dass ich dich nicht hätte halten können.»

Sie griff nach ihm und krallte die Finger in sein Hemd. «Wie kannst du das nur denken?»

«Also, ja. Da ist ein Teil von mir, dem es leidtut, dass ich von den vorgetäuschten Orgasmen weiß. Denn jetzt kann ich nicht mehr so tun, als wäre alles bestens. Und nicht mehr die Augen davor verschließen, dass ich im Begriff bin, dich zu verlieren.»

Eine Träne lief ihr über die Wange.

«Ich wollte glauben, wir könnten weitermachen, als ob nichts geschehen wäre, aber das ist dir gegenüber unfair. Und mir selbst gegenüber wohl auch.»

Thea schwang die Beine aus dem Bett und zog ihn an sich.

Was als Ermutigung genügte, um alles auf eine Karte zu setzen. Er ließ den Kopf auf ihre Knie sinken. «Ich bin dir ausgeliefert, Thea. Seit ich dich zum ersten Mal sah, war ich nur noch die Hälfte meiner selbst. Denn die andere gehört dir.»

«Gavin …» Sein Name kam rau über ihre Lippen, als fiele ihr das Atmen schwer.

Er hob den Blick. «Mach meiner Qual ein Ende, Thea. Ich bitte dich.»

Sein Herz hämmerte, während er darauf wartete, was sie tun würde. Unsicherheit und Sehnsucht flossen mit jedem ihrer sich vermischenden Atemzüge zwischen ihnen hin und her. Quälend langsam näherte sie sich seinem

Mund. Sie senkte zitternd die Lider, als sie um seine Oberarme fasste.

Er schob sie sanft aufs Bett und folgte ihr. Thea sank auf ihr Kissen, und als sie den Mund öffnete, um ihn zu küssen, löste sich in seiner Brust etwas. Euphorie durchströmte ihn, eine berauschende Mischung aus Erleichterung und Erregung.

So wie jetzt hatte er seine Frau ewig nicht geküsst, länger als er sich erinnern konnte. Es war anders als die leidenschaftlichen Küsse der vergangenen zwei Wochen. Er küsste sie langsam und tief, eine Mischung aus sicher vertraut und aufregend neu. Ihre Hände waren in seinen Haaren, ihr Bein auf seiner Hüfte, ihre Brüste an seine Brust gepresst. Selbst ihre wilden Küsse vorhin waren nicht so intim gewesen. Er legte eine Bitte um Vergebung und ein Versprechen in jede Berührung, und er schmeckte einen Hauch von Zustimmung.

Sein Körper brannte darauf, die Klamotten loszuwerden und in sie einzudringen. Aber er wusste, keiner von ihnen war dafür schon bereit. Ihre Ehe war noch nicht bereit. Sie standen an der Schwelle zu etwas Neuem. Etwas Besserem. Das würde er nicht aufs Spiel setzen, um sein körperliches Verlangen zu stillen.

Erst recht da er noch nicht sicher war, dass er ihres stillen konnte. Noch ein Versagen würde sie beide zurückwerfen. Und er wollte nicht mehr zurück, nie wieder, jetzt da er wusste, dass es noch mehr solcher Momente wie diesen geben könnte.

Luft entwich ihm in einem Seufzen, und beim nächsten Atemholen empfand er eine Dankbarkeit, die ihm die

Brust weitete. Ja, Dankbarkeit. Für diesen Moment. Für die zweite Chance. Für diese Frau.

Ihr gehörte die Hälfte seines Herzens schon so lange, dass das wilde, volle Klopfen ganz ungewohnt geworden war, ebenso wie das Gefühl, vollständig zu sein, das er nur mit ihr je erfahren hatte.

Thea gab einen Laut von sich, ein beruhigendes Raunen, als verstünde sie genau, weil sie all das auch fühlte.

Sie strich mit den Fingern an seinem Kinn entlang, folgte der Spur mit den Lippen und öffnete den Mund an seinem Hals, atmete an seinem Puls. Sie bewegten sich, sie berührten sich, sie redeten nur durch federleichte Lippen an fiebriger Haut.

Das war, wie er zitternd begriff, der wichtigste Moment seines Lebens.

Gavin hob den Kopf an, um ihr in die Augen zu sehen. Seufzend holte sie Luft.

«Rede mit mir», flüsterte er.

Sie lächelte mit tränennassen Augen. «Willst du bleiben und mir vorlesen?»

KAPITEL 21

Thea wachte nackt auf.

Sie hatten nicht miteinander geschlafen – hatten es auch nicht versucht –, aber Gavin war die Nacht über bei ihr geblieben, und sie waren wortlos übereingekommen, dass Bekleidung optional war.

Hinter sich hörte sie Gavin leise gähnen.

«Ich kann dich denken hören.» Er zog sie an seine Brust. «Gut geschlafen?»

«Hmhm.»

«Erzähl mir, w-w-woran du denkst.» Er vergrub das Gesicht in ihrem Nacken und brummte wohlig an ihrem Ohr.

Ach, du weißt schon. Nichts Besonderes. Nur an Sex.

Heißen Sex.

Wilden Sex.

Ich-kratze-dir-den-Rücken-auf-Sex.

Wie-kann-ich-dabei-keinen-Orgasmus-haben-Sex.

Bäh.

Er knabberte mit den Lippen an ihrem Ohrläppchen. «W-weißt du, woran ich denke?»

«An Sex?», platzte sie heraus.

Er lachte auf und brachte die Matratze zum Wackeln. «Das versteht sich von selbst.» Er griff nach ihrer Hand. «Aber ich wollte eigentlich Speck sagen.»

Thea drehte den Kopf, um ihn über die Schulter anzublicken. «Ist das ein Euphemismus?»

«Jetzt gerade nicht.» Gavin stützte sich auf den Ellbogen und schaute auf diese sexy verschlafene Art auf sie runter. «Morgen.»

Thea drehte sich auf den Rücken, damit sie ihn bequemer ansehen konnte. «Guten Morgen.»

«Soll ich die Pfannkuchen machen?»

Oh, ja. Es war Samstag. Ihre Familientradition.

«Klar. Aber erst später. Die Mädchen sind noch nicht mal aufgestanden.»

Er zog eine Braue hoch. «Was sollen wir mit unserer gestohlenen Zeit im Dunkeln anfangen?»

Sie lachte, und dann quietschte sie, weil er die Decke über ihre Köpfe zog und sie in einen Kokon hüllte. Sie wurden gleichzeitig still, sogen den Moment in sich auf, registrierten jeden Punkt, wo seine harten Stellen ihre weichen berührten.

Thea zog seine Unterlippe zwischen ihre Zähne.

Mehr brauchte es nicht. Leise stöhnend drückte Gavin sie mit dem Oberkörper in die Matratze und ließ seinen Mund über ihren streichen. Er küsste sie, als hätten sie alle Zeit der Welt. Als sie jedoch ein Bein an seinem entlang nach oben gleiten ließ und mit den Zehen über seine

Wade streichelte, änderte sich etwas. *Er* änderte sich. Er legte eine Hand um ihre Wange und setzte in einem anderen Winkel neu an, um sie tiefer und härter zu küssen und mit der Zunge in ihren Mund zu dringen.

Thea legte die Arme um ihn und erforschte mit den Fingern seine festen Muskeln, jede Wölbung und Vertiefung. Das schien das Feuer in ihm anzufachen, denn er stöhnte tief in der Brust und presste den Unterleib gegen sie, genauer gesagt gegen die Stelle, die vor Verlangen pochte. Sie wollte am liebsten in ihn kriechen. Sie wollte jeden Zentimeter von ihm küssen.

Sie schien nur noch aus Wollen zu bestehen.

Sein Gewicht. Seine Hüften. Stöhnen, sich winden, keuchen.

Sie wollte seine Hände auf ihrer Haut, seine Lippen auf ihren Brüsten. Sie wollte ihn hart und lang und groß in sich spüren. Sie wollte die Hitze und das Feuer und die Explosionen wiederfinden. Und danach wollte sie sich an seine Seite kuscheln, mit einem Finger über seine schweißfeuchte Haut streichen und mit offenem Mund Küsse auf seinem Bauch verteilen.

Sie *wollte*.

Sie wollte ihn.

«Gavin», krächzte sie. «Darf ich dich etwas fragen?»

Er liebkoste eine Stelle unter dem Ohr. Sie holte scharf Luft. Oh, das gefiel ihr. «Woran hast du es an dem Abend erkannt?»

«Was erkannt?» Er saugte an ihrem Ohrläppchen.

«Dass ich einen Orgasmus hatte.»

«Zuerst an den Geräuschen, die du von dir gegeben

hast.» Er saugte an der zarten Haut, wo ihr Puls pochte. «Das hatte ich vorher nie von dir gehört. Du hast gewimmert.»

Thea wand sich unter ihm. Der wachsende Druck zwischen ihren Beinen verlangte nach dem harten Körperteil zwischen seinen.

«Und du hast dich anders bewegt.» Er stieß sich gegen sie. Sie umfasste seine Schultern.

«Du hast meinen Namen gesagt», raunte er mit heißem Atem gegen ihren Hals. «Immer und immer wieder. Bis du nicht mehr reden konntest.»

Thea stöhnte und rieb sich an ihm.

«Du warst auf einmal wie verzweifelt», keuchte er und presse seine Erektion rhythmisch an sie. Sie stöhnte und passte sich seinen Bewegungen an, vor und zurück.

«Und dann hast du dich am ganzen Körper angespannt.» Seine Finger drückten sich in ihre Hüften. «Du hast meinen Namen gerufen, und deine inneren Muskeln. Oh Gott, Thea, dieses Gefühl ...»

Er schob die Hand zwischen ihre Beine und fand die Quelle des schmerzenden Drucks. Sie stöhnte wieder und warf den Kopf in den Nacken.

«Ich konnte ihn fühlen, Thea, deinen Orgasmus.» Er schob langsam zwei Finger in sie, und sie schrie auf.

«Deine Muskeln zogen sich um mich zusammen und, Himmel ...» Gavin senkte den Kopf auf ihre Schulter und begann, in einem stetigen Rhythmus in sie zu stoßen. «Das war das Beste, was ich je gespürt habe, Baby.»

Thea drückte ihren Mund auf seinen, und sie küssten sich verzweifelt wie Teenager, während sie seine Hand ritt. Sie bewegte die Hüften immer schneller, suchte nach diesem Gefühl, dieser Lust.

«Seit der Nacht w-wünsche ich mir nichts mehr, als das wieder für dich zu tun. Ich will dich, Thea. So sehr.»

Eine kleine Faust schlug an die Schlafzimmertür, und Thea riss die Augen auf. «Scheiße!»

«Das darf doch nicht wahr sein», stöhnte Gavin.

«Mommy!» Es war Amelia.

«Einen Moment, mein Schatz.» Thea schob Gavin von sich runter und griff nach dem nächstbesten Kleidungsstück, einem langen T-Shirt am Fußende des Bettes. Gavin drehte sich auf den Rücken und warf theatralisch die Arme zur Seite. Als Thea sich das T-Shirt überzog, legte er einen Arm über die Augen.

«Eine Sekunde noch, Schätzchen, ich komme.»

«Nein, nicht mehr», murmelte Gavin. Thea warf die Decke über seinen Schoß und ging, um die Tür aufzuschließen.

Amelia kam hereingeschlurft, ihre Bettdecke im Schlepptau. Ava folgte ihr mit der Ente.

«Daddy ist hier?», fragte Amelia und lief auch schon schneller.

«Jep. Kommt her und kuschelt euch zu uns.» Die Mädchen gingen zu seiner Bettseite und warteten darauf, aufs Bett gehoben zu werden. Die beiden legten sich auf die Decke zwischen ihr und Gavin.

«Daddys Rücken tut nicht mehr weh?», wollte Ava wissen. Damit hatten sie erklärt, warum Gavin im Gästezimmer schlief.

Thea überging die Frage. «Ihr seid aber früh wach

geworden», flüsterte sie und gab Amelia ein Küsschen auf die Wange. «Wie wär's, wenn ihr noch ein bisschen weiterschlaft?»

Die Mädchen machten die Augen zu. Thea drehte sich auf die Seite, um ihre Tochter an sich zu ziehen, und Gavin tat das Gleiche. Über die Köpfe ihrer Kinder hinweg blickten sie sich an, und was sie in Gavins Augen sah, ließ ihr Herz rasen und ihre Kehle eng werden.

Erneut war die Welt auf den Kopf gestellt.

◆ ◆ ◆

Um zehn Uhr am Vormittag, als Thea gerade die Küche aufräumte, bekam sie eine Nachricht von Liv, die in der Nacht nicht nach Hause gekommen war.

Sie werde für ein paar Tage bei Alexis bleiben und könne heute Abend nicht auf die Mädchen aufpassen.

Noch vor ein paar Tagen hätte Thea sie sofort angerufen und versucht, die Dinge wieder ins Lot zu bringen. Doch heute nicht. Dieses Mal nicht. Liv benahm sich wie ein verzogenes Kind.

Gavin legte von hinten einen Arm um sie, in der anderen Hand einen Becher Kaffee. «Liv?», fragte er.

«Sie wird heute Abend nicht auf die Mädchen aufpassen.»

«Sie kommt schon drüber weg. Und wir finden für die Weihnachtsfeier eine andere Lösung.»

Thea drehte sich in seinem Arm, stellte sich auf die Zehenspitzen und küsste ihn, bis er genießerisch brummte und seinen Kaffee abstellte, um sie an sich zu ziehen.

«Wir finden einen Babysitter für heute Abend», sagte er. «Und wenn ich für zwanzig Riesen meine Eltern einfliegen muss.»

Sie hob sich noch mal auf die Zehenspitzen zu einem Kuss, doch er trat mit einem sündigen Lächeln zurück. «Was ich heute morgen mit der Hand gemacht habe …»

«Ja?», hauchte sie.

«Beim nächsten Mal benutze ich meinen Mund.»

KAPITEL 22

Sie brauchten seine Eltern nicht einfliegen zu lassen.

Del und Nessa boten an, die Zwillinge bei Jo-Jo übernachten zu lassen, für die sie einen Babysitter besorgt hatten. Weil Nessa noch an Schwangerschaftsübelkeit litt, würden sie nach der Weihnachtsfeier auch nicht im Hotel, sondern zu Hause schlafen.

«Wie lange müssen wir bleiben?», fragte Thea, als sie auf den Parkplatz des Stadions einbogen. Sie zog sich ihren Pashminaschal um die Schultern.

«Wenn du sofort ins Hotel möchtest, lass ich mich gern überreden», sagte Gavin.

Das taten sie schon den ganzen Tag: «Hotel» war zum Deckwort geworden für das, was dort passieren würde. So als würde es Pech bringen, wenn sie die Sache beim Namen nannten.

Heute Nacht würden sie wieder Sex haben.

Fragte sich nur, ob sie einen Orgasmus bekommen würde. Und was passieren würde, wenn nicht.

«Ich schätze, wir sollten uns wenigstens blickenlassen. Bestimmt vermisst man uns sonst», meinte sie scherzend.

Übersetzung: *Ich bin so nervös, dass ich nicht mal auf die Chance anspringe, einen weiteren Zusammenprall mit Rachel zu vermeiden.*

«Wir sollten vermutlich wirklich bis zum Ende der Preisverleihung bleiben», sagte er.

Übersetzung: *Ich bin auch nervös.*

«Also gehen wir danach?»

Übersetzung: *Dann habe ich zwei Stunden Zeit, um meine Nerven zu beruhigen?*

Gavin schaltete den Motor aus und sah sie im dunklen Wagen an. «Abgemacht.»

Übersetzung: *Dann habe ich zwei Stunden Zeit, um meine Nerven zu beruhigen.*

Gavin nahm ihre Hand, als sie im Verwaltungstrakt des Stadions aus dem Fahrstuhl stiegen, wo jedes Jahr das Foyer im obersten Stock in einen weihnachtlichen Ballsaal verwandelt wurde. Gavin führte sie zwischen hohen Cocktailtischen hindurch zu Del und Nessa, die schon auf sie warteten. Die meisten Spieler, an denen sie vorbeikamen, begrüßten Gavin mit einem Handschlag, aber ihre Frauen und Freundinnen hätten kaum deutlicher auf Distanz zu Thea gehen können. Ihr Lächeln war spröde, und sie sahen sofort weg. Im Grunde war das nichts Neues für sie, nur war es heute noch auffälliger als sonst.

Den Grund dafür erfuhr sie, sobald sie und Nessa sich setzten und die Männer Getränke holen gingen.

«Rachel und Jake haben sich heftig gestritten», erzählte Nessa, die in ihrem perlenbesetzten goldenen Kleid aussah wie ein Laufstegmodel. «Ich weiß nicht, ob es wirklich wahr ist, aber angeblich hat er ihr heute Morgen gesagt, dass er nach der Feier für eine Weile im Hotel bleiben will.»

Überraschenderweise empfand Thea tatsächlich ein bisschen Mitleid für Rachel. «Sind sie hier?»

«Ja, aber man merkt ziemlich deutlich, dass irgendwas zwischen ihnen vorgefallen ist.»

«Sie gibt mir die Schuld, oder?», fragte Thea, die eins und eins zusammenzählte. «Mein Verhalten an Thanksgiving?»

Nessa zuckte zusammen. «Ich habe etwas in der Art gehört, ja.»

Na großartig.

Als die Männer mit den Getränken zurückkamen, ließen Thea und Nessa das Thema fallen. Del prostete Gavin mit seinem Bier zu. «Auf unsere schönen Frauen.»

«Darauf trinke ich.» Gavin stieß mit ihm an.

Dann neigte er sich ganz nah an Theas Ohr. «Auf die schönste Frau im ganzen Saal», flüsterte er, tippte seine Flasche gegen ihr Glas und küsste sie, bevor er sie trinken ließ.

«Ich fühle mich hier drüben ein bisschen ignoriert», scherzte Del. «Und du, Nessa?»

Thea sah auf. Nessas Lächeln war warm, Dels schmutzig. Gavin küsste sie auf die Schläfe. Das würde ein langer Abend werden.

Im Lauf der nächsten halben Stunde füllten sich die anderen Tische mit Paaren, aber ihrer blieb auffallend leer. Sogar Yan und Soledad setzten sich auf die andere Seite des Raumes, und das gab ihr einen Stich. Wie konnte man nur so abergläubisch sein? Glaubten die wirklich, ihr – ihr was? Ihr schlechter Einfluss? – sei an dem Streit zwischen Jake und Rachel schuld? Thea trank ihren Champagner mit großen Schlucken aus und ließ sich von Gavin ein neues Glas bringen.

Ein paar Minuten bevor das Dinner beginnen sollte, erbarmten sich zwei Trainer und ihre Frauen und fragten, ob die Plätze noch frei seien. Offenbar war der Trainerstab nicht ganz so oberflächlich.

Als das Dinner vorbei war und die Preisverleihung begann, hatte sie drei Gläser Champagner getrunken und merkte leise kichernd, dass es sie wenigstens nicht mehr stresste, ob sie nachher einen Orgasmus bekäme oder nicht.

Bei der Preisverleihung ging es sowohl um ernsthafte Leistungen als auch um alberne Traditionen. So gab es Preise für den wildesten Play-off-Bart und den miesesten Siegestanz. Del wurde für den übelsten Spielerbankausraster geehrt, den er sich gleich zu Saisonbeginn nach einem stümperhaften Steal-Versuch geleistet hatte. Jede Ehrung brachte sie dem unausweichlichen Augenblick näher, da Gavin für seinen Grand Slam geehrt werden würde, und sie wurde immer angespannter.

Wenn die Moderatoren daraus keine große Sache machten, würde sie klarkommen. Doch das konnte sie vergessen. Sie würden diesen Moment bestimmt nicht schnell abhandeln. Es war die größte Einzelleistung des Jahres. Wahrscheinlich würden sie davon ein Video zeigen. Für Thea wäre es seit jenem Abend das erste Mal. Sie hatte sich keine Wiederholung angesehen, weil die Erinnerung zu weh tat. Nach seiner größten sportlichen

Leistung hatte er die größte private Demütigung erfahren. Dass beides so kurz hintereinander passieren konnte, war eine Grausamkeit des Schicksals, und Thea würde den katastrophalsten Moment ihrer Beziehung gleich vor allen Leuten noch einmal durchleben.

Wenn Gavin auch mulmig zumute war, so ließ er sich das nicht anmerken. Die ganze Zeit über berührte er sie, hielt ihre Hand oder legte den Arm um sie und blickte sie alle paar Minuten mit seinem umwerfenden Lächeln an oder zwinkerte ihr zu.

«Der nächste Award wird niemanden überraschen», sagte der Moderator schließlich. «Der Preis für den besten Homerun geht an …»

Der ganze Saal skandierte Grand Slam, Grand Slam, Grand Slam. Auf einem riesigen Bildschirm erschien das inzwischen berühmte Foto von Gavin, der an der Homeplate in die Arme seiner Mitspieler sprang. Es gab tosenden Applaus. Dann wurde in Zeitlupe gezeigt, wie er um die dritte Base und zur Homeplate rannte, wobei er auf halber Strecke seinen Helm in die Luft warf, und zwar so heftig, dass am nächsten Tag die Frage «Ist Gavin Scotts Helm schon gelandet?» auf Twitter zu einem viralen Hit wurde. Seine Mitspieler zogen ihn in einen schreienden Haufen. Sie rempelten ihn an, umarmten ihn, warfen ihn um und hoben ihn wieder auf die Beine, rissen ihm sein Jersey dank der Knopfleiste vom Leib und enthüllten das schwarze Unterhemd, das sich an Bauch, Brust und Schultern schmiegte. Nach *dem* Foto wurde tausendmal «Ich will ein Kind von Gavin Scott» getwittert.

Gavin ging zur Bühne und nahm den Preis unter

Schulterklopfen und Umarmungen entgegen. Als er an den Tisch zurückkam, beugte er sich hinunter, um sie zu küssen, setzte sich jedoch nicht. Der Moderator sagte, es sei Zeit für die letzte Ehrung, eine neue, die sich das Team selbst ausgedacht hätte und die längst überfällig sei.

«Legends, erhebt euch bitte.»

Alle Spieler und Trainer standen auf. Thea schaute zu Nessa, die mit den Achseln zuckte und auch nicht zu wissen schien, was jetzt kam.

«Wir alle wissen, dass die wahren Heldinnen unsere Partnerinnen zu Hause sind, die es irgendwie mit uns aushalten», sagte der Mann in sein Mikro.

Theas Herz setzte einen Schlag aus.

«Ihr haltet zu uns in Siegen und in Niederlagen, ihr helft uns durch den Stress von Vertragsverhandlungen und Trade Deadlines. Durch euch wird unser verrückter Traum Wirklichkeit, und wir zeigen euch nicht genug, wie dankbar wir dafür sind.»

Thea schluckte schwer, ihr Atem war schneller geworden.

«Legends», rief der Mann. «Zeigt eure Dankbarkeit!»

Pfiffe und Jubelrufe füllten den Saal. Ringsherum zogen Spieler und Trainer ihre Frauen in die Arme, um sie leidenschaftlich zu küssen. Unsicherheit blitzte in Gavins Augen auf, als er ihr die Hand hinstreckte. Thea nahm sie und stellte sich wackelnd auf ihre hohen Absätze.

«Deshalb wollte ich dich heute Abend unbedingt dabeihaben», sagte er leise und legte einen Arm um ihre Taille, um sie an sich zu ziehen.

Sie hob ihm das Gesicht entgegen, und was dann

folgte, war einer dieser Momente, bei dem die Zeit stillzustehen schien und die Welt ringsum verblasste. Nichts existierte mehr außer Gavins Augen, seinem Lächeln und seinen Händen. Gott, seine Hände. Groß und rau von Jahren harten Trainings. Seine Finger zogen träge einen Pfad an ihrem Rückenausschnitt entlang und lösten heiße Schauder aus. Locker legten sie sich um ihren Nacken, während er den Kopf zu ihr beugte. Sein Mund schwebte über ihrem, als wollte er ihr genug Zeit geben, um nein zu sagen, bevor seine Körpersprache verriet, dass dies kein Kuss wie die anderen werden würde. Die waren nur das Aufwärmprogramm gewesen. Die Übungsschläge vor dem Spiel. Er hatte auf diesen Kuss gewartet.

Neckend zupfte er an ihrer Unterlippe, was ihr ein Kribbeln durch den Körper jagte.

«Gavin», flüsterte sie flehend. Vielleicht traf gerade der Champagner die Entscheidungen für sie.

Lächelnd senkte er den Mund auf ihren. Vollends. Endlich.

Ihr war, als ob sie schwebte, schwindlig und leicht fühlte sie sich, aber das lag nicht am Champagner, das lag nur an ihm. An seinem Geruch, seinem Geschmack, der Kraft seiner Lippen. Es lag an der Art, wie er sich immer wieder kurz zurückzog, nur um sie darauf noch leidenschaftlicher zu küssen. Es lag an dem erregenden Gefühl, ihn in einem Raum voller Leute zu küssen und sie einfach auszublenden. Und es lag daran, wie er zärtlich besitzergreifend die Finger in ihre Haare schob, um ihren Kopf zu halten. Sie legte eine Hand an seine bärtige Wange und löste sich langsam von ihm. Ihr bebend ausgestoßener

Atem mischte sich, wurde zu einem einzigen Keuchen und ging in ein Lachen der Verblüffung über. Allmählich nahmen sie ihre Umgebung wieder wahr, das Klirren der Gläser, die Stimmen der Paare, die sich bereits voneinander gelöst hatten, das Klappern von Absätzen, die romantische Melodie des langsamen Songs, den die Band gerade spielte.

Gavin hob ihr Kinn an, damit sie ihm in die Augen sah. «Ich w-weiß nicht, wie es dir geht, aber ich bin bereit, hier abzuhauen.»

Jetzt wurde es ernst. Thea nickte. «Ich will mich nur schnell noch frisch machen.»

Sie hob ihre runtergefallene Clutch vom Boden auf und lächelte ihn dankbar an, als er ihr unter den Ellbogen griff, damit sie sicher aus der Hocke hochkam.

«Bin gleich wieder da.»

Zu den Toiletten ging es durch einen langen Flur und dann um die Ecke. Nachdem sie das Foyer verlassen hatte, wurde die Musik immer leiser, bis sie nur noch ihr eigenes Herzklopfen hörte.

In das sich schließlich die Stimmen der Frauen mischte, die sich hinter der Ecke unterhielten.

Sie blieb stehen und zwang sich, nicht genervt zu stöhnen. Rachel und ihr Hexenzirkel saßen offenbar im Wartebereich zwischen den Büros und den Toiletten. Damit blieben Thea zwei Optionen: die Toilette auf einem anderen Stockwerk zu benutzen oder lässig winkend an ihnen vorbeizugehen und sie darüber hinaus zu ignorieren. Verdammt! Sie wollte keine Zeit vergeuden und noch mal durch die Flure laufen. Und warum sollte sie auch?

Nur weil Rachel es geschafft hatte, fast alle WAGs gegen sie aufzuhetzen, hatte sie nicht weniger das Recht, hier zu sein. Sie war noch immer mit Gavin verheiratet.

Sie nahm ihren Mut zusammen und wollte um die Ecke biegen. Doch was Rachel in dem Moment sagte, ließ sie innehalten.

«Unglaublich, dass sie sich getraut haben, heute Abend herzukommen.» Ihre Aussprache war gerade lallend genug, um zu zeigen, dass sie heute schon einiges getrunken hatte.

«Das ist so selbstsüchtig», sagte Mia Lewis, die mit dem Outfielder Kevin Krieg verlobt war. «Es tut mir leid, aber die beiden bringen definitiv Unglück.»

Theas Magen zog sich schmerzhaft zusammen. Die redeten über Gavin und sie.

Rachel schnaubte. «Habt ihr gesehen, wie sie sich geküsst haben?»

«Ich fand das eigentlich süß», sagte eine dritte Stimme. Vielleicht Mary Phillips? Die Frau von Brad, dem Ersatz-Catcher, war immer nett zu ihr gewesen. Wieso stand sie hier mit den anderen zusammen?

«Das war widerlich», giftete Rachel. «Ich meine, Gott, nehmt euch ein Zimmer!»

«Aber alle haben sich geküsst», wandte Mary ein.

«Ja, aber nicht wie die beiden», sagte Rachel. «Ich wette, die waren noch Jungfrau, als sie sich kennengelernt haben.»

«Das ist gemein», sagte Mia lachend.

«Könnt ihr euch vorstellen, mit dem verheiratet zu sein?», fragte Rachel.

Theas Hand ballte sich vor ihrem Magen zur Faust.

«Habt ihr mal versucht, euch länger als eine Minute mit ihm zu unterhalten? Ich wette, er stottert sogar im Bett.»

Zorn. Heiß und blendend. Er rötete Theas Wangen und verengte ihr Blickfeld. Ein Bild schoss ihr durch den Kopf, wie sie sich auf Rachel stürzte, sie zu Boden stieß und ohrfeigte. Sie stampfte um die Ecke und zeigte sich. «Wie könnt ihr es wagen!»

Die drei Frauen drehten ruckartig den Kopf und besaßen wenigstens den Anstand, für einen Moment schuldbewusst und ertappt auszusehen.

Thea stürmte auf sie zu. «Was glaubt ihr, wer ihr seid?»

Mary wurde blass und trat einen Schritt auf sie zu. «Thea, das war nicht … wir haben nicht über euch beide geredet.»

Rachel rollte die Augen. «Ich glaube nicht, dass sie dir das abkauft.»

Ihr Zorn wütete in ihr wie ein Wirbelsturm. «Ihr könnt über mich sagen, was auch immer ihr wollt. Aber haltet gefälligst die Klappe, wenn es um meinen Mann geht. Gavin hat mehr Integrität, Anstand und Mut als jeder andere hier, mehr als ihr drei euch auch nur erträumen könntet.»

Mary schluckte schwer. «Es tut mir leid. Ich … ich gehe zurück zur Party.» Mit lodernden Wangen eilte sie an Thea vorbei.

Rachel rollte nur wieder die Augen. «Wenn du glaubst, dass ich mich entschuldige, kannst du lange warten.»

«Das ist mir völlig egal. Aber wenn ich je wieder höre, wie du über meinen Mann herziehst …»

«Dann was?» Rachel stand auf und baute sich mit ihrer deutlich größeren Gestalt vor ihr auf. «Dann wirst du wütend? Dann petzt du es deinem Mann? Schätzchen, wir sind nicht mehr in der Highschool.»

Thea stieß ein schallendes Lachen aus. Das sagte die Richtige! Rachel schwankte auf ihren Highheels. «Wie viel hast du getrunken, Rachel?»

«Das geht dich einen Dreck an.»

Doch noch während sie das sagte, schwankte sie wieder und kippte beinahe um. Thea griff nach ihr und stützte sie. Rachel riss ihren Arm weg. «Fass mich nicht an.»

Thea hätte es nicht überrascht, wenn Rachel sich angewidert den Arm abgewischt hätte.

Mia nahm Rachels Hand, um sie wegzuziehen. «Lass uns einfach gehen.»

Rachel riss sich auch von ihr los. «Nein. Warum soll sie nicht die Wahrheit erfahren?»

Mia blickte über Theas Schulter hinweg in den langen Flur. «Rachel, komm schon, lass uns gehen.»

«Die Wahrheit worüber?», fauchte Thea. «Dass du mir die Schuld für deine eigenen Probleme in die Schuhe schiebst?»

Rachel stolperte wütend auf sie zu. «Zwischen Jake und mir wäre alles bestens, wenn wir es in die World Series geschafft hätten! Und das haben wir nur deshalb nicht, weil dein Mann im letzten Spiel versagt hat!»

«Okay, was du gerade machst, nennt man Projektion, und das ist traurig.»

«Ich hatte Pläne!», kreischte sie. «Glaubst du, ich will ewig in dieser beschissenen Hinterwäldlerstadt leben?

Dein Mann hat Jake die World Series gestohlen und alle Werbeverträge, die er bekommen hätte!»

Thea blieb der Mund offen stehen. Aber ihr Zorn überrollte die Überraschung im nächsten Moment. «Mein Mann? Reden wir doch mal über deinen und den Homerun, den er im dritten Inning zugelassen hat! Oder das Double-Play, durch das die Cubs in Führung gingen?»

Rachel zuckte zurück, Schock zeichnete sich auf ihrem Gesicht ab. «Wenn dein Mann im siebten Spiel …»

«Es hätte überhaupt kein siebtes Spiel gegeben, wenn er im sechsten nicht so herausragend gespielt hätte!»

Auf diese Vorlage hatte Rachel nur gewartet. Sie schürzte die Lippen und zog höhnisch eine ihrer perfekt geformten Brauen hoch. «Und wenn du nur die geringste Loyalität als Spielerfrau hättest, wärst du zum siebten Spiel gekommen.»

«Was zum Teufel ist hier los?» Die dröhnende Stimme ihres Ehemanns ließ Thea herumfahren. Gavin stand mit finsterem Gesicht nur drei Schritte von ihr entfernt.

Rachel schnaubte. «Ah, da ist er ja. Dein großer starker Retter.»

Nur war der große starke Retter nicht allein gekommen. Rachels Mann – oder wohl eher baldiger Exmann – bog um die Ecke mit der halben Mannschaft im Schlepptau. Wieder regte sich dieses unerwartete Mitleid für Rachel, und einen kurzen Moment lang überlegte Thea, einfach zu gehen.

Früher hätte sie das getan.

Doch sie hatte es leid, vor Kämpfen zu flüchten.

Also trat sie an Rachel heran, so nah, dass die schwankend einen Schritt zurückwich. «Willst du wissen, was für eine Art von Spielerfrau ich bin? Ich bin die Art, die ihre Kinder allein zur Welt bringen musste, weil ihr Mann bei einem Spiel war. Ich bin die Art, die ganz allein vierundzwanzig Stunden mit zwei kranken Kindern in der Notaufnahme verbracht hat, weil ihr Mann bei einem Spiel war. Ich bin die Art, die immer noch nicht den Unterschied kennt zwischen einem No-Hitter und einem Perfect Game, und weißt du, was? Es ist mir scheißegal, denn ich bin nicht mit Baseball verheiratet. Ich bin mit Gavin verheiratet, einem Mann mit mehr Anstand, als du je haben wirst.»

Jetzt sah Rachel tatsächlich ein wenig ängstlich aus und wich noch einen Schritt zurück, sodass sie mit dem Rücken an die Flurwand stieß. Thea ging ihr jedoch nach. «Und ich bin die Art von Spielerfrau, die ihre eigenen Karriereträume drei Jahre lang aufgeschoben hat, um ihren Mann bei seinen zu unterstützen, und sich deshalb Frauen wie dir anpassen wollte. Aber damit bin ich durch. Und ich denke, der eigentliche Grund, dass du mich hasst, ist, weil du selber nicht den Mumm hast, dasselbe zu tun. Lieber machst du alle anderen runter, gibst allen anderen die Schuld. Aber niemand hat dich und Jake auseinandergebracht außer dir selbst.»

Thea drehte sich auf dem Absatz um, hielt dann aber noch mal inne, um einen letzten Kommentar loszuwerden. «Und nur zu deiner Information: Ja, Gavin stottert auch im Bett. Und es ist absolut perfekt.»

Und dann, ohne Gavin oder die anderen auch nur anzusehen, ging Thea erhobenen Hauptes davon.

KAPITEL 23

Am Fahrstuhl holte Gavin sie ein. Sie hatte schon ihren Schal und ihre Handtasche aus dem Saal geholt.

«Thea …»

Sie hob eine Hand. «Ich will es nicht hören. Sie hatte das verdient.»

Der Fahrstuhl öffnete sich, und er ging mit ihr hinein. Sie atmete schnell, wohl noch immer aufgeregt von dem Streit, und ihr letzter Satz hallte ihm noch in den Ohren. *Gavin stottert auch im Bett. Und es ist absolut perfekt.*

Er sollte gedemütigt sein, wütend sein. Aber das war er nicht. Er war hart wie ein Brett.

Ihre Augen trafen sich, und er fühlte eine Schockwelle bis in den Unterleib. Gott! Sie war genauso erregt wie er. Im nächsten Moment lösten sie sich aus ihren Ecken und prallten in der Mitte des Aufzugs zusammen wie zwei wilde Tiere, die nicht anders können. Gavin geriet ins Taumeln und zusammen krachten sie gegen die Wand.

«Heute spielst du mir nichts vor», knurrte er an ihrem Mund. «Hörst du? Du spielst mir nie wieder was vor!»

Er war noch nie so schnell durch die Stadt gefahren. Das Hotel war nur eine Meile entfernt, aber es kam ihm vor, als läge es auf der anderen Erdhalbkugel. Vor dem Eingang bremste er scharf ab und warf den Schlüssel dem Hotelmitarbeiter zu. Seinetwegen konnte der Junge den Wagen auch gleich behalten.

Gavin holte ihre Taschen vom Rücksitz. Thea wartete auf dem Bürgersteig, die Augen dunkel und verschleiert vor Verlangen.

Seine Frau würde heute Nacht zum Orgasmus kommen, und wenn es ihn umbringen würde.

Das Einchecken dauerte nur fünf Minuten, kam ihm aber ewig vor. Im Aufzug fielen sie erneut mit gierigen Händen und Lippen übereinander her und taumelten hinaus, als die Tür im obersten Stock zur Seite glitt. Er hatte eine Suite gebucht – weil er es konnte und weil diese Nacht etwas Besonderes war.

Mit zitternder Hand zog er die Schlüsselkarte durch das Schloss.

Das rote Lämpchen leuchtete auf.

Ungeduldig brummend tat er es noch mal. Grün. Endlich. Er stieß die Tür auf, warf die Taschen ins Zimmer und griff nach seiner Frau.

Sie prallten wieder gegen die Wand und pressten sich aneinander. «Dreh dich um», befahl er.

Mit zitternden Fingern zog er den Reißverschluss ihres Kleides auf. Wenn er nicht so verzweifelt wäre, würde er sich Zeit damit lassen. Er würde ihren Rücken ganz langsam entblößen und jeden Zentimeter küssen. Aber das musste bis zum nächsten Mal warten.

Das Kleid fiel auf ihre Knöchel hinab, und sie trat es beim Umdrehen zur Seite. Jetzt stand sie vor ihm in nichts als Highheels und einem String. Aus seiner Kehle entkam ein Laut, der nicht nach einem Menschen klang. Er griff um ihre Taille, zog sie an sich, und sie küsste ihn mit der ungezügelten Leidenschaft, die ihm so lange gefehlt hatte. *Sie* hatte so lange gefehlt. Diese temperamentvolle Frau, in die er sich damals verliebt hatte. Gott, er hatte sie so sehr vermisst.

Als er eine Hand an ihrem Bauch hinabstreichen ließ, drückte sie stöhnend den Rücken durch. Und als er ihre feuchten Locken spürte und mit den Fingern teilte, schrie sie auf und hob die Hüften seiner Berührung entgegen. Gott, wenn er sie so zum Kommen bringen könnte, stehend, während sie seine Hand ritt.

«Gavin.» Sie legte beide Hände an seinen Kopf. «Liebe mich.»

Er griff um ihren Hintern und hob sie hoch, sodass sie die Beine um seine Taille schlang und er ihre spitzen Absätze an den Oberschenkeln spürte. Gott, hoffentlich behielt sie diese Schuhe an.

Er trug sie zum Bett und ließ sie auf die Matratze sinken, riss sich das Hemd über den Kopf und fummelte den Reißverschluss der Hose herunter, den er bereits zu sprengen drohte. Thea befreite sich von ihrem String, sodass sie bis auf die Schuhe nackt war.

Stöhnend sank er vor dem Bett auf die Knie. Zeit, die Lektionen aus dem Buch in die Praxis umzusetzen.

«Gavin, was tust du», flüsterte Thea. «Ich will dich.»

«Lass mich dich zuerst auf diese Weise lieben», sagte er und dankte Graf Sex Machine, weil er immer das Richtige zu sagen wusste.

Gavin schob die Hände unter ihren Hintern und beugte sich über sie, bis seine Lippen sanft ihre Schamlippen berührten. Keuchend raffte sie die Bettdecke in die Fäuste.

Er blies auf ihre erhitzte Haut und wurde belohnt mit einem weiteren Keuchen, bei dem sie den Rücken durchbog. Als er sie mit der Zunge teilte, brachte ihn ihr raues Stöhnen fast zum Kommen.

Er leckte sie, bis sie sich wand, ließ abwechselnd die Zungenspitze über ihre geschwollene Klitoris schnellen und saugte daran. Ihr Stöhnen machte ihn wild, aber er hielt immer wieder kurz inne, um sie zu Atem kommen zu lassen. Das hatte er von Graf Flinke-Zunge gelernt. Zu warten, bis sie sich auf die Empfindungen einstellte, bevor er tiefer drang, und Worte einzusetzen, nicht nur seinen Körper.

Er blies noch einmal über sie. «Ich liebe es, w-wie du schmeckst.» Dann leckte er langsam von unten nach oben.

Ohne das Buch wäre er nie auf die Idee gekommen, ihr das zu sagen. Sie reagierte wie erhofft. «Wirklich?», wimmerte sie und legte ein Bein über seine Schulter.

«Ich könnte dich den ganzen Tag lang so küssen und in dir schwelgen.»

Sie hob die Hüften an, suchte die Berührung seines Mundes. Als er diesmal die Lippen um ihre Klitoris schloss, drang er mit zwei Fingern in sie ein, stieß im Takt seiner Zunge in sie.

Thea erschauerte. Sie presste sich gegen sein Gesicht, die Hände in seinen Haaren vergraben.

Er erhöhte das Tempo.

Ihre Oberschenkel fingen an zu zittern.

Sie stöhnte nicht mehr, sie wimmerte.

Ihre Erregung wuchs, bis sie sich unter ihm wand. *Sich wand!* Und das war das Heißeste, das er je gesehen hatte. Eine Woge der Zärtlichkeit durchströmte ihn, genauso mächtig wie die Erregung. Sie war seine Frau. Die Liebe seines Lebens. Und drei Jahre lang hatte er darin versagt, ihr solche Lust zu verschaffen, ihr die Sicherheit zu geben, sich bei ihm fallenzulassen und so wie jetzt empfinden zu können. Er hatte sie in so vielem und so oft enttäuscht. Das würde ihm nie wieder passieren.

«Gav…» Ihr versagte die Stimme. Sie war so nahe dran. «Ja. Ja, oh Gott.»

Sie krallte die Finger fester in seine Haare und warf schreiend den Kopf in den Nacken, ihr Körper erbebte. An seinen Fingern spürte er, wie sich ihre Muskeln zusammenzogen. Ein letztes Mal presste sie das Becken an seinen Mund. Dann erschlaffte sie. Ihr rauer Schrei verklang zu einem leisen Stöhnen, einem weiteren Wimmern und einem gehauchten «Oh Gott».

Heilige Scheiße. Er hatte es geschafft.

Er hatte seine Frau zum Kommen gebracht.

Heilige Scheiße.

Sie war gekommen. Nur durch seine Finger und seinen Mund.

Ihre Beine rutschen matt von seinen Schultern, während sie wieder zu sich kam. «Gavin», flüsterte sie.

Er zog einen Pfad von Küssen ihren Bauch hinauf. «Sprich mit mir», bat er mit zitternder Stimme.

«Ich will dich in mir.»

Er nahm sich nicht die Zeit, sich ganz auszuziehen, sondern schob nur Hose und Slip ein Stück runter und beugte sich über sie. Drängend rieb er sich an ihr, worauf sie verlangend die Hüften anhob.

«Sag mir, was du willst, sag mir genau, w-was ich tun soll.»

«Ich will dich in mir haben.»

«Sprich weiter», keuchte er und drang nur mit der Spitze in sie ein.

Sie hob den Mund an sein Ohr. «Ich will, dass du mich noch mal zum Kommen bringst.»

Gavin stieß in sie hinein – tief – und entlockte ihr einen seligen Schrei.

Thea schlang die Beine um seine Taille. «Ich will, dass du mich fickst, Gavin», stöhnte sie. Heilige Scheiße, das waren die heißesten Worte, die er je von seiner Frau gehört hatte.

Sie klammerte sich an ihn. «Ich will dich hart und schnell.»

Er gehorchte. Auf die Ellbogen gestützt, schlug er ein Tempo an, bei dem sie vergaß weiterzureden. Neben ihrem Kopf zitterten seine Armmuskeln vor Anspannung, sein Schweiß mischte sich mit ihrem.

Sie kam so plötzlich, dass er keine Chance hatte, sich darauf vorzubereiten. Er konnte nur stillhalten, während sie die Fingernägel in seinen Rücken trieb – bis er es nicht mehr aushielt und ihr stöhnend in den Abgrund folgte.

Ein letztes Mal stieß er tief in sie, erbebte und flüsterte ihren Namen.

Ihre Glieder verloren alle Spannung, sie wurde weich unter ihm und ließ die Arme von seinem schweißnassen Rücken auf die Bettdecke fallen. Gavin ließ sich schwer auf sie sinken. Jedes bisschen Kraft hatte sich mit seinem Höhepunkt verflüchtigt. Aber verdammt. Zwei Mal. Zwei Mal hatte er seine Frau zum Kommen gebracht. Er könnte fünfmal hintereinander die World Series gewinnen, und es würde sich nicht so gut anfühlen wie das hier.

«Gavin.» Sie drehte den Kopf und küsste ihn übers Ohr. «Weißt du, was?»

«Hm?», brummte er mit dem Gesicht auf der Bettdecke.

«Ich hab nichts vorgetäuscht.»

Gavin hob den Kopf und küsste sie. «Weißt du, was?»

«Hm?»

«Ich auch nicht.»

◆ ◆ ◆

Thea lachte auf, als Gavin sich auf den Rücken drehte und sie mitzog, bis sie halb auf seinem Oberkörper lag. Einen Arm um ihre Taille und den anderen um ihre Schultern hielt er sie an sich gedrückt.

Sein Magen knurrte. Thea strich mit den Fingerspitzen über seinen Bauch. «Hungrig?»

«Immer.»

«Wollen wir etwas aufs Zimmer kommen lassen?»

«Stehst du auf der Speisekarte?

Sie lachte wieder. «Ich hole sie her.»

Seine Arme schlangen sich fester um sie. «Ich hole sie. Du bleibst im Bett und ziehst auf keinen Fall die Schuhe aus.»

«Oh, die gefallen dir?»

Mit einer geschmeidigen Bewegung rollte er sich mit ihr herum, sodass sie wieder unter ihm lag. Er stemmte sich halb hoch und küsste sich vom Hals an abwärts bis zum Bauchnabel – und hielt auf dem Weg nur einmal an, um sich für einen Moment ihren Brustwarzen zu widmen.

Am Bauch angekommen, riss er sich stöhnend von ihr los, stand auf und zog sich die Hosen hoch. «Bin gleich wieder da.»

Als er nach nebenan gegangen war, stand auch Thea auf, kramte sein altes Baseballjersey aus ihrer Tasche, zog es sich über und …

«Oh Mann, willst du mich umbringen?»

Sie biss sich auf die Unterlippe und drehte sich um. «Das gefällt dir?»

«Mehr als alle Dessous der Welt.»

Sie zupfte am Saum des Shirts. «Wirklich?»

«Willst du sehen, was gerade in meiner Hose passiert?»

«Ja», sagte sie plötzlich atemlos, weil ein Kribbeln durch ihren Körper lief. Wo kam auf einmal dieser selbstbewusste Mann her, der etwas für Dirty Talk übrighatte?

Gavin ließ die Speisekarte fallen und war mit wenigen Schritten bei ihr. Er nahm ihre Hand und führte sie an die Wölbung in seiner Hose.

«Ich w-wusste nicht mal, dass ich so schnell wieder so hart werden kann, Thea.»

Sie leckte sich über die Lippen. «Dann sollten wir das nicht ungenutzt lassen.»

«Nein, sollten wir nicht.» Mit einem Arm um ihre Taille zog er sie rückwärts zum Bett und befreite seine Erektion.

Beim Hinsetzen zog er sie mit, sodass sie rittlings auf seinem Schoß kniete. Mit einem einzigen Stoß war er wieder tief in ihr. Ein intensives Lustgefühl durchrollte sie, und etwas Primitives, Wildes, Hemmungsloses riss sie beide mit sich. In Thea brannte ein Feuer, das sie nie zuvor empfunden hatte.

Seine Hände glitten zu ihrem Po, er drückte und knetete und hielt sie fest, während sie sich rhythmisch auf ihm bewegte. Sie stützte sich auf seine Schultern, bohrte die Finger in seine Haut und ritt seine harte Länge. Mit seinen kräftigen, schwieligen Fingern strich er über die Unterseite ihrer Brüste unter dem Stoff, dann weiter über ihre harten Brustwarzen, die sich unter seinen forschenden Liebkosungen noch weiter aufrichteten.

Als sie zu ihm hinuntersah, traf sie seinen Blick, besitzergreifend und voller Begierde.

«Du bist so wahnsinnig schön», brachte er rau hervor. Dann riss er so heftig das Jersey auf, dass die Knöpfe wegsprangen, und beugte sich vor, um einen harten Nippel in den Mund zu nehmen. Mit einem Aufschrei warf sie den Kopf zurück und packte ihn bei den Haaren, um ihn an ihrer Brust zu halten. Er liebkoste sie, saugte und leckte, bis der Druck zwischen ihren Schenkeln unerträglich wurde.

Thea spreizte die Beine weiter, damit er tiefer eindringen konnte. Sie schlangen die Arme umeinander, bewegten sich stöhnend miteinander.

Die tiefen kehligen Laute, die er von sich gab, erfüllten sie mit einer Befriedigung, die sie nicht für möglich gehalten hätte.

«Verdammt, Thea.» Stöhnend trieb er sich in sie und packte ihren Hintern mit beiden Händen. Und dann gab er ihr einen Klaps.

Heilige Scheiße.

Thea erstarrte und blickte zu ihm runter. «Hast du mich gerade gehauen?»

«Äh, ja. Äh, gefällt dir das?»

«Ich glaube ja. Vielleicht … vielleicht probieren wir es noch mal, um sicherzugehen.»

Gavin murmelte etwas, das wie «heilige schlammgetupfte Bachstelze» klang, was sonderbar war, doch danach würde sie ihn später fragen müssen, denn in diesem Moment landete seine flache Hand wieder auf ihrem Hintern.

«Oh Gott, ja.» Er tat es noch einmal. «Ja, es gefällt mir.»

Ihr Körper explodierte in einem Strudel aus Emotion und Farbe, und als eine Welle nach der anderen sie schüttelte, schloss er sich ihr an. Schließlich ließ er sich mit überraschtem Gesicht nach hinten aufs Bett fallen.

Sie lachte, als sie auf ihn hinuntersah. «Ich bin dreimal gekommen, und du musstest nicht mal die Hosen ausziehen.»

«Liebling», keuchte er. «Wir fangen gerade erst an. Ich muss drei Jahre wiedergutmachen.»

KAPITEL 24

Er machte es wieder gut.

Noch einmal im Bett.

Einmal auf dem Fußboden im Wohnzimmer, nachdem sie endlich etwas beim Zimmerservice bestellt hatten.

Gegen drei Uhr, als sie aufwachte, weil sie seine Hände an ihren Brüsten spürte.

Und gegen sechs Uhr, als sie ihn mit einer Hand an seiner Morgenüberraschung aufweckte.

Nach diesem letzten Mal schliefen sie wie die Toten.

Als Thea schließlich wieder wach wurde, entdeckte sie Gavin, der sie von seinem Kissen aus mit einem zärtlichen Ausdruck in den Augen und einem süßen Lächeln auf den Lippen betrachtete. Er streckte den Arm aus und strich ihr die Haare aus dem Gesicht. «Morgen», flüsterte er.

«Hallo.» Sie gähnte. «Wie spät ist es?»

«Kurz nach zehn.»

«Oh.» Sie rekelte sich unzufrieden. «Dann müssen wir bald auschecken.»

«Ich weiß.» Er stützte sich auf einen Ellbogen. «Ich habe überlegt, die Mädchen abzuholen und den Tannenbaum zu besorgen.»

«Dann können wir ihn schmücken und uns heißen Kakao machen.»

«Und die Mädchen einen Film gucken lassen.»

Sie küsste ihn sanft, und er lehnte die Stirn an ihre. «Ich habe Angst, dieses Bett zu verlassen.»

Ihr wurde warm in der Brust. Sie wollte auch nicht aus diesem Bett aufstehen, aber sie freute sich auf alles, was jetzt kommen würde. «Unser eigenes Bett ist besser.»

Er drückte die Lippen auf ihren Mund und küsste sie, bis sie alles um sich herum vergaß. Ein Weilchen später schmiegte sie sich warm und befriedigt in seinen Arm. «Lass uns nach Hause gehen, Gavin.»

DIE VERFÜHRUNG DER GRÄFIN

Irena hatte recht. Bälle waren eine scheußliche Angelegenheit. Und nicht nur wegen all der Dinge, die sie daran nicht mochte, sondern auch weil es aus unerfindlichen Gründen gegen die gesellschaftlichen Gepflogenheiten verstieß, mehr als ein Mal mit der eigenen Frau zu tanzen.

Benedict wollte sie in seinen Armen. Jetzt. Immer. Alles hatte sich verändert seit dem Abend, an dem er sich ihr endlich geöffnet hatte. Ihre unschuldige Berührung und ihr zaghafter Kuss hatten ein Feuer in ihm entfacht, und obgleich er bereit gewesen war, noch länger zu warten, vollzog sie die Ehe mit ihm. Endlich. Seine Frau jede Nacht zu lieben, war ein so überwältigendes Erlebnis, dass er der Sonne jeden Morgen ihren Aufgang übelnahm.

«Latford.» Eine schwere Hand landete auf seinem Rücken.

Benedict unterließ es für den Moment, seine Frau zu beobachten, und drehte sich um. Vor ihm stand sein Freund, Viscount Melvin.

«Hätte nicht erwartet, dich hier zu sehen», sagte Melvin.

«Warum?»

«Dein letzter Auftritt in der Gesellschaft hat einen bleibenden Eindruck hinterlassen.»

Benedict wollte nicht daran denken. Er hatte seine Frau den Wölfen vorgeworfen und naiv geglaubt, sie sei stark genug, die Angriffe mit purer Willenskraft zurückzuschlagen.

«Heute Abend hinterlässt du einen ganz neuen Eindruck, würde ich sagen.»

«Inwiefern?» Sein Blick schweifte wieder zu Irena hinüber.

«Es ist nicht unbemerkt geblieben, dass du allem Anschein nach vollkommen vernarrt in deine Frau bist.»

«Das bin ich.» Eine seltsame Fröhlichkeit, die ihm entschieden unmännlich vorkam und sich dennoch befreiend anfühlte, durchfuhr ihn. «Ich bin ein glücklich verheirateter Mann, mein Freund.»

«Es freut mich, das zu hören. Sei nur vorsichtig, Latford. Nicht jeder ist euch wohlgesonnen.» Mit einer Kopfbewegung deutete er auf die Damen, bei denen Irena bis eben gestanden hatte.

Benedict sah sie gerade noch hinaushuschen.

«Du entschuldigst.» Er folgte ihr durch die Tür, durch die er sie hatte verschwinden sehen. Den Ballgästen mochte sie normal erscheinen, doch er wusste es besser. Etwas war passiert. Das hatte er an ihrem starren Gesichtsausdruck gesehen, an der Hand, die sie auf ihren Magen presste, an ihrem hastigen Schritt in den Ballschuhen, die sie verabscheute.

Er fand sie in der Bibliothek.

Natürlich.

Er schloss die schwere Tür hinter sich. Außer dem Klicken des Riegels war ihr schneller Atem das einzige Geräusch in der friedlichen Stille.

«Irena?»

Er fand sie am anderen Ende des Raumes in einem hohen Lehnstuhl vor dem großen Kamin. Sie wirkte klein in dem imposanten Samtmöbel. Oder mehr noch: Sie wirkte geschlagen. «Ist dir unwohl?»

Er ging vor ihr auf die Knie und nahm ihre Hände. Sie waren eiskalt. Ebenso ihr Blick.

«Irena, was hast du?»

«Was könnte einen Mann und seine Frau dazu bringen, einander derart zu verachten, dass sie ihr Kind im Stich lassen, nur um nicht im selben Haus sein zu müssen?»

Ein dunkle Vorahnung durchfuhr ihn. Er verlagerte sein Gewicht zurück auf die Fersen. «Wovon redest du?»

«Du hast mir erzählt, deine Eltern seien einfach unglückliche Menschen gewesen, doch das schien mir nie eine ausreichende Erklärung zu sein.»

«Warum sprechen wir jetzt darüber?» Die Vorahnung verfestigte sich. «Was haben die Frauen zu dir gesagt?»

«Lass sie aus dem Spiel. Sag mir die Wahrheit.»

Benedict erhob sich langsam. «Ich haben keinen blassen Schimmer, worum es hier geht.» Doch, den hatte er. Und er war ein Narr, dass er geglaubt hatte, diese Information vor ihr verbergen zu können, verhindern zu können, dass es ihr irgendwann zu Ohren kam.

Ihr Blick blieb auf sein Gesicht geheftet. «Die Gesellschaft vergisst nie einen Skandal. Haben Sie das noch nicht erkannt, Mylord?»

Dass sie diese Anrede gebrauchte, verursachte ein schmerzhaftes Ziehen in seinem Magen. «Irena, hör mich an ...»

«Sag mir die Wahrheit.»

«Was zwischen meinen Eltern passiert ist, hat nicht das Geringste mit uns zu tun.»

Ein hässliches Lachen kam über ihre zarten Lippen. «Es hatte von Anfang an etwas mit uns zu tun. Sag es. Sprich es aus. Erzähl mir, was vorgefallen ist.»

«Sie hat ihn durch einen Skandal in die Ehe gezwungen.»

KAPITEL 25

«Hey! Tante Livvie ist da!»

Am Donnerstag nach der Weihnachtsfeier sah Thea den Jeep ihrer Schwester in die Auffahrt einbiegen. Liv hatte seit ihrem Streit auf keinen Kontaktversuch reagiert.

«Hat sie dir gesagt, dass sie heute herkommt?», fragte Gavin. Er hatte gerade seinen Koffer neben die Haustür gestellt, weil er gleich zum Flughafen musste. Ein Fotoshooting in New York. Er würde nur übers Wochenende weg sein, aber Thea fand es trotzdem furchtbar. Sie wollte ihn am liebsten nie wieder weglassen. Die nächste Baseballsaison würde die Hölle werden.

«Nein.» Sie beobachtete ihre Schwester durchs Küchenfenster.

Gavin stellte sich neben sie, eine Hand an ihrem Rücken. «Soll ich mit den Mädchen etwas unternehmen, damit ihr beide in Ruhe reden könnt?»

Sie lächelte ihn an. «Nein. Aber danke. Wahrscheinlich will sie nur ein paar von ihren Sachen holen.» Insgeheim hoffte sie, dass Livs Wut verraucht war und ihre Schwester keine Lust mehr hatte, bei Alexis auf der Couch zu schlafen. Liv war hier bei ihnen zu Hause. Sogar Gavin vermisste sie.

Thea öffnete die Haustür und ließ Butter hinauslaufen. Er hielt an einem Busch an, um ein Bein zu heben, dann rannte er zu Liv. Thea empfing sie auf der Veranda.

«Hallo.»

«Hallo. Ich will meine Sachen holen.»

«Liv, bitte sei nicht so.»

Ihre Schwester ignorierte sie und verschwand im Haus. Thea folgte ihr in den Keller. Liv zog eine Kommodenschublade auf und begann, Sachen aufs Bett zu werfen.

Thea ging zu ihr. «Ich möchte, dass du bleibst.»

Liv lud einen Stapel T-Shirts in eine Reisetasche. «Wo ist dein Mann?»

«Oben. Er möchte auch, dass du bleibst.»

Liv knüllte einen Pullover zusammen und stopfte ihn zu den T-Shirts. «Dann ist er also aus dem Gästezimmer raus?»

«Liv, kannst du bitte mal einen Moment aufhören?»

«Ich muss heute Nachmittag arbeiten. Also nein.»

«Ja, er ist aus dem Gästezimmer raus. Das heißt, du kannst sehr gerne wieder oben einziehen und so lange bleiben, wie du willst.»

Liv zog den Reißverschluss zu und richtete sich auf. «Ihr beide braucht Zeit für euch, ohne dass ich euch ständig im Weg bin.»

«Du bist uns nicht im Weg. Die Mädchen wollen dich hierhaben. Ich will dich hierhaben.»

«Thea.» Zum ersten Mal sah Liv sie wirklich an. «Ich

weiß, wie das läuft, okay? Du und Gavin seid wieder das strahlende Traumpaar. Das große Vorbild. Ich passe da nicht rein.»

«Darum geht es hier? Du hast Angst, dass ich keine Zeit mehr für dich habe, weil Gavin und ich wieder zusammen sind?»

Liv schnaubte, aber es klang mehr traurig als sarkastisch. «Keine Sorge. Ich würde dich nie zwingen, zwischen uns zu wählen. In solchen Fällen hat sich noch nie jemand für mich entschieden.»

Die große Schwester in ihr wollte Liv in die Arme nehmen und den schrecklichen Schmerz, den dieser Satz offenbarte, lindern. Doch sie waren beide keine Kinder mehr. «Das ist nicht dasselbe. Ich bin nicht wie unsere Eltern, und ich schiebe dich nicht ab, nur weil ich wieder mit Gavin zusammen bin.»

Liv rollte die Augen, einer der Selbstschutztricks, die sie sich in ihrer Kindheit zugelegt hatte. «Oh bitte. Ein paar Tage guter Sex und schon spielst du die Therapeutin.»

Thea musste ein paarmal tief durchatmen, um nicht darauf zu reagieren. Stattdessen probierte sie eine andere Taktik. «Wo willst du jetzt hin? Zurück auf die Farm?» Bevor Liv bei ihr eingezogen war, hatte sie in einer Garagenwohnung auf einer Farm außerhalb der Stadt gelebt.

Liv hob die Reisetasche hoch und schob sich die langen Trageriemen auf die Schulter. «Weiß ich noch nicht. Vorerst bleibe ich bei Alexis.»

«Ich bin mit der Wand im Café noch nicht fertig. Also sehen wir uns sicher dort», versuchte Thea, versöhnlich zu antworten.

Liv ging mit der Tasche zur Treppe, drehte sich aber noch mal um. «Thea, ich sage das jetzt nicht gern. Ich hoffe, du weißt das.»

Oh Mann. Thea verschränkte die Arme.

«Männer, die gerne gewinnen, tun alles, um zu kriegen, was sie wollen.»

Thea seufzte frustriert und schüttelte den Kopf. «Gavin mag viele Fehler haben, aber der berechnende Machtmensch, den du aus ihm machen willst, ist er beim besten Willen nicht.»

«Dann guck doch mal nach, was er im Gästezimmer im Schrank versteckt hat.»

Thea durchfuhr ein unangenehmes Gefühl. Das war eine beunruhigend konkrete Andeutung. «Was soll das heißen?»

Liv trampelte die Treppe hoch. Thea folgte ihr wütend. «Liv, du kannst nicht einfach so etwas sagen und dann gehen.»

Livs Tasche schlug dumpf gegen jede Stufe, als sie sie hochschleppte. «Liv!», schrie Thea.

Ihre Schwester ignorierte sie.

Gavin erschien oben an der Treppe. «Alles okay?»

Liv bat ihn, zur Seite zu gehen, und er tat es.

Laut ratterten die Räder der Reisetasche über den Hartholzboden und erregten die Aufmerksamkeit der Mädchen. Amelia kam angerannt und blieb abrupt stehen. «Wohin gehst du?»

Liv setzte die Tasche ab, ging in die Hocke und breitete für ihre Nichten die Arme aus. «Ich gehe auf ein Abenteuer!», sagte sie unbeschwert, und Thea war klar, dass sie sich den Ton den Kindern zuliebe abrang. «Ich werde auf Elefanten reiten und Einhörner suchen und …»

«Und Nashörner!», kicherte Amelia.

«Und wilde Stachelschweine», sagte Liv, aber schon leiser. Sie gab ihren Nichten ein Küsschen und stand auf. «In Wirklichkeit, ihr Süßen, ziehe ich nur aus. Da euer Daddy ja jetzt für ein paar Monate kein Baseball spielen muss, braucht ihr mich nicht mehr.»

Ava umschlang ihre Beine. «Doch! Wir brauchen dich, Tante Livvie.»

Gavin trat zu ihnen. «Liv, du musst nicht gehen.» Er wollte ihre Reisetasche aufheben, aber sie riss sie ihm weg.

«Lass sie gehen», sagte Thea leise. Wenn ihre Schwester sich erst mal entschieden hatte, konnte man sie nicht umstimmen.

Liv stampfte zur Tür hinaus und winkte nicht mal zum Abschied.

Es war nicht so, als würde sie ans Ende der Welt ziehen. Sie arbeitete schließlich in Nashville und würde folglich in der Nähe bleiben. Doch Thea kam es so vor, als ob in diesem Moment etwas zerriss.

Und sie hörte Livs Worte in ihrem Kopf, immer wieder, wie einen Ohrwurm, den man nicht mehr loswurde.

«Gavin?»

Bei ihrem Ton blickte er stirnrunzelnd auf. «Was?»

«Was ist in dem Schrank im Gästezimmer?»

DIE VERFÜHRUNG DER GRÄFIN

Sag es. Sprich es aus. Erzähl mir, was vorgefallen ist.»
«Sie hat ihn durch einen Skandal in die Ehe gezwungen.»

Irenas Unterlippe zitterte, also zog sie sie zwischen die Zähne. «Nun, das erklärt einiges, nicht wahr?»

Er fuhr sich durchs Haar. «Nein, das tut es nicht. Ich weiß, was du denkst, aber wie meine Eltern zueinanderstanden, hat nichts zu tun mit ...» Er stockte, weil er sich nicht einmal selbst glaubte.

«Mit deinem Verdacht, dass ich dir dasselbe angetan hätte? Mit deiner Bereitwilligkeit, das Schlimmste von mir anzunehmen?»

Er schüttelte vehement den Kopf. «Unsere Situation war und ist vollkommen anders.»

«Hast du dich einmal gefragt, warum du davon ausgehst,

dass sie ihm eine Falle gestellt hat? Hat dein Vater bei der Tändelei etwa nicht mitgemacht?»

«Doch, natürlich, aber ...»

«Hast du bei unserer Tändelei etwa nicht mitgemacht?»

«Doch! Aber ...»

«Aber was? Es ist immer die Schuld der Frau, der Mann kann nie etwas dafür?»

«Ich ...»

«Dein Leben lang hast du nur die eine Version der Wahrheit geglaubt, nämlich dass dein Vater das Opfer war. Hast du die Dinge einmal aus dem Blickwinkel deiner Mutter betrachtet? Hast du je in Erwägung gezogen, dass vielleicht sie diejenige war, die an dem Tag in ein Leben gezwungen wurde, das sie nicht wollte?»

Ein Leben, das sie nicht wollte ... Ein kalter Schauder durchfuhr ihn, und die Härchen an seinen Armen richteten sich auf. Er sah sie vor sich, wie er sie in all den Jahren erlebt hatte, erhaben und kalt. Aber war sie wirklich so unnahbar gewesen, oder hatte sie auf diese Weise nur eine tiefe Traurigkeit verborgen?

Irena hielt sich sehr aufrecht, aber ihre Hände zitterten. «Es war furchtbar, wie sie dich behandelt hat, Benedict. Das ist unentschuldbar. Aber ich habe auch Mitleid mit ihr. Sie musste ihr ganzes Leben in einer kalten Ehe zubringen, mit einem herzlosen Mann, dem ihr Anblick zuwider war. Obwohl er sie einmal begehrt hat, immerhin so sehr, dass er sie verleitete, gegen alle Konventionen zu verstoßen und ihren guten Ruf zu riskieren.»

Sein Magen brannte.

«Sie musste seine Verachtung ertragen, genauso wie sie

früher seine Zärtlichkeiten genießen durfte. Welche Absichten hatte er denn, als er sie zu diesen Eskapaden verführte, wenn nicht, sie zu heiraten?»

«Ich weiß es nicht», räumte er ein, und seine Stimme war rau, weil er sich schämte, das nie bedacht zu haben, und weil er sich vor neuen Offenbarungen fürchtete, die gewiss gleich kommen würden.

«Doch als es genau dazu kam, zu dieser Heirat, da verabscheute er sie», fuhr Irena fort. «Und trotzdem gibst du ihr die Schuld.»

Seine Verzweiflung drängte ihn, zu sprechen, sie irgendwie zu überzeugen. «Ich habe mich im Hinblick auf dich geirrt, und das habe ich bereitwillig zugegeben. Als Melvin mir sagte, wie wir tatsächlich ertappt wurden ...»

«Genau das ist es, Benedict!», schrie sie, und ihre so ungewohnt laute Stimme ließ ihn zusammenzucken. «Du musstest erst von jemand anderem hören, dass ich unschuldig war! Ebenso wie du jetzt erst von mir hören musstest, dass deine Mutter vielleicht nicht so arglistig war, wie du immer dachtest.» Sie schüttelte den Kopf. «Ist dir nur ein Mal der Gedanke gekommen, dass ich, als meine Mutter uns ertappte, genauso in der Falle saß wie du?»

In der Falle? Die Ehe mit einem Earl eine Falle? Nein, das war ihm nicht in den Sinn gekommen. Wie könnte es? Er war von klein auf in dem Glauben erzogen worden, so etwas wie ein Gott zu sein und dass eine Frau alles tun würde, um ihn zu ehelichen. Sie würde lügen und betrügen, um seine Hand und seinen Titel zu erlangen.

Doch Irenas Worte rissen ihm die Augenbinde vom Kopf, die er sein ganzes Leben lang getragen hatte. Sie ließen ihn die Welt aus einem neuen Blickwinkel sehen. Aus *ihrem* Blickwinkel.

Er war bei ihren heimlichen Rendezvous ein williger Teilnehmer gewesen, hatte sie sogar angebahnt, um Himmels willen. Doch Irena hatte die Schande allein tragen müssen. Nur sie hatte unter der Verachtung der Gesellschaft zu leiden. Nur sie war als Intrigantin gebrandmarkt worden.

Die Wirklichkeit sah jedoch ganz anders aus.

Ihre Tändelei war nicht sein Geheimnis gewesen, sondern ihres.

Du lieber Himmel, er war ihr schmutziges kleines Geheimnis gewesen, ihre Rebellion gegen eine Gesellschaft, die sie verachtete. Er war ein Earl, und die erzwungene Ehe mit ihm hatte ihr Leben ruiniert. Er hatte sie zu Bällen und Walzern gezwungen. Er hatte sie in eine Schlangengrube aus Klatsch und Lügen geworfen und töricht geglaubt, sein Titel genüge, um sie zu schützen.

Ein seltsames hysterisches Lachen drang aus seiner Kehle, zwang ihn, sich nach vorn zu beugen und die Hände auf die Knie zu stützen.

«Sehen Sie mich an, Mylord.»

Benedict holte scharf Luft und richtete sich auf. Der harte Blick, dem er begegnete, schürte seine Angst.

«Ich gehe.»

KAPITEL 26

Gavin trat der Schweiß auf die Stirn.

«Thea, hör zu.»

«Oh mein Gott», hauchte sie entsetzt. «Was ist es? Was versteckst du in dem Schrank?»

«Ich kann es d-dir erklären, also lass uns …»

Thea hörte nicht mehr zu. Sie lief zur Treppe.

Okay. Ganz ruhig. Denk nach. Gavin holte sein Handy hervor und rief die Chatgruppe des Buchclubs auf.

> Gavin: Alarmstufe rot. Bücher entdeckt. Brauche Hilfe.

Er schaute nach den Mädchen, machte ihnen im Wohnzimmer einen Film an und ging Thea nach. «Thea», rief er und hoffte, dass er nur in seinen eigenen Ohren panisch klang. Als er das Gästezimmer betrat, holte Thea gerade eine Büchertüte hervor und setzte sich damit auf den Fußboden.

Stirnrunzelnd blickte sie auf. «Bücher?»

Gavin zuckte die Achseln. «Ja, äh, Bücher.»

«Hat Liv die gemeint?»

«Scheint so.»

Thea griff in die Tüte und nahm zwei Regency Romances heraus. Verblüfft starrte sie auf die Titel. «Das sind Liebesromane.»

«Äh, ja. Ja.»

«Sind das deine?»

«Hmhm.» Gavin blieb lieber vorsichtig, aber bislang lief es nicht schlecht. Sie hatte nur die Cover angeguckt. Noch in keins der Bücher hineingeblättert. Doch wenn Liv sie extra darauf hingewiesen hatte, dann hatte sie bestimmt die Notizen gesehen, die die Jungs an den Rand geschrieben hatten. Und die unterstrichenen Zeilen. Und die mit Textmarker hervorgehobenen Sexszenen.

Scheiße.

Thea nahm ein weiteres Buch in die Hand, und sein Herz setzte einen Schlag aus. Es war sein Buch. *Die überaus befriedigte Gräfin* starrte ihn vom Cover aus an.

Sein Handy summte.

«Du …» Sie verkniff sich ein Lachen. «Liest du die tatsächlich?»

«W-warum denn nicht? Es sind gute Bücher. Sie … sie kommentieren das heutige Geschlechterverhältnis und feministische Theorien und … so.»

Thea schnaubte. «Das weiß ich, Gavin. Ich liebe dieses Genre.»

«Wirklich?»

«Mein Reader ist voll mit Romances. Es ist nur … seit wann bist du ein Fan davon?»

Sein Handy summte gleich zweimal hintereinander. Scheiße. «Äh, Liebling, warte mal kurz.»

Er verdrückte sich aus dem Zimmer. Drei Textnachrichten von den Jungs.

> Del: Bleib ruhig.
> Mack: Frag sie, ob sie die Sexszenen mit dir nachspielen will.
> Malcolm: Du darfst auf keinen Fall lügen.

Okay. Er würde ihr also vom Buchclub erzählen. Er musste sie nur von den Büchern weglocken, bevor sie eins aufschlug und die Notizen fand. Das wäre einfach zu peinlich.

«Daddy?» Ava rief von unten. Sie stand vor der Treppe.

Gavin riss sich zusammen, um nicht aufzustöhnen. «Was denn, mein Schatz?»

«Ich habe Hunger.»

Im Stillen schrie er ein Schimpfwort nach dem anderen heraus. *Kotzbrockiges Quarkgesicht!* «Äh, okay, Schatz. Kannst du noch einen Moment warten?»

«Gavin.»

Thea sagte seinen Namen. Leise. Bedrohlich leise. Er drehte sich von der Treppe weg und ging wieder ins Gästezimmer.

Sie hielt *Die Verführung der Gräfin* in der Hand, aufgeschlagen, sodass seine Notizen und Unterstreichungen zu sehen waren.

Sie blickte ihn an. «Wer hat hier wem was vorgespielt?»

◆ ◆ ◆

Thea suchte in seinem Gesicht nach einem Anzeichen, dass das hier ein Scherz oder ein Missverständnis war. Vielleicht ein schräger Streich von Liv. Vielleicht war es doch nicht das, wonach es aussah.

«Thea, hör mir zu.» Er klang angespannt.

«All die wunderbaren Dinge, die du zu mir gesagt hast …»

«Es waren nicht meine Worte, aber …»

Ihre Beine drohten unter ihr nachzugeben. *«Ich war nur noch die Hälfte meiner selbst? Mach meiner Qual ein Ende? Ich bin dir ausgeliefert?»* Beim letzten Zitat stöhnte sie. Mit diesen Sätzen hatte er sie verführt. Ihr Vertrauen errungen. Hatte Liv recht? War das für ihn nur ein Spiel? War sie ein Preis, den er mit allen Mitteln gewinnen wollte?

Gavin kam mit raschen Schritten auf sie zu. «Es sind meine Gefühle, Thea. Darauf kommt es an.»

«Du hast mich mit den Worten von jemand anderem verführt.»

«Es waren nur ein paar Zeilen aus einem Buch, Thea. Mehr nicht. Die haben mir geholfen, wenn ich nicht w-wusste, was ich zu dir sagen sollte.»

«Es waren nicht nur ein paar Zeilen aus einem Buch. Nicht für mich. Es war das, was mich hat glauben lassen, dass es zwischen uns anders werden kann. Dass *wir* anders sein können.» Sie wich vor ihm zurück, bis sie ans Bett stieß. «Was war noch gespielt?»

Gavin fuhr sich durch die Haare.

«Muss ich erst all diese Bücher lesen, um herauszufinden, wie viel von den vergangenen Wochen reine Fiktion war?

«Nichts davon war F-fiktion! Die letzten Wochen mit dir waren die wichtigsten meines Lebens.»

«Du hast mir was vorgespielt!»

«Nein, nichts war gespielt. Ich w-w-war verzweifelt. Ich wusste nicht, w-was ich tun sollte, damit du mir noch eine Chance gibst, und Del und die Jungs meinten, sie könnten mir helfen und …»

Ihr sackte der Magen in die Knie. «Del weiß davon?» Ihre Beine knickten ein, als sie plötzlich begriff. Sie sank auf den Bettrand. Gott, sie fühlte sich so gedemütigt. «Mack? Und Malcolm? Der Abend, als ihr mit den Mädchen Verkleiden gespielt habt? Da ging es eigentlich darum?»

«Wir sind ein Buchclub.» Gavin sank vor ihr auf die Knie. «W-wir lesen Liebesromane, um unsere Beziehung zu verbessern.»

«Du hast eine Rolle gespielt!»

«Nein, das war ich. Ich habe mich wirklich geändert. Die Bücher haben mir geholfen, die Dinge aus einem anderen Blickwinkel zu sehen. Bitte, Schatz.»

Ihr wurde schlecht. Sie stand auf. «Ich brauche Zeit. Ich muss den Kopf freibekommen.» Sie wich zurück, als er vom Boden hochkam. «Ich muss nachdenken …»

«Worüber?», blaffte er. «Ob du mich liebst?»

Thea drehte sich zu ihm um. Sein Blick war nicht mehr flehend, sondern hart und resigniert. «Darum geht es nicht.»

«Nicht?» Gavin ging die zwei Schritte auf sie zu und sah ihr in die Augen. «Ich liebe dich.»

Jeder Schlag ihres Herzens tat weh, und von der Brust breitete sich der Schmerz in ihrem ganzen Körper aus.

«Ich liebe dich, Thea. Ich habe versucht, es auf a-andere Weise auszudrücken, weil du die Worte nicht hören wolltest. Aber vielleicht ist das eigentliche Problem, dass du dieses Gefühl nicht annehmen kannst.»

Sie konnte nicht mehr atmen, nicht mehr denken. «Du verwirrst alles, vergleichst Dinge, die nichts miteinander zu tun haben. Ich kann jetzt nicht darüber reden.»

«Aber wir müssen darüber reden!» Gavin nahm sie bei den Schultern. «Sag mir, dass du mich liebst.»

Ein ersticktes Schluchzen entrang sich ihrer Kehle.

«Warum kannst du es nicht sagen, Thea? Nach allem, was wir zusammen durchgemacht haben. Liebst du mich oder nicht?»

«Ich … ich traue dir nicht.»

Er stieß ein wundes Knurren aus und raufte sich die Haare, als er sich abwandte. Nach einem Augenblick drehte er sich wieder um. Er wirkte in sich zusammengesunken, resigniert. «Was willst du, Thea?»

«Ehrlichkeit.»

«Du hast mir drei Jahre lang etwas vorgemacht! Wie kannst du da von Ehrlichkeit reden?»

«Das ist nicht fair.» Eine schwache Antwort. Eine verzweifelte Antwort. Eine Ich-kann-nichts-anderes-erwidern-Antwort.

«Vielleicht solltest du anfangen, zu dir selber ehrlich zu sein.»

«Ich *bin* ehrlich zu mir selbst. Deshalb habe ich dir gesagt, du sollst gehen! Deshalb gehe ich wieder zur Uni.»

«Das ist oberflächlicher Bullshit, Thea.» Er lachte bitter und schüttelte den Kopf. «Und auch das sind nicht meine eigenen Worte. Das hat Del zu mir gesagt, als ich mich weigern wollte, das zu tun, was nötig war. Aber ich habe es getan. Ich habe alles getan, was ich konnte. Doch ich kann die ganze Arbeit nicht allein machen.»

Er trat an ihr vorbei und ging hinaus. Sie hörte ihn durch den Flur ins Schlafzimmer gehen.

Angst und Wut rangen in ihr. Es ging unentschieden aus. Thea stampfte hinter ihm her. «Du willst schon wieder davonlaufen? Wieso nur überrascht mich das nicht?», fauchte sie.

Sie stoppte abrupt und sog erschrocken Luft ein, als er einen Koffer aufs Bett warf und aufklappte.

«Du hast schon gepackt», sagte sie.

«Für New York.»

«Was tust du?», flüsterte sie.

«Die eine Sache, die mir mehr als alles andere Angst macht.» Er ging zur Kommode. «Die eine Sache, von der ich g-geschworen hätte, dass ich es niemals tue. Und genau deshalb muss ich das tun.»

Er nahm einen Stapel Sachen aus der obersten Schublade und trug ihn zum Bett. «Ich verlasse dich.»

«Natürlich. Was sonst?», fauchte Thea, aber mit ihrem giftigen Ton wollte sie nur übertönen, dass ihr gerade das Herz brach. «Das tust du immer. Du gehst.»

Gavin blieb ganz ruhig. Beherrscht zog er den Reißverschluss des Koffers zu und hob ihn vom Bett. «Nein, tue ich nicht. Das ist die Art deines Vaters. Und ich bin nicht dein Vater.»

«Gavin …» Plötzlich war sie diejenige mit dem flehenden Ton.

In der Tür blieb er stehen, drehte sich aber nicht um. «Die Vorgeschichte ist alles, Thea. Befass dich mit deiner. Vielleicht haben wir dann eine Chance.»

KAPITEL 27

Eine halbe Stunde nachdem Gavin gegangen war, kehrte Thea zur erprobten So-tun-als-ob-Methode zurück. Sie sagte den Mädchen, dass Daddy nach New York fliegen musste zu einem Fototermin und er rechtzeitig vor Weihnachten zurückkäme.

Dann kochte sie sich einen Kaffee, den sie gar nicht wollte, verdrängte die Gefühle, die sie nicht wollte, und tat, als wäre alles in Ordnung.

Das funktionierte genau so lange, bis sie den Schlüssel im Schloss hörte. Sie sprang von der Couch auf und hastete mit hämmerndem Herzen in den Flur. «Gavin …»

In der Tür stand Liv. «Ich bin's.»

Ava und Amelia, die im Wohnzimmer auf dem Fußboden gemalt hatten, rannten wie immer zu ihr.

Schmerz und Schuldgefühle und ihr verdammtes gebrochenes Herz ließen Theas Stimme hart werden: «Hast du was vergessen?»

Liv löste sich von den Mädchen. «Nein.»

«Dann willst du Salz in die Wunden streuen? Dein Ich-hab's-dir-doch-gesagt loswerden?»

«Nein. Ich bin hier, weil Gavin mir geschrieben und gesagt hat, dass du mich vielleicht brauchst.»

Sie erstarrte. Jede einzelne Zelle in ihr erstarrte. Aber Thea bezwang die Reaktion und ging in die Küche. «Tue ich nicht.»

«Thea, es tut mir leid», hörte sie Liv sagen, die hinter ihr herkam.

«Was tut dir leid?» Sie griff sich einen Lappen und wischte die Tropfen von der Kaffeekanne weg, nur um irgendwie beschäftigt zu sein.

«Das ist meine Schuld.»

«Nein, ist es nicht.»

Liv kam näher. «Ich denke … Vielleicht lag ich falsch. Mir zu schreiben, war ziemlich anständig von ihm.»

Thea schnaubte höhnisch. «Ach, jetzt findest du ihn auf einmal anständig? Du hast die letzten zwei Monate damit verbracht, mir einzureden, was für ein Arschloch er ist.»

«Es tut mir leid.» Livs Gesicht und Tonfall waren aufrichtig, und es war unmöglich, ihren Zorn aufrechtzuerhalten. «Kommt er zurück?»

«Ich … weiß es nicht.»

Liv griff nach ihrem Arm. «Es tut mir wirklich leid, Thea. Ich hatte solche Angst, dich auch noch zu verlieren. Ehrlich, es tut mir so, so leid.»

Thea nahm ihre Schwester in die Arme. «Das ist nicht deine Schuld.»

Liv erwiderte die Umarmung fest und strich ihr über

den Rücken. «Willst du Eis essen und *Golden Girls* gucken?»

Nein, eigentlich nicht, aber Thea sagte trotzdem ja. Denn noch weniger wollte sie allein herumsitzen und darauf lauschen, ob sein Wagen in die Einfahrt bog. Oder sich eingestehen, dass sie diesen einen Spruch von Gran Gran inzwischen wirklich verstand:

Eine einsame Ehe ist die schlimmste Art von Alleinsein.

Thea fühlte sich so allein wie noch nie in ihrem Leben.

◆ ◆ ◆

Gavin verbrachte eine lange dunkle Nacht auf einem der Sofas in Macks Keller. Es erschien ihm passend, dass alles da endete, wo es angefangen hatte.

Tja, und außerdem wollte ihn kein anderer aufnehmen. Del und Yan meinten beide, er müsse da allein durch, Malcolm hatte etwas vor, und bei dem Russen wollte er auf keinen Fall übernachten. Wer weiß welchen Verdauungsgräueln er dort ausgesetzt wäre?

Mack hatte ihn reingelassen, ihm eine Flasche Whiskey und eine Decke in die Hand gedrückt und gesagt, er solle gefälligst ins Klo kotzen, sonst werde er ihm die Eier abschneiden.

Jetzt war er wach, die Flasche Whiskey stand ungeöffnet auf dem Couchtisch, und ein unbekanntes Augenpaar glotzte ihn an wie ein Tier im Zoo.

«Ist dir schlecht?» Das kleine Mädchen hatte dunkle Pippi-Langstrumpf-Zöpfe und drückte ein rosa Plüschkaninchen an sich. «Onkel Mack sagt, dir ist schlecht.»

Gavin räusperte sich. Seine Kehle fühlte sich an wie Sandpapier. Wie konnte man verkatert sein, wenn man gar keinen Alkohol getrunken hatte? «Onkel Mack?»

«Ja, er ist mein Onkel.»

«Und du bist?»

«Lucy.»

«Schön, dich kennenzulernen.»

Lucy fasste ihm an die Stirn. «Du hast kein Fieber. Aber du riechst irgendwie stinkig.»

Trotz des Brummschädels und des hohlen Gefühls in der Brust, wo mal sein Herz gewesen war, brachte er ein Lächeln zustande. «Da hast du wohl recht.»

«Onkel Mack hat gesagt, ich soll dir das geben.» Sie zog einen grünen Apfel aus der Tasche ihrer Sweatjacke.

Gavin lachte erstickt auf. «Wo ist Onkel Mack?»

«Oben bei Mommy und Daddy und meinen Schwestern.»

In seinem Brummschädel legte ein Presslufthammer los, als er sich umdrehte und den Streifen Sonnenlicht traf, der durch die Tür fiel, durch die man in den Garten und zum Pool kam. «Danke.» Er setzte sich auf. «Für den Apfel. Könntest du Onkel Mack bitten runterzukommen?»

«Okay!» Lucy hüpfte davon und ließ Gavin mit der anschwellenden Panik zurück, gestern zu vorschnell gewesen zu sein. Er hätte kehrtmachen und zurückgehen sollen in der Sekunde, in der er das Haus verließ. Vielleicht hätte er einfach um Verzeihung bitten sollen. Doch das konnte er nicht. Nicht mehr.

Schritte auf der Treppe kündigten Mack an. Er bog um die Ecke und grinste. «Lebst du noch?»

«Ich habe nichts getrunken.»

Mack zog eine Braue hoch. «Wow. Du hast dich geändert.»

Gavin rieb sich den Schlaf aus den Augen. «Ich wusste nicht, dass du eine Nichte hast.»

«Mehrere sogar. Die Kinder meines Bruders.»

«Wusste auch nicht, dass du einen Bruder hast.»

«Es gibt so einiges, das du nicht über mich weißt.»

Gavin nickte. «Danke, dass ich hier übernachten durfte.»

«Wann geht dein Flug?»

Ach richtig. New York. Als ob ihm das jetzt noch wichtig wäre. «In zwei Stunden.»

Mack ließ sich auf einen Drehsessel vor der Spielkonsole fallen und stützte die Ellbogen auf die Knie. «Dass du gegangen bist, war ein mutiger Schritt, Gav.»

«Del scheint das anders zu sehen.»

«Na ja, du hast gegen die oberste Regel verstoßen.»

«Verlier kein Wort über den Buchclub?»

Mack blickte zur Seite. «Okay, die zweite Regel.»

«Lass den Russen nicht auf dein Klo?»

«Du sollst das Buch nicht nachspielen, Klugscheißer. Das haben wir dir gesagt.»

Gavin blickte auf seinen Apfel. «Wie immer das ausgeht, ich w-w-weiß zu schätzen, was ihr für mich getan habt, du und die Jungs.»

Er war jetzt ein anderer als vor seiner Zeit im Buchclub. Er erkannte seine Fehler und Schwächen. Er konnte selbstbewusster über seine Gefühle reden. Und, ja, er war auch ein besserer Liebhaber.

Aber es war noch immer nicht genug. Liebe war nicht genug.

«Was willst du als Nächstes tun?», fragte Mack und stand auf.

«Zum Flughafen fahren. Und danach? Ich habe keine Ahnung.»

Der Ball lag jetzt in Theas Spielfeld. Er konnte nur warten.

KAPITEL 28

Thea wachte im Gästebett auf. Ihr Nacken war steif, weil sie beim Lesen eingeschlafen war und die ganze Nacht so schief gelegen hatte. Sie hatte von dem Buch geträumt, von England zur Regency-Zeit, aber mit den Menschen aus ihrem Leben.

Jetzt waren die Träume weg, dafür war die Scham wieder da.

«Möchtest du Kaffee?»

Thea blickte über die Schulter. Liv stand in der Tür. «Sicher.»

Liv schlenderte herein und setzte sich zu ihr aufs Bett. «Was machst du hier drin?»

Thea stand auf und ging zum Fenster. «Weißt du, was ich die ganze Nacht getan habe?»

«Auf die Wand eingeprügelt?»

Thea rang sich ein Lachen ab. «Nein. Ich habe über Mom nachgedacht.»

Dein ganzes Leben lang hast du nur eine Version der Wahrheit geglaubt … Hast du die Dinge mal aus dem Blickwinkel deiner Mutter betrachtet?

Liv war unwillkürlich zusammengezuckt. «Wieso das?»

Weil die Vorgeschichte alles ist. «Ich versuche nur, die Dinge mal von ihrer Warte aus zu sehen.»

«Hm. Ich bin mir nicht sicher, ob sie das verdient.»

«Vielleicht nicht, aber sie automatisch für alles zu hassen, was sie falsch gemacht hat, hat mir bisher nicht unbedingt geholfen. Genauso wenig wie dir. Oder?»

Liv stand auf. «‹Dreh keinen Stein um, wenn du nicht willst, dass etwas darunter hervorkriecht.›»

Thea lachte. «Gran Gran.» Diesen Satz hatten sie beide vermutlich am häufigsten zu hören bekommen. Eine Weisheit fürs Leben, die Thea immer völlig falsch interpretiert hatte. Es ging nicht darum, Dinge zu vermeiden, wenn man Angst hatte. Sondern darum, stark genug zu sein, um sich mit ihnen auseinanderzusetzen.

«Ich bin ein Feigling, Liv.»

Ihre Schwester reagierte mit dem gewohnten Was-redest-du-für-einen-Unsinn-Blick. «Du? Ein Feigling? Du bist der stärkste Mensch, den ich kenne.»

«Nein. Bin ich nicht. Gavin hat recht, was mich angeht. Ich bin feige.»

«Tu das nicht, Thea.»

«Doch, ich muss. Weißt du, was zu dem Bruch zwischen uns geführt hat?»

Liv blinzelte. Sie sah unsicher aus, ob sie die Antwort hören wollte.

«Ich habe ihm im Bett was vorgespielt. Er hat es gemerkt und war verletzt. Ist schlecht damit umgegangen, aber ich genauso. Ich war ihm gegenüber unfair …»

«Du warst mehr als fair.»

«Wirklich? Ich habe ihm in allen Bereichen unseres Lebens etwas vorgemacht und nicht wegen etwas, das er getan hätte. Sondern weil ich zutiefst unsicher bin, Liv. Ich habe Angst, mich ihm zu öffnen, mich ihm wirklich zu öffnen. Und jetzt ist er gegangen. Zum zweiten Mal.»

Er hatte recht. Ihre Vorgeschichte hatte ihr Verhalten bestimmt. Dass sie ihm Orgasmen vorgespielt hatte, dass sie sich sträubte, zu ihm ‹ich liebe dich› zu sagen. Dass sie so extrem auf die Entdeckung der Bücher reagiert und direkt das Schlechteste von ihm angenommen hatte. All das war Teil eines verworrenen Problems, mit dem sie sich nie befasst hatte. Wegen ihrer Eltern fiel es ihr so schwer zu vertrauen. Und dadurch verlor sie nun den Mann, den sie liebte.

Sie liebte ihn. So sehr.

Er hatte sie nicht verlassen.

Sie hatte ihn weggestoßen.

Thea drehte sich um und umarmte ihre Schwester. «Danke, dass du hier bist.»

Liv drückte sie fest an sich. «Du und ich, für immer.»

Thea löste sich von ihr und strich sich die Haare aus der Stirn. «Liv, ich weiß, ich nehme deine Hilfe oft in Anspruch, aber meinst du, du könntest übers Wochenende bei den Mädchen bleiben?»

Liv grinste. «Willst du nach New York und mit Gavin reden?»

«Nein. Ich will zu Dads Hochzeit.»

◆ ◆ ◆

Gavin schaffte es gerade noch rechtzeitig zum Flughafen. Del, Yan und die anderen Legends-Spieler, die beim Fotoshooting dabei sein sollten, saßen schon auf ihren Plätzen in der ersten Klasse, als er seinen Hintern endlich an Bord schleppte. Er stopfte seine Tasche und seine Jacke in das Gepäckfach über dem Sitz. Del verfolgte das mit seinem patentierten Todesblick, mit dem er auf dem Spielfeld seine Gegenspieler einschüchterte.

Gavin warf ihm seinen eigenen Todesblick zu und setzte sich neben ihn. Dann schloss er die Augen, lehnte den Kopf an und hoffte, dass Del den Wink verstand. Er war nicht in der Stimmung für eine Runde Du-verdammter-Idiot.

«Du verdammter Idiot.»

«Ich h-h-habe getan, was ich tun musste, Del.»

«Wie konntest du sie verlassen? Wie konntest du denken, das wäre eine gute Idee?»

Gavin drehte den Kopf und starrte ihn finster an. «Ich denke nicht, dass es eine gute Idee ist. Es ist scheiße. Es fühlt sich an wie sterben. Es ist, als würde ich bluten und …»

Sein Handy summte, und er riss es sich förmlich aus der Hosentasche. Bitte lass es Thea sein. Bitte.

Es war Liv. *Vermaledeites Pestgezücht!*

«Geh ran, du Idiot!», sagte Del.

Er wischte über das Display. Liv hielt sich nicht mit einer Begrüßung auf. «Ich dachte, du solltest vielleicht wissen, dass sie dich jetzt braucht.»

Gavin krallte mit rasendem Herzen die Finger in die

Sitzlehne, als ihm fürchterliche Bilder durch den Kopf schossen. «Was ist passiert? Ist was mit den Mädchen?»

«Sie ist auf dem Weg nach Atlanta.»

Er suchte im Nebel seines Hirns nach der Bedeutung dieses Stichworts. Dann: «Sie fährt zur Hochzeit?»

«Ich weiß nicht, was los ist, aber sie ist Hals über Kopf aufgebrochen, als wäre diese blöde Hochzeit das Wichtigste auf der Welt.»

«Vorgeschichte.»

«Wie bitte?»

«Sie macht es. Sie befasst sich damit.»

«Muss ich verstehen, was das heißt?»

«Danke, dass du es mir gesagt hast, Liv. Du ahnst nicht, wie wichtig das ist.»

Sie hielt inne, und dann wurde ihre Stimme weicher. «Sorg nur dafür, dass es ihr gutgeht.»

Liv legte auf. Eine Sekunde lang saß er reglos da, dann schoss er aus dem Sitz hoch, stieß sich den Kopf am Gepäckfach und fluchte laut. «Igelschnauzige Schamkapsel!»

Eine Hand an der schmerzenden Stelle, duckte er sich aus seiner Sitzreihe hervor. Eine Stewardess forderte ihn auf, sich hinzusetzen, weil sie jetzt die Bordtür schließen wollten.

Del neigte sich über den Sitz. «Mann, was machst du da?»

«Ich muss weg.» Er öffnete die Gepäckklappe und nahm seine Sachen.

Die Stewardess kam auf ihn zu, die Hände beschwichtigend in die Luft gehoben. «Sir, Sie müssen sich wirklich wieder hinsetzen.»

«Das geht nicht, Sie müssen mich von Bord lassen. Es … es ist ein Notfall.»

«Mich auch.» Del stand plötzlich hinter ihm.

Dann auch Yan. «Yo también.»

«Meine Herren, bitte …»

«Hören Sie, es ist ein Notfall», fuhr Del sie an.

«Ist jemand krank?»

Die anderen Passagiere starrten sie neugierig an. Eine zweite Stewardess kam den Gang entlang.

Del packte Gavin am Arm und grinste ihn an. «Zeit für die große Geste?»

«Oh ja.» Gavin setzte sein strengstes Pokerface auf und sah die Stewardess an. «Lassen Sie mich von Bord. Ich muss meine Frau heiraten.»

KAPITEL 29

Vor der riesigen Steinkathedrale parkten etliche Rolls-Royce-Oldtimer, ein sicherer Hinweis, dass Thea hier richtig war. Ihr Vater machte keine halben Sachen. Na ja, ausgenommen bei seinen Ehen. Aber seine Hochzeiten? Bei denen scheute er keine Kosten.

Thea war heute Morgen die vier Stunden bis nach Atlanta gefahren. Unterwegs war sie ungefähr ein dutzend Mal kurz davor gewesen, Gavin anzurufen. Hatte angehalten, das Handy in die Hand genommen, den Daumen über seiner Nummer. Aber sie hatte es doch nicht getan. Sie war sich nicht sicher gewesen, ob er rangehen würde, und auch nicht, was sie dann eigentlich sagen wollte.

Wie durch ein Wunder kam sie früh genug an, um noch einen Parkplatz direkt gegenüber der Kirche zu ergattern. So könnte sie notfalls schnell wieder abhauen. Sehr gut. Weniger gut war die Tatsache, dass sie jetzt noch eine ganze Weile dasitzen musste und mit ihren Gedanken allein war.

Sie schloss die Augen und lehnte den Kopf zurück. Gott, was machte sie denn hier? Von allen impulsiven Einfällen musste sie ausgerechnet dem hier folgen? Was sollte sie hier schon erreichen? Es war unfair, ihren Vater während seiner Hochzeit zu konfrontieren, und sie wollte seiner Braut nicht den großen Tag verderben. Die arme Frau hatte in dieser Ehe noch genug schlechte Tage vor sich.

Aber deswegen war sie hier, deswegen war sie den weiten Weg gefahren. Sie musste es hinter sich bringen. Denn Gavin hatte recht. Sie war schon viel zu lange vor ihrer Vorgeschichte weggerannt, und ihr Vater spielte darin eine Hauptrolle.

Thea schrak auf, als jemand an ihr Fenster klopfte. Sie riss die Augen auf, und – Mist! – ihr Vater stand neben dem Wagen. In seinem dunkelgrauen Smoking und mit den graumelierten Haaren sah er mehr wie der Vater der Braut aus als wie der Bräutigam.

Sie ließ ihr Fenster herunter, was ihn zu amüsieren schien. «Willst du nicht langsam mal reinkommen, oder hast du vor, dir die Hochzeit von hier draußen anzusehen?»

«Woher wusstest du, dass ich hier bin?»

Er zeigte zu einem Seitenportal der Kirche. «Fenster.»

«Du hast mich von ganz da hinten erkannt?»

«Ich erkenne meine Tochter, ja.»

Meine Tochter – das Wort versetzte ihr einen scharfen Stich. Sie kannte ihn so wenig; allein schon ihn Dad zu nennen, ging ihr gegen den Strich. Und da meinte er, er könnte einfach mit diesem Wort um sich schmeißen? Tochter?

«Ich dachte nicht, dass du kommst.»

«Keine Sorge, ich esse nichts.»

«Sei nicht albern, Thea. Die Hochzeitsplanerin kümmert sich bereits darum, dass du einen Platz neben Jessicas Eltern bekommst.»

«Neben ihren Eltern?» Thea schüttelte panisch den Kopf. «Oh, nein. Das ist … bitte nicht. Das ist, äh, viel zu weit vorne.»

Ihr Vater deutete mit dem Kopf auf den Beifahrersitz. «Darf ich einsteigen?»

«Musst du kein Hochzeitszeug erledigen?»

«Ich hab das schon ein paarmal gemacht. Ich weiß, was ich zu tun habe.»

«Du findest diese Bemerkung vermutlich witzig, aber eigentlich ist sie ziemlich widerlich.»

Er deutete noch einmal auf den Sitz. «Darf ich?»

Thea entriegelte die Tür und sah ihn um die Motorhaube herumgehen. Anscheinend rief jemand nach ihm, denn er hob grüßend die Hand, ging aber weiter zur Beifahrertür.

Nachdem er eingestiegen war, herrschte dröhnendes Schweigen. Mit jemandem im Auto zu sitzen, war eine jener vertrauten Banalitäten, über die man sich entweder überhaupt keine Gedanken machte oder bei denen man sich unglaublich seltsam fühlte. In diesem Fall war es eindeutig seltsam. Für die meisten Menschen hatte die Gegenwart ihres Vaters etwas Beruhigendes, Tröstliches an sich. Für Thea war das nicht so. Der Mann neben ihr hatte sie nie ins Bett gebracht, nie ein Aua mit einem Küsschen geheilt, hatte nie mir ihr gekuschelt. Sie war nie zu ihm auf den Schoß geklettert, um sich trösten zu lassen, hatte nie mit ihm Pfannkuchen gebacken. Er war ein Fremder für sie. Wie ein entfernter Verwandter, den man alle fünf Jahre mal bei einem Familientreffen sah und dem immer nur ein Satz einfiel: Wie groß du geworden bist!

Und doch … Irgendwie hatte das Verhalten dieses Fremden so viele emotionale Narben bei ihr hinterlassen, dass sie deswegen den Mann verlor, den sie liebte. Einen Mann, der sie so sehr liebte, dass er Liebesromane las, diskutierte und auswendig lernte, um sie zurückzugewinnen.

Durch die Wunden, die dieser Fremde in ihrem Wagen geschlagen hatte, war sie derart misstrauisch geworden, dass sie Gavins Bemühungen nicht als das hatte sehen können, was sie waren – schöne, tief empfundene, ehrliche Beweise seiner Liebe.

«Gavin und die Mädchen sind nicht mitgekommen?», fragte Dan schließlich.

«Nein. Ich bin allein hier.»

«Und Liv?»

«Tut mir leid.»

«Na ja, ich freue mich, dass du gekommen bist. Warum hast du deine Meinung geändert?»

«Ich drehe gerade ein paar Steine um.»

Einer seiner Mundwinkel hob sich. «Und? Bist du bereit für das, was darunter hervorkriecht?»

Thea starrte durch die Windschutzscheibe. «Ich weiß eigentlich gar nicht, warum ich hier bin. Wahrscheinlich war es ein Fehler.»

«Nur wenn du wieder fährst, ohne es zu sagen.»

«Was zu sagen?» Sie schlang die Finger um das Lenkrad.

«Was immer du glaubst, sagen zu müssen, um diese Steine aus dem Weg zu räumen.»

«Ich habe nichts zu sagen. Ich denke, ich wollte bloß etwas sehen.»

Er neigte fragend den Kopf. «Was denn?»

Zum ersten Mal seit Jahren blickte sie ihm in die Augen. «Ich wollte sehen, wie du mich ansiehst.»

Für den Bruchteil einer Sekunde entglitt ihm sein kontrollierter Gesichtsausdruck, und in ihrer Brust tat sich ein Riss auf. Wie in einem Vulkangebiet, in dem Dampf aus einer Erdspalte entwich, drohte giftiges Gas aus diesem Riss zu quellen, unterdrückte Gefühle, die sich jahrelang in ihr angestaut hatten. Und, Gott, es fühlte sich gut an, etwas von diesem Druck loszuwerden!

«Ich wollte wissen, ob du mich so ansiehst wie Gavin unsere Töchter. Ob du mich je so angesehen hast?»

Er stieß ein beeindrucktes Hmpf aus. «Und du dachtest, du hättest nichts zu sagen.»

Thea schüttelte den Kopf und drückte auf den Knopf, um den Motor zu starten. «Du solltest jetzt reingehen. Sonst kommst du zu spät zu deiner Hochzeit, und das hier war offensichtlich ein Fehler. Du wirst nichts sagen, das irgendeine Bedeutung hätte.»

Wieder stieß er dieses beeindruckte Schnauben aus. «Ich weiß, ich war ein beschissener Vater, und es mag ein trauriges Klischee sein, aber ich hoffe, es ist nicht zu spät, um das wiedergutzumachen.»

«Doch», sagte sie, und der Riss weitete sich. «Es ist zu spät.»

«Dann freut es dich vermutlich zu hören, dass ich darunter leide. Ich kann nur danebenstehen und die Frau sehen, die du geworden bist, die deine Schwester geworden ist, und erkennen, dass ich nicht mehr daran teilhaben kann. Ich sehe deine hinreißenden Töchter und weiß, ich kann ihnen kein Großvater sein.»

Thea ließ die Hände in den Schoß fallen und senkte den Blick. «Nein, es freut mich nicht. Überhaupt nicht. Es macht mich traurig, weil es nicht so sein müsste. Du hast dich entschieden, unserem Leben nur noch von außen zuzugucken und uns immer wieder durch jemand anderen zu ersetzen.»

«Ich habe nie versucht, dich zu ersetzen, Thea.»

In ihr brodelte es, mehr Dampf entwich dem Riss. «Du hast deiner zweiten Frau erlaubt, unser Haus zu verkaufen. Du hast sie entscheiden lassen, dass wir nicht bei dir leben durften. Du hast sie und jede andere Frau über deine Töchter gestellt. Warum?»

«Weil ihr beide ohne mich besser dran wart!»

Neue Risse entstanden, sie drohte zu explodieren. «Glaubst du das allen Ernstes?»

«Ich habe es damals geglaubt. Ich wäre nie die Art von Vater gewesen, der euer Softballteam trainiert oder …»

«Oder samstagmorgens Pfannkuchen macht?»

«Ich habe Geld verdient. Darin war ich gut. Und auf diese Art konnte ich ein Vater für euch sein.»

«Tja, nur während du dir das eingeredet hast, sind Liv und ich mit dem Gefühl aufgewachsen, dass mit uns etwas nicht stimmt. Dass ihr uns deshalb im Stich gelassen habt und dass auch alle anderen das tun würden. Und jetzt werde ich meinen Mann verlieren, weil ich ihn aus Angst, verlassen zu werden, weggestoßen habe.»

Dan drehte ruckartig den Kopf zu ihr. «Was ist zwischen dir und Gavin passiert?»

Sie hob die Hände, wie um die Frage abzuwehren. «Ich bin nicht hier, um mir väterlichen Rat zu holen. Also streng dich gar nicht erst an, du zerrst dir noch einen Muskel oder so was. Sag mir nur eines.»

Oh Gott, sie tat es tatsächlich. Sie stellte ihm die Frage, die sie schon ihr Leben lang verfolgte.

«Bereust du es ...» Sie stieß den Atem aus. «Mich bekommen zu haben?»

«Niemals», antwortete er mit belegter Stimme, aber sehr bestimmt. «Nicht ein Mal. Keinen Augenblick.»

Thea schloss die Augen.

«Sieh mich an», befahl ihr Vater. Und zum zweiten Mal blickte sie ihm direkt in die Augen. «Dass deine Mutter schwanger wurde, war das Beste, das mir im Leben passiert ist. Ich war nur zu dumm und zu selbstsüchtig, um der Vater zu sein, den ihr verdient hättet.»

Die Tür der Kirche ging auf, und eine gestresst aussehende Frau kam heraus, die sich hektisch umsah.

Dan seufzte.

«Das ist die Hochzeitplanerin?»

«Ja.»

«Sie scheint Angst zu haben, dass der Bräutigam kalte Füße gekriegt hat. Geh besser rein.»

Er nickte, für einen Moment noch in Gedanken verloren. Dann öffnete er die Tür. «Ich hoffe, du bleibst. Aber ich verstehe auch, wenn du es nicht tust.»

Thea sah ihm hinterher, als er über die Straße eilte. Die Hochzeitsplanerin entdeckte ihn und warf die Hände in die Luft, bevor sie ihm entgegentrabte.

Er beschwichtigte sie anscheinend, und anschließend liefen sie zusammen wieder die Treppe hinauf zum Eingangsportal. Dort angelangt, schaute er zu ihr zurück.

Und dann ging er hinein.

Thea wischte sich die Wangen. Großartig. Jetzt war ihr Make-up bestimmt streifig. Das war eigentlich eine gute Ausrede, um zu verschwinden.

Ihr Blick fiel auf ihre Handtasche im Fußraum, in die sie heute früh aus einem irrationalen Impuls heraus *Die nervige Gräfin* geworfen hatte.

Sie zog es heraus und schlug die Seite auf, wo sie gestern Nacht aufgehört hatte zu lesen.

Benedict blinzelte. Räusperte sich. Zerrte an seinem Halstuch. «Ich … ich lasse unsere Kutsche vorfahren.»

«Sie missverstehen mich, Mylord. Ich werde von nun an auf dem Landsitz leben.»

Nein. Lieber Gott, nein. «Irena, bitte.»

«Ich kann keine eiternde Wunde heilen, deren Existenz Sie bestreiten, noch werde ich mir dafür die Schuld geben lassen.»

«Ich habe weder um das eine noch um das andere gebeten.»

«Sie dürfen mich besuchen, wenn Sie sich für einen Erben bereit fühlen, und wir können die Bedingungen unserer», ihre Stimme versagte kurz, «unserer

Zweckgemeinschaft aushandeln. Aber ich kann nicht länger hierbleiben.»

«Irena, bitte. Ich liebe dich.»

«Ich dachte, so viel hätten Sie bereits verstanden, Mylord. Liebe ist nicht genug.»

Was für ein Bullshit. Was für ein vollkommener Bullshit.

Liebe ist genug.

Sie ist immer genug.

Thea stieg aus dem Wagen und eilte über die Straße. Knapp fünf Minuten vor Beginn der Zeremonie betrat sie die Kirche und hastete durch den Vorraum, wo sie von einer Frau in einem pinken Kostüm einen bösen Blick und ein Programm bekam. Im Innenraum spielte ein Streichquartett leise eine romantische Melodie. Die Trauzeugen hatten sich in ihren dunkelgrauen Smokings bereits am Altar aufgestellt. Sie kannte nicht einen der Männer da vorn, nur ihren Vater, der mit locker verschränkten Händen neben dem Pastor stand und nervös auf den Zehen wippte, als heiratete er zum ersten Mal.

Thea suchte sich einen Platz in der vorletzten Reihe, was ihr einen ärgerlichen Blick von den Leuten einbrachte, an denen sie sich vorbeidrängen musste. Sie saß gerade, da setzte das Streichquartett mit dem Pachelbel-Kanon ein. Brautjungfern in smaragdgrünen Kleidern schritten gemessen den Mittelgang hinunter, jede mit einer roten Rose in der Hand. Dann erhob sich die Hochzeitsgesellschaft und drehte sich um für den großen Moment – den Einzug der Braut. Theas neuer Stiefmutter.

Hinter dem Schleier war ihr Gesicht nicht gut zu erkennen, aber sie wirkte kaum älter als Thea. Nur ihr Lächeln strahlte durch die Spitze. Sie und Dan sahen einander an, und er wandte nicht mal für eine Sekunde den Blick von ihr ab, während sie sich am Arm ihres Vaters näherte. Und als sie das Ende des Ganges erreichte, nahm Dan ihre Hand, und das mit einem Blick, der … heilige Scheiße, er war bis über beide Ohren verliebt.

Das hier war echt für ihn.

Und für Jessica.

Und Thea wusste das, weil sie diesen Blick kannte. Sie wusste, wie es sich anfühlte, so angesehen zu werden.

Oh Gott. Was hatte sie sich nur gedacht? Sie hätte Gavin hinterherfliegen sollen, dem Mann, der sie liebte, obwohl sie ihn in so vielerlei Hinsicht auf Distanz gehalten hatte. Wieso war sie nur nach Atlanta gefahren wegen eines Mannes, der nicht wusste, wie er sie lieben sollte? Thea sah während der Zeremonie etwa alle drei Minuten auf ihrem Handy nach der Uhrzeit, wofür sie ebenfalls ärgerliche Blicke von Leuten neben ihr bekam. Ja, ja. Sie war zu spät gekommen und konnte es nicht erwarten, wieder zu gehen. Na und? Das hier war ein Notfall. Sie musste ihre Ehe retten.

Und das würde sie. Sobald die Braut den Bräutigam geküsst hatte, würde sie nach New York fliegen, um etwas zu tun, was sie bis vor kurzem noch für unmöglich gehalten hätte.

Sie würde ihren Mann anflehen, sie zurückzunehmen.

KAPITEL 30

«Warum rennen wir?», schrie Mack.

Alle rannten.

Mack. Del. Yan. Der Russe. Gavin. Sie rannten einen gewundenen Bürgersteig entlang auf die Kirche zu, die noch ein gutes Stück entfernt war.

«Weil das ist große Geste», keuchte der Russe. «Wir rennen für große Geste.»

«Und weil du sieben Blocks entfernt geparkt hast!», rief Gavin.

Mack protestierte – irgendwas darüber, dass das GPS auf seinem Handy sich geirrt hätte –, aber Gavin interessierte das nicht. Er konnte die Kirche schon sehen, und nichts würde ihn davon abhalten, zu seiner Frau zu gelangen. Also rannte er noch schneller. Er tat das schon, seit er das Flugzeug verlassen hatte. Er war durch den Flughafen und zu seinem Wagen gesprintet, unterwegs hatten sie Mack und den Russen abgeholt, und dann war er gefahren, so schnell es nur ging.

Doch jetzt war es nach drei, und sie waren spät dran.

Also rannte er. Denn wenn er das Ehegelübde verpasste, verpasste er seine Chance.

◆ ◆ ◆

Endlich, nach einer gefühlten Stunde, wandten sich Braut und Bräutigam einander zu, um ihre Gelübde zu sprechen.

Theas Knie wippte auf und ab, und sie erntete den nächsten bösen Blick.

Ihr Vater sprach als Erster. Er wiederholte jede Zeile, wie der Pastor sie ihm vorsagte. Wahrscheinlich kannte er den Text ohnehin auswendig. Er schwor, sie zu lieben und zu ehren, ihr bester Freund zu sein in Gesundheit und Krankheit und so weiter.

Thea guckte auf ihrem Handy nach der Uhrzeit.

Die Braut begann, leise noch einmal dasselbe aufzusagen.

Lieben. Achten. Ehren. Gesundheit, Krankheit. Ich will. Ich will.

Herrgott noch mal, küsst euch endlich!

Die Hochzeitsgäste applaudierten, als ihr Vater den Kopf neigte, um seine Frau zu küssen, aber ein lautes Poltern aus dem Vorraum ließ die beiden auseinanderfahren. Alle drehten sich um, einige Damen keuchten überrascht, und die Herren ließen eine kreative Kollektion von Schimpfwörtern hören.

Aber dann übertönte eine Stimme sie alle. Ein atemloses Stottern: «Ich w-w-will.»

KAPITEL 31

Okay, vielleicht hätte er das vorher gründlicher durchdenken sollen.

Zweihundert fassungslose Leute starrten ihn an. Die Braut schlug sich die Hand vor den Mund, und der Bräutigam – äh, scheiße. Theas Vater sah aus, als würde er gleich Feuer speien.

Ein Mann aus der vordersten Sitzreihe sprang auf. «Was zum Teufel soll das bedeuten?», donnerte er. «Das ist die Hochzeit meiner Tochter.»

Polternde Schritte brachten die Hochzeitsgäste dazu, sich kollektiv zur Seite zu neigen, um an Gavin vorbeizuspähen. Mack kam schlitternd neben ihm zum Stehen. «Scheiße.»

An seiner anderen Seite beugte Del sich schnaufend vornüber und stützte die Hände auf die Knie. «Haben wir die Gelübde verpasst?»

Yan und der Russe lehnten sich keuchend an einen Pfeiler.

«Was ist hier los?», wollte der Brautvater wissen. «Wer sind Sie?»

Mack hob die Hand. «Braden Mack.»

Gavin zog sie an seinem Jackett wieder runter. «Verzeihung. Ich … äh … ich suche nach Thea.»

«Wer zum Teufel ist Thea?», blaffte der Brautvater.

«Meine Tochter», sagte Dan und deutete auf eine Reihe im hinteren Teil der Kirche. Gavin hätte schwören können, dass er lächelte.

Alle Köpfe folgten seinem Zeigefinger, und da endlich entdeckte Gavin seine Frau. Sie saß kaum zehn Schritte von ihm entfernt auf der vorletzten Bank und starrte ihn mit offenem Mund an. Sie stand langsam auf. Tausend Empfindungen huschten über ihr Gesicht – Verblüffung, Verlegenheit, Belustigung. *Liebe.*

«Hi», hauchte sie.

Gavin wischte sich den Schweiß von der Braue. «Hi. Können w-w-wir …» Er zeigte über die Schulter auf die Tür.

Thea drängte sich an den Leuten in ihrer Reihe vorbei, rempelte Knie an und murmelte immer wieder «sorry, entschuldigen Sie, sorry», bis sie es zum Mittelgang geschafft hatte. Dort hielt sie inne und schaute zu ihrem Vater. «Ich … äh … ich gehe jetzt.»

«Aber ihr bleibt doch zur Feier, ja?», fragte die Braut.

«Wissen wir noch nicht», quietschte Thea.

«Ich hoffe es. Es wäre schön, euch kennenzulernen.»

Die Gäste drehten die Köpfe hin und her, um ihre Unterhaltung zu verfolgen.

«Hmhm», antwortete Thea. «Hat mich gefreut. Entschuldigung. Ich muss jetzt gehen …»

Thea bewegte sich mit steifen, hastigen Schritten zur Tür. Gavin winkte allen noch mal zu, während auch er zurückwich. «Entschuldigt die Unterbrechung.»

Er zog die Tür zum Vorraum hinter sich zu, drehte sich um und …

«Verdammt, Gavin», sagte Thea. «*Ich* wollte die große Geste bringen.»

Dann krallte sie die Finger in sein Revers, zog ihn zu sich runter und küsste ihn. Und wie sie ihn küsste! Er konnte jedes Gefühl auf ihren Lippen schmecken. Sie hörte nicht einmal auf, ihn zu küssen, als sie anfing zu sprechen.

«Ich wollte nach New York.» Ein Kuss.

«Und dich finden.» Ein längerer Kuss.

«Einfach auftauchen und dir sagen, dass ich …» Ein tieferer Kuss.

«Dich liebe.»

Gavin zog den Kopf zurück und legte eine Hand an ihr Kinn. «Sag das noch mal.»

«Ich liebe dich, Gavin. Ich liebe dich. Und es tut mir so leid. Du hattest recht. Ich hatte Angst und habe mich dumm verhalten.»

«Ich auch.»

«Irgendwann werden wir wahrscheinlich wieder Angst haben und uns dumm verhalten.»

«Aber wir werden das durchstehen», schwor er.

Mack stand an der Tür zum Innenraum und räusperte sich. «Beeil dich. Die Zeremonie ist fast vorbei.»

Alles klar. Er war noch nicht fertig. Die große Geste war noch nicht vorbei. Gavin fiel auf ein Knie und nahm Theas Hand.

«Was machst du da?» Thea lachte.

«Ich habe das beim letzten Mal nicht richtig gemacht, darum tue ich es jetzt. Thea Scott, willst du mich heiraten?»

«Jetzt?»

«Ja, jetzt. Wir sind in einer Kirche.»

Thea lachte, als Gavin aufstand. «Russe, komm her.»

«Er heißt Russe?»

«Nein, ich heiße Vlad. Tut mir leid, das mit Badezimmer.»

«Also ihr … ihr seid die Liebesromanleser. Wie nennt ihr euch? Der Secret Book Club?», fragte Thea.

Mack nickte zuerst zögernd, dann mit Nachdruck. «Secret Book Club. Gefällt mir.»

«Los jetzt», sagte Gavin und nahm Theas Hand.

«Sprich mir nach», sagte Vlad und faltete das Blatt Papier auseinander, das Gavin ihm gegeben hatte. «Ich, Gavin Scott …»

«Ich, Gavin Scott.»

In der Kirche wurde applaudiert.

«Verspreche dir, Thea Scott.»

«Verspreche dir, Thea Scott.»

Musik ertönte. Mist. Gavin riss Vlad das Blatt aus der Hand und sagte die Worte – seine eigenen Worte – auswendig auf. «Verspreche dir, Thea Scott, dir immer zu sagen, was ich fühle, dir jeden Abend vorzulesen, deinen Körper zu ehren …»

Mack und Del hielten sich die Ohren zu. «Nicht vor den Kindern!»

Gavin zog Thea an sich und flüsterte ihr den Rest ins Ohr. «Und nie zu vergessen, dass Liebe alles ist …»

«… was zählt», hauchte Thea.

Gavin küsste sie, gerade als die Türen aufgestoßen wurden und das Brautpaar – das andere Brautpaar – unter Applaus und den Klängen des Pachelbel-Kanons herauskam.

Dan zog eine Augenbraue hoch. «Wie ich sehe, läuft es gut», bemerkte er trocken.

Gavin sah seinen Schwiegervater an, einen Mann, dem er genauso gut eine reinhauen könnte, wie ihm die Hand zu schütteln. «Tut mir leid, aber wir können nicht bleiben, Dan. Wir haben ein Happy End zu erleben.»

Gavin hakte Thea unter. «Bereit, meine Liebste?»

Thea legte eine Hand an seine Wange. «Ich bin Ihnen ausgeliefert, Mylord.»

EPILOG

Heiligabend.

Thea kuschelte sich an Gavins Seite und strich träge mit den Fingerspitzen über seinen Bauch. Die Lichter des Weihnachtsbaums überzogen ihre Körper mit einem weichen gelben Schimmer. Oben schliefen die Mädchen und träumten von Süßigkeiten und neuen Nintendo-Spielen.

Unten erneuerten Mom und Dad immer wieder ihre Gelübde.

Mit leiser Stimme las Gavin ihr vor. Seit Atlanta hatten sie jeden Abend zusammen gelesen. Allerdings ein anderes Buch. Erst heute hatten sie zu diesem einen gegriffen.

> *«Irena, warte!»*
> *Benedict rannte hinter ihr her. Die Lords und Ladys, die seine Frau eben noch geflissentlich ignoriert hatten, konnten sich nun nicht abwenden von dem Drama, das sich vor ihren Augen abspielte.*

Benedict schritt entschlossen durch den Ballsaal.
Irena fuhr zu ihm herum. «Mylord, tun Sie das nicht.»
«Was soll ich nicht tun? Vor aller Welt gestehen, dass ich dich liebe?»
Geschocktes Keuchen folgte auf seine Erklärung.
Er schritt auf sie zu, legte den Arm um ihre Taille und …

Gavin hielt inne. «Soll er sie jetzt küssen oder sie zuerst um Erlaubnis bitten?»

Thea überlegte. «An diesem Punkt sollte er sie einfach küssen. Das ist seine große Geste, und das ist der beste Teil.»

Gavin küsste ihre Nasenspitze. «Ganz deiner Meinung.»

… und zog sie an sich. «Ich will meine Frau um ihre Hand bitten, Irena.»
Und dann küsste er sie. Vor der versammelten Gesellschaft. Die Klatschbasen kicherten, die jungen Damen pressten sich eine Hand ans Herz. Irena schwankte und sank gegen ihn.
«Ich liebe dich», flüsterte er an ihrem Mund. «Ich habe dich geheiratet, weil ich dich liebe. Du hast aus mir einen neuen Mann gemacht. Einen besseren.»

Gavin sah auf Thea hinunter. «Das kann ich nachempfinden.»

Thea hob den Kopf und küsste ihn. Ihre Lippen strichen zärtlich über seine, während ihre Hand an seinem Körper hinunterwanderte.

Gavin lächelte. «Hören w-wir auf zu lesen?»

«Hmhm.»

Er ließ das Buch fallen und drehte sich mit ihr herum. Thea schlang die Beine um seine Hüften und küsste ihn mit all den Gefühlen, die sie für ihn empfand. Das mit dem Emotionenausdrücken klappte immer besser.

Gavin vertiefte den Kuss, und in weniger als drei Sekunden stand sie in Flammen. Verlangen brannte in ihr – Verlangen und Sehnsucht und weiche, schwärmerische Gefühle, die sie in seinen Armen erzittern ließen.

«Ich kann nicht genug von dir kriegen», keuchte Gavin heiser und nestelte an den Knöpfen ihres Baseballjerseys. Des neuen Jerseys. Das alte war zerrissen. Er strich den Stoff zurück und entblößte ihre Brüste, um den Mund erst auf die eine, dann auf die andere zu senken.

Thea griff nach ihm und befreite seine Erektion aus den Shorts, und dann, o Gott, war er in ihr. «Ich kriege auch nicht genug von dir.»

Gavin flüsterte einen andächtigen Fluch.

Er dehnte sie. Füllte sie aus. Liebte sie.

«Sprich mit mir», hauchte Thea. «Sag mir, was du möchtest.»

Gavin drehte sich mit ihr herum, sodass sie auf ihm lag. «Reite mich», stöhnte er.

Sie stützte sich ab und begann, sich zu bewegen. Kreiste mit den Hüften, um ihn immer weiter voranzutreiben. Sie atmeten einander ein, Mund schwebte über Mund, ihre Hüften wiegten sich im Takt.

«Tu, was dir Lust bereitet», sagte er mit rauer Stimme.

Thea beugte sich vor, bis sie mit ihren Brustwarzen über seine Brusthaare strich.

«Liebe mich bis an mein Lebensende, Thea.»

Ihr Orgasmus kam plötzlich, wie so oft inzwischen. Als gäbe es in ihr eine tiefe Quelle des Vertrauens, die nur Gavin berühren konnte.

«Ich liebe dich», sagte er und hielt sie, während die Wellen ihres Höhepunkts über sie hinwegspülten.

«Ich liebe dich auch.» Sie begann wieder, sich auf und ab zu bewegen, bis er mit einem letzten tiefen Stoß in sie erbebte, ihr Name ein Hauch auf seinen Lippen.

Thea sank auf seine Brust und barg das Gesicht an seiner Halsbeuge.

Die Finger in ihre Haare geschoben, hielt er sie fest. «W-was meinst du, wie es enden wird?», fragte er.

«Ich denke, Benedict und Irena haben sich ihr Happy End verdient», flüsterte sie.

«Das denke ich auch.» Er küsste sie auf den Scheitel. «Wir auch, finde ich.»

Thea spürte, wie ihr Hals eng wurde. Sie hätten das hier beinahe verloren. Sie hätten einander beinahe verloren.

Sie stemmte sich auf einen Ellbogen hoch, um ihn anzusehen. «Weißt du, was ich denke?»

«Sag's mir.»

«Unser Happy End gefällt mir am besten.»

Und es dauerte noch lange, bis sie zum Schlafen kamen.

DANKSAGUNG

Einen Roman zu schreiben und zu veröffentlichen, ist ein Gemeinschaftswerk. Ich könnte diesen Traum nicht verwirklichen ohne die Hilfe und Unterstützung vieler Leute.

Als Erstes danke ich meiner Familie, die mich schon mein Leben lang tagtäglich ermutigt und unterstützt. Mom, du hast mich stets an meinen Traum erinnert und mich nie zweifeln lassen, dass ich ihn verwirklichen kann. Meinem Mann: Es war ein beängstigender Schritt, als ich beschloss, mein Geld mit Schreiben zu verdienen. Du warst bei jedem Stück des Weges für mich da, damit ich diesen verrückten Traum leben konnte. Und Dad, meine Notrufzentrale, danke dafür, dass du immer der ruhige Kapitän am Ruder des Schiffes bist.

Großer Dank gebührt meiner Agentin Tara Gelsomino. Du hast mich bei einem Twitter-Pitch-Fest unter so vielen anderen Autoren ausgesucht und alles in Gang gesetzt. Danke, dass du mir mit Rat und Humor zur Seite gestanden und an meine Buchclubjungs geglaubt hast!

Und natürlich gebührt auch großer Dank meiner klugen, enthusiastischen und sehr lustigen Lektorin Kristine E. Swartz, die hart gekämpft hat, um den *Secret Book Club* in die Buchhandlungen zu bringen.

Meiner Schreibgruppe, durch die ich geistig gesund geblieben bin (zumindest annähernd): Meika Usher, Christina Mitchell, Alyssa Alexander, Tamara Lush und den Frauen vom Binderhaus. Ich liebe euch alle! Und ein besonderer Dank an Anna Bradley, die mich ermutigt hat, meine kleine Idee in ein ausgewachsenes Buch zu verwandeln!

Für die Koffeinversorgung beim Schreiben und Überarbeiten danke ich den besten Baristas der Welt: Joey, Walls, Brandon, Allie und Alexa von Okemos Biggby. Niemand macht so einen Mokka wie ihr!

Zu guter Letzt danke ich meiner Tochter. Alles, was ich tue, geschieht deinetwegen. Danke für die liebevollen Umarmungen, die stärkenden Botschaften an meinem Whiteboard und dafür, dass du dich tagelang von Frühstücksflocken ernährt hast, als ich im Abgabestress war. Vergiss nie, du bist die Heldin deiner eigenen Geschichte. Schreib dir selbst eine gute!